El eco de mi nombre

ISABEL ROMERO

El eco de mi nombre

Grijalbo

Papel certificado por el Forest Stewardship Council®

Primera edición: noviembre de 2025

Printed in Spain – Impreso en España

ISBN: 978-84-253-6007-7
Depósito legal: B-17.256-2025

Compuesto en Llibresimes

Impreso en Black Print CPI Ibérica
Sant Andreu de la Barca (Barcelona)

GR 6 0 0 7 A

SNIM, la vida en su forma más cruel
os lo podrá arrebatar todo,
pero nunca dejéis que os robe la libertad

La libertad, Sancho, es uno de los más preciosos dones que a los hombres dieron los cielos; con ella no pueden igualarse los tesoros que encierra la tierra y el mar encubre: por la libertad, así como por la honra, se puede y debe aventurar la vida.

Miguel de Cervantes (1547-1616)

1

A veces la vida nos cambia de tal manera que al mirar atrás no reconocemos aquella persona que éramos. Las cicatrices escuecen, nos hacen sangrar, llorar, pero también nos enseñan a madurar.

Hoy, 1 de abril de 1966, es un día muy especial: ¡me caso! Todavía no me lo puedo creer, me ha costado llegar hasta aquí. Hubo un tiempo en el que soñé con una gran boda, llegar al altar del brazo de mi padre y que todo el mundo envidiase mi felicidad. Hubo un tiempo en el que creí que todas las personas que me rodeaban eran buenas y me querían de verdad. Hubo un tiempo en el que fui una ilusa.

Me acerco al espejo de mi dormitorio y observo con ternura mi vestido. Me siento orgullosa de llevarlo, está cosido y bordado a mano, no es el más elegante del mundo, pero para mí es el más hermoso.

No es el primero que me pongo, hace cinco años me estaba probando uno muy distinto. ¿Fue ese día cuando todo empezó a cambiar? Si cierro los ojos, todavía puedo verme ante el espejo de Boutique Marie.

Al entrar te daba la bienvenida un dulce olor a vainilla. El establecimiento poseía una decoración sencilla y familiar. Sus paredes empapeladas en amarillo claro, sus cortinas de rosa pastel adornadas con un gran lazo blanco en cada una de sus hojas; un mostrador pequeñito con alguna alegre maceta, tras el que te esperaba sonriente la dueña, Remedios Calderón. Una graciosa sevillana que emigró a Madrid cuando tenía siete años y que, poco a poco, se fue haciendo un nombre gracias a unas habilidosas manos, la discreción y la disponibilidad entre la alta sociedad de la época.

En la radio de la tienda se oía de fondo la voz de mi padre, don Rafael Quiroga, general de la Legión.

—La familia es un pilar básico para nuestra sociedad. Son necesarias lealtad, unidad y obediencia. No caben traiciones en la unidad familiar. La familia es como nuestra gran nación, debe ser dirigida con mano firme, como nos guía nuestro Caudillo por la gracia de Dios.

—¿Ha visto qué bien habla mi padre? —le pregunté a doña Remedios.

—Debe estar muy orgullosa, no todo el mundo da un discurso en la radio para toda España. —Sonrió a mi madre, encantada de tenernos como clientas, mientras me ajustaba un poco la cinturilla del vestido.

—Es el mejor padre del mundo, ¿verdad, mamá? —Busqué con satisfacción su mirada.

—Sí, hija, somos muy afortunadas. Pero ahora vamos a centrarnos en tu vestido. Me gustaría un velo más largo, este es muy sencillo. No entiendo de telas, pero parece un trapo viejo. Además, tampoco lleva ningún adorno.

Mamá, disgustada, apretaba el velo una y otra vez para ver la reacción de la tela.

—Doña Pilar, el velo está hecho de seda dupioni, es un material bastante caro y de muy buena calidad; y por los adornos no se preocupe, tengo pensado, si le parece bien, añadirle un encaje de chantillí —le explicó doña Remedios con su infinita paciencia y sin perder en ningún momento la sonrisa—. Trae una muestra del encaje para que lo vea —ordenó a la muchacha que trabajaba para ella.

—Mamá, me gustaría un vestido con los hombros descubiertos —interrumpí con timidez.

Su fría mirada me bastó como contestación; ella sabía lo que era mejor para mí.

—Verá, mi marido y yo queremos que todo esté perfecto para el enlace de nuestra hija. Esta boda va a dar mucho de qué hablar, aparecerá en las páginas de sociedad y, si todo va bien, puede que hasta nos acompañe el Generalísimo. Así que no hace falta que le diga que si hemos confiado en usted, es porque esperamos total exclusividad, espero no habernos equivocado.

Con la espalda recta y su voz autoritaria, quiso dejar bien claro quién mandaba.

—No se preocupe por nada, doña Pilar. Aquí trabajamos con las mejores modistas de la ciudad y telas traídas directamente de París. La señorita Mercedes va a parecer un ángel, ya lo verá.

Mamá y doña Remedios siguieron intentando ponerse de acuerdo sobre los adornos de mi vestido, algo bastante difícil. Doña Remedios tenía una visión más moderna y le parecía buena idea lo del cuello de barco e incluir un corsé que estilizara mi silueta, incluso pensó en incrustar unas piedrecitas en el velo y en la falda, algo que a mamá le parecía excesivo y vulgar. Ella lo quería cerrado hasta el cuello, con una falda con mucho volumen, no excesivamente entallado y un fino bordado en el cuerpo del vestido.

Mientras seguían discutiendo, me bajé de la tarima en la

que estaba, me acerqué al espejo y empecé a bailar como una niña, imaginando cómo sería el vals nupcial con mi querido Carlos.

Había pasado toda la vida enamorada de él, pero no fue hasta que volvió del servicio militar que me prestó atención. Yo tenía dieciséis y él veintidós años. Nuestras familias siempre habían tenido muy buena relación; su padre y el mío habían luchado juntos en la batalla del Ebro. Esos días que compartieron rodeados de muerte y miedo los unieron más que si hubiesen sido hermanos de sangre.

Estaba segura de que mi vida junto a Carlos sería perfecta: una bonita casa cerca de mis padres, dos o tres chiquillos que alegraran nuestra vida y una ajetreada vida social.

—¡Mercedes! Cualquiera diría que vas a cumplir veintiún años. ¿Qué estás haciendo? —me regañó mi madre cuando, envuelta en mi mágico mundo, sin darme cuenta, tiré un jarrón que se encontraba en una de las esquinas de la habitación—. Esta niña está atolondrada —le dijo a doña Remedios con una sonrisa.

—Es el amor —rio la dueña de la boutique—. Niña, recoge esto ahora mismo —llamó a su ayudante señalando la cerámica rota.

Me sentí un poco ridícula y enseguida recobré la compostura.

—Lo siento, me he dejado llevar por la emoción.

—Anda, vámonos, que es casi la hora de comer y tu padre no tardará, ya sabes que le gusta la puntualidad.

Nos despedimos de doña Remedios y acordamos vernos en una semana para comprobar los avances del vestido.

Frente a la tienda, se podía ver el cartel del Cine Avenida anunciando la nueva película de Luis Buñuel: *Viridiana,* y en su sótano la sala de fiestas Pasapoga, discoteca de moda que mis padres nunca me habían dejado visitar por considerarla un antro de perdición de las buenas costumbres y la moral. El aumento de los turistas había convertido la Gran Vía en una de las calles más transitadas de Madrid. Quioscos, niños jugando, mujeres cargadas con la compra, puestos ambulantes, grandes señoras que se dirigían a las tiendas más exquisitas, cláxones sonando, gritos, música y un millón de elementos más que, conjugados, hacían de esta calle una de las más importantes y alegres de España.

Junto al Cine Avenida, en la puerta del famoso Hotel Atlántico, nos esperaba en el coche el chófer de la familia.

—Señorita —me saludó abriendo la puerta.

—Gracias, Pepe. —Le sonreí sin hacer caso a la mirada de reprobación de mi madre, que no soportaba mi familiaridad con el personal de servicio.

José, Pepe para mí, llevaba sirviendo a la familia desde antes de mi nacimiento. Cuando tenía unos seis años, me gustaba bajar al patio trasero —donde él estaba limpiando el coche— para que me diera el caramelo de fresa que siempre me guardaba. En aquellos años, yo soñaba con ser piloto de carreras y él me dejaba sentarme en el asiento del conductor y jugar con el volante como si de verdad fuese conduciendo.

—¡Vamos, señorita, la meta está cerca! —me animaba y me tiraba de las trenzas con afecto.

Compartimos muchas risas y juegos hasta que una tarde mi madre nos descubrió.

—No es apropiado que una señorita de tu clase se relacione con gente como José —me regañó apretándome el brazo.

—No lo entiendo, Pepe es bueno —intentaba explicarle mientras me aguantaba las lágrimas.

—¡No le llames Pepe! ¿Quieres que lo despida? Porque es lo que va a pasar la próxima vez que te vea jugando con él.

No sabía qué hacer. Giré la cabeza buscando su ayuda, sin embargo Pepe solo miraba al suelo. No sé qué le dirían a él, pero desde ese momento se acabaron nuestros juegos. Tres años de risas que yo nunca olvidaría.

—¡Mercedes! ¿En qué estás pensando ahora? —Mi madre me devolvió a la realidad una vez más—. No sé qué te pasa últimamente. ¿Has escuchado algo de lo que te estaba diciendo?

—Perdón, la verdad es que no —contesté bajando la cabeza, avergonzada, mientras el coche se ponía en marcha en dirección a Chamberí, donde residíamos.

—Espero que tras la boda espabiles un poco o Carlos pensará que se ha casado con una tonta. —Parecía bastante molesta conmigo.

—No te enfades, ¿no ves que estoy emocionada por mi boda? Solo faltan dos meses y cuento los días para que llegue.

La abracé y le di un beso en la mejilla.

—Venga, no seas zalamera.

Se dejó querer, aunque intentó disimularlo con sus palabras.

Durante los veinte minutos que duró el trayecto, mamá y yo estuvimos repasando la lista de invitados para la fiesta que daríamos en la casa de campo la semana siguiente. Era el cumpleaños de papá y había que celebrarlo por todo lo alto. Acudirían personalidades muy influyentes, incluso el mismísimo procurador en Cortes, Ramón Serrano Suñer, al que papá había conocido años atrás en una cacería y con el que había congeniado desde el primer momento.

—Eugenia no sé si podrá venir, no se encuentra bien. —Me emocioné al pensar en mi mejor amiga y en su tercer intento fallido de embarazo.

—Estoy segura de que al final no faltará, no creo que su

marido quiera perderse la ocasión de codearse con gente tan importante.

—¡Vaya manía le tienes a Javier! —Giré la cabeza enérgicamente para mirar por la ventanilla del coche.

—Eugenia proviene de una buena familia, no debió casarse con ese abogaducho —me contestó mientras miraba con desprecio los puestos ambulantes de churros de la plaza del Callao—. ¡Menudo olor a aceite quemado!

—Se quieren mucho y, además, Carlos también es abogado y no te incomoda.

—¡Por el amor de Dios! No me compares a Carlos con Javier.

Afortunadamente, llegamos a casa y dimos por zanjada nuestra conversación. Mamá se dirigió a la cocina para ver cómo iba la preparación de la comida, y yo subí a mi dormitorio a dejar las compras y ponerme algo más cómodo para bajar al comedor.

Vivíamos en una casa de dos plantas que papá había comprado tras finalizar la guerra a una joven viuda que no podía permitirse su mantenimiento. Una gran puerta metálica de color verde daba acceso a un jardín, en el que los parterres de setos dibujaban pequeños laberintos que desembocaban en el centro, donde se hallaba una hermosa fuente de un delfín, que emanaba agua sin cesar y servía de bebedero a los cientos de pajarillos que hacían un alto en su recorrido para calmar su sed. Los bancos de piedra, los cipreses y un caminito de rosales blancos, que conducían hacia la puerta principal, lograban que pasear por aquel jardín fuese un auténtico lujo. Todavía me puedo ver jugando al escondite con mi amiga Eugenia o con doce años, cortando las rosas a escondidas de mi madre para fantasear que era Carlos quien me las regalaba.

Tres escalones de mármol precedían la puerta de entrada, donde Juan, el mayordomo, nos esperaba para recoger nuestros bolsos. Nada más entrar, una esplendorosa lámpara de araña con cadenas doradas iluminaba la majestuosa escalera de mármol que comunicaba ambas plantas, por la que bajé henchida de felicidad del brazo de mi padre a los quince años para mi presentación en sociedad. Pero si había algo que maravillaba a los visitantes, eran aquellas baldosas de un azul cielo con betas blancas que Carmelita pulía cada día a conciencia y te hacían sentir que caminabas por el mismísimo cielo. A la derecha, el gran salón con su chimenea de zócalos de colores, y a la izquierda el comedor, que podía albergar hasta cincuenta comensales.

En la parte posterior, la cocina y las dependencias del servicio. En la segunda planta se encontraban nuestros dormitorios, el cuarto de costura, el despacho de papá, la biblioteca y las habitaciones de invitados.

Media hora después, papá ya había llegado. Era un hombre atractivo, a pesar de sus cuarenta y siete años. Algunas canas empezaban a poblar su pelo negro, haciéndole parecer interesante. Apenas se le dibujaban unas finas arrugas en sus ojos castaños; era un hombre serio que intentaba disimular la debilidad que sentía por su familia. Mis padres conformaban una bonita pareja; mamá tenía cuarenta y dos años, pero aparentaba treinta y nueve. Sus ojos grandes y oscuros resaltaban en su simétrica cara redonda. Tenía la piel tersa, sin arrugas ni marcas, y a su paso dejaba el olor dulzón de su perfume; era pequeñita, pero tenía una elegancia natural que le hacía destacar en las reuniones sociales. Una mujer recta y educada en los valores de la Iglesia, a la que, si algo escandalizaba, agarraba con fuerza el pequeño crucifijo que siempre prendía de su cuello como si eso la fuese a salvar del pecado.

Nos sentamos alrededor de la mesa de aquel comedor de estilo imperial, con sus altas sillas de color rojizo y de bordes dorados, esperando a que Carmelita nos sirviera la comida: conejo a la brasa y pisto.

—¿Qué tal en la radio, querido?

—Muy bien, ¿habéis escuchado el discurso? —preguntó mientras se colocaba la servilleta en las piernas evitando manchar su uniforme militar.

—Hemos oído un pequeño fragmento, estábamos en la prueba de mi vestido de novia —dije disimuladamente al tiempo que echaba a un lado del plato la carne de conejo, que odiaba comerme.

—Es cierto, ¿y qué tal? —preguntó antes de dar un trago al vino de su copa.

—Te va a encantar, es precioso. Estoy deseando entrar a la iglesia del brazo del mejor padre del mundo —le dije orgullosa.

—Bueno, he tenido que pedir a doña Remedios que me cambie algunas telas por otras de más calidad. Ella aseguraba que era seda salvaje, pero no estoy muy convencida. También hubiese preferido que el vestido fuese menos ceñido, pero la niña se ha empeñado en ajustarlo más de la cintura; pero eso sí, el velo ya le he dicho que tiene que llevarlo largo, como una princesa. —Giró la cabeza para llamar a Carmelita, que esperaba de pie junto a la puerta por si se nos ofrecía algo—. Sírvele más carne al señor.

—Pilar, deja a la niña decidir lo que quiere llevar. Al fin y al cabo, es su boda y se merece elegir lo que más le guste. —Me dirigió una mirada cómplice—. Da igual lo que se ponga, va a enamorar a todos con esos hermosos ojos verdes.

—Por supuesto, Rafael, pero siempre dentro de los límites de la elegancia. Lo que no podemos permitir es que en España se impongan esas nuevas modas de América, donde los vestidos son cada vez más cortos. ¿Recordáis el vestido de la hija de Fernando Salmerón? ¡El escote era indecente! —Mamá se preocupaba demasiado por quedar bien y evitar las posibles críticas—. El domingo después de misa iremos a hablar con don Eufrasio para ver cómo ayudamos con el ropero de los pobres, no quiero que me esté echando en cara que gastamos un dineral en la boda, pero que no colaboramos con sus necesitados.

—Dile a don Eufrasio que no se queje tanto, que bastante contribuimos con sus causas perdidas. Cada dos meses le hago llegar una contribución bastante generosa; este cura se pasa de inocente.

—¿Por qué dices eso, papá? A mí me parece un párroco muy bueno. Siempre hace colectas para ayudar a la gente que no tiene trabajo. También le buscó casa a la dependienta de los ultramarinos cuando su marido la abandonó por otra y la dejó sin nada.

—Lo mismo que yo estoy diciendo, es demasiado bueno y piensa que la gente puede cambiar. Hay quien no se merece la ayuda que él les presta; a los rojos no hay que tenerles compasión. Esos que tú dices que no tienen trabajo son unos gandules, eso es lo que son. Franco debería elaborar alguna ley para castigar a esos ociosos que solo saben organizar revueltas. En cuanto a la de los ultramarinos, su marido no se hubiese ido con otra si hubiera sido una buena esposa; ella es la que debe ir a pedirle disculpas a él y rogarle que vuelva.

Papá paró de comer, se estaba acalorando con el rumbo de la conversación.

—Perdón que los interrumpa, pero tiene una llamada muy

importante. —Carmelita se dirigió a mi padre temiendo que la regañara, pues no soportaba que nadie interrumpiese la comida.

—¿Qué pasa ahora? —La mirada de mi padre hizo temblar a la joven.

—Señor, es una llamada del pueblo, de la casa de su señora madre. El capataz dice que es muy urgente. —Carmelita no levantó la vista del suelo en ningún momento.

Papá se dirigió rápidamente a su despacho, mientras mamá y yo esperábamos extrañadas ante aquella interrupción. El capataz nunca llamaba, siempre lo hacíamos nosotros; la abuela era más de escribir cartas. Apenas unos minutos más tarde, mi padre volvió con la cara pálida y el gesto serio.

—¿Qué pasa, Rafael? —preguntó mi madre, poniéndose en pie e intuyendo la gravedad de las noticias que había recibido mi padre.

—Prepáralo todo, nos vamos a Los Antones, mi madre tiene neumonía.

—¿Cómo?, ¿desde cuándo? —Me levanté de la silla, alarmada, debía de estar bastante mal para que nos avisaran.

—Al parecer se enfrió hace un par de semanas, ya sabéis lo atascada que es, no quiso preocuparnos, pero ha empeorado y ya no se ha podido oponer a que el capataz nos llamase.

—Mercedes, ayúdame. Tenemos que prepararlo todo para irnos lo antes posible —me ordenó mamá bastante nerviosa al ver la preocupación en el rostro de su marido—. Carmelita, recoge todo esto.

Dejamos la comida a medias, se nos había quitado el apetito.

La abuela Agustina tenía ochenta años, siempre había sido una mujer fuerte que conseguía doblegar al más osado. Solía decir que las heridas de la guerra la habían convertido en una leona. «Cuando aquellos malditos republicanos intentaron tomar la hacienda, yo me acuartelé aquí con mi escopeta y no consiguieron acabar con mi vida». Su carácter, agrio y poco cariñoso, hacía difícil mantener una relación con ella. Cuando el negro profundo de sus ojos se posaba sobre mí, no podía evitar un escalofrío que se asemejaba a una descarga eléctrica. Papá me regañaba porque decía que era una exagerada, que la abuela había sufrido mucho y por eso era tan fría.

A las doce de la noche llegamos al pueblo de Almería en el que había nacido mi padre. El capataz, Simón, estaba esperándonos impaciente. Nos ayudó con las maletas y nos condujo por aquellos oscuros y helados pasillos hacia nuestros dormitorios.

—Voy a ver a mi madre, no puedo esperar.

Nunca había visto a mi padre tan afligido.

—Te acompaño —se ofreció mamá.

—No, vosotras idos a descansar. Mañana la veréis, no podemos agitarla ni provocar que se asuste con nuestra presencia.

Nos dio un beso fugaz de buenas noches y se dirigió al dormitorio de la abuela.

—Pero a mí me gustaría verla, me preocupa, es muy mayor —dije siguiendo a papá.

—Haremos lo que ha dicho tu padre, él sabe lo que debe hacerse. Intenta descansar y mañana la veremos. Buenas noches. —Me agarró del brazo, obligándome a darme la vuelta.

Me costó mucho conciliar el sueño, estaba cansada, pero los nervios no me dejaban tranquila. Sobre las ocho de la mañana empecé a escuchar ruido por los pasillos, decidí asomarme para ver qué sucedía. Me puse un vestido marrón y me recogí el pelo en un moño sencillo. Mamá hablaba con un señor que parecía ser el médico.

—Dele este jarabe cada seis horas. —Le entregó un bote a mamá que contenía la medicina—. Necesita mucha tranquilidad, no olvide cambiarle los paños de agua constantemente para controlar la temperatura.

Carmelita, que nos había acompañado y se encontraba junto a mi madre, asentía intentando no olvidar ninguna de sus indicaciones.

A pesar de su juventud, no tendría ni treinta años, el doctor parecía muy seguro de su diagnóstico.

—Buenos días —interrumpí—. ¿Cómo se encuentra la abuela?

—No está mejor, hija.

Mamá estaba pálida y ojerosa, se notaba que había descansado menos que yo.

—Bueno, señora, señorita, cualquier cosa no duden en llamarme y hagan todo lo que les he indicado, por favor. Que tengan un buen día.

El doctor se despidió con una tímida inclinación de cabeza y se alejó escoltado por Carmelita.

—¿Dónde está papá? —pregunté extrañada por su ausencia.

—Ha pasado toda la noche al lado de la abuela —dijo exhalando un leve suspiro—. Hace apenas media hora lo he convencido para que se fuera a descansar un poco. No sé si lo logrará, está muy preocupado. Yo voy a tomar algo aprovechando que se ha quedado tranquila, ven conmigo. Carmelita, no te despegues de su lado, cualquier cosa me llamas de inmediato —ordenó a la criada, que regresaba de acompañar al médico.

—¿Puedo entrar a verla?

—Se acaba de dormir, mejor no molestarla; después podrás hacerlo.

Nos dirigimos a la cocina, donde dos tazas de café humeante acompañadas por uno de los bizcochos más buenos que he probado nos esperaban. La mujer del capataz tenía fama de ser una de las mejores cocineras del lugar.

Tras el reconstituyente desayuno, mamá aprovechó para darse un baño y descansar, yo decidí dar un paseo por los alrededores. Hacía años que no visitábamos el pueblo, casi siempre era la abuela la que se desplazaba a nuestra casa. Papá le había insistido en numerosas ocasiones para que se mudara a Madrid con nosotros, pero para ella habría sido una traición abandonar la casa familiar.

Era una pena no poder disfrutar más de aquel pueblecito. Me gustaba el cortijo de paredes encaladas, con un porche para poder tomar el fresco en las noches plagadas de estrellas, beber la leche recién ordeñada de las cabras y comer el queso que la abuela preparaba con tanto esmero. Toda la hacienda estaba rodeada de olivos, almendros, naranjos y de una huerta particular donde se plantaba lo necesario para abastecer la casa.

Caminé sin rumbo fijo por aquellas veredas, observando el paisaje. Pude notar la mirada desconfiada de los campesinos preguntándose quién sería y, aunque tenía motivos para sentirme incómoda, por alguna razón el aire de aquel lugar y el olor a jazmín y romero me hacían sentirme segura. En mi camino encontré un pequeño riachuelo, me paré a descansar un rato e hice algo que habría escandalizado a mi madre si me hubiese visto: meter los pies en el agua fría. Me la imaginé diciéndome que aquello no era digno de señoritas.

Un sol cálido e inusual acariciaba mi cara. Me solté el pelo, cerré los ojos y disfruté del canto de los pájaros que se acercaban a calmar su sed. Me sentía libre y, allí, abrazada por la naturaleza, perdí la noción del tiempo. El ruido de una carreta acercándose me devolvió a la realidad. ¿Qué hora era? Debía volver antes de que alguien me echara en falta.

Entré a la casa por la puerta de la cocina esperando no toparme con mi madre, me sentía mal por haber disfrutado de mi pequeña excursión mientras ellos estaban sufriendo por la salud de la abuela.

Sentada en una silla, me encontré con Teresa, la mujer del capataz.

—Su madre sigue descansando y su padre ha salido hace un momento —me contestó al preguntarle por ellos mientras pelaba unas patatas.

Respiré aliviada al no tener que dar explicaciones de dónde venía.

—Teresa, ¿el médico que ha venido hoy no es muy joven? —pregunté a la vez que me servía un vaso de agua de la jarra que había sobre la mesa.

—El doctor es muy bueno en su trabajo, fue el primero de su promoción —dijo con admiración.

—¿Tú lo conoces? —pregunté intrigada.

—Es un buen muchacho, muy querido por los vecinos del pueblo, siempre está ayudando en todo lo que puede. Pero es muy reservado con su vida, no se le conoce novia ni familia.

Teresa se levantó con una fuente llena de patatas peladas, las cubrió con agua y sacó una sartén que colocó sobre los fogones.

La dejé con sus quehaceres y me dirigí a la biblioteca con la intención de encontrar alguna lectura con la que entretenerme. Me decepcionó el estado en el que se encontraba. Los libros estaban fuera de sus estantes, envueltos por una gruesa capa de polvo, y el olor a humedad era insoportable. Decidí hacer algo de utilidad y comencé a limpiar y ordenar aquella olvidada estancia.

No pude dejar de imaginar a mi padre leyendo allí cuando era más joven. Siempre me había dicho que los libros eran muy importantes en la vida de los hombres. «Aquello que lees es lo que te define como persona. Los hombres son los que dirigen a la familia, los hombres son los que deben estar bien formados». Esas eran sus palabras, que yo creía certeras.

Encontré algunos libros muy antiguos, la mayoría de historia, recortes de periódicos y, lo que más me llamó la atención, una bonita caja de madera. Estaba detrás de unas enciclopedias muy grandes en la estantería más alta. En el interior de aquella caja, con el símbolo del infinito tallado a mano, unos adornos dorados alrededor y forrada de terciopelo, pude encontrar unas fotografías antiguas.

Me senté en una silla para poder observarlas con detenimiento. Había retratos de mis abuelos, de mis padres recién casados, y las que más ternura me hicieron sentir fueron las que encontré de papá cuando apenas era un chiquillo. Estaban todas muy bien ordenadas por años, por lo que me parecía estar viendo una película de la vida de mi padre.

En el fondo de la caja había un sobre amarillento que también contenía fotografías; me extrañó que no estuvieran junto a las demás. Las saqué con cuidado, estaban pegadas las unas con las otras y podían romperse. En una de ellas aparecía papá junto a un joven y una chica rubia con el pelo rizado. No reconocí a ninguno, estaba fechada en 1928, se los veía muy felices. Había varias en las que aparecía la misma joven, pero las que más me intrigaron fueron dos en las que aparecían mis padres. En la primera, papá abrazaba por la cintura a mamá de una forma muy tierna, la foto era de septiembre de 1940; en la segunda, me tenían tomada en brazos y podía leerse: «Primera foto con Mercedes, octubre de 1940». Solo había un mes de diferencia entre una foto y otra. Yo nací en octubre, pero ¡mamá no estaba embarazada en la primera fotografía!

2

No recuerdo el tiempo que estuve allí parada, con ambas fotografías en la mano, intentando comprender lo que me querían decir. A gran velocidad pasaron por mi cabeza miles de teorías. ¿Realmente era yo el bebé de la foto?, tal vez las fechas estaban mal, tal vez mamá no engordó mucho, tal vez era una simple equivocación. Además, mis padres no me ocultarían una cosa así. Y entonces yo sola rebatía mis propios argumentos; todas las mujeres engordan, aunque sea poco, nunca había visto fotos del embarazo de mamá, y sí, yo era ese bebé, pues se distinguía con claridad la peca que tengo junto a mi ceja derecha.

Mis elucubraciones se vieron interrumpidas por los gritos que provenían del cuarto de la abuela.

—¡Doña Agustina! ¡Doña Agustina! ¡No puede levantarse, se va a caer! —gritó Carmelita, angustiada.

Salí corriendo para ver qué pasaba, guardando antes la caja tras unos libros. Al entrar en el dormitorio, pude ver un vaso de leche en el suelo, las mantas de la cama revueltas y a la gran doña Agustina intentando zafarse de Carmelita, que intentaba sujetarla en vano.

—¿Qué ocurre, Carmelita? —pregunté jadeante.

—Ayúdeme, señorita. —La joven doncella sudaba debido al esfuerzo.

—¡Dejadme en paz! ¡No podréis conmigo! ¡Esta es mi casa! —Peleaba con fuerza haciendo muy difícil que pudiésemos controlarla.

—Abuela, abuela, cálmate. Soy yo, Mercedes.

Me acerqué a ella buscando sus ojos para ver si me reconocía, pero solo hallé vacío en su mirada.

Afortunadamente, papá llegó en ese instante.

—Madre, soy yo, Rafael.

Nos apartó y la cogió en brazos como si se tratase de una muñeca.

—Menos mal que has venido, hijo mío. Esos malditos rojos querían echarme de mi casa. —Papá le acarició con ternura las mejillas, y ella, cansada por el esfuerzo, se sumió en un dulce sueño.

Mamá había llegado alertada por los gritos y observaba la conmovedora escena sin saber qué hacer.

—Ha tenido una pesadilla. Está demasiado débil.

Papá se levantó de la cama e intentó disimular las lágrimas que resbalaban por sus mejillas.

—Se pondrá bien, Rafael, ella siempre ha sido una luchadora. —Intentó darle ánimos, pero todos los que estábamos en esa estancia intuíamos que se acercaban los últimos días de doña Agustina Álvarez de Quiroga.

—El médico debe de estar a punto de llegar, son las cinco y dijo que se pasaría sobre esa hora —les recordé.

Como si hubiese oído mi llamada, apenas diez minutos después el doctor hizo su aparición. Papá le puso al corriente de su negativa a comer y de los delirios que sufría la abuela.

—Déjenme que la reconozca. Doña Pilar, quédese, por favor —pidió con amabilidad.

Esperé unos minutos junto a papá en el pasillo, ambos deseosos de saber el diagnóstico del doctor y a la vez con miedo de que se cumplieran nuestros presagios.

—Don Rafael, verá, la situación es crítica —dijo el médico esquivando la mirada de papá—. Está muy débil, son muchos años y lo peor de todo es el líquido de sus pulmones.

—¿Qué quiere decir? —pregunté sin poder aguantar el silencio de mi padre.

—No se puede hacer nada más, lo siento. Le voy a recetar un calmante para que descanse un poco. Deben procurar que esté todo lo cómoda posible y que no le falte el agua, es muy importante que esté hidratada —nos explicaba a la vez que iba escribiendo en el talonario de recetas.

—Entonces... —Mamá no pudo terminar la frase, sus ojos se nublaron de lágrimas y dolor.

—Llámenme a la hora que sea necesaria. Lo siento —volvió a disculparse como si él fuese el culpable.

—Gracias, Simón le acompañará.

Papá estrechó la mano del médico, que se marchó con el semblante compungido.

—Iré a pedirle a Teresa que prepare algo de caldo, a ver si conseguimos que coma un poco —me ofrecí, buscando una manera de ser útil—. Acompáñame, Carmelita.

La criada agradeció que la sacara de allí; por su palidez debía de estar imaginando que mi padre la culparía por lo sucedido. Antes de irme pude ver cómo mamá se acercó a papá, le dio la mano y se quedaron en silencio a los pies de la cama de la abuela.

En la cocina, Teresa ya se había adelantado a mis deseos y había cocinado caldo de gallina y verduras.

—Teresa, deberíamos preparar algo para el resto de la familia, ¿qué te parece un potaje? —dije.

Papá decía que no había nada comparable al potaje que se hacía en el pueblo; la frescura de las verduras recién recolectadas le daba un sabor inmejorable.

—Como usted diga, señorita.

La cocinera salió de la cocina con su cesta de esparto para recoger las verduras que necesitaba.

Mientras Teresa preparaba la comida, yo decidí hacer un flan, no tanto por el gusto de comérnoslo, sino para sentirme útil.

Si una cosa se les enseña a las niñas de buena familia, aparte de bordar o tocar algún instrumento, es a preparar postres y dulces con los que endulzar el paladar de los futuros maridos; porque al hombre se le conquista por el estómago.

Decidí llamar a Carlos, necesitaba el sonido de su voz para calmar el desasosiego que sentía; por un lado, la enfermedad de la abuela y, por otro, aquellas misteriosas fotos que no paraban de rondar por mi cabeza. Por desgracia, no conseguí localizarlo; había salido a comer con un cliente.

A pesar de que el puchero estaba exquisito, apenas comimos. El silencio y el desánimo se habían apoderado de nosotros.

La tristeza me llevó a recordar el primer verano que pasé en la Hacienda Quiroga con la abuela. Tendría unos nueve años. Papá viajaba mucho y mi madre le acompañaba, así que, para no dejarme tanto tiempo sola, me mandaron a Los Antones.

La abuela me enseñó muchas cosas en aquella pequeña estancia. Por las mañanas nos levantábamos temprano para supervisar a los obreros en la recogida de la almendra, montadas en dos hermosas yeguas. Ella daba instrucciones al capataz de lo que debía hacerse cada día y después recorríamos los límites de las tierras para comprobar que todo estaba en orden.

Aquel sol de las mañanas de agosto me dejaba exhausta. Cuando llegábamos al cortijo, sobre la una del mediodía, me bebía casi toda la jarra de limonada que Teresa me tenía preparada. Después de comer nos echábamos una pequeña siesta y a las cinco de la tarde nos dirigíamos al pueblo para ir a misa. Al volver, la abuela se encerraba en la biblioteca y yo aprovechaba para bordar sentada a la sombra del porche de la casa. Tenía prohibido moverme de allí y hablar «con algún rojo que osara dirigirme la palabra para embaucarme con sus patrañas». Los fines de semana eran más relajados y la abuela aprovechaba para enseñarme a cocinar. «Así serás una buena esposa cuando te cases con el hombre que merezca pertenecer a esta importante familia».

Nunca me lo dijo, pero ahora me doy cuenta de que le gustaba tenerme allí.

—He pensado en llamar al párroco, creo que a mi madre le haría bien hablar con él —dijo papá mientras tomábamos un café en el salón, tras la comida.

—Rafael, tal vez no sea necesario, no sé, puede que se reponga.

Mamá cogió el crucifijo que siempre llevaba en el cuello.

—No seas ilusa, ¿acaso no te has dado cuenta de que su respiración es cada vez más entrecortada?, ¿no has oído al médico? Ni ha probado el caldo de gallina. Si el Señor ha decidido llevársela a su lado, cuanto antes lo haga, mejor, menos sufrirá. —Se levantó malhumorado de la silla y salió en busca del capataz.

—Tal vez si la trasladamos al hospital... Lo que no es normal es que se quede aquí, esperando. —Mamá intentaba convencerse mientras daba paseos de una punta a la otra del salón.

—Sabes que ella no querrá dejar su casa —le dije todavía sin entender la obstinación de no querer hacerlo.

—Pero no podemos dejarla morir. —Detuvo el paseo y se quedó mirándome como si esperara que yo le diera una solución.

—¿Por qué se niega a dejar la hacienda? No lo entiendo —pregunté desesperada.

—Es una historia muy dolorosa. —Se sentó, respiró hondo, agarró el crucifijo de su cuello, con el que se sentía protegida, y me resumió la historia—. El día que algunos de los jornaleros, que habían trabajado para ella toda la vida, intentaron tomar la hacienda durante la guerra, afortunadamente sin conseguirlo, se prometió a sí misma que aquí sería donde ella moriría. Al verse traicionada por personas en las que confiaba, se volvió recelosa, y la muerte de tu abuelo, el asalto y la masacre en el convento de tu tía acrecentaron más su amargura. Piensa que, si se ausenta por más de dos días, la historia podría repetirse.

—¡Hace veinte años que la maldita guerra acabó! Franco tiene a todos esos indeseables a raya, no hay nada de qué preocuparse.

En ese momento, no entendía cómo era posible que siguieran sangrando las heridas de una guerra en la que el Caudillo nos había librado del peor mal del planeta: los comunistas.

—No discutamos más, haremos lo que tu padre decida. —Se levantó, salió del salón y me dejó con un mal sabor de boca.

Frustrada por no poder hacer nada más, cogí un libro de poesía de Bécquer y subí al dormitorio de la abuela para relevar a Carmelita, que todavía estaba sin comer. Me senté en la mecedora de madera y enea que había junto a su cama y empecé a leer en voz alta; a ella le encantaba la poesía. En la mesilla, junto al retrato de su hija, estaba la cajita de música que tanto le gustaba y en la que, cuando de niña visitaba la hacienda, solía esconderme algún caramelo, un lazo para el pelo o alguna moneda. No sé si eran las ganas que yo tenía o el amor que emanaba de las palabras del poeta, mezcladas con la melodía de la caja de música, pero me pareció ver cómo su rostro se relajaba. Este hecho provocó una ligera felicidad en mí.

Yo también me relajé, y me adentré de tal forma en la pupila azul que me quedé dormida.

Empecé a soñar con grandes bailes de campesinos y señores nobles, con guerras y amores prohibidos y, entre todas aquellas imágenes sin sentido, aparecieron las fotos que había encontrado en la biblioteca.

Me desperté sobresaltada, con la sensación de que en aquellos viejos retratos se escondía un secreto. Decidí que tenía que rescatar la caja para volver a examinarlos. Cada vez que pensaba en ellos notaba cómo se me aceleraba el corazón. Necesitaba saber más, debía encontrar el momento y preguntarle a mamá.

Me levanté de la silla con sumo cuidado para no interrumpir el sueño de la abuela y, justo cuando iba a salir en busca de Carmelita, la puerta del dormitorio se abrió y apareció papá con el cura.

Don Ángel, quien tendría alrededor de sesenta años, era un ser extraño, su mirada me daba miedo. Tenía la sensación de que estaba constantemente radiografiando a sus feligreses, juzgándolos y asustándolos con el castigo divino. Lo había visto en las pocas ocasiones que habíamos visitado el pueblo y, aunque siempre me había tratado bien, no podía evitar sentirme mal a su lado. Su gorda barriga, su inminente calva, su sotana negra y su mirada oscura, más que hacerle parecer el intermediario de Dios, le asemejaba a un discípulo del mal.

—¿Cómo está?, ¿qué tal ha pasado la tarde? —Fue lo primero que preguntó papá.

—Bien, ha estado tranquila.

—¿Recuerdas a don Ángel? —me preguntó mirando al cura.

—Sí. ¿Cómo está usted, padre? —Le besé el anillo que aquel altivo párroco me ofrecía.

Don Ángel me examinó concienzudamente, buscando algo reprobatorio. Aquel cura no se parecía en nada a don Eufrasio. Su mirada dura me recordaba a la de la abuela. Me hizo sentir incómoda, parecía que yo no le gustaba.

—Bien, hija —contestó con una fría sonrisa—. Aunque me hubiese gustado venir por otro motivo más alegre.

—Voy a llamar a mamá, seguro que querrá saludarle —dije para escapar de aquel aire tan cargado que me estaba asfixiando.

Creía que la encontraría descansando, pero me asombró verla arreglando un vestido azul marino de la abuela.

—¿Qué haces? —pregunté entrando al salón.

—Tu padre me ha dicho que ella siempre quiso enterrarse con este vestido, así que lo estoy adecentando un poco; es mejor estar preparados.

Descosía una flor blanca que se encontraba en el lado derecho del pecho y había cambiado el cinturón blanco por otro azul, quitándole la poca alegría que poseía.

—Don Ángel está aquí, en la habitación, deberías ir. —Señalé con la cabeza en la dirección en la que acababa de venir.

—Oh, sí, vamos —dijo algo contrariada mientras se arreglaba un poco el pelo.

—Yo espero aquí, ya lo he saludado.

Recé para que no me obligara a acompañarla y, al parecer, surtió efecto, pues se marchó sin decirme nada.

Empecé a notar un ligero dolor de cabeza y un pequeño temblor en el párpado derecho; mis odiadas jaquecas me avisaban de su futura visita.

Me acomodé en el sillón que había en el rincón de la estancia, colocado estratégicamente junto a la ventana para así poder estar al tanto de todo lo que sucedía en la hacienda. Desde allí se divisaba la entrada principal, las caballerizas y los corrales. A lo lejos, la flor de los almendros recién abierta vestía de blanco los campos marrones.

Ante aquel rústico pero hermoso paisaje, no pude evitar acordarme de Carlos. Imaginé mi ramo de novia hecho de flor de almendro y entonces me percaté de algo que me hizo trizas el corazón: mi boda, prevista para mayo, iba a ser pospuesta.

Mis padres eran tan religiosos que no la celebrarían sin cumplir el luto establecido, dos años para los familiares más cercanos. Mi vestido de novia quedaría colgado en una de las habitaciones hasta que llegase el momento de poder usarlo. No era la primera vez que alguna de mis amigas había visto retrasarse su boda varias veces, encadenando un luto con otro. Un nudo muy grande oprimía mi garganta, ¿y si Carlos se cansaba de esperar? El párpado derecho latía con tanta fuerza que el dolor de cabeza se acrecentó con rapidez.

¿Cómo podía estar pensando en mi felicidad cuando mi abuela estaba viviendo sus últimas horas de vida? Me sentí la peor persona del mundo y comencé a llorar corroída por la culpa.

La tarde pasó más lenta de lo normal. No salí del cuarto de costura, me quedé hecha un ovillo en el sillón, escuchando la fina lluvia que había empezado a caer casi a la misma vez que la de mi corazón. Me sentía sucia y egoísta. Decidí que tendría que confesarme lo antes posible, pero no lo haría con don Ángel; ese sacerdote no me gustaba, tendría que esperar a llegar a Madrid.

—Señorita, su madre me manda decirle que en media hora se servirá la cena, que se arregle, que los acompañará el párroco, que sea puntual. —Carmelita transmitía los mensajes como si fueran telegramas.

Me levanté resignada, no me apetecía nada cenar con el cura, pero entendí que para mis padres era un consuelo tenerlo con nosotros.

Necesitaba un baño, pero el frío que reinaba en aquella casa evitó que me lo preparara. Me lavé la cara y las manos en la jofaina que había en mi dormitorio, cepillé mi larga melena y volví a recogérmela en un austero moño. Me puse una chaqueta negra y bajé al comedor, donde todos me esperaban.

Don Ángel llevó todo el peso de la conversación durante la cena, papá apenas asentía con la cabeza a las aseveraciones del párroco.

—Doña Pilar, le doy la enhorabuena por este pollo, hacía tiempo que no probaba algo tan delicioso —la halagó, aunque sabía que ella no era la cocinera.

—Me alegro de que le guste —respondió mamá, esbozando una sonrisa cansada.

—Sé que están preocupados por doña Agustina, pero no deben hacerlo. Su señora madre... —Miró a papá—. Ha sido una cristiana ejemplar y eso el Altísimo se lo tendrá en cuenta, estoy seguro de que le ha reservado un lugar muy especial junto a Él. Esta noche me quedaré para velar su sueño.

Siguió hablando del paraíso, del arrepentimiento y un millón de cosas más, parecía que cada sorbo de vino le daba más cuerda. Decidí dejar de escucharlo, su voz estridente me ponía de mal humor.

—Don Rafael, su señora madre acaba de despertar —interrumpió Carmelita mientras terminábamos el postre.

—Acompáñeme, don Ángel. —Papá salió del comedor esperando al párroco, que lo seguía con su pesado caminar.

Nos encontramos a la abuela algo más repuesta, había tomado un poco de caldo y se encontraba semiincorporada en la cama. Por un momento, todos pensamos que quizá el médico se había alarmado en exceso.

—¿Cómo se encuentra, doña Agustina? —preguntó el cura sentándose a su lado.

Ella sonrió y, con las pocas fuerzas que le quedaban, besó el crucifijo que él llevaba prendido al cuello.

—¿Le apetece que la escuche en confesión?

La abuela asintió, no sin antes mirarnos a todos con los ojos apagados. Al llegar a mí se detuvo por un instante, después miró a papá e intentó decir algo.

—Salgamos fuera para que puedan hablar —ordenó mi padre, bastante nervioso, abriendo la puerta y apremiándonos con la mirada.

Una media hora estuvimos esperando en el pasillo, cada uno perdido en sus propias preocupaciones.

—Deberían llamar al médico, la fiebre está volviendo —nos anunció don Ángel rato después, abriendo la puerta para que pudiésemos acceder a la habitación—. No se preocupe, su madre ha puesto todo en orden —le dijo tocándole el brazo a papá cuando este pasaba junto a él.

Mamá salió en busca del capataz para que trajese al doctor. La abuela apenas podía respirar, parecía que la charla con el cura la había agotado y unas enormes ojeras moradas resaltaban en su cara blanca y envejecida.

—Rafael, mi niño, ven. —Tendió su mano arrugada hacia su hijo, que la obedeció de inmediato.

Me enterneció verlos mirarse con tanto amor; consiguió que olvidara el frío que llevaba todo el día junto a nosotros. Nunca había visto a la abuela así. Por un momento me pareció la mujer más frágil y vulnerable del planeta. Sabía que se marchaba dejando a su Rafael; por él había seguido luchando cuando el destino cruel que se instauró en España entre 1936 y 1939 le arrebató a sus seres más queridos: su hija, su hermana y su marido. Su mirada ya no era impenetrable; al parecer, todo lo sufrido en aquellos años había desfilado ante ella en esa media hora y la había convertido en una muñeca de trapo a la que no dejaban de resbalar unas finas lágrimas.

Estuvieron con la cabeza pegada uno junto al otro, hablando en susurros, hasta que el médico llegó.

—Rafael, di la verdad —le dijo la abuela cuando se incorporó de la cama para que el doctor pudiese examinarla.

—¿A qué se refiere? —pregunté intrigada.

—La fiebre le ha hecho recordar el día que rompí a pedradas los cristales de la iglesia —me respondió con la mirada clavada al suelo, intentando recomponerse.

Tras examinarla, el médico se acercó a nosotros negando con la cabeza.

Nos fuimos turnando a los pies de su cama durante toda la noche, escuchando sus palabras sin sentido, viendo aparecer la sombra de la muerte y escuchando su fuerte respiración.

El sol empezaba a divisarse por la ventana y los gallos cacareaban anunciando el inicio de la mañana cuando la abuela recobró la consciencia.

—¿Cómo estás, abuela? —le pregunté mientras secaba su frío sudor con un paño.

—¿Mercedes?, ¿eres tú? —Intentaba reconocerme abriendo un poco más los ojos e incorporándose en la cama.

—Sí, soy yo, no te levantes, acuéstate. —Abandoné el sillón en el que había pasado mi guardia y me senté a su lado.

—Tienes que perdonarme, tienes que perdonarlo. —Me sujetaba con fuerza el brazo mientras no dejaba de repetir con bastante dificultad las mismas palabras.

—¿Qué dices?, ¿a quién? No te entiendo. —Intenté que me soltara, pero era imposible.

—Búscala, Mercedes, búscala. Perdóname, perdónalo, perdónalo.

—¿A quién quieres que busque? No tengo nada que perdonarte, abuela. Yo te quiero mucho. —La abracé con delicadeza y besé su frente.

—A tu madre, busca a tu madre.

—¿Quieres que llame a mamá? —Por fin estaba entendiendo lo que quería—. Voy a buscarla —le dije para que me soltara.

—Sí, a tu madre. —Me soltó el brazo e intentó esbozar una sonrisa.

Salí a buscar a mamá lo más rápido que pude. Cuando volví con ella, encontramos a la abuela en un relajado sueño.

—Quería hablar contigo, no paraba de decirme que te buscara —le dije a mamá llorando de impotencia.

—No te preocupes, está muy débil, seguro que no era importante.

Esas fueron las últimas palabras de doña Agustina Álvarez de Quiroga. Una hora más tarde, exhaló su último suspiro y nos dejó a todos sumidos en una profunda tristeza.

3

La muerte de la abuela fue un duro golpe para todos. Papá se encerró en uno de sus eternos silencios, mamá no paraba de llorar y yo no sabía qué hacer en un momento tan complicado.

No pude derramar ni una lágrima, estaba como congelada, pegada al suelo, demasiado acostumbrada a que los demás fueran los que me dijeran lo que tenía que hacer. Mi educación se había basado en eso: obedecer y no preguntar. Creía ciegamente en mis padres, en sus preceptos, en su amor y sabiduría. En realidad, confiaba en toda la gente que me rodeaba y eso me había convertido en una persona demasiado inocente.

Me quedé en un rincón de la habitación contemplando la escena. Carmelita había salido en busca de Teresa, don Ángel rezaba en un murmullo ininteligible y yo parecía observar un cuadro del Museo del Prado.

Tras unos largos minutos en los que el tiempo pareció detenerse, Teresa, la cocinera, nada más entrar en el dormitorio, fue la que tomó las riendas de la situación devolviéndonos a todos a la realidad, pues si alguien sabía lo que había que hacer, era ella.

—Doña Pilar, deberíamos empezar a preparar el cuerpo antes de que se enfríe —dijo con la voz temblorosa por la emoción, acercándose a mi madre.

Teresa tenía unos setenta años y había estado toda la vida al servicio de la familia, se había criado en aquella casa y, cuando sus padres se hicieron mayores, ella tomó el relevo. Fueron los únicos obreros fieles que ayudaron a la abuela durante la guerra, y eso logró que entre Teresa y la gran doña Agustina se creara un lazo extraño de respeto y cariño mutuo. Se podría decir que, aunque la abuela nunca lo habría reconocido, la consideraba una amiga; tanto ella como mi padre habían respetado siempre sus opiniones y consejos, otorgándole libertades y privilegios de los que ningún otro trabajador de la hacienda disfrutaba.

—Oh, tienes razón, bien, em... ¿qué hacemos? —contestó poco después mamá, que parecía perdida.

Miró a la mujer y esperó que ella la condujese en aquel momento.

—Deberían marcharse todos. —Teresa esperó a que mi madre le diera la aprobación con un gesto de la cabeza—. Nosotras lavaremos el cuerpo y le pondremos la ropa que usted decida.

—Yo también me retiro, voy un momento al pueblo, debo preparar el funeral —dijo don Ángel.

—Carmelita, trae el vestido que está en el cuarto de costura —ordenó mamá.

—Quiero ayudar —dije abandonando mi posición de estatua, aunque mis músculos seguían engarrotados y se negaban a obedecerme.

—No es necesario, señorita —contestó Teresa, que intentaba evitarme el mal trago que supone amortajar a un ser querido.

Papá me tendió la mano y juntos salimos de la habitación, dejando que ellas se encargaran de todo.

—Ve a cambiarte de ropa, será una noche larga. —Me acompañó hasta la puerta de mi dormitorio y se marchó después al suyo.

Me puse el vestido negro que con previsión habíamos traído de Madrid, me senté en la cama frente al espejo y esperé. Allí, en el silencio de mi dormitorio, fui consciente de los pocos momentos que recordaba haber compartido con mi abuela; excepto los veranos de mi infancia, apenas era capaz de recordar una cuantas Navidades juntas. Sentí un escalofrío al verme de riguroso luto. La vida era demasiado impredecible, un día antes me observaba también ante un espejo, pero el color que vestía era el de la alegría, blanco nupcial.

—Su madre dice que ya puede ir —me comunicó Carmelita, asomando con timidez la cabeza por la puerta, una media hora más tarde.

Me levanté sin contestar, cogí el rosario, un fino velo negro y me dirigí al dormitorio de la abuela. A lo lejos ya se oían las campanas que anunciaban su muerte.

Papá estaba sentado en la cama y observaba el cuerpo sin vida de su madre. Agustina Álvarez de Quiroga lucía el vestido que mamá le había arreglado unas horas antes. Gracias al ligero maquillaje que le habían aplicado, se habían borrado las moradas ojeras que no hacía tanto desdibujaban su rostro; hasta parecía haber rejuvenecido, apenas unas cuantas arrugas bordeaban sus ojos.

En ese momento, dejé de verla como mi abuela y pude apreciar a una mujer que en sus tiempos debió de ser muy hermosa. Ya no estaba seria ni con el ceño fruncido, e irónicamente no la vi tan fría como solía aparentar, hasta me pareció percibir una discreta sonrisa en sus labios. Papá le rozaba la cara con los dedos como si tuviese miedo de hacerle daño. ¡Era tan inusual ver esa sensibilidad en papá! Él era tan fuerte como la abuela y, sin embargo, allí sentado parecía un niño perdido. Era un general de la Legión, acostumbrado a la muerte de sus semejantes, y en ese instante se había roto su coraza. Finalmente, se levantó, besó su frente y se situó junto a mi madre, que también se había cambiado de ropa.

Don Ángel ya había vuelto del pueblo y observaba en silencio la escena. Minutos después, la habitación se llenó de algunas vecinas que nos daban el pésame y se sentaban en las sillas que Simón había dispuesto alrededor de la habitación. Allí, en completo silencio, rezábamos todas por el eterno descanso de la abuela. Yo le pedí a Dios que le devolviera la paz que había perdido y le dejara un lugar muy importante a su lado.

La llegada de Carlos dos días después, junto con sus padres, fue como un pequeño sol en uno de los días más oscuros del invierno. Su fuerte abrazo pareció curar, por un momento, mi dolor de espalda y mi terrible jaqueca.

—Ya estoy aquí —me susurró y me dio un pequeño beso en la mejilla—. Ya no tienes que preocuparte de nada, he venido a cuidar de ti.

—Te he echado de menos —le dije refugiada en su hombro, dejando escapar el agobio y las lágrimas oprimidas.

Carlos era físicamente mi Paul Newman particular; su cabello castaño y aquellos ojos azules, casi cristalinos, me sumergían en un mar profundo y calmado. Siempre con su traje impoluto, tan educado y atento que parecía un lord inglés, muy distinto del actor de Hollywood, que lucía aquellos pantalones vaqueros desgastados como nadie, con la cazadora de cuero negra que le convertían en el hombre más sexy del momento. Tener el amor de Carlos me hacía sentir la mujer más afortunada del mundo.

Tras saludar a mis futuros suegros, los acompañé al interior de la casa, donde mis padres esperaban para partir hacia la iglesia.

—Ernesto, gracias por venir.

Papá le tendió la mano al padre de Carlos.

—No podíamos faltar, somos familia. —Ernesto saludó con un par de besos a mi madre, que permanecía en silencio sentada en una butaca.

—Ya vamos hacia la iglesia, el... cuerpo de mi madre está en el coche fúnebre.

A papá le costaba acostumbrarse a su pérdida.

—Veo que se ha desplazado un gran número de nuestras amistades —dijo Asunción, la madre de Carlos, repasando cada milímetro de la estancia como era su costumbre, mientras buscaba el lugar adecuado para dejar su bolso.

—Deberíamos marcharnos —apremió mamá, poniéndose en pie.

—¡Qué barbaridad! —Asunción cogió el bolso que había dejado en la repisa de la chimenea y lo sacudió con energía—. Parece que esa criada vuestra no ha tenido tiempo de limpiar. ¿O es que se le ha olvidado cómo se hace?

—Sí, será mejor que nos vayamos.

Papá se había molestado por el comentario de la madre de Carlos. Teresa era una trabajadora leal que solo se había entregado al cuidado de su patrona en esos momentos tan duros, y él lo sabía y apreciaba su dedicación.

Ernesto miró con reprobación a su esposa y, sin mediar ni una palabra más, partimos hacia la iglesia.

El sepelio se me hizo más corto de lo esperado, casi ni presté atención a la homilía de don Ángel. Nuestras amistades habían llenado el templo haciendo ese momento más familiar.

Muy poca gente del pueblo nos había acompañado, y eso me sorprendió. En los últimos bancos pude distinguir al joven médico que había tratado a la abuela, que se marchó sin hacer ruido al acabar la misa.

Ni siquiera sabía cuál era su nombre, pero sentía curiosidad hacia su persona. Llevaba un traje azul marino bastante desgastado y unos zapatos que parecían quedarle grandes. Era como un niño perdido, tímido, con un semblante serio y unos ojos castaños que albergaban sufrimiento. ¿Cómo se habría costeado la carrera? Aquel doctor parecía un obrero con título universitario, y yo estaba acostumbrada a tratar con otro tipo de médicos más distinguidos.

Enterramos a la abuela en el panteón familiar, donde ya yacían su marido, su hija y su hermana, todos víctimas de aquella maldita guerra. Pensé que quizá ahora podría recuperar un poco de la felicidad que le había sido arrebatada. En ese momento, me di cuenta de lo solos que estábamos; mamá, también hija única, había perdido a su padre en el frente y su madre murió poco después de acabar la guerra.

Veinte años más tarde seguíamos pagando el daño causado por la contienda. Todavía había muchas familias rotas; todos sin excepción habían perdido a alguien, unos por las heridas de la carne y otros por las heridas del alma. La familia Quiroga quedaba reducida a nosotros tres. Ahora comprendía el afán de mis padres para que me casara y les diera muchos nietos. Había que perpetuar el linaje, aunque el apellido Quiroga desaparecería con mi padre.

El entierro terminó dejándonos solos de nuevo. Al llegar al cortijo, cada uno se fue a su dormitorio, necesitábamos reponer fuerzas. Teresa había preparado dos habitaciones para

Carlos y sus padres, que se quedarían con nosotros a pasar la noche.

—Descansa, Mercedes, yo voy a mi dormitorio a refrescarme un poco y cambiarme de ropa. Nos vemos en la cena —me dijo Carlos, apartándome un mechón de pelo que se había desprendido de mi recogido y me tapaba los ojos.

Estaba deseando acostarme y, al hacerlo, en la soledad de mi habitación, me di cuenta de que quizá había disfrutado muy poco de la única abuela que recordaba. Debí entender su dolor y no juzgarla por ser tan distante, debí insistir en pasar más veranos en Los Antones, simplemente debí conocerla más.

El cansancio hizo pronto su trabajo y me envolvió en un sueño reparador. Las campanas me despertaron a las ocho de la tarde, había dormido siete horas seguidas.

Empezaba a tener hambre, no tardaríamos en cenar y necesitaba darme un baño y cambiarme aquel vestido impregnado de sudor, incienso y tristeza.

El agua caliente que resbalaba por mi cuello alivió las contracturas ocasionadas por la tensión que había sufrido, me libró de parte de la carga de mis hombros y me hizo sentir mucho mejor. La jaqueca me había abandonado y por fin me noté despejada.

Entre la ropa que había traído de la capital, encontré un pantalón de campana y un jersey de cuello de cisne negro. Bajé consciente de que a mi madre no le gustaría verme con un pantalón, pero yo necesitaba estar cómoda. Mi amiga Eugenia los llevaba casi todos los días y no paraba de alabar sus cualidades. Fue un escándalo cuando una tarde apareció en el club, por primera vez, con unos de color rojo chillón. A las damas allí presentes por poco les da algo, cosa que a ella le encantó y le divirtió sobremanera.

Al escucharme bajar las escaleras, Carlos salió a mi encuentro. Todavía recuerdo el olor a jabón de afeitar, la suavidad de su cara al saludarme con un beso y cómo rodeaba mi cintura con su brazo mientras me acompañaba al salón, donde todos me esperaban para cenar; su proximidad me producía un agradable cosquilleo.

—¿Has descansado, querida? —me preguntó mi futura suegra mirando con reprobación mi atuendo—. Ya veo que tu amiga Eugenia te ha dejado uno de sus modelitos, no entiendo cómo los jóvenes podéis vestir así. —Estaba claro que se sentía incómoda—. Los pantalones son cosa de hombres.

Asunción era muy refinada y elegante. Presumía de estar emparentada lejanamente con la duquesa de Alba. El día en que mi amiga hizo «su teatrito» en el club, Asunción hasta propuso echarla. Estaba obsesionada con el protocolo y pensaba que las mujeres no debían llevar pantalones, pues eso nos restaba feminidad. Según ella, las mujeres debían ser obedientes, bonitas y delicadas y, por supuesto, pertenecer a una buena familia. Las clases sociales existían por algún motivo, no podían mezclarse, y me lo recordaba cada vez que tenía oportunidad. Asunción quería una nuera a su imagen y semejanza, claro que los tiempos estaban cambiando.

—Mercedes, ¿no tenías otra cosa que ponerte? —me regañó mamá—. ¿Cuándo te has comprado eso? —Miró con horror mis piernas.

—Yo creo que le quedan muy bien —intervino Carlos, que logró zanjar la conversación y lanzó una severa mirada a su madre, que no había dejado de escrutarme.

Carlos la respetaba y la quería, pero no soportaba esos aires de superioridad que se daba entre sus amistades. Yo también la apreciaba, pero me sacaba de mis casillas que siempre estuviera juzgando a los demás. Nunca contestaba a ese tipo de comentarios, le debía respeto como mi futura suegra, aunque más de una vez me quedé con ganas de hacerlo.

Tras la cena, que transcurrió sin sobresaltos, conseguí quedarme a solas con Carlos. Nuestros padres se retiraron al salón y, a pesar del frío, lo convencí para que me acompañase a dar un pequeño paseo.

Caminar a la luz de las estrellas me relajaba. El helor de la noche cortaba mis mejillas, pero aun así me sentía como si fuera parte de aquel lugar. El aire puro, sin contaminación de automóviles ni fábricas, me despejaba los pulmones y parecía inyectarme una energía desconocida para mí.

—¿Cómo te sientes? —me preguntó con dulzura, agarrándome de la mano.

—No lo sé, me siento culpable y ni siquiera sé el motivo. No he llorado por la muerte de mi abuela. Me siento triste, sí, pero ni una lágrima he derramado en todo el día.

—¿Culpable?, ¿de qué? Tú no has propiciado la enfermedad de doña Agustina —me dijo mientras caminábamos por los alrededores de la casa—. Hay gente a la que le cuesta llorar en público. Además, ha sido todo muy rápido y posiblemente cuando pasen unos días te derrumbarás y no pararás de llorar. Te conozco, Mercedes, y si algo tengo claro es que no eres una persona insensible.

—¿Sabes en qué pensé unas horas antes de su muerte? —Cerré los ojos avergonzada.

—No.

—En nuestra boda. Soy horrible, mi abuela muriendo y yo preocupada por el retraso que va a sufrir. —Solté su mano y le abracé con fuerza, necesitaba sentir su calor—. No quiero pasar más tiempo alejada de ti. Ya nos había imaginado viviendo juntos y ahora me da miedo que no resistas esperar tanto tiempo.

—No pienses en eso ahora, todo se arreglará. Seguro que encontraremos una solución. —Se desató de mi abrazo, separándose un poco, y siguió hablando—: Tal vez no sea necesario retrasar nuestros planes dos años, podemos esperar unos meses y hacer una ceremonia familiar, sin apenas invitados. Nuestros padres están deseando que nos casemos y que nuestras familias se unan como siempre han soñado, así que no dejarán que todo se vaya al traste. Pero olvídate de una gran boda.

—Pero llevo años soñando con el día de nuestra boda, rodeados de todos nuestros amigos, en un gran salón lleno de flores blancas, con una gran orquesta. Mi padre me dijo que hasta era posible que acudiese el Caudillo.

No llegué a llorar, pero sentí un poderoso nudo que me oprimía la garganta, asfixiándome por egoísta. Me di la vuelta para que Carlos no pudiera ver la expresión de dolor de mi cara.

—No te preocupes, cuando pase un tiempo prudencial, hablaremos del tema con nuestros padres, ya verás cómo conseguimos casarnos antes de dos años.

Me atrajo hacia él y me agarró de la cintura, retirando el mechón de pelo rebelde que siempre se soltaba de mi recogido y me tapaba la mirada triste, y me besó en los labios, aprovechando que estábamos fuera del alcance de nuestros padres. Sus besos eran dulces como el caramelo y suaves como el algodón.

Me dejé querer por sus delicadas manos, que acariciaban mi cabello. Carlos, siempre tan caballeroso y atento, nunca sobrepasaba los límites, y eso me hacía sentir segura, sabía que para mí era muy importante llegar pura al altar.

—Carlos —interrumpí la magia—, no te he contado lo que encontré en la biblioteca. —La caja de madera había vuelto a mi cabeza.

Cansados, nos sentamos en un banco que había junto a las caballerizas.

—Había una caja con fotos muy antiguas. De mis padres cuando eran jóvenes, estaban muy guapos. Me hizo mucha ilusión ver a papá cuando era pequeño, pero, bueno, no es eso lo que quería decirte. En el fondo de la caja, en un sobre, apartadas de las demás, encontré unas fotos muy extrañas. —Quería explicárselo con todo detalle, pero los nervios no me dejaban y hablaba atropelladamente.

—¿Y?, ¿qué fotos eran?

—Había una de mamá en la que no estaba embarazada y otra en la que ya aparecía conmigo. —La voz me temblaba.

—¿Qué tiene eso de extraño? —No entendía nada.

—¡Había tan solo un mes de diferencia! —Me molestaba que no me comprendiera.

—Vamos a ver, Mercedes, no sé qué tiene eso de misterioso. Se harían una foto para recordar el embarazo y otra al nacer tú.

—¿Es que no me has escuchado? En la primera foto estaba plana por completo, sin ba-rri-ga. —Sentía cómo mi corazón latía cada vez más rápido—. En la segunda, tan solo un mes después, yo ya había nacido. ¿Cómo te explicas eso?

—Creo que estás sacando las cosas de quicio. Seguro que hay un error con las fechas, no sé por qué te obsesionas. —Se levantó del banco, incómodo.

—Lo mejor será que lo veas por ti mismo, vamos. —Me puse en pie y lo arrastré hacia el interior de la casa.

Subimos a la biblioteca en silencio para no alertar a nuestros padres, a los que se les escuchaba hablando en el salón.

La caja seguía en el mismo sitio en el que la había dejado. Saqué las fotos con las manos temblorosas y las puse en la mesa, una al lado de la otra.

—¿Ves? —Le señalé lo que para mí era evidente.

—Yo no veo nada, Mercedes. Ya te he dicho que seguramente, cuando tu abuela guardó las fotos, se equivocó al poner la fecha. —Sacó un cigarrillo y lo encendió.

—¿Por qué estaban escondidas? —Quería que él viera lo mismo que yo.

—¡No estaban escondidas! Solo estaban al fondo de la caja, en un sobre, sí, pero eso no significa que estuvieran ocultas. —Las caladas al cigarro eran cada vez más continuas.

—No, ¿y si soy adoptada? —dudé, quizá él tenía razón. Pero había algo en mi interior que me indicaba que esas fotografías querían hablarme.

El pánico se apoderó de mí y deseé no haber pronunciado aquellas palabras en voz alta, pues al hacerlo fui consciente de que podía ser real.

—¡Qué disparate dices! ¿Tú te has oído? Creo que el dolor por la muerte de tu abuela te está afectando más de la cuenta y no piensas con claridad. —Apagó con fuerza el cigarrillo en el cenicero que había en la mesa—. Las lágrimas que no has derramado te están nublando el juicio. Si te llegan a escuchar tus padres, se les partiría el corazón más de lo que ya lo tienen. A veces eres muy infantil. —Me miró con una dureza que no era propia en él, que me viera como una niña me empequeñeció.

—Carlos, yo... —No sabía qué decir; los argumentos de mi novio me habían descolocado, provocaron que me sintiera peor de lo que estaba.

—Deja eso y disfrutemos del poco tiempo que nos queda juntos; mañana temprano parto para la capital y no sabemos cuántos días vais a permanecer aquí. Dejar todo en orden lleva su tiempo. —Relajó el gesto de su cara y me volvió a coger de la mano, invitándome a que me sentara junto a él en los sillones de la biblioteca.

—Está bien —cedí, no quería que se marchara pensando que era una tonta, pero decidí que en cuanto tuviera ocasión le preguntaría a mamá.

Estuvimos hasta medianoche hablando de banalidades y haciendo planes de futuro, pero, aunque lo intentaba, no conseguía quitarme las imágenes de la cabeza. ¿Me estaría volviendo loca? Tal vez Carlos tenía razón y era todo un simple error.

—Mercedes, creo que es hora de retirarse. —Mamá vino a buscarme interrumpiendo nuestra charla. No estaba bien visto que una pareja estuviera tanto tiempo a solas, aunque aquella noche, debido a las circunstancias, lo había dejado pasar.

A la mañana siguiente me despedí de Carlos con un fuerte abrazo y un «hasta pronto», sin sospechar que mi vida tal y como yo la conocía estaba empezando a cambiar silenciosamente.

4

Nuestra estancia en Los Antones se prolongó una semana. Papá pasaba los días con Simón viendo las tareas pendientes de la hacienda e indicándole todo lo que se debía hacer cuando volviésemos a Madrid: pagar facturas, cuidar los árboles y animales, y supervisar que el trabajo diario se realizara.

A mamá y a mí nos tocó la parte más dura: encargarnos de las pertenencias de la abuela. Era muy difícil deshacerse de las prendas que no hacía tanto le habíamos visto puestas, como la rebeca negra que lavaba cada noche para poder ponérsela todos los días. Era un trabajo que cuanto antes se llevara a cabo mejor.

Habían pasado cinco días de la muerte de la abuela cuando se desató una gran tormenta en nuestra familia.

—Este pañuelo se lo regaló tu abuelo, está como nuevo —me dijo mamá esa mañana mientras lo olía, buscando su perfume.

—¿Qué vamos a hacer con toda esta ropa? Hay mucha que apenas tiene una puesta —dije doblando una falda que ni recordaba haberle visto.

—Tenía mucha ropa, tu padre le compró un ropero nuevo

hace un par de años, pero a ella siempre le gustaba ir con lo mismo. Creo que solo se ponía las prendas nuevas cuando venía a visitarnos.

—¿Cómo era de joven? Me refiero a que si siempre fue tan seria —pregunté mientras echaba sus zapatos de los domingos en la caja que donaríamos a la iglesia.

—Bueno, era una mujer fuerte —la nostalgia impregnó la voz de mamá—, con mucho carácter, no se dejaba doblegar por nadie, aunque siempre fue muy cariñosa con su familia.

—Conmigo no era muy cariñosa; no digo que no me quisiera, pero no recuerdo cuándo fue la última vez que me dio un beso —dije como si no me importara, pero la verdad es que noté una fuerte punzada en el pecho.

—Mercedes, tu abuela te quería mucho. Mira esta foto donde estáis las dos juntas, el amor que sentía por ti se reflejaba en su rostro. —Mamá cogió un retrato del aparador y me lo mostró.

—No sé, ya no importa. —Me di la vuelta y limpié con disimulo una lágrima traicionera que se me escapaba—. Por cierto, el otro día encontré una caja con unas fotos muy antiguas en la biblioteca, voy a buscarlas. —Cambié de tema e intenté aprovechar el momento para resolver aquel misterio que llevaba días carcomiéndome.

—¿Ahora? Luego me las enseñas, vamos a acabar con esto.

—Es que quiero que veas unas fotos un poco curiosas. —Salí de la habitación antes de que pudiera detenerme y me dirigí a la biblioteca.

Encontré la caja en el mismo sitio en que la había dejado, detrás de una antología poética. La cogí nerviosa por lo que podría descubrir y me encaminé de nuevo al dormitorio.

—Señorita Mercedes —me interceptó Carmelita justo cuando iba a entrar—, tiene una llamada del novio de usted.

—Sonrió a sabiendas de lo feliz que me ponía cada vez que hablaba con Carlos.

—Vaya —respondí contrariada—. Toma, guárdame esta caja y que no se te pierda —le advertí muy seria.

—No se preocupe. —La cogió con miedo, como si fuera de cristal, mirándola detenidamente.

Corrí hacia el despacho, Carlos estaría impaciente al otro lado de la línea.

—¿Hola?, ¿Carlos? —Cerré los ojos para imaginar que lo tenía junto a mí.

—Mercedes, ¿cómo estás?, ¿qué tal tu jaqueca?

El sonido era muy malo, en las llamadas de larga distancia era raro que no hubiese interferencias.

—Bien, bien, por fin ha desaparecido. ¿Cómo estás tú?, ¿me extrañas?

—Pues claro, tonta. Estoy deseando que vuelvas a Madrid. ¡Te llamo para darte una buena noticia! Me han convocado para una vacante muy importante en la Fiscalía del Estado; solo hay cinco candidatos, pero mi padre dice que tengo muchas posibilidades.

—¡Enhorabuena! Estoy muy orgullosa, ya verás cómo lo consigues —le dije feliz, aunque en realidad me daba pena no estar en Madrid para celebrarlo juntos.

—Esta noche saldré con mis amigos a tomar unas copas —me dijo para que no me pillara de sorpresa cuando las lenguas malintencionadas me informaran de que lo habían visto divirtiéndose sin mí.

—Haces bien —le animé, sin embargo, en el fondo me molestaba que saliese mientras yo me sentía tan sola en el pueblo.

—Mañana te vuelvo a llamar. —Colgó sin más despedidas y me dejó con un «te quiero» en los labios.

La conversación con Carlos me produjo un sabor amargo en la boca y, una vez más, me reproché mi egoísmo al no alegrarme por él tanto como debería.

Me fui a la cocina en busca de Carmelita y le arrebaté la caja sin mediar palabra, estaba de mal humor.

En el dormitorio, mamá había avanzado bastante sin nadie que la distrajese.

—Ya estoy aquí —anuncié.

—¡Mira que has tardado! —Ella también estaba enfadada.

—Carmelita me avisó de que tenía una llamada de Carlos y por eso me he entretenido, lo siento —le dije mientras buscaba las fotos en la caja.

—Deja eso, solo nos queda ese montón de ropa y ya acabamos. —Señaló unas cuantas prendas que había encima de la cama.

—Estas son las fotos. —Se las mostré ignorando lo que acababa de decirme.

Las miró sin decir nada, esperaba a que yo hablara.

—¿No ves nada raro? —pregunté impaciente.

—Pues no —me contestó devolviéndomelas sin darle mayor importancia.

—Entre esta foto y esta solo hay un mes de diferencia, en una yo acababa de nacer y en la anterior no estabas embarazada. —Se las volví a colocar en sus manos temblorosas.

—¿Y?, ¿qué pasa? —me preguntó intentando aparentar indiferencia, pero hizo lo que siempre hacía cuando se sentía en peligro: agarrar su crucifijo—. Nos equivocaríamos al poner la fecha.

—Nunca he visto ninguna foto tuya embarazada —afirmé con cautela.

—¿Qué quieres, Mercedes? —me dijo y tiró con brusquedad la chaqueta que acababa de coger—. En la guerra no se hacían fotos, era una época muy difícil en la que uno se sentía mal por disfrutar de la vida mientras muchos la perdían en los campos de batalla —me respondió con furia.

Se marchó dando un portazo, me dejó sola y más confundida que nunca, pues, si en algún momento de su discurso había dudado de mi teoría, un solo gesto me demostró que mentía: el crucifijo en su mano. ¿Qué ocultaba mamá?, ¿sería realmente adoptada?

Mamá se pasó el resto de la mañana esquivándome, la noté nerviosa y eso provocaba que mi curiosidad cada vez fuese mayor. Me dejó sola terminando el último montón de ropa y ella se retiró con la excusa de preparar la lista de la compra con Teresa.

Cuando el gran reloj del salón anunció la una del mediodía, bajé al comedor y esperé encontrarla sentada a la mesa.

—Señorita, doña Pilar dice que la disculpe, no se encuentra bien y se ha recostado un rato —me informó Carmelita al verme entrar—. ¿Le sirvo la comida?

—No hace falta, comeré en la cocina con vosotros —contesté de mala gana ante la mirada de asombro de la sirvienta.

No era normal en mamá saltarse la comida, estaba claro que me evitaba. Las dudas sobre mi origen eran cada vez mayores, estaba desorientada y no sabía cómo volver a abordar el tema.

En la cocina encontré a Simón, que ya había empezado a degustar el asado de pollo que Teresa había preparado.

—¿Desea algo? —me preguntó, levantándose avergonzado.

—Voy a comer aquí, no me gusta hacerlo sola y mi madre no me puede acompañar —expliqué al ver la incertidumbre del personal de servicio—. Teresa, sírveme un plato, por favor.

Al momento, entre Teresa y Carmelita, me habían preparado la mesa, pero ninguno se sentó a mi lado, esperaban a que yo comiera para empezar ellos. Me sentí incómoda, yo deseaba que compartiéramos la mesa los cuatro juntos.

—¿Por qué no coméis? —Odiaba hacerlo sola.

—Niña, no está bien que los patrones coman con sus empleados —me contestó Teresa mientras dejaba una jarra de agua sobre la mesa.

—Nosotras hemos compartido más de una comida, Teresa —le dije esperando a que se decidieran a sentarse a mi lado.

—Eso fue hace muchos años, ahora es usted una señorita a punto de casarse y su madre no me perdonaría que traspasásemos los límites.

—¿Qué límites? —pregunté, y recordé mis juegos con Pepe, el chófer, que mamá había cortado de raíz.

Nadie me contestó; se entretuvieron en ordenar la cocina para hacer tiempo a que yo terminara. Ver el plato de Simón en la mesa, enfriándose, y pensar que yo le había interrumpido me incomodaba y, ante aquella situación, solo fui capaz de comer un par de trozos de pollo. Diez minutos después, abandoné la cocina, que, al parecer, no era mi lugar.

Me sentía atrapada, necesitaba pensar, respirar y gritar. Echaba de menos el piano de mi casa para poder descargar la frustración en sus teclas y que la melodía me llenara de paz. Decidí cambiar la larga falda negra por un pantalón, me dirigí a las caballerizas y le pedí a uno de los mozos que me ensillara un caballo que no fuera muy bravo. Me prestó una gruesa chaqueta de pelo para que pudiera abrigarme y me entregó a Victoria, una hermosa yegua de pura raza, para mi paseo.

La abuela fue quien me enseñó a montar, hacía mucho tiempo que no disfrutaba de un bonito paisaje a lomos de los animales más nobles que conocía. Al iniciar el paseo, el frío golpeaba mi cara, me penetraba por la piel hasta llegar a mi cabeza, que funcionaba a mil por hora, y congelaba mis ideas permitiéndome disfrutar de la belleza de la Hacienda Quiroga. Los campesinos recogían las naranjas ante la atenta mirada de uno de los encargados, que se sobresaltó al verme galopar cada vez más rápido.

—¡Señorita, señorita! ¿Dónde va? —me llamó al verme abandonar los lindes de nuestras propiedades.

Sí, los malditos límites de los que estaba empezando a cansarme, esos límites que nunca me dejaban ser yo misma, los que me habían educado y que separaban a unas personas de otras.

Bajé del caballo cuando perdí de vista la hacienda. Caminé por aquellos campos desconocidos para mí junto a Victoria, observando las diminutas casas de tejas rojas y paredes blancas en las que vivían los lugareños, nada que ver con la majestuosidad del palacete en el que residíamos en Madrid. Pequeños huertos de tomateras, patatas y cebollas rodeaban algunos hogares. Las mujeres tendían la ropa que habían lavado a mano en las pilas con aquel jabón casero hecho de sosa y aceite usado. Algunas cabras desfilaban por medio del pueblo acompañadas de un joven pastor, que no tendría ni trece años, y su pulgoso perro ovejero.

Sin darme cuenta, llegué a la iglesia, amarré el caballo a un poste que había junto a la puerta y decidí entrar. Tal vez en el refugio de San Miguel, patrón de Los Antones, encontrara las respuestas a mis preguntas. No había nadie y me alegré por ello. Me arrodillé y empecé a rezar el padrenuestro, seguí por el avemaría, el credo; más que buscar consuelo, parecía que hiciese penitencia.

—Señor, ayúdame, no sé qué me está pasando, siento algo dentro de mí que me revuelve y me estruja por dentro. Tal vez todo sean imaginaciones mías, pero una vocecilla me dice que debo seguir investigando, que mi madre me oculta algo. —Hablaba en voz alta sin percatarme de la presencia de don Ángel.

—¿Mercedes?, ¿eres tú? —Me tocó el hombro.

—Oh, don Ángel, no le había visto. —Me levanté y besé el anillo que me ofrecía.

—¿Qué haces aquí a estas horas? —Miró el reloj de cuerda que llevaba en su mano izquierda, que marcaba las cuatro de la tarde.

—Salí a dar un paseo y decidí entrar —le dije nerviosa.

—¿Acaso necesitas confesión?, ¿te atormenta algún sucio pecado?, ¿has hecho algo que no deberías con tu prometido?, ¿tienes pensamientos impuros? —Su mirada tenía un brillo malicioso al atropellarme con aquellas preguntas.

—No, claro que no —le contesté ofendida.

—Si uno al pasar delante de una iglesia siente una necesidad imperiosa de entrar, es porque su conciencia le está diciendo que debe limpiar algún pecado —me dijo acercándose más e intentando cogerme la mano.

—Mi madre me enseñó que Dios también está para buscar consuelo.

Un fuerte rechazo se apoderó de mí, sentí una mezcla de miedo y asco, ¿qué clase de párroco era? Di un paso hacia atrás y, por suerte, entró corriendo un chiquillo que demandaba la presencia del cura para asistir a una extremaunción.

—Tengo que irme, pero tenemos una conversación pendiente, Merceditas —me advirtió a modo de despedida.

¿Ese era el pastor de Dios por el que mi abuela sentía tanta devoción? Si conmigo se había portado así, ¿qué no haría con el resto de los feligreses?

Me marché proponiéndome no volver a aquella iglesia sola y justo al salir tropecé con una mujer de avanzada edad.

—Discúlpeme, no la había visto. —La agarré con rapidez del brazo para evitar su caída.

—No pasa nada, hija, estoy bien. —Me dedicó una afable sonrisa.

—Don Ángel acaba de marcharse. ¿Necesita que la ayude? —me ofrecí, al ver que cargaba con dos grandes bolsas de pimientos.

—No pesan tanto, yo puedo, pero gracias. —Sonrió y abrió los ojos todo lo que pudo, seguramente intentando averiguar quién era—. Tu cara me resulta familiar.

—¡Mercedes!

Di un respingo al oír mi nombre, giré la cabeza y me encontré a mi padre, que pasaba con el coche, conducido por uno de los trabajadores de la hacienda.

—¿Qué haces aquí? —me preguntó cuando se bajó y se acercó a nosotras.

—¿Rafael? —dijo de pronto la anciana.

—Doña Herminia, ¿cómo está? —saludó papá con una inclinación de cabeza.

—Cada vez más mayor, hijo, si no llega a ser por esta jovencita, me hubiese caído al suelo —dijo feliz de su buena suerte.

—Ella es Mercedes, mi hija. —Papá le dedicó una sonrisa helada.

—Ya decía yo que su cara tenía un aire familiar. Hace mucho tiempo que no te veía. Ha sido una pena lo de tu madre.

—Debemos irnos. Ha sido un placer volver a verla, doña Herminia, cuídese.

No dejó que continuara hablando y, con una seria mirada, me indicó que lo acompañara.

—He venido en el caballo —le contesté temerosa de la regañina que sabía que iba a recibir.

—¿Cómo? —Acababa de percatarse del animal amarrado a la sombra—. ¡Ginés, baja! Llévate el caballo a la hacienda. Fermín, conduce tú —les dijo a los dos peones que lo acompañaban.

Me hubiera gustado volver sola, pero si algo había aprendido en mi vida, era cuándo se le podía rechistar a papá, y su ceño fruncido me indicaba que esa tarde no era la más idónea.

—¿Se puede saber de dónde has sacado la magnífica idea de venir tú sola al pueblo? —me reclamó nada más subirme al coche.

—Necesitaba salir, estaba agobiada —le contesté sin mirarle a los ojos.

—¿Sola? Te podías haber perdido, no conoces a estas gentes; son capaces de hacerte daño o de retenerte para luego pedirme dinero.

Su cara empezó a cambiar de tonalidad, volviéndose cada vez más roja.

—Creo que exageras, además, ya no soy una niña, yo...

—¡Tú nada! ¡No vuelvas a salir sola por este maldito pueblo nunca más! —me gritó con la mandíbula desencajada.

—Lo siento, papá —le dije a punto de llorar.

No comprendía cuál era el delito que había cometido, pensé que quizá la muerte de la abuela tenía a mi padre más nervioso de la cuenta y por ese motivo disculpé su agresividad.

Minutos más tarde, intenté romper la pared que se había interpuesto entre los dos.

—Papá, ¿quién es doña Herminia?

Se hizo el sordo, ni me miró ni me contestó, siguió ojeando una revista que había cogido después de nuestra discusión. Me sentí pequeña y deseé llegar a casa lo antes posible.

—Fue la maestra del pueblo durante muchos años —me

contestó un largo rato después sin levantar la cabeza, pero algo más relajado.

—Ah, por eso te conocía —comenté un poco más animada—. Papá, ¿mantienes relación con tus antiguas amistades del pueblo?

—¡Yo no tengo amigos aquí! —Su boca se volvió a tensar, me hablaba como solía hacer con el personal que trabajaba para nosotros, me hizo daño su tono de voz duro e hiriente—. Este pueblo está plagado de comunistas, de basura que el Régimen debería haber limpiado hace tiempo, pero el Generalísimo, en su infinita bondad, perdonó a muchos indeseables.

Di un respingo ante aquel exabrupto de mi padre. Pero ¿qué estaba pasando?, ¿estaba soñando y no me había dado cuenta?, ¿por qué me parecía que mi vida estaba patas arriba? Sin duda, ese día en el que yo creí que se me iban a resolver muchas incógnitas estaba siendo el peor de mi vida.

Quince largos minutos después, llegamos a la hacienda, donde nos esperaba mamá bastante nerviosa.

—Rafael, menos mal que has venido, no sé dónde se ha metido la niña. —Mamá no me había visto bajar del coche y lloraba preocupada por mi larga ausencia.

—Tu hija está aquí, me la encontré de excursión por el pueblo. Lo que no sabía es que ni siquiera había tenido la delicadeza de comunicarte que iba a salir —le dijo girando la cabeza para poder observarme al entrar.

—¿Por qué te has ido sin decirme nada? —me reprochó mamá y se secó las lágrimas con su fino pañuelo bordado con sus iniciales.

—De verdad, no entiendo el drama, en Madrid salgo muchas veces sola y no pasa nada. —Intentaba comprenderlos, pero no lo conseguía.

—Esto no es Madrid —me contestó ella—. Y allí te acompaña el chófer.

—La capital es más peligrosa que este pueblo. Las pocas veces que hemos venido nunca me habéis dejado sola y no entiendo el peligro. —Subí el volumen más de lo que hubiera querido.

—¡Basta ya! No sé qué te pasa, primero lo de las fotos y ahora este numerito. —Mamá estaba fuera de sus casillas.

—¿Qué fotos? —preguntó papá.

—Unas que tenía la abuela guardadas. Papá, ¿soy adoptada? —solté sin pensar, empujada por la tensión.

La respuesta que recibí no fue la esperada, una sonora bofetada por parte de mi padre me hizo tambalearme y casi caí al suelo. Nunca me había pegado y ese día lo hizo con una furia desconocida por mí hasta el momento. Sentí cómo se abría la tierra bajo mis pies e intentaba tragarme. Ese día una gran grieta atravesó los fuertes pilares de nuestra familia.

5

Aquella bofetada me dolió más en el alma que físicamente. Un torrente de lágrimas peleaba por salir de mi cuerpo, pero mi orgullo impidió que las derramara. Tragué la bola de emociones que se alojaban en mi garganta y fui incapaz de articular palabra. Nuestras miradas se cruzaron y hablaron por sí solas; en la de mi padre encontré dolor, furia, agresividad y, supongo que en la mía, por primera vez, él no vio a una niña asustada, sino a una joven muy decepcionada.

—Rafael —musitó mi madre, atónita ante la reacción de su marido.

—Vete a tu cuarto, Mercedes —me ordenó mi padre, que parecía estar midiendo sus palabras; apretaba el puño como si quisiera evitar volver a explotar—. No salgas de allí hasta que no se te autorice a hacerlo.

Subí corriendo las escaleras, obedeciendo una vez más. Descargué mi frustración con todo lo que encontré a mi paso: arranqué la ropa de la cama y la arrojé al suelo para luego tumbarme sobre ella y permitir que saliera la masa de sentimientos que no me dejaba respirar, hasta que me abandonaron las fuerzas y quedé sumida en una especie de trance.

—Señorita, le traigo la cena. —Carmelita abrió la puerta sobre las ocho de la tarde con una bandeja en las manos.

—No quiero comer —le contesté desde el suelo.

—Pero ¿qué hace ahí?, ¿qué es este desorden? —Dejó la bandeja sobre la cómoda y empezó a recoger la ropa del suelo—. Si su madre ve todo esto, montará en cólera.

—¿Y qué va a hacer?, ¿pegarme ella también? —pregunté con sarcasmo.

—Señorita, si la madre de usted viene, me regañará a mí por no tener esto ordenado. —Bajó la mirada como si se avergonzara de lo que acababa de decir—. Por favor, levántese y déjeme poner las cosas en su sitio.

Carmelita tenía razón, no era la primera vez que ella cargaba con mis culpas. Como aquella ocasión, dos años atrás, que me empeñé en plancharme un vestido y lo quemé; yo había sido la imprudente, pero la regañina se la llevó ella por permitirme hacerlo; a mí me consolaron por el disgusto de haber perdido una prenda tan hermosa.

Me levanté del suelo y me situé en un rincón de la habitación, observando a Carmelita. ¿Cuántos años tenía? No lo sabía, lo cierto es que no conocía nada de su vida. Empezó a trabajar para nosotros cuando yo tenía unos diez años, ella no sería mucho mayor que yo. La recordé fregando el suelo mientras Eugenia jugaba a las muñecas conmigo y pisábamos lo que ella había limpiado sin importarnos que tuviera que volver a hacerlo, era invisible para nosotras.

—¿Cuántos años tienes, Carmelita?

—¿Cómo dice? —Dejó las sábanas, asombrada por mi pregunta.

—¿Cuántos años tienes? —volví a preguntar.

—Diecinueve —contestó retomando sus quehaceres.

—¿Eres dos años menor que yo? —Tragué saliva al darme cuenta de que había empezado a trabajar con ocho años, a esa edad yo no sabía ni atarme los zapatos—. Creía que eras mayor.

—Es que le mentí a su señora madre. —Se mordió el labio arrepintiéndose de su confesión—. Le dije que tenía once años cuando me contrató.

—¡Once años! —Me indignaba que mi madre la hubiese puesto a trabajar tan joven—. ¿Por qué lo hiciste?

—En mi casa hacía falta el dinero para comer. Mi padre murió cuando yo tenía seis años y mi madre se quedó sola con tres hijos pequeños. —Se sonrojó, bajó la cabeza, dejó de hablar y continuó haciendo la cama.

¿Para comer? Claro, yo no sabía lo que era eso, mi plato siempre estaba lleno. Llevaba once años conviviendo con ella y solo ahora me había dado cuenta de lo diferente que era su vida de la mía.

—Carmelita, vete a la cocina —nos interrumpió mi madre, que entró y despachó a la joven—. Mercedes, he hablado con tu padre de lo sucedido esta tarde —dijo cuando se marchó la criada. Se sentó en la cama y esperó a que yo fuese a su lado, pero permanecí de pie; en aquella esquina me sentía fuerte—. Tu comportamiento no ha sido adecuado, así que hemos decidido que te quedarás encerrada en la hacienda hasta nuestra vuelta a Madrid, nos pedirás perdón y no volverás a comportarte así. —Su tono era pausado y sereno, como si intentara controlar sus emociones.

—Estupendo —respondí tras una larga pausa—. Parece que no cambia mi situación, nunca me habéis dejado salir en Los Antones. Mamá, yo solo tengo una pregunta, ¿qué me escondéis? —La interrogué desde mi rincón de la manera más fría que me fue posible.

—¿Otra vez, Mercedes? —Se levantó de la cama y se acercó a mí. Parecía sentirse culpable, estaba pálida y su rostro reflejaba agotamiento—. ¿Qué te pasa? Tú siempre has sido dulce y obediente, no entiendo este arranque de rebeldía.

Me rozó con delicadeza la marca roja de mi cara; creo que a ella le dolía el golpe tanto como a mí.

—Solo quiero saberlo, mamá —casi supliqué una respuesta—. No es rebeldía, no quiero juzgar a nadie, pero quiero que me digas la verdad. —Cogí su mano para impedir que siguiera con sus caricias.

No dijo nada, suspiró con pesar, agarró el crucifijo de su cuello y se marchó con los ojos humedecidos. No era consciente de que lo único que hacía con sus silencios era acrecentar mi desesperación y mis dudas. Quizá ella pensaba que, si no me contestaba, me olvidaría del tema; no se daba cuenta de que estaba consiguiendo todo lo contrario.

Miré la comida que había traído Carmelita, bacalao en salsa y un gran cuenco de arroz con leche, mi postre favorito. Estuve tentada de comérmelo, pero me sentía como si me estuvieran comprando para que cambiase de actitud. Era absurdo creer algo así, pero no pude evitarlo.

Rescaté la caja de las fotos que había escondido en el fondo de mi armario, me senté en la cama y volví a examinarlas con atención. Busqué cualquier detalle que pudiera arrojar algo de luz, aunque no encontré nada.

Si por lo menos pudiese hablar con Eugenia, mi amiga me escucharía y me ayudaría a buscar una solución. Deseaba con todas mis fuerzas volver lo antes posible a Madrid.

Los dos días restantes de mi estancia en el pueblo se hicieron eternos. Me negué a salir de mi cuarto, pedí a Carmelita que me trajese unos libros de la biblioteca y allí permanecí encerrada. No estaba dispuesta a pedir disculpas, y mucho menos me apetecía encontrarme cara a cara con mi padre.

Ninguno de los dos llamó a mi puerta. Me extrañó y me dolió, pero también lo agradecí; tal vez la soledad y el silencio me ayudaran a pensar con claridad.

Carlos tampoco me telefoneó, parecía que todo el mundo se había olvidado de mí. La única que se conmovía con mi situación era Carmelita, que me miraba con pena y decoraba las bandejas de alimentos con flores para intentar animarme. Aunque hubiera deseado seguir sin tocar la comida en señal de protesta, el hambre fue más fuerte que el orgullo.

—¿Cómo está hoy, señorita? —me preguntó Carmelita nuestra última mañana en el pueblo—. Doña Pilar dice que vaya preparando sus cosas, en cuanto el padre de usted se desocupe, partiremos de vuelta a casa. Alegre esa cara, que ya va a poder ver a su novio. —Sonrió dando por hecho que la noticia me haría sentir mejor.

Mi corazón dio un pequeño vuelco, pues sí era cierto que deseaba regresar a casa, pero también me daba miedo encontrarme con mi padre; temía su reacción al verme. Aun así, preparé la maleta mucho más animada, segura de que en Madrid todo sería distinto.

Justo después de la comida, Teresa vino a buscarme.

—Niña, sus padres la esperan en el coche.

—Gracias, Teresa. Os voy a echar mucho de menos. —Le di un abrazo que ella me devolvió emocionada.

—Con su permiso, voy a ir bajando sus maletas —dijo Simón, que acababa de llegar, y cogió mis pertenencias.

—Ayer limpiando el trastero encontré unas cajas con los antiguos poemarios de su abuela. He pensado que, como le gusta tanto leer, quizá querría llevárselos. Ya sabe que su abuela amaba la poesía —me comentó Teresa, siempre pendiente de todo.

—Oh, no sabía que escribiera poemas. —Abrí los ojos asombrada—. Será un placer leerlos, gracias por acordarte de mí.

Bajé acompañada por la cocinera. Con cada paso que daba parecía escuchar el galope de mi corazón por todas partes; temí que los demás pudieran oír mis nervios y eso debilitara la posición de fortaleza que pretendía aparentar. Me encontré a mis padres esperándome junto al coche. Cruzamos nuestras miradas sin saber qué decir, yo esperé algún reproche de mi padre que no se produjo; mamá sonrió al verme, me tendió la mano y me invitó a subir.

—Será mejor que nos vayamos, quiero llegar lo antes posible —dijo papá sin hacer ningún comentario de lo sucedido días anteriores. Era su manera de enterrar el hacha de guerra.

Decidí que lo mejor sería darnos una tregua y subí al coche en silencio, con una pequeña sonrisa para calmar el incipiente nerviosismo que se palpaba en mamá.

Pasé casi todo el viaje durmiendo o haciéndome la dormida para así evitar conversaciones y momentos incómodos. La tensión entre nosotros era evidente y me pareció lo más inteligente en ese momento.

Despertar con los rayos del sol que entraban por una esquinita de la ventana de mi habitación me sentó bien y me levanté de buen humor. ¡Por fin estaba en Madrid!

El ruido de los coches y de la gente hablando en la calle contrastaba con el silencio de la Hacienda Quiroga. A las nueve de la mañana, el personal de servicio se afanaba en sus tareas diarias.

Era hora de hacerle una visita a mi amiga Eugenia. Necesitaba sus consejos y poder desahogarme con alguien. Busqué una falda negra larga y la combiné con un grueso jersey de lana azul marino. No tenía mucha ropa oscura y no había demasiado donde elegir.

Salí sigilosamente de mi espacioso dormitorio de color salmón. No sabía si mi madre ya se habría levantado, pero prefería no encontrarme con ella en los pasillos para evitar que me prohibiese salir.

Bajé a la cocina, donde encontré a Encarnita, la cocinera, preparando algo en los fogones, y a Carmelita apoyada en el marco de la puerta que comunicaba con el exterior; reía las confidencias que el chico de los ultramarinos le susurraba en el oído. No se podía negar que hacían una bonita pareja y que a la joven doncella no le disgustaba el muchacho. Se sobresaltaron al verse sorprendidos, no estaban acostumbrados a que ninguno de sus patrones apareciese a esas horas por aquellas dependencias de la casa.

—Señorita Mercedes, él ya se iba —improvisó nerviosa, temiendo que le fuese a regañar. Empujó al joven y le cerró la puerta en las narices.

—¿Sabes si mis padres están en la casa? —pregunté bajito, aproximándome a ella para que nadie nos escuchara.

—No los he visto, pero creo que su padre se marchó bien temprano, por lo menos he escuchado decir a Encarnita que el patrón había desayunado hoy sobre las siete de la mañana.

Suspiré aliviada, tenía vía libre para salir sin ser descubierta.

—¿Dónde está Pepe? —Crucé los dedos esperanzada por que mi padre no le hubiese mandado acompañarlo—. Necesito que me lleve al centro.

—Estaba en el jardín. ¿Quiere que lo llame?

—No, yo misma iré. —No podía arriesgarme a perder mucho tiempo.

Encontré al chófer podando los setos y recogiendo las hojas secas de los árboles que el fuerte viento había tirado en nuestra ausencia. Les hablaba a las plantas con mimo y respeto. «Son seres vivos», decía.

—Buenos días, Pepe —le saludé contenta de volver a verlo.

—Señorita, buenos días. —Miró el reloj de su muñeca izquierda, asombrado al verme a esas horas levantada.

—Por favor, deja lo que estés haciendo y llévame a casa de Eugenia.

—¿No es muy temprano?, ¿lo sabe su madre? —Me miró extrañado, ya que yo nunca había ido personalmente a buscarlo.

—Claro, se lo dije anoche —mentí y me sentí fatal por el pecado que estaba cometiendo—. Hablar con mi amiga me vendrá muy bien, he venido muy triste del pueblo.

Bajé la cabeza para que no descubriera mi engaño, que estaba segura de que se reflejaba en mi rostro. No hicieron falta más explicaciones. No me gustó engañarlo, pero necesitaba salir de allí.

Saqué a Eugenia de la cama, todavía no se había levantado. Según la doncella, la noche anterior había estado indispuesta. La esperé impaciente en el salón de su coqueta casa. Por suerte, no tardó en aparecer con su pijama de satén y las zapatillas rosas.

—¡Mercedes! —A pesar de tener los ojos todavía pegados por las legañas, se abalanzó sobre mí y me recibió con un abrazo—. Siento mucho lo de tu abuela, me hubiese gustado poder acompañarte.

—No sabes lo que te he necesitado, amiga. —Mis emociones me traicionaron y las lágrimas que había intentado retener se escaparon sin avisar.

—Oh, llora, llora, te vendrá bien. —Me condujo hacia el sillón que estaba a nuestras espaldas sin dejar de abrazarme—. No sabía que estabas tan unida a tu abuela.

Aquellas palabras, dichas sin mala intención, hicieron que llorara con más angustia. Ni siquiera lloraba por ella, lo hacía por mí.

—Antonia, por favor, trae una tisana —pidió a la doncella, que se había quedado a observar la escena.

—Le he traído un poquito de miel. —Antonia volvió unos minutos después, sirvió la infusión y se marchó cerrando la puerta.

Eugenia esperó paciente a que yo empezara a hablar; me tuve que sentar en su bonito sofá estampado para disimular la debilidad de mis piernas. Aquel brebaje descendió por mi garganta y llegó con rapidez a mi estómago, proporcionándole un calor que hacía unos días había desaparecido de mi cuerpo, desterró por un momento los nervios como si se tratase de agua bendita en el cuerpo de un hereje.

—No estoy así por mi abuela. Bueno, sí, siento mucho su muerte, pero que no es eso, que yo... —No encontraba las palabras adecuadas para plasmar todos mis sentimientos de los últimos días.

—Respira hondo y cuéntamelo —me animó y realizó conmigo la inspiración, sentándose a mi lado.

—Creo que soy adoptada —solté sin más.

Eugenia volcó la taza que en ese momento estaba depositando sobre la mesa y esturreó el poco líquido que le quedaba.

—¿Qué dices?, ¿de dónde sacas eso? —Por un segundo creo que pensó que yo desvariaba.

Le conté todo lo acontecido en Los Antones, sin obviar ningún detalle. Eugenia era como una balsa de aceite; hablar con ella siempre me devolvía la calma y aquella vez más que nunca. Me escuchó paciente, sin interrumpirme, analizando todo lo que le contaba. Al terminar mi relato, tardó un largo rato en darme su opinión. Nunca decía nada a la ligera; a pesar de que la sociedad madrileña la tenía como una cabra loca, lo cierto es que era una de las personas más sensatas y justas que conocía.

—Me parece que necesito un coñac para despertarme y asimilar todo lo que me has contado. —Fueron sus primeras palabras mientras llenaba una copa de licor.

Se levantó y caminó por la estancia para ordenar sus ideas.

Mi amiga provenía de la familia Sotomayor Alcorcón, muy respetada en los círculos sociales y, aunque su educación había sido similar a la mía, ella siempre había sido una rebelde, todo lo contrario a mí. Era valiente, excéntrica, moderna, divertida y, lo más importante, sincera. Perdió el favor de una gran parte de nuestras amistades cuando se casó con un joven extremeño de origen humilde que había venido a estudiar Derecho a Madrid. Se enamoró como una loca y, aunque sus padres intentaron romper esa relación por todos los medios, no lo consiguieron. Eso la convirtió en *persona non grata* para muchas familias.

—Vayamos por partes. ¿Has traído las fotografías? —Me miró esperando que se las mostrara.

—No, bueno, las tengo en mi casa. He sido una estúpida, debí traerlas para que las vieras. —Me levanté nerviosa y comencé a imitar a mi amiga, caminaba de una punta a la otra.

—Bueno, luego te acompaño a tu casa, saludo a tus padres y me las enseñas.

Me paré en seco.

—Si me ven aparecer contigo, sabrán que he salido sin su permiso —le contesté alarmada.

—Creía que el castigo era para el tiempo en el que estuvieras en Almería. —Me miró esperando mi confirmación—. Además, hay una posibilidad bastante grande de que ya se hayan dado cuenta de que no estás. Pero, bueno, dejemos eso para después. —Cambió de tema al ver mi cara de angustia.

Eugenia se rellenó la copa de licor y me ofreció una a mí, que rechacé con un gesto de cabeza. Tras bebérsela, continuó con sus deducciones.

—Es verdad que es bastante extraño lo de las fotos, y lo más intrigante es la reacción de tus padres. Siempre han sido muy serios, pero también muy cariñosos contigo; está claro que esconden algo. —Se calló unos segundos, supongo que buscaba las palabras adecuadas—. Aunque eso no quiere decir que seas adoptada. Bueno, sí, pero quizá no al cien por cien.

—No te entiendo, ¿qué quieres decir? —Seguir sus elucubraciones siempre era difícil—. ¿Cómo voy a ser adoptada solo a un cincuenta por ciento?

—¡Está clarísimo! Según esas fotografías, tu madre no es tu madre, o hizo magia y disimuló muy bien los kilos propios de un embarazo. Sin embargo, eso no quiere decir que no seas hija de tu padre.

—¿Cómo?

Intentaba comprender a mi amiga, pero al no conseguirlo las manos comenzaron a sudarme.

—Tal vez seas hija de tu padre y de algún *affaire* suyo —dijo muy despacio para que entendiera su razonamiento.

—¿De verdad piensas que esa opción es posible? —No sabía si sentirme aliviada o volver a llorar.

—Naciste justo al acabar la guerra, tu padre sirvió lejos de casa, ¿y si conoció a tu verdadera madre en ese tiempo y te engendraron? —Estaba bastante convencida de su teoría.

—¡Mi padre nunca le sería infiel a mi madre! Es un hombre

muy religioso y la Iglesia castiga severamente el adulterio —argumenté muy convencida de los ideales de mi padre en ese momento.

—Eres muy ilusa, Mercedes. Los hombres siempre son hombres, les es muy difícil controlarse. —Se calló al ver el dolor que me producían sus palabras.

—Mi madre, es decir, Pilar nunca hubiese aceptado algo así. —No la imaginaba sufriendo esa humillación.

—¿Tú crees?, ¿cuántas veces la has visto desobedecer alguna orden de tu padre?

Eugenia tenía razón. Mi madre haría cualquier cosa por su marido y por mantener intacto el buen nombre de la familia. Sin duda, cabía esa posibilidad. Era probable que papá le hubiese dicho que mi madre biológica le había embaucado o algo parecido y ella se apiadara de mí y me acogiese como su hija.

Pero ¿mi madre biológica se habría desprendido tan fácilmente de mí? No, no lo creía, pues para una mujer un hijo es lo más importante de su vida. Aunque aquella teoría parecía factible, quería que ellos, mis padres, me contaran la verdad.

Necesitaba conectar con mamá y lograr que me abriera su corazón. No me importaba que no fuese mi madre; ella siempre me había protegido, cuidado y arropado, y eso es lo que hace una verdadera madre. Debía encontrar algo que la hiciese confiar en mí y en el amor que nos unía.

6

Mis padres no descubrieron mi visita a Eugenia, ya que dieron por hecho que seguía recluida en mi habitación. No tener que enfrentarme a una posible discusión consiguió que me relajara un poco; ahora lo veía todo con claridad gracias a mi amiga y sus consejos. Debía cambiar de estrategia.

—¿No lo entiendes? Si es cierto que eres adoptada, es normal que a tus padres les duela hablar de ello; temen perder tu cariño. Debes encontrar algo que demuestre tu teoría y, entonces, con mucho tacto, hablar con ellos —me aconsejó Eugenia antes de abandonar su casa.

Seguí sus instrucciones y fingí que nada había ocurrido, pero la verdad es que algo había cambiado en mi interior. Una especie de rebeldía estaba germinando en mí, ya no me bastaban las explicaciones sencillas; descubrí que mis padres no eran perfectos, que mentían y se equivocaban como el resto de los mortales.

Los días pasaban sin que nada sucediera. Carlos se había marchado unos días a Navarra por negocios con su amigo Justino, por lo que estaba nuevamente sola. Me afané en recuperar la confianza de mis padres. Con mi madre lo conseguí al segundo día, bastó con comportarme como si nunca hubiese visto esa foto, tal como me aconsejó Eugenia; pero mi padre, aunque algo más relajado, seguía estando distante conmigo.

Me dediqué a las dos cosas que más me gustaban: tocar el piano y leer. Estas actividades me proporcionaban una gran paz y me ayudaban a pensar con más claridad.

—Lo hace usted cada vez mejor, señorita —me alabó Carmelita una tarde mientras tocaba la hermosa balada *Para Elisa* del gran Beethoven.

Aquella partitura era mágica, cada vez que la interpretaba me enamoraba más de ella. Me imaginaba que el célebre compositor la había escrito para mí.

—Gracias, pero no es para tanto. —Me sonrojé—. Tienes ojeras. ¿Te encuentras bien? —le pregunté al darme cuenta de su palidez.

—Sí, no se preocupe por mí, es que una no duerme muy bien. —Sonrió con los ojos llenos de lágrimas diciendo lo que pensaba que yo quería oír.

—Carmelita, si no te encuentras bien, deberías ir al médico. —La noté más delgada de lo normal.

—Será mejor que siga con mi faena, voy bastante retrasada. —Se marchó incómoda sin darme tiempo a volver a hablar.

Me quedé preocupada por la joven doncella y decidí que, si en un par de días su estado no mejoraba, yo misma llamaría al doctor Gutiérrez, nuestro médico de familia, para que pasara por casa a visitarla. Era posible que a mamá no le agradara la idea por su manía de no mezclar los asuntos del servicio con los nuestros, pero estaba decidida a asumir el riesgo de su enfado.

La casa se me caía encima, así que opté por salir de tiendas. Media hora más tarde, Pepe, el chófer, me dejaba en la puerta de Modas Montoya para comprar la ropa oscura necesaria para el año de luto que mi familia había decidido llevar por la muerte de la abuela. Por suerte, habían desechado la idea de que fueran dos, tal y como marcaba el protocolo.

—Pepe, mientras ve a la tintorería a recoger un vestido que dejé hace unas semanas —le indiqué mientras me bajaba del coche—. Después puedes esperarme en la cafetería de enfrente.

Lo vi alejarse con el coche y, cuando me dispuse a entrar, me encontré con la persona que menos me esperaba: el doctor del traje desgastado.

—Buenas tardes —me saludó al reconocerme.

—Ho-hola —le contesté sorprendida de verlo salir de aquella tienda tan exclusiva.

Sonrió al ver mi cara de asombro y, sin decir nada más, lo vi alejarse hacia el hotel que había junto a la cafetería en la que había quedado con el chófer. ¿Qué haría en Madrid?, ¿se hospedaría allí? Tras unos minutos intentando adivinar la vida de aquel particular médico, decidí que lo mejor era entrar en Modas Montoya y olvidarme de todo, tal y como me había propuesto.

Me aprovisioné de un montón de artículos, tanto de belleza como textiles. Engrosé mi ya abarrotado armario con un cinturón ancho para remarcar la cintura de la voluminosa falda negra que combiné con una blusa de cuello redondo. Un par de pintalabios rosa claro en vez de rojos, mis preferidos; un coqueto sombrerito parecido al que había visto en una revista de moda en casa de mi amiga y tres vestidos más de diario. Me quedé con las ganas de llevarme algún pantalón de esos que odiaba mi madre, pero no quería estropear la armonía que habíamos recuperado. Lo apunté todo en la cuenta que papá había abierto para nuestra comodidad.

Hacer la compra siempre me dejaba exhausta y un pequeño gusanillo arañaba mis tripas, por lo que salí del establecimiento dispuesta a merendar en la cafetería. Con suerte, Pepe ya habría vuelto; hacía más de una hora que se había marchado.

Sin darnos cuenta, habíamos entrado en el mes de marzo y, aunque hacía todavía frío, ya empezaba a asomar tímidamente la primavera; los días eran más largos y las plazas y parques de Madrid florecían con alegría, contagiando el buen humor a sus ciudadanos. Al salir de la tienda, me dejé llevar por el buen ambiente que se respiraba en las calles de la ciudad. Una pegadiza melodía provenía de un músico ambulante que tocaba con gran maestría una guitarra española; conseguía que los transeúntes nos parásemos a deleitarnos con su arte y, de paso, le dejáramos una propina, que agradecía con una fresca sonrisa.

Envuelta entre aquellas notas, recordé mi vestido de novia y lo atareada que estaría esos días si la abuela no nos hubiese dejado. Cerré los ojos y me dejé acariciar por los acordes de la guitarra, que parecían coser mis pequeñas heridas con cada una de sus cuerdas.

Tan absorta estaba que no me percaté de la muchedumbre que corría en mi dirección hasta que me arrollaron tirándome al suelo. Desde mi posición vi a un grupo de jóvenes que portaban pancartas exigiendo libertad y podía escuchar los gritos de la gente que intentaba ponerse a salvo de las fuerzas del orden, que pretendían disolver aquella masa de gente.

—¡Los grises! ¡Corred! —chillaban los manifestantes.

Intenté levantarme varias veces, pero la estrecha falda que me había puesto esa mañana no me dejaba hacerlo. ¡Iba a morir aplastada! Temí lo peor hasta que una mano desconocida me agarró con fuerza y me sacó de aquel ovillo en el que me encontraba. Un joven alto y moreno me condujo corriendo hasta un callejón y me puso a salvo del caos que se había formado.

—¿Estás bien? —me preguntó jadeante el chico con una cicatriz en la barbilla.

—Sí, por un momento he pensado que iba a morir. —Me temblaba tanto el labio que tuve que mordérmelo para controlarlo, aunque no logré frenar unas lágrimas que se escaparon de mis ojos—. He perdido mis bolsas y mi abrigo se ha roto —dije nerviosa, a la vez que mostraba la prenda que se encontraba rajada a la altura de mi hombro.

—Vaya, veo que es eso lo que más te preocupa —dijo con sorna, mirándome de arriba abajo—. De nada, ¿eh?

—Oh, perdón, gracias. —Me sonrojé avergonzada de mi falta de educación mientras planchaba la falda con las manos con torpeza—. ¿Qué ha pasado?

—Pues que a tus amigos los grises les ha dado por perseguir a un grupo de estudiantes. —Me miró directamente a los ojos como si quisiera leer en ellos—. Porque las niñas bien sois amigas de la policía, ¿no?

Aquel tipo, mi salvador, me irritaba y me hacía sentir incómoda, se dirigía a mí de una forma a la que no estaba acostumbrada, sin respeto. No me había fijado en su aspecto hasta ese momento. Estaba claro que era un obrero de alguna fábrica, llevaba las manos manchadas de tinta azul, del mismo color que su descolorida camisa, y sus viejos pantalones tenían un par de agujeros.

—Eres muy gracioso —le dije con ironía, pero acercándome más a él al ver cómo dos hombres entraban en el callejón perseguidos por la policía.

Los agentes lograron apresar a aquellos individuos que proferían consignas comunistas.

—¡Libertad! ¡Libertad! ¡Abajo el fascismo! —gritaban sin

cesar mientras ya en el suelo la policía no dejaba de propinarles golpes con sus porras.

Mi acompañante tensó su gesto, le temblaba la barbilla y supongo que, si no hubiera sido porque agarré su áspera mano muerta de miedo, habría saltado a liberar a aquellos delincuentes.

Cuando los chicos dejaron de gritar, la escena que vi me provocó un gran deseo de vomitar; no había rostros en aquellas caras teñidas de rojo.

En ese momento, un guardia reparó en nosotros y se acercó todavía con la porra ensangrentada en la mano. Se me nubló la vista y, controlando como pude las náuseas que sentía, agarré con más fuerza la mano de mi acompañante y recé en silencio para salir bien parados de aquella situación.

—¿Qué hacen ahí? ¡Documentación! —bramó y prestó especial atención a mi salvador.

No sabía dónde llevaba mis papeles y, por la cara de incertidumbre de mi nuevo amigo, di por hecho que él no los tenía tampoco. Estábamos paralizados, sin saber qué hacer, hasta que escuché de lejos mi nombre.

—¡Señorita Mercedes! —Pepe me llamaba e intentaba localizarme entre la multitud.

—¿No me han oído? ¿Quieren acompañarme al cuartel? —El gesto del guardia era cada vez más intimidatorio, su cara reflejaba un odio que jamás había visto.

—¡Pepe, Pepe, estoy aquí! —grité sin pensar, moviendo los brazos para que me viera.

—¿Qué hace? —El policía se acercó a mí, nervioso.

—¿Es que no sabe con quién está hablando? —reaccionó mi acompañante, que se puso entre el guardia y yo—. ¿No reconoce a la señorita?

Me asombró la rápida actuación de mi protector, que, sin

saber quién era yo, no había dudado en volver a protegerme. Estaba a salvo con aquel obrero de fábrica.

—¡Menos mal que la encuentro, señorita! —Pepe llegó sudando y casi sin aliento—. ¿Todo bien, agente? —preguntó consciente de la situación.

—Eso quisiera saber yo —respondió sin dejar de mirarme—. He pedido la documentación y nadie me la entrega, así que no sé qué pensar.

—¿Acaso insinúa que tenemos algo que ver en este incidente? —Pepe rio ante aquella ocurrencia.

—¿Se está riendo en mi cara? —Aquel guardia tenía ganas de más pelea y alzó su porra amenazándole.

Que se dirigiera así a mi chófer me hizo reaccionar.

—¿Sabe qué? —Abrí el bolso mientras controlaba el temblor de mis manos y saqué mi agenda—. Mejor deme a mí sus datos, que a mi padre le encantará saber que nos está tratando como a delincuentes. ¿Conoce al general Rafael Quiroga? Pues a él es a quien le va a dar explicaciones. —Levanté la cabeza, tragué saliva y aparenté una seguridad que no sentía—. He venido a Modas Montoya a hacer unas compras acompañada de dos de mis empleados. —Miré alternativamente a Pepe y al joven que me había rescatado—. Que lo único que han hecho ha sido cuidar de mi seguridad. Una seguridad que es cosa de las fuerzas del orden proporcionar a sus ciudadanos, así que no nos haga perder más tiempo y déjenos marchar.

Era la primera vez que hacía algo así, imité el tono de autoridad que mis padres utilizaban con frecuencia con nuestros empleados y la jugada me salió bien.

—¿El general Quiroga? —preguntó el guardia, menos gallito—. ¿Cómo sé que no me están engañando?

—Pepe, dale una tarjeta de visita y que pase por casa a saludar a papá cuando quiera, y ahora, vámonos —dije embriagada por la adrenalina que circulaba a mil por hora por mis venas.

No dijo nada más, tomó la tarjeta que el chófer le entregó y nos dejó pasar. Nos marchamos de allí lo más rápido que pudimos hacia el coche que Pepe había aparcado en la puerta de la cafetería. No hablamos nada en todo el trayecto; sabíamos que aquel policía no había dejado de observarnos.

Hasta que no nos alejamos con el coche un par de calles, no me sentí a salvo. Todo estaba lleno de antidisturbios, ambulancias y gente en el suelo; unos esposados y otros heridos. Las sirenas y los silbatos eran la música de fondo de un escenario de violencia desmedida.

Me llamó la atención una chica, tendría más o menos mi edad y estaba embarazada. Los guardias la tenían en el suelo, bocabajo, le chillaban algo que no escuché bien, pero sí pude ver las lágrimas de ella. No les importó su barriga cuando intentó, tal vez para escapar, ponerse en pie. La golpearon brutalmente por todo el cuerpo, la esposaron y la metieron de malas maneras en el coche. Su cara mirando por la ventanilla trasera era una mezcla de angustia y de ira contenida.

Casi pude sentir su dolor, el miedo por su bebé. Me sentí impotente ante la cruel y desproporcionada actuación de las fuerzas del orden. No eran terroristas, solo unos indefensos estudiantes cuyas armas eran panfletos y pancartas.

De aquel aire cargado de represión se desprendía un ligero olor a valentía que provenía de los manifestantes que luchaban, equivocados o no, por lo que creían justo.

—Pepe, déjalo donde él te indique y llévame a casa. —Un cansancio demoledor se había adueñado de mi cuerpo.

—¿Cuál es su nombre? Me suena su cara —preguntó el chófer a su copiloto.

—El que ha salvado a tu señorita —respondió más relajado

y me miró de forma descarada—. Déjame en la siguiente entrada de metro que encuentres.

Tres calles más adelante, se apeó guiñándome un ojo a modo de despedida, algo que me encolerizó. Bajé la ventanilla y, al pasar por su lado, le dije:

—De nada, ¿eh? —Si la policía no lo había detenido, era gracias a que yo había dicho que era mi empleado y ni me lo había agradecido.

Rio a carcajadas y volvió a guiñarme el ojo. Me alegré de perderlo de vista, pues a pesar de que me había rescatado, me parecía una persona arrogante y vulgar.

Pero aquel día estaba lleno de sorpresas y lo peor todavía estaba por llegar.

Se nos había hecho más tarde de lo previsto y mis padres me esperaban nerviosos en el salón.

—¡Mercedes! ¿Otra vez? Has estado toda la tarde fuera —me regañó mamá hasta que vio mi cara sucia y llena de rasguños—. ¡Dios mío! ¿Qué te ha pasado? —Se tapó la boca con ambas manos y giró la cabeza hacia mi padre.

—Ha sido una locura —empecé a gimotear—. Había gente en el suelo, policía, y yo-yo-yo he pasado mucho miedo.

En ese momento fui consciente del peligro real al que había estado expuesta.

Mamá no me dejó seguir y se abalanzó sobre mí para abrazarme con fuerza y con cariño, solo como una madre sabe hacer. Me sentí aliviada de poder refugiarme en sus brazos y le correspondí con la misma intensidad. ¡Había echado tanto de menos su calor!

—Pilar, déjala respirar —intervino papá, que también parecía preocupado—. Mercedes, ven, siéntate aquí y cuéntanos qué ha pasado. —Me tendió la mano, que agarré soltando los brazos de mamá.

Sabía que junto al gran general todo estaría bien. Olvidé nuestro desencuentro del pueblo y dejé que me acariciara el rostro y besara mi frente. Mi padre me quería y nunca permitiría que nadie me hiciese daño. Aquella noche volví a ser la niña pequeña con las rodillas raspadas que su padre curaba con amor años atrás.

—Ha sido horrible. Al parecer, la policía perseguía a unos estudiantes y me he visto arrollada por la turba de gente asustada —conté sin poder olvidar la cara de la chica embarazada mientras la esposaba la policía.

—¿Pepe no estaba contigo? —Papá miró al chófer, que me había acompañado al salón—. Creo que es tu obligación cuidar de mi hija, ¿no? —se dirigió a Pepe de una forma bastante dura.

Giré la cabeza y me encontré con la culpabilidad que sentía Pepe por no haber cuidado de mí, mezclada con el temor por las represalias de mi padre; así que no lo dejé hablar y tomé yo la palabra.

—Papá, si no hubiese sido por él, no sé qué me hubiera pasado. No se separó de mí en ningún momento —mentí—. Otro joven también nos ayudó y gracias a los dos estoy sana y salva.

—¿Qué joven? —preguntó mamá—. Muy sana no estás, se nota que no te has mirado en el espejo. Tienes un moratón en la barbilla y unos cuantos arañazos.

—Aquí lo verdaderamente escandaloso es cómo nos trató la policía. —Desvié la conversación temiendo que al final amonestaran a Pepe—. Nos confundieron con esos revolucionarios y tuvimos que poner a un agente en su lugar. Me sentí humillada.

Logré el efecto que buscaba, no estaba permitido ofender a un Quiroga.

—Mañana me enteraré de quién era ese policía y hablaré con él. —Papá arrugó el entrecejo, molesto.

—Será mejor que descanses, ha sido un día muy largo. Ya habrá tiempo de hablar con más calma de todo —me recomendó mamá, que estaba más tranquila que cuando llegué.

—Llevas razón. Pepe, muchas gracias por todo. —Le regalé una sincera sonrisa, me levanté del sofá y me dirigí a mi dormitorio arrastrando los pies—. Mamá, ¿puedes decirle a Carmelita que suba a ayudarme?

—Se lo diré a otra muchacha. Carmelita se ha ido a su casa, dice que no se encontraba bien. —Parecía dudar de la criada.

Recordé la mala cara de la doncella y mi promesa de llamar al médico. No tuve fuerzas para preguntar nada más, pero estaba claro que había empeorado o no se habría ido a su casa, algo que solo hacía en su día libre. Me preocupó su ausencia, pero no me quedaban fuerzas para nada más esa tarde, o eso creía yo.

Mientras subía las escaleras, me propuse que al día siguiente iría sin falta a confesarme; no me gustaba mentir, y aquella tarde no era la primera vez que lo hacía.

Al llegar a mi dormitorio, me di un baño relajante y me senté a leer los poemarios de la abuela: dos cajas repletas de cuadernos y hojas sueltas. Intenté subir una de ellas a la cama para estar más cómoda, con la mala suerte de que se rompió con el peso y todas las hojas cayeron desordenadas sobre mis piernas.

—¡Menudo desastre! —me cabreé conmigo misma y me dispuse a ordenar aquel caos.

Allí, entre las poesías de mi abuela, encontré las cartas que lo iban a cambiar todo definitivamente.

Era la correspondencia que mi padre había mandado a la

abuela los primeros años tras acabar la guerra. Dudé en leerlas, pues me parecía que violaba su intimidad, pero la curiosidad pudo más que la sensatez.

La mayoría de ellas hablaban del proceso de formación del nuevo Gobierno y de las medidas que estaba tomando Franco para reprimir a los vencidos, pero también encontré otras que hablaban de la vida privada de mi familia.

Estoy segura de que todo habría sido muy distinto si nunca hubiese tenido aquellas cartas en mi poder. Con ellas se abrió la caja de Pandora, y mi vida, para bien o para mal, cambió por completo.

7

¿Cómo hubiera sido mi vida si nunca hubiese encontrado aquellas fotos en la biblioteca de la abuela? Es muy posible que ya estuviese casada y con dos o tres hijos, como siempre habíamos soñado Carlos y yo. Es muy posible que siguiéramos viviendo en mi mundo de cuentos de hadas; es muy posible que mi verdadero yo, la que soy ahora, nunca hubiese despertado de su letargo.

Muchas veces me he preguntado si hice lo correcto, pero ya no hay marcha atrás. Dicen que el destino está escrito y que todo pasa por algún motivo. Tal vez no hubiese encontrado la foto, pero tarde o temprano aquel papel amarillento hubiese caído en mis manos. Todavía hoy, al cerrar los ojos, recuerdo cada palabra de aquella carta que empezó a desvelarme una parte de la verdad sobre mi origen.

Madrid,
20 de octubre de 1940

Madre, espero que al recibir esta carta se encuentre bien de salud. Nosotros estamos bien, gracias a Dios.

> Le escribo para darle una buena noticia: Mercedes ya está con nosotros. Somos muy felices por ello. Pilar adora a la pequeña como si fuese hija suya, a pesar de sus reticencias iniciales.

Las primeras líneas ya hicieron que se me helara la sangre. «Como si fuese su hija». Tuve que volver a leerlo varias veces para comprobar que no me equivocaba. Aguanté como pude un repentino dolor de cabeza, el corazón parecía querer salir de mi pecho para no sufrir. Era muy difícil continuar leyendo, pero lo hice.

> Ya sé que usted no estaba de acuerdo con todo esto, pero era necesario. Debía hacerse así.
>
> Mercedes es el vivo reflejo de su madre, tiene su misma cara. Estoy seguro de que de mayor será tan hermosa como ella.

¿Mi padre conocía a mi madre biológica? Me extrañó, pues tenía entendido que las adopciones suelen ser anónimas.

> Sé que a usted le preocupa la sangre que corre por sus venas, pero no siga martirizándose, será una auténtica Quiroga.

Unos suaves pero insistentes toques en la puerta de mi dormitorio interrumpieron mi lectura. No sabía qué hacer, ¿quién sería? Recé para que no se tratara de mis padres, no quería que me sorprendieran con la carta. Con las manos temblorosas, doblé el papel y lo guardé en mi joyero, me metí en la cama y contesté.

—Adelante —dije a la vez que tragaba los nervios de mi estómago e intentaba aparentar naturalidad.

—Perdone, señorita. —La cocinera entró con una bandeja

en las manos—. Su madre me ha mandado que le traiga un vaso de leche templada con un poquito de miel de azahar para que le asiente el estómago.

Colocó un tazón sobre la mesilla de noche y aguardó para cerciorarse de que me la bebía.

—Gracias —contesté aliviada de que fuese ella y deseando que se marchara—, ya puedes retirarte, ya lo recogerás mañana.

Dudó un poco, seguro que mi madre le había indicado que debía quedarse hasta que yo terminara, aunque se marchó aliviada. Eran las once de la noche, ya debería estar descansando.

Sentí que el alma me volvía al cuerpo cuando la vi cerrar la puerta. Me levanté de un salto y continué la lectura por donde la había dejado.

> Estamos deseando que la conozca, pues cuando lo haga no podrá evitar rendirse ante su dulce sonrisa.
>
> Este país va a cambiar gracias al Caudillo, que está retirando de las calles a esas inmundas ratas que infestaron nuestra patria, y yo estoy aquí para contribuir a ello de la mejor manera posible. Muy pronto usted se sentirá muy orgullosa de mí y olvidará nuestras diferencias.
>
> Espero ansioso su respuesta. Sin más, se despide afectuosamente su hijo, que la adora.
>
> RAFAEL
>
> P. D.: Le envío nuestra primera fotografía con ella.

Dejé caer el papel y me levanté a lavarme la cara con el fin de despertarme. Tenía la esperanza de que todo fuese una pesadilla; pero no, todo era real. Un pequeño terremoto se desencadenó bajo mis pies e hizo temblar todo mi mundo. No podía respirar, sentía mis latidos retumbar en mi cabeza, todo me daba vueltas y no sabía dónde sujetarme para no caerme, ni siquiera era capaz de llorar. ¿Ahora qué era lo que yo debía hacer?, ¿quién era mi madre?, ¿Rafael era mi verdadero padre?, ¿por qué mi abuela no estaba de acuerdo con mi adopción?, ¿por eso había sido siempre tan distante?

No sé las veces que leí la carta para analizar palabra por palabra lo que relataba mi padre. Me daba miedo hacerlo en voz alta, quizá aquella verdad que me estaba matando todavía podía convertirse en polvo y desaparecer.

Busqué entre las otras cajas que había traído del pueblo por si había más cartas y encontré algunas, pero ninguna hacía mención a mi origen. Estaban todas ordenadas por fechas y separadas por años con un cordoncito. Era curioso que la única que había de 1940 fuera aquella que yo tenía en mi poder, las demás estaban fechadas a partir de 1945. ¿Habían estado cinco años sin escribirse? No, estaba segura de que eso era imposible; papá nunca habría dejado a la abuela desamparada tantos años. ¿Dónde estaban las cartas de ese periodo? Teresa, la cocinera del pueblo, era quien me había dado las pertenencias de la abuela, ¿sabría ella algo y por eso lo hizo? Descarté aquella idea al momento, mi familia no habría confiado nunca un secreto de tal envergadura a la cocinera.

Me habían educado en la religión y unos valores basados en la honestidad, que rechazaba la mentira sobre todas las cosas, la consideraban una traición, donde la familia era el pilar de todo; y ahora resultaba que toda mi vida era una farsa.

Había conseguido la prueba necesaria para poder mostrársela a mis padres y exigirles que me lo contaran todo, pero no me sentía feliz por mi hallazgo, al contrario; un gran vacío se instaló en mi pecho y me apretaba con fuerza.

Me costó llegar a la cama, fue una de las noches más largas de mi vida. Las palabras de mi padre revoloteaban a mi alrededor impidiéndome avanzar, retumbaban en mis oídos, me arañaban e intentaban arrastrarme hacia el fondo de un agujero negro.

Enfrentar la realidad fue más duro de lo que yo me esperaba. No conseguí conciliar el sueño, un intenso picor hizo que volviese a levantarme y recorriera una a una cada baldosa de mi habitación, buscando las palabras y el momento adecuado para abordar el tema, y lo único que conseguí fue ponerme más nerviosa de lo que ya estaba.

Decidí no postergar la conversación y, cuando el reloj marcó las siete de la mañana, me aseé para quitarme aquel sudor pegajoso fruto de mis delirios, que se había adherido a mí como una segunda piel. Necesitaba estar bien por fuera y por dentro o, por lo menos, parecerlo. Tapé con maquillaje el rastro de la guerra interna que se había desatado entre las cuatro paredes de mi dormitorio y que había dejado secuelas en mi cara, cogí la carta y las fotografías y bajé con pánico las maravillosas escaleras que me separaban de la verdad que tanto ansiaba y temía conocer.

Cuanto más me acercaba al comedor, más fuerte oía en mi cabeza los tambores de mi imaginaria lucha. Peldaño tras peldaño, como un caballo desbocado, intentaba salir de mi pecho un fuerte grito que liberara la tensión de los últimos días. ¿Qué estaba pasando con mi vida?, ¿destruiría aquel hallazgo a nuestra familia?

Ya casi podía palpar el olor a café torrefacto que circulaba por la planta baja de la casa. Solo unos pasos me separaban de mis padres y, antes de entrar para interrumpir su desayuno, me miré en el espejo con forma de sol que había junto a la puerta del comedor; busqué algún rasgo que echara por tierra aquella absurda carta, pero allí estaban mis ojos verdes, tan distintos a los de color miel de mis padres, mi nariz respingona y mis labios carnosos frente a la nariz pequeña y labios finos de mamá o la nariz gruesa y labios normales de papá. Acaricié cada centímetro de mi cara por si había olvidado algo, conté hasta cinco y, sin dudar más, entré con paso firme.

—Mercedes, qué madrugadora. Aunque me alegro de que hayas bajado a desayunar, estábamos preocupados por ti —dijo mamá, extrañada de verme levantada a esas horas—. ¿Estás mejor? —Me acarició la mano cuando me senté junto a ella en la mesa del comedor, y me produjo un cosquilleo incómodo.

—Sí, gracias, mamá —contesté nerviosa.

—Cariño, ¿seguro que estás bien? No tienes buena cara y pareces triste —me dijo mientras tomaba un sorbo de té.

—Hoy mismo voy a ver si averiguo quién es el policía que te trató así —intervino papá, que saboreaba su tostada de tomate y aceite de oliva—. No voy a permitir que nadie incomode de esa manera a un miembro de esta familia.

Verlos tan preocupados y pendientes de mí me obligó a replantearme por un momento lo que había ido a hacer. Toqué el arrugado papel que guardaba en mi bolsillo, que me gritaba que fuese valiente, y, sin dudarlo más, comencé a hablar.

—Hay-hay algo muy importante que quiero comentar con vosotros. —Las palabras me abrasaban la garganta camino de mi boca—. No quiero que os enfadéis, pero necesito saber la verdad. Yo os quiero mucho y no pretendo juzgar a nadie. —Tragué saliva—. ¿Quién-quiénes son mis padres? —pregunté y saqué con rapidez la carta de la abuela, dejándola sobre la mesa como si me quemara.

—¿Qué dices? —preguntó papá, que observaba aquella bola de papel arrugada como si la hubiese reconocido—. ¿Otra vez con eso? —Dio un fuerte golpe en la mesa, tirando la servilleta que momentos antes cubría sus piernas.

—Papá, no quiero pelear.

Miré a mi madre, que se había quedado muda y se tapaba la boca con su servilleta como si quisiera evitar que las palabras escaparan de sus labios.

—Lee la carta que tú mismo escribiste a la abuela hace años. —La cogí y se la puse en sus manos—. Compréndeme, esta duda me está matando, no he dormido nada en toda la noche. Ojalá todo fuese imaginación mía, pero son tus propias palabras las que confirman mi teoría.

—¿De dónde la has sacado? —preguntó papá, señalándola.

—Eso es lo de menos.

No quise desvelar dónde la había encontrado por si culpaban a la pobre Teresa de mi hallazgo.

Mi padre miró a mi madre, que parecía gritarle con la mirada que no lo hiciera, que se callara o destruyera para siempre aquel papel; pero él obvió sus señales, lo cogió y leyó en voz alta aquellas letras que tanto daño nos hacían a los tres.

No pudo terminar, el llanto desconsolado de mi madre no se lo permitió. Yo quería morirme al ver el sufrimiento que estaba causándoles. Tal vez en ese momento debí olvidarme de todo y correr a abrazar a mi madre, pero permanecí allí sentada, esperando una explicación que tardó unos minutos en llegar.

—¿Por qué, Mercedes?, ¿acaso no tienes todo lo que necesitas?, ¿tu madre no se ha desvivido por ti siempre?, ¿hemos sido malos padres? —Papá me miraba fijamente sin dejar traslucir ningún sentimiento—. ¿Es necesario remover el pasado y causar nuevas heridas?, ¿quieres la verdad?

—Lo siento, lo siento mucho. —No aguanté más, la culpa me carcomía y dejé que mis lágrimas brotaran sin cesar—. Lo que menos quiero es haceros daño, pero tenéis que comprenderlo, necesito saberlo. —Bajé la mirada, incapaz de sostenérsela a mi padre, y limpié mi cara con la servilleta.

La estancia se volvió fría y el calor me abandonó, un helor gélido congeló cada uno de mis músculos. Me sentía como un espectro que observaba la escena desde fuera de mi cuerpo; mamá agarraba con tanta fuerza su crucifijo que se le marcaban las venas de la mano, y papá, a pesar del arrebato inicial, permanecía serio, manteniendo el control.

—Es cierto, no eres nuestra hija, pero sí eres una Quiroga. —La afirmación de mi padre cesó el llanto de mi madre, que se limpió los ojos y miró a su marido esperando a que continuara—. Eres hija de mi hermana. ¿Contenta?

—¿Cómo? —Aquella no era la respuesta que yo esperaba—. Si ella era monja, no puede ser —dije incrédula, e intenté encajar las piezas del puzle.

—¿Acaso dudas de mí? —Había fuego en su mirada—. Antes de ingresar en el convento, se quedó embarazada. Nunca supe quién era el padre, solo tu abuela lo sabía. Como comprenderás, fue un duro golpe para todos, para la abuela fue una traición, un pecado imperdonable, pero su amor de madre pudo más que todas sus convicciones y, aunque estuvo semanas sin dirigir la palabra a mi hermana, al final decidió tomar las riendas de la situación. —Dio un trago al café y miró a mi madre, que parecía más calmada—. Pilar no podía quedarse embarazada y pensamos que lo mejor para todos, puesto que eras una Quiroga, era que te criaras como hija nuestra.

—Pero mi tí... Mi madre era muy joven.

Me extrañó que hubiese tenido relaciones sexuales, pues estaba segura de que la abuela la habría educado bajo los mismos preceptos religiosos y morales que me había inculcado a mí.

—Sí, era una niña. —Papá endureció el gesto—. Pero aquel donnadie se cruzó en su camino y le cambió la vida, la apartó de mi lado. A mí me pilló de viaje y cuando llegué a la hacienda la bomba ya había estallado. La abuela no nos dio explicaciones, la metió en el convento de las Teresitas y fue allí donde naciste. —Hablaba seguro, aunque sus palabras parecían llenas de rencor, deseoso de acabar esa historia, sin querer ahondar en detalles.

—¿Por eso la abuela era tan distante conmigo?, ¿mi padre supo de mi existencia?

—No, eras su nieta. Ella te quería, eso siempre han sido manías tuyas —me dijo un poco harto de mis preguntas—. Le recordabas demasiado a tu madre y creo que se sentía culpable, murió de aquella forma tan trágica en el convento. La abuela nunca se perdonó haberla alejado de su lado. En cuanto a él, no volvimos a verlo nunca más.

—Mamá, tú no estabas de acuerdo con mi adopción. ¿Por qué? —Me dolió imaginarme que en un primer momento no me había querido en su vida.

—¿Cómo puedes preguntar eso? —Papá no dejó contestar a mi madre—. ¿Acaso piensas que fue fácil para nosotros? Pues no, no lo fue. —Levantó tanto el tono de su voz que retumbó en el comedor y provocó que una criada que pasaba por la puerta con intención de entrar se diera la vuelta—. Todos sufríamos y queríamos encontrar la mejor solución para que tú no padecieras, para que nadie pudiera señalarte con el dedo como hija de madre soltera. Sin padre hubieses estado manchada de por vida; y a mi hermana la hubieran tachado de buscona, así que esa era la mejor salida.

—Yo no sé qué pensar. ¿Por qué no me contasteis la verdad? —Me sentía como en un barco a la deriva, sin saber en qué puerto anclar.

Ser madre soltera era una de las deshonras más grandes a la que podía verse sometida una familia. Muchos padres renegaban de sus hijas si estas se quedaban embarazadas sin estar casadas y las abandonaban a su suerte, eso si tras la paliza que solían recibir por el cabeza de familia no perdían a la criatura. A otras se les apañaba un matrimonio para tapar la falta. Salir adelante con un hijo era muy difícil para una mujer, a no ser que fuesen viudas. Los hombres se creían con el derecho de humillarlas, pues acto seguido se las catalogaba como chicas fáciles y las mujeres las miraban como una amenaza, como si les fuesen a robar a sus hombres. Nuestro apellido se habría visto mancillado, y eso ni mi abuela ni mi padre lo hubiesen podido soportar.

—Queríamos lo mejor para ti, ¿y saberlo qué importaba? Eras familia, sangre de mi sangre, eso es lo esencial. —Se encendió un puro que sacó del bolsillo de su chaqueta y le dio una calada.

Papá me miró de una forma difícil de describir, parecía estar esperando mi reacción. Siempre me había asombrado su manera de controlar los sentimientos, esos que muy pocas veces había visto. Me dio la sensación de que aquel día me estaba observando, como se hace con un preso en la sala de interrogatorios, estudiando mis gestos y facciones.

Estuvimos varios minutos en silencio, observándonos unos a otros como en una partida de ajedrez; intentábamos adivinar los pensamientos del adversario para adelantarnos a su próximo movimiento. Mamá poco a poco recobraba la compostura; sin embargo, yo temblaba como un flan, me sentía mal, sucia e ingrata, y no sabía qué debía hacer, pero era evidente que ellos esperaban que expresara algo.

—Gracias por contármelo todo —dije con mucha dificultad—. ¡Perdonadme! Yo no quería haceros daño, de verdad.

Os quiero mucho y estoy orgullosa de ser vuestra hija. —Me mordí el labio con tanta fuerza que noté el sabor amargo de la sangre y en ese momento estalló una gran tormenta.

Lloré con tanta desesperación que no podía ni respirar, y entonces ellos hicieron lo que hacen unos verdaderos padres: se levantaron y los tres nos fundimos en un abrazo que pareció devolver, al menos por un tiempo, el calor a mi cuerpo.

8

Tras aquella conversación, papá se marchó a trabajar y nos dejó a mamá y a mí a solas. Todavía se podía palpar una gran carga eléctrica en el comedor, por lo que ella se retiró con la excusa de que esperaba la visita de su amiga Constanza y yo necesitaba hablar con Carlos; que me protegiera con sus palabras, que me abrazara y que me acompañara en mi dolor.

—¡Carlos! —exclamé alegre cuando respondió a mi llamada tras el tercer timbrazo—. Cuánto te necesito. ¿Cuándo vuelves?

—Mañana por la tarde estaré en Madrid. Yo también tengo ganas de volver. —Realmente parecía contento ante la idea del regreso.

—Tengo tanto que contarte. —Se me quebraba la voz, otra vez las lágrimas traicioneras intentaban adueñarse de mí—. Yo tenía razón, yo tenía razón, yo…

—Mercedes, no te entiendo, ¿en qué tenías razón?, ¿estás llorando?

—Carlos, yo no soy… —Me dio miedo decírselo por teléfono, no sabía cómo se tomaría una noticia así—. No importa, cuando vengas hablamos.

—Me estás preocupando. —Se le notaba nervioso y egoístamente me sentí bien al ver que yo le importaba.

—No me hagas caso, mañana nos vemos. Te quiero. —Acaricié, con los ojos cerrados, la parte inferior del teléfono como si se tratara de la cara de mi novio.

—Yo también. No sé qué te pasa, pero cuando yo esté a tu lado ya verás cómo lo solucionamos.

Al colgar el teléfono, noté un gran vacío a mi alrededor. Necesitaba salir de casa, me estaba asfixiando. Busqué a mamá para comunicarle mi intención de dar un paseo y la encontré en el salón, sentada en su mecedora mientras esperaba la llegada de su amiga.

—Voy a dar una vuelta.

—No has desayunado nada. ¿Por qué no te tomas un té conmigo? —Me señaló la butaca que había frente a ella.

Tenía el estómago cerrado, pero tampoco quería rechazar su ofrecimiento, así que accedí. Mamá tocó la campanilla para que vinieran a atendernos y unos minutos después apareció una chica a quien no reconocí y que volvió enseguida con el té.

—Ya verás qué bien te sienta. —Me sonrió dándole un pequeño sorbito a su taza.

—Por cierto, ¿cómo está Carmelita? No la he visto esta mañana —le pregunté extrañada por su ausencia.

—No me preguntes por esa desagradecida. Sigue enferma, bueno, eso dice.

Estaba enfadada.

—¿Acaso piensas que es mentira?, ¿cuántos años lleva Carmelita trabajando en esta casa? —Me indignaba la actitud de mi madre, además de sentirme culpable por no haberme acordado antes de la criada—. Nunca ha faltado a su trabajo, así que debe ser bastante grave.

—A lo mejor está por ahí con el chico de los ultramarinos, que me he enterado de que la pretende y es todo puro cuento, esta gente es así.

Me dolió la falta de empatía de mi madre. ¿Cómo era posible que no estuviera preocupada por alguien que prácticamente había crecido en su casa?

—¿Tú te oyes?, ¿has mandado a alguien a averiguar algo de ella?, ¿sabemos dónde vive? —pregunté sabiendo que la respuesta sería negativa, para mamá el personal de servicio no era importante.

—Mercedes, sé que lo que has vivido estos días es muy duro, pero no es motivo para hablar así a tu madre. —Me miró con tristeza—. Si te quedas más tranquila, esta tarde mandaré al chófer a que indague sobre ella.

—Será mejor que me vaya.

Me despedí de mamá con el beso de costumbre y ella me devolvió uno más intenso de la cuenta. Noté cómo tenía sus emociones a flor de piel; estaba sufriendo por mi culpa y de nuevo me sentí la peor persona del mundo.

No iba a esperar a la tarde para averiguar qué le estaba pasando a Carmelita. Fui en busca de Pepe, al que encontré en la cocina, tal y como yo esperaba.

—Buenos días —saludé al personal del servicio—. Pepe, necesito su ayuda.

—Dígame, señorita. —Se levantó y dejó a medias el humeante café que estaba tomando para desayunar.

—Tengo que salir, prepare el coche —ordené—. Vamos a casa de Eugenia.

No quería dar explicaciones delante del resto de las criadas que se encontraban en la cocina; era mejor que mi madre pensara que iba a casa de mi amiga si se le ocurría averiguar mi paradero.

—¿Sabes dónde vive Carmelita? —le pregunté a Pepe nada más subirme al coche, olvidándome de formalismos y tuteándole como hacía desde que era una cría, cuando mis padres no me escuchaban.

—Sí, por supuesto. —Pareció dudar de su respuesta.

—Llévame allí —le dije decidida—. Tenemos que saber cómo está, me tiene preocupada, ¿a ti no?

—Creo que no deberíamos ir sin que su padre lo sepa. —Miró hacia el suelo negando con la cabeza—. Si pasara algo como lo del otro día, yo...

—Lo del otro día no fue culpa tuya y fue un hecho aislado. No te preocupes por nada, yo asumo la responsabilidad de lo que pueda suceder. —Hablé rápido para no darle tiempo a replicar—. Por favor —rematé con cara de niña inocente.

—Está bien, pero no se le ocurra separarse de mi lado, ¿de acuerdo? —Esperó a que yo asintiera para arrancar el motor.

Poco a poco nos fuimos alejando del lujoso barrio en el que vivía para sumergirnos en los suburbios de Madrid; un mundo muy distinto al mío. Menos flores decoraban aquellas calles tristes y sucias, donde algunos niños corrían descalzos y llenos de tierra a una hora en la que deberían estar en la escuela. Las mujeres hacían cola para llenar de agua sus cubos en una pequeña fuente oxidada. Sus rostros lánguidos y cansados no resaltaban para nada entre las ruinosas calles, llenas de basura y exentas de todo colorido.

Adentrarse en el barrio de Vallecas fue como descender a los infiernos. Ni en sueños habría imaginado que se podía vivir en esas condiciones. Las casas, por llamarlas de alguna manera, de barro y lata, eran del tamaño del comedor de mi residencia en Chamberí.

—Pepe, ¿estás seguro de que Carmelita vive aquí? —pregunté con miedo, y pegué la cara a la ventanilla trasera del coche para poder observar aquella escena que parecía sacada de una mala película.

—Sí, es por aquí, vive en el Pozo del Tío Raimundo —me contestó sin apartar la vista de la carretera.

—No lo entiendo —dije en voz alta sin darme cuenta.

No podía comprender cómo Carmelita vivía en aquel barrio, con Entrevías al oeste, Palomeras al norte y campo, mucho campo al sur y al este. Llevaba toda la vida trabajando, ¿acaso no había ahorrado nada?, ¿cuánto cobraba el personal de servicio? Mamá era la que se encargaba de los asuntos domésticos y yo nunca me había interesado por ellos.

—Todavía estamos a tiempo de dar la vuelta si lo desea —me ofreció Pepe.

—No, ahora más que nunca estoy segura de que a Carmelita le ha sucedido algo.

Los habitantes del barrio del Pozo del Tío Raimundo nos observaban desde la puerta de sus casas con curiosidad e incluso diría que algunos de ellos lo hacían con miedo; no sabían quién los visitaba en aquel Seat 1400. Los vehículos que por allí circulaban eran unas cuantas carretas de las que tiraban unas mulas famélicas.

—Creo que es allí —anunció el chófer señalando una de las viviendas.

Dudé en si debía bajar del coche, tenía miedo de que si pisaba demasiado fuerte aquel suelo se pudiera resquebrajar, tragarme y atraparme para siempre en aquel mundo. Al ver mi indecisión, Pepe me ayudó.

—Tenga cuidado con el barro, no vaya a resbalarse. —Me ofreció su brazo, que yo cogí encantada.

Lo seguí en silencio, expectante ante aquel decorado que

me producía una gran tristeza. Este no era el Madrid que salía en el No-Do, «Una capital próspera y llena de oportunidades»; estaba claro que los que se encargaban de su realización tampoco conocían este barrio.

Pepe tocó a la puerta de una casa cuya única ventana estaba decorada con una tela estampada de flores marrones.

—Está abierto —contestó una voz débil y familiar.

Allí, envuelta en una manta deshilachada, sentada junto a un brasero, encontramos a Carmelita, que del susto que se llevó al verme rompió un vaso de agua que sostenía en la mano en ese momento.

—Pe-pe-pero ¿qué hace usted aquí? —me preguntó blanca como la leche.

—Carmelita. —Corrí hacia ella al ver la sangre que brotaba del corte que se había hecho con el vaso—. ¿Estás bien?

La pobre muchacha nos miraba como si no creyese lo que estaba viendo, creo que ni siquiera había notado la herida de su mano.

—Estaba preocupada por ti. —Saqué uno de mis finos pañuelos y le vendé la mano para cortar la sangre—. ¡Dios mío! Estás ardiendo en fiebre.

Carmelita intentó ponerse en pie, pero las fuerzas no le dejaron.

—¿Es usted de verdad, señorita Mercedes? —me preguntó con la voz pastosa.

—Pepe, busca agua —le ordené desesperada al darme cuenta de que Carmelita era incapaz de mantener la cabeza erguida.

El chófer tardó un rato en encontrar una garrafa a la que apenas le quedaban unos dedos de agua. No había ningún grifo donde llenarla, lo más seguro es que ella también tuviera que hacer cola en la fuente oxidada para aprovisionarse de aquel líquido que era un lujo, cuando disponer de agua corriente debería ser un derecho.

—¿Te ha visto un médico? —pregunté con gran impotencia, y le ofrecí el agua que me había traído Pepe—. Será mejor llevarla a la cama.

Pepe la cogió en brazos y nos adentramos en lo que imaginamos era el dormitorio. Si las casas desde fuera eran deprimentes, ver su interior fue mucho peor. Dos habitaciones conformaban la vivienda; una era la que servía de comedor y cocina, donde habíamos encontrado a Carmelita, y la otra el dormitorio.

En un rincón de la habitación principal había una pequeña cama mueble tapada con una vieja colcha que hacía unos tres o cuatro años mi madre mandó tirar a la basura y, al parecer, Carmelita había rescatado. Un pequeño hornillo y cuatro o cinco platos reposaban sobre una encimera de piedra, unos armarios de madera hinchada por la humedad, que como puerta tenían unas cortinillas azules enganchadas en un clavo, y tres o cuatro sillas de cuerda eran todo el mobiliario que nos encontramos.

El dormitorio no era mucho mejor. Una cama de matrimonio que tenía atadas las patas con cuerda gruesa para evitar que el somier reposase en el suelo, una pequeña mesilla con dos cajones con el barniz desconchado y un viejo ropero roído por una de las esquinas decoraban aquella oscura estancia. Junto a la cama, un cubo negro de lata tapado con una madera, que desprendía olor a heces y orina, y una palangana de porcelana eran el aseo del que disponían. En aquel barrio no conocían ni la luz eléctrica ni el alcantarillado.

—¿Qué hacemos ahora, señorita? —me preguntó el chófer cuando depositó con delicadeza a la criada en la cama.

—No lo sé, Pepe, de verdad que no sé qué hacer.

Me maldije a mí misma por ser una inútil, por no saber cómo debía proceder; estaba demasiado acostumbrada a que fuesen los demás los que solucionaran mis problemas y me sentí bloqueada.

Un portazo nos alertó de la presencia de alguien más que acababa de entrar.

—¡Carmelita! ¿Dónde estás?

Una chiquilla de unos trece años entró corriendo a la habitación cargada con una pesada garrafa de agua.

Al ver allí a dos desconocidos, se asustó, frenó en seco y agarró de forma amenazante un tablero que había apoyado en la pared.

—No tengas miedo, muchacha, ¿te acuerdas de mí? —preguntó Pepe acercándose a ella para tranquilizarla—. He traído un par de veces a tu hermana.

La niña pareció reconocerlo y bajó el brazo poco a poco.

—¿Qué queréis?, ¿cómo está mi hermana? —Se acercó preocupada a la cama, besó la frente de la enferma y susurró a su oído—: He traído más agua, ya estoy aquí.

—Hemos venido a ayudarla —le dije con dulzura—. ¿Puedes contarnos qué le ha pasado?

—Es que... —Miró a Pepe, que asintió con la cabeza, indicándole que continuara hablando—. Solo sé que el otro día fue al médico y después, por la noche, empezó a tener fiebre y también sangraba mucho por-por sus partes. —Agachó la cabeza avergonzada.

—¿Ha tomado algún medicamento? —pregunté al pensar en lo bien que le sentarían las pastillas que yo tomaba cuando estaba en esos días, aunque a mí nunca me había provocado fiebre.

—No, solo quiere estar acostada —contestó sin levantar la mirada.

—Deberíamos darle algo para bajarle la temperatura. —Giré la cabeza hacia Pepe para ver si estaba de acuerdo conmigo.

—Creo que lo mejor sería que la viese un médico, no sabemos lo que le pasa y puede que empeore.

—Tienes razón, ve a buscar al doctor Gutiérrez —dije esperanzada.

—¿El médico de la familia? —Me miró como si estuviese loca—. No creo que venga aquí.

—¿Por qué no? Vamos a pagar sus honorarios.

No entendía el motivo por el que no querría venir, los médicos se debían a sus pacientes.

—Señorita, el doctor Gutiérrez no va a tratar a una simple criada, y mucho menos va a desplazarse al Pozo del Tío Raimundo, ni por todo el oro del mundo. —Sus palabras estaban llenas de rabia.

—Bueno, pues no sé, ¿tú sabes de algún médico? —Estaba empezando a ponerme nerviosa, hasta que me acordé de él—. ¡Ya sé! El otro día vi al del pueblo, el doctor que trató a la abuela. Entró en el hotel que hay junto a la cafetería en la que te pedí que me esperaras, tal vez se aloje allí o puedan darte algún dato de él.

—Sería estupendo que pudiera venir.

—Pues no pierdas más tiempo, ve a buscarlo y, si no está, encuentra uno como sea. —Miré a Carmelita, que comenzaba a delirar—. Nosotras prepararemos algo de caldo —le dije a la hermana de Carmelita, que me miró con sus enormes ojos castaños y se presentó como Evelina.

Salí del dormitorio acompañada por la niña para buscar la nevera, pero no la encontré. En un cesto de esparto tan solo había una botella de leche, media cebolla y una zanahoria mustia.

—¿Dónde tenéis la comida? —Pensé que tal vez la tuviesen oculta en algún sitio, en un barrio así habría muchos robos.

—Solo queda eso —contestó la niña con las mejillas teñidas de rojo—. No he podido ir a hacer la compra.

—Pepe, trae algo de pollo y verduras —le dije al chófer, que se disponía a salir en busca de ayuda—. Toma, ¿habrá suficiente con cincuenta pesetas?

Le entregué todo lo que llevaba en el monedero, no tenía ni idea de lo que costaba hacer la compra; mi plato de comida siempre estaba lleno.

Pepe tardó alrededor de una hora en volver. Durante ese tiempo no me separé del lado de Carmelita, a la que no dejábamos de aplicarle paños de agua fresca en la frente con la intención de controlar la calentura.

—¡He oído un coche! —gritó Evelina y salió del dormitorio para ver si era Pepe—. ¡Son ellos! —exclamó abriendo la puerta de la casa para que pudieran entrar.

Salí del dormitorio para recibirlos y allí estaba Pepe con aquel joven médico que había visitado a la abuela los días previos a su muerte. El chófer venía cargado con una bolsa de la que asomaba un manojo de apio.

—Evelina, coge la compra y busca una olla para preparar el caldo para tu hermana —ordené a la niña, que no dudó ni un momento en empezar a preparar los alimentos—. Estábamos muy preocupadas, Carmelita se ha sumido en un sueño profundo.

—Hemos tenido suerte, Pedro todavía no había vuelto a Los Antones. —Pepe giró la cabeza hacia el doctor, que permanecía inmóvil junto a él.

—Muchas gracias por venir. —Recibí al médico con una sonrisa de alivio—. Está acostada, deberíamos pasar al dormitorio. —Lo invité a entrar con un gesto de mi mano.

—Yo esperaré fuera —dijo Pepe—. Evelina, yo me encargo de preparar la comida, acompaña a la señorita y al doctor por si te necesitan —dijo quitándole el cuchillo con el que la niña estaba partiendo las zanahorias para continuar él.

Evelina se limpió las manos y, obediente, nos acompañó al doctor y a mí al dormitorio donde se encontraba su hermana.

—¿Saben por qué está así?, ¿ha tomado algún alimento en mal estado?, ¿algo que me pueda ayudar en el diagnóstico?

El médico que me había llamado tanto la atención en el pueblo no dejaba de hacer preguntas mientras sacaba su instrumental de un maletín de cuero marrón. Le tomó la tensión e hizo un gesto de desagrado. Le puso el termómetro, le abrió la boca y examinó su garganta y el blanco de sus ojos mientras en una libreta apuntaba los síntomas que observaba sin decirnos nada.

—Solo sabemos que lleva dos días con fiebre muy alta y que está... menstruando.

Sentí cómo me ardían las mejillas al hablar de esos temas con un hombre joven, por muy doctor que fuese, y desvié mi atención a la hermana de Carmelita, que estaba a los pies de la cama con los ojos inundados de lágrimas.

—¿Hay algo que no nos hayas contado, Evelina?

La niña miró a su hermana, que cada vez respiraba con más dificultad, bajó la cabeza y empezó a retorcer con las manos el pico de la manta que cubría a Carmelita.

—Tiene cuarenta de fiebre, es una temperatura muy alta y debemos controlarla lo antes posible —dijo Pedro, que ante la falta de información se acercó a Evelina y se agachó para ponerse a su altura—. Escucha, da igual lo que sea que haya pasado, debes confiar en mí, pues de eso depende que le salvemos la vida a tu hermana; cualquier cosa, por insignificante que te parezca, puede ser importante. Lo que me digas es secreto profesional y no saldrá de estas cuatro paredes, ¿vale? —Acarició el pelo de la chiquilla, que le devolvió una triste sonrisa.

—No sé qué le pasa —dijo gimoteando. Dudó unos segundos hasta que, tras una breve mirada a su hermana en la que parecía pedirle perdón por contarnos lo sucedido, se armó de valor y comenzó a hablar—. Llevaba unos días que vomitaba al levantarse por las mañanas, no tenía apetito y el otro día un chico vino, discutieron y él le exigió que solucionara el problema. Carmelita me hizo prometer que no le hablaría a nadie de lo de la visita que había tenido. —Se sorbió los mocos y detuvo su discurso.

—Eh, no pasa nada, pequeña —le dijo Pedro, que parecía conmovido por la pena de la niña—. Estoy seguro de que no se va a enfadar, además, nosotros no le diremos lo que nos has contado. —Me miró a mí buscando mi complicidad y yo solo supe asentir con la cabeza.

—Se pasó toda la noche llorando. A la mañana siguiente fue a un médico y cuando volvió no paraba de sangrar y...

—¡Dios mío! —Pedro se dirigió a la cama y la destapó; alrededor de sus caderas había una gran mancha de sangre—. Esto es más grave de lo que yo esperaba, ¡debemos llevarla al hospital!

—No entiendo nada —dije ahogando un grito de sorpresa al ver tanta sangre alrededor de la criada—. Carmelita está en esos días, no creo que eso sea relevante para su estado, aunque es cierto que ha manchado mucho.

El médico me miró estupefacto, no se esperaba ese comentario por mi parte.

—¿Cómo dice?, ¿menstruando? —preguntó mientras rebuscaba en su maletín una jeringuilla y la cargaba de penicilina—. ¡A esta mujer le han practicado un aborto!

«¡Un aborto!». Grité desde mi interior a la vez que me persignaba ante aquel monstruoso pecado que había cometido Carmelita. Al mirar hacia la cama en la que reposaba, casi podía notar el fuego de las llamas del infierno al que iría a parar la insensata criada.

9

Un aborto, Carmelita había ido a que le practicaran un aborto sin miedo a arriesgar su vida y su alma. No entendía cómo había sucumbido de esa manera al pecado de la carne, y encima no había sido capaz de afrontar las consecuencias de sus actos. Casarse habría sido una buena solución, el muchacho de los ultramarinos parecía un buen chico.

—Debemos actuar con rapidez, puede entrar en sepsis. Pepe, saque a la niña de aquí y esperen fuera.

El doctor daba órdenes sin parar a sus congelados espectadores.

—Por favor, ayúdeme con la exploración vaginal.

—¿Yo? —pregunté muerta de miedo—. No sé cómo voy a ayudarle.

Me sentía confusa, me daba pena Carmelita, pero también la culpaba por su mal proceder, aunque mi deber cristiano era ayudarla, como estoy segura de que ella hubiese hecho conmigo.

—Desinféctese las manos con alcohol. —Pedro me tendió una botella—. Hay que quitarle esa ropa y lavarla para evitar que la infección se propague. ¡Ayúdeme! No se quede ahí parada, no podemos perder tiempo —me apremió al darse cuenta de que yo no reaccionaba—. Traiga aquel candil de la pared para poder alumbrarme.

Era la primera vez que veía tanta sangre, la primera vez que me encontraba en una situación como aquella, la primera vez que veía el cuerpo desnudo de otra mujer. Una mezcla de inseguridad y vergüenza se apoderó de mí. ¿Sería capaz de estar a la altura de las circunstancias? La desnudez no estaba bien vista entre mi círculo social, era tratada como una indecencia, pero en aquella habitación tan solo había un cuerpo inerte luchando por su vida, una mujer a la que no le importaría que dos desconocidos hurgaran en los lugares más recónditos de su cuerpo, limpiando y mimando cada milímetro de su apagada piel.

Colaboré con el doctor en todo lo que me pidió. La lavamos a conciencia, retiramos la sangre seca de sus piernas, secamos el sudor de su cuerpo y cambiamos su camisón por uno limpio.

El olor a sangre me inundó las fosas nasales, y más de una vez me provocaba arcadas que disimulaba tapándome la nariz con el reverso de la mano, no quería que el doctor se diera cuenta de mis debilidades.

Él trabajaba como si no le importaran todos esos pequeños detalles, concentrado en hacerlo lo mejor que sabía. Unas finas arruguitas se formaban alrededor de sus ojos cada vez que le ponía una inyección a Carmelita con los dedos finos y precisos.

—¡Dios mío! Le han hecho una carnicería —dijo tras el minucioso reconocimiento.

—¿Se recuperará? —pregunté con la esperanza de que la cara del doctor no se correspondiera con el estado de Carmelita.

—Hay tejido en el cuello de la matriz, la vagina está muy

dañada y encima esa maldita fiebre que nos avisa de que hay una infección. —Guardó silencio unos segundos—. Dejémosla descansar un momento mientras decidimos qué hacer. Salgamos fuera.

En la otra estancia nos esperaban Pepe y Evelina, impacientes por el estado de la joven doncella.

—¿Cómo está mi hermana? —preguntó la niña nada más vernos.

—Su estado es muy delicado, lo más sensato es trasladarla a un hospital y...

—Eso es imposible —interrumpió Pepe—. ¿Acaso ignora que ordenarán su detención en el momento en que el médico de guardia se dé cuenta de que todo es consecuencia de un aborto?

¿Carmelita corría el riesgo de ir a la cárcel? Ni me había planteado las repercusiones legales que traía consigo la interrupción de un embarazo. Aunque yo pensaba que lo que había hecho estaba mal, no podíamos permitir algo así, bastante doloroso sería cargar con esa culpa toda su vida para que encima la encerraran en una cárcel.

—¿No hay otra solución? —pregunté a Pedro, que se sentaba en una destartalada silla para descansar.

—Esta casa es un foco de virus, quedarse aquí es un gran riesgo —dijo e hizo un recorrido visual por la pequeña vivienda—. Yo puedo extraer los restos y administrar los antibióticos necesarios, pero debe estar atendida en todo momento en una habitación esterilizada.

—Pero yo puedo cuidar de mi hermana —intervino Evelina con la cara empapada en lágrimas.

—Claro que sí, nunca he dudado de ti. —Pedro le tendió un pañuelo y se acercó a ella—. Pero necesita una enfermera, y tú, descansar.

—¿Cuál es la solución? —pregunté retorciéndome las manos.

Permanecimos en silencio unos minutos, buscando una salida que no debía de tardar, pues la vida de Carmelita estaba en juego.

—Tal vez mi amiga Eugenia pueda ayudarnos; no sé, tampoco quiero buscarle un problema, pero solo se me ocurre pedirle ayuda a ella —dije con temor—. Escribiré una nota para que Pepe se la lleve mientras nosotros empezamos a... ¿administrar el tratamiento a la enferma?

—Está bien. Pase por una farmacia y traiga todo esto. —Sacó el talonario de recetas y le extendió varias al chófer, que se marchó rápidamente—. ¿Está preparada? Voy a necesitarla al cien por cien.

Asentí muerta de miedo, con las tripas retorcidas, pero dispuesta a hacer lo necesario para ayudar al doctor.

Creo que fue el día que más calor he pasado en mi vida, los nervios me provocaron unos sofocos incontrolables que me hacían sudar sin parar. Si alguien me hubiese dicho esa mañana que iba a enfrentar una situación como aquella, me hubiese reído ante tamaña ocurrencia.

Mientras limpiábamos la matriz de Carmelita de coágulos y tejido muerto de la placenta, como me iba explicando Pedro, en lo único que a mí se me ocurría pensar era en mi verdadera madre. ¿Le habría pasado a ella lo mismo que a Carmelita?, ¿se habría quedado embarazada de mí por error, pero no fue capaz de acabar con mi vida? Quizá el Señor me había puesto a Carmelita en el camino para que pudiese comprender mejor la decisión que había tomado mi familia con respecto a mi nacimiento.

Perdí la noción del tiempo; cuando Pedro dio por terminada nuestra labor, noté como si un enorme tanque machacara mi espalda, que dejó ese peso sobre mí el resto del día.

—La señora Eugenia se ha quedado preparando una pequeña habitación de servicio para Carmelita. Me ha recalcado que es importante que no mencionemos el motivo de la enfermedad, no se fía de que alguna de sus criadas sea indiscreta —nos informó Pepe a su llegada, con una sonrisa de alivio.

Aquella noticia nos infundió energía a todos. Preparé, junto a Evelina, una pequeña bolsa con las pocas pertenencias suyas y de su hermana. Pepe tapó los asientos traseros del coche con un trozo de tela que llevaba en el maletero para evitar que alguna mancha de sangre nos delatara al regresar a casa y Pedro volvió a administrar un antitérmico para controlar la fiebre, que le empezaba a subir de nuevo.

—Es hora de marcharnos, debemos ser muy cuidadosos —nos alertó Pepe.

—Voy a dejar un recado a la vecina. —Evelina parecía nerviosa.

—Sabes que no debes decir a nadie el motivo de la enfermedad de tu hermana, ¿verdad? —Pedro la miró con seriedad.

—No se preocupe, doctor, mis labios están sellados —contestó ofendida. Cerró su boca con una cremallera imaginaria y dio un portazo al salir.

Entretanto, Pedro y el chófer colocaron a la enferma en el asiento posterior del coche y, en cuanto la niña volvió, partimos dirección a otro barrio muy distinto a aquel: el barrio de Salamanca.

Eugenia nos esperaba en la puerta. Debíamos ser precavidos, eran casi las dos de la tarde y a esa hora muchos vecinos llegaban a casa para la comida del mediodía, lo que me recordó que debería llamar a la mía lo antes posible para disculpar mi ausencia. Pepe tomó a la muchacha en brazos y entró a la vivienda.

—Qué suerte poder contar siempre contigo. —Abracé a mi amiga como saludo—. ¿Qué le has dicho a tu marido?

—Se fue esta mañana temprano, tenía un caso en Cáceres y no volverá hasta esta noche. No te preocupes, ya pensaremos qué le voy a contar. Ahora vamos a acomodar a Carmelita y después hablaremos con tranquilidad.

Pedro y el chófer la llevaron a un cuarto destinado para el personal de servicio. Era una habitación blanca y luminosa con una gran ventana de la que colgaban unas alegres cortinas color vainilla llena de colibríes, una pequeña cama, un armario y una mesilla con una lámpara en forma de flor. Sin duda, aquel sitio era el ideal para la recuperación de la criada.

—He pedido que pusieran sábanas recién lavadas, tengo entendido que la limpieza es fundamental en estos casos —dijo Eugenia mirando con pena a Carmelita.

—Está bastante deshidratada, por lo que es muy importante vigilar este suero que le voy a suministrar vía intravenosa. Cuando se le acabe se tiene que cambiar la bolsa. —Pedro nos explicaba a Eugenia y a mí todos los pasos que debíamos seguir a partir de ese momento—. Cada seis horas le daremos el antitérmico y el antibiótico, la habitación debe estar limpia y ventilada y deben procurar que vaya tomando cosas líquidas.

—No se preocupe, doctor, nos iremos turnando para cuidar de ella.

Eugenia no dejaba de mirar a Carmelita, a la que era muy fácil confundir con el blanco de las sábanas.

—No hace falta que les recuerde que su estado es muy crítico y que nadie debe enterarse de la naturaleza de su enfermedad. Me marcho, pasaré esta tarde para ver cómo sigue. De todas formas, si necesitan algo antes de mi visita, Pepe ya sabe dónde encontrarme —dijo recogiendo su instrumental.

—Muchas gracias por todo. —Un impulso hizo que le mostrara mi gratitud con un sincero y diminuto beso en la mejilla.

Pedro se ruborizó, no se lo esperaba y la verdad es que todavía hoy ni yo misma me explico cómo fui capaz de hacer una cosa así. Se fue, acompañado por Evelina, sin decir nada más, dando un traspié al salir. Eugenia observaba divertida la escena, se tapó la boca con la mano para tratar de disimular la risa.

—¿Qué ha sido eso, Merceditas? Esas cosas no son propias de ti —soltó riéndose cuando nos quedamos solas.

—Pues no. Se ha portado muy bien, ha sido muy cuidadoso y tierno con Carmelita, y eso que está arriesgando su carrera y su vida y... —No encontraba más razones, lo cierto es que aquel hombre de traje y zapatos desgastados me había inspirado ternura.

—Anda, vamos arriba y ponme al corriente de todo. —Me agarró del brazo y salimos de la habitación justo cuando la niña volvía para quedarse con su hermana.

—Sí, necesito tomar algo, por favor, pero antes debo llamar a casa para decirles que estoy aquí.

Un vacío se asentó en mi estómago, tal vez era consecuencia de los nervios o que simplemente tenía hambre; llevaba toda la mañana y parte del día anterior sin probar bocado.

—¿Puedo comer contigo? Hay demasiadas cosas que contarte y no se me ocurre por dónde empezar.

—¡Por supuesto! —Apoyó su cabeza en mi hombro con cariño mientras terminábamos de subir las escaleras que separaban la planta del servicio de la principal—. Primero avisa a tus padres de que estás aquí, después comeremos un delicioso estofado y para terminar me lo cuentas todo sin omitir ni un detalle.

Por suerte, mi llamada de teléfono la contestó la nueva criada, lo que fue un gran alivio para mí, me evitó dar explicaciones y, sobre todo, volver a mentir.

Devoré el sabroso estofado sin decir palabra. Sin duda, mi cuerpo necesitaba energía para soportar todo lo que había vivido y lo que todavía estaba por venir. Los acontecimientos de los últimos días no serían nada en comparación con lo que se avecinaba; pequeñas nubes se estaban juntando, formando una sigilosa tormenta para descargar su ira cuando menos lo esperáramos; pero, claro, yo eso todavía no lo sabía.

En el tranquilo salón de la casa de mi amiga, en su moderno sillón estampado y con una de esas infusiones que solo allí preparaban, le relaté a Eugenia todo lo referente a Carmelita. Y aunque mi intención inicial también era contarle mi descubrimiento sobre mis orígenes, me dio miedo. No es que no confiara en ella, pero sentía vergüenza. Sí, vergüenza, vergüenza y miedo a ser rechazada por las personas a las que amaba. ¿Y si no me consideraban digna de su compañía? Yo era, a todos los efectos, una bastarda. Necesitaba más tiempo para procesar aquella información.

—¡No me puedo creer lo que me cuentas! ¿Quién es el padre de la criatura? —me preguntó Eugenia y abrió los ojos como si quisiera escuchar a través de ellos.

—Ni idea. —Suspiré.

—Tal vez la hermana lo sepa. ¿Cómo se llamaba? —Chasqueaba los dedos como si eso se lo pudiera recordar.

—Oh, ¡Dios mío! —interrumpí—. La chiquilla no ha comido nada, deberíamos llevarle algo, pobrecita. —Me puse de pie de un salto. ¿Cómo había podido ser tan desconsiderada?

—Tranquila, ya le dije a la asistenta, mientras tú llamabas

por teléfono, que le llevara un buen plato de estofado y un trozo de tarta. —Me tocó en la pierna para que volviese a sentarme.

—Gracias, de verdad, no sé cómo voy a pagarte todo esto. Evelina, se llama Evelina —le contesté volviendo a su pregunta—. Creo que no sabe nada, está asustada y muy preocupada.

—Pobre Carmelita —dijo tocándose la barriga—, qué injusta es la vida, yo deseo ser madre y ella lo ha debido de pasar muy mal para hacer una cosa así.

—A mí también me da mucha pena, pero seamos realistas, una mujer no se queda embarazada si no quiere. Debemos guardarnos hasta el matrimonio y así se evitan todos estos problemas.

Otra vez hablaba esa educación que me habían inculcado tan bien.

—¡Mercedes! ¿Cómo puedes ser tan antigua? Los tiempos cambian y, además, no debemos juzgar a nadie sin saber qué ha pasado. —Me miró asombrada—. Te escucho hablar y no sé si eres tú, tu madre o la fantástica de tu suegra.

—Yo tampoco te entiendo, las dos hemos recibido la misma educación, los mismos valores, ¡y tú eres tan distinta a mí!

En el fondo me encantaba su manera de ser, de enfrentarse a lo que no creía justo y de luchar por lo que quería.

—Para mi fortuna, sin duda, a mis padres les hubiese encantado que pensara igual que tú. Si hubiesen podido te habrían adoptado —dijo riéndose.

—¿Adoptarme?, ¿por qué deberían adoptarme? ¡Yo ya tengo una familia! —chillé enfadada con mi amiga, que seguro que no se dio cuenta de que aquellas palabras me habían quemado las entrañas.

—Tranquila, es solo una broma. Estás muy alterada, toma,

bébete esto. —Me ofreció una copita de licor—. Te va a calmar más que esa insípida infusión.

En otra ocasión la habría rechazado, no era propio de señoritas, pero aquella tarde me la bebí de un trago. Curiosamente, el calor del alcohol por mi tráquea aplacó el fuego de mi interior.

—Perdona, estoy muy sensible. Soy muy afortunada de que seas mi amiga.

Apoyé la cabeza en su regazo, subí los pies en el sofá y dejé que me acariciara el pelo como a una niña pequeña.

—No pasa nada, cuando Carmelita recobre la consciencia, nos lo contará todo.

Sin darme cuenta, me quedé dormida al sentirme protegida por Eugenia. Soñé que paseaba por un campo verde lleno de amapolas rojas. Otra niña me llamaba desde la distancia, pero no era mi nombre el que salía de sus labios, me tendía la mano y me invitaba a seguirla; era rubia y tenía los ojos verdes como yo, y justo cuando iba a salir corriendo a su encuentro, una voz grave sonó en mi espalda.

—¡Mercedes! ¿Dónde vas?

Al girar la cabeza, apareció papá envuelto en una sombra oscura, con el ceño fruncido y los puños apretados, como cuando se enfadaba mucho, y yo le señalé en dirección a la alegre niña, pero ya no estaba, se había marchado y yo me sentía mal, sola y abandonada. Ni siquiera cuando mi padre me cogió en brazos desapareció de mí aquella sensación de pérdida y empecé a llorar como el bebé de unos dos años que sería en ese momento.

Un portazo me sacó de aquel extraño viaje y me devolvió a la realidad.

—¿Qué pasa? —pregunté alarmada, intentando despertarme y situarme, no sabía dónde me encontraba en ese momento.

Seguía en el sofá, pero mi amiga no estaba, había apoyado mi cabeza en un par de cojines y tapado mi cuerpo con una fina sábana. Miré el reloj de pared que había frente a mí y me quedé helada al descubrir que eran las siete de la tarde; ¡había dormido alrededor de tres horas!

—Señorita, señorita. —Evelina estaba en la puerta del salón—. Doña Eugenia me ha mandado que venga a buscarla. Mi hermana ha despertado. —La chiquilla sonreía feliz ante la leve mejoría de Carmelita.

—¡Qué bien! —La acompañé hasta la habitación donde la habíamos instalado horas antes.

Eugenia, sentada en la cama, le estaba dando un poco de caldo para que se lo bebiera siguiendo las indicaciones del doctor.

—Pasa, Mercedes, Pedro acaba de irse. —Se acercó a mí y dejó el vaso de caldo en la mesilla.

¿El doctor había vuelto? No se podía poner en duda la preocupación e interés por su paciente.

—¿Cómo la ha encontrado? —pregunté un poco aturdida todavía.

—Le ha vuelto a administrar antibiótico y ha dejado preparada la medicación para esta noche, que al parecer es bastante decisiva. Me gusta este chico, a pesar de su juventud. Se ve muy profesional y, sobre todo, parece buena persona —me contó en un murmullo para que las hermanas no nos escucharan—. Carmelita quiere hablar contigo, por eso he pedido que te despertaran.

La chica estaba pendiente de nosotras como si quisiera leer nuestros labios y adivinar lo que hablábamos. Sus ojos estaban llenos de una tristeza inusual en ella. Me senté en el sillón que había junto a la cama y esperé a que empezase a hablar.

—Muchas gracias por todo —dijo con mucha dificultad—.

Evelina me ha contado lo que ha hecho por mí, yo nunca voy a poder pagar su buena obra.

—No hay que agradecer nada, me alegro de que te encuentres mejor; pero me hubiese gustado que me pidieras ayuda antes de haber cometido esta locura.

Aunque no compartía su decisión, sentía que debía protegerla.

—Llevamos juntas desde que tenías ocho años, ¿acaso no confías en mí?

—Me dio miedo, no sabía a quién acudir. —Giró la cabeza hacia su hermana y comenzó a llorar.

—Evelina y yo vamos a subir a comer algo, no he merendado y me apetece un trozo de pastel, y estoy segura de que a ella también —dijo Eugenia y le tendió la mano.

A la chiquilla se le iluminó la cara al oír la palabra «pastel», era evidente que no podía disfrutar de esos caprichos muy a menudo.

Cuando Carmelita la vio marcharse con Eugenia, se quedó más tranquila y continuó hablando:

—No quería, no podía tener a ese niño, lo siento —dijo agachando la cabeza.

—¿Por qué no hablaste con el padre? Os habríais casado y nadie se habría enterado y, si él quería evadir su responsabilidad, estoy segura de que mi padre le hubiese hecho entrar en razón. —Para mí en aquellos tiempos todo era muy sencillo.

—Es que usted no lo entiende. —Lloraba cada vez con más fuerza, sin levantar la mirada—. Claro que se lo dije, él fue quien me dio dinero para pagarle a esa mujer. Me dijo que, si decía algo, haría que me encerrasen, que yo no iba a ensuciar su nombre y que solo era una fulana y que...

—¡No entiendo nada! ¿El chico de los ultramarinos?, ¿de dónde sacó el dinero?

Intenté comprender todo lo que había dicho buscando un sentido a sus palabras.

—¡No! Juanito no fue, él no sería capaz de una bajeza así. —Dejó de llorar y levantó la cabeza—. ¿Qué iba a pensar Juanito cuando se enterara? Nuestra relación se habría acabado. Yo era virgen, ¿sabe? Yo soñaba con casarme de blanco, yo quería entregar mi flor al hombre adecuado, pero... me-me..., ese hombre, ese monstruo con piel de cordero ¡abusó de mí!

—¿Qué?, ¿te violaron?, ¿quién?, ¿cuándo? —Me eché las manos a la cabeza al entender el dolor de Carmelita.

Nunca hubiera imaginado que ese era el motivo del embarazo de la criada, una violación eran palabras mayores. ¿Quién habría podido ser el culpable? No estaba acostumbrada a este tipo de situaciones, los hombres de mi entorno nunca serían capaces de algo así.

Ese día aprendí que me había precipitado juzgando a la pobre muchacha. Supongo que la estricta educación religiosa que había recibido durante toda mi vida no me dejaba ver, en ese momento, la cruda realidad a la que se enfrentaba Carmelita. Tomé el camino fácil sin considerar las razones que podían haberla llevado a una resolución tan peligrosa. Ese día descubrí que las apariencias engañan y que la mayoría de las personas no son como en realidad creemos. Ese día aprendí una gran lección, aunque tardaría un tiempo en ser consciente de ello.

10

Regresé a casa minutos después de acabar mi conversación con Carmelita. Las palabras que salieron aquella tarde por su boca volvieron a tambalear el castillo de cristal que yo misma había construido en un mundo perfecto en el que creía que nunca pasaba nada.

Al subir al coche, apoyé la cabeza en la ventanilla. Mientras contemplaba con envidia los pajarillos que volaban libres posándose en las elegantes ramas de los árboles que, como soldados, parecían proteger a las grandes avenidas, en mi cabeza se reproducía automáticamente palabra por palabra la confesión de la criada.

—Debes decirme quién es el malnacido que te ha hecho esto —le había dicho a Carmelita tras recuperarme de la conmoción.

—No puedo, es mejor dejarlo todo como está.

Aunque intentaba aparentar serenidad, estaba claro que tras aquella gélida voz había mucho dolor.

—Escúchame, yo solo quiero ayudarte. Él debe pagar por su..., por lo que te hizo. —Me senté en el borde de la cama y agarré sus manos para que supiera que podía contar conmigo.

—Nadie va a creer a una criada, pensarán que lo hago por dinero, que fue culpa mía.

No estaba de acuerdo con ella. ¿Por qué no iban a creerla? Todos la conocíamos y sabíamos que no sería capaz de inventar una cosa así. ¿Culpa de ella? Por supuesto que no es culpa de una mujer que un degenerado se apropie de su cuerpo y de su voluntad.

—¿Que lo haces por dinero?, entonces ¿no ha sido nadie de tu barrio?

Había dado por hecho que esas acciones solo las cometían los hombres de clases sociales inferiores. Me sentí confundida y me dio miedo al pensar que tal vez había sido algún conocido mío.

Carmelita me miró muy serena, levantó la cabeza como si hubiera recuperado la dignidad perdida y comenzó a hablar.

—Sí, señorita, la gente de su entorno también es ruin, perversa y cruel. Nosotros no somos peores personas por ser pobres o por no tener estudios. La maldad no reside en la falta de dinero, sino en la ausencia de valores.

—Lo siento, no era eso lo que quería decir.

La veracidad de sus palabras me había impresionado y me avergoncé de mí misma al darme cuenta de que otra vez había juzgado a la ligera, sin tener conocimiento de los hechos.

—Todo pasó en la fiesta de Fin de Año —había continuado Carmelita—. ¿La recuerda? Yo no he podido olvidarla en ningún momento desde entonces y sabe Dios que lo he intentado. —Miró al techo de la habitación como si estuviera buscándolo.

—Se celebró en la casa de campo, acudió mucha gente, nunca habíamos tenido tantos invitados.

Yo recordaba una fiesta muy distinta a la suya, papá había conseguido que el Dúo Dinámico amenizara nuestra velada y fui la persona más feliz del planeta escuchando sus alegres canciones.

—A pesar de que para nosotros, el personal de servicio, era mucho más trabajo de lo acostumbrado, yo me sentía feliz. Con el dinero extra había pensado comprarme unos zapatos nuevos y una muñeca para Evelina. —Sonrió con nostalgia—. Cuando la cena ya había terminado, se nos permitió disfrutar de las sobras, acompañadas con un par de botellas de champán que su padre nos había regalado en agradecimiento por nuestro trabajo. Imagínese lo que era para nosotros comer besugo, solomillo y un sinfín de canapés y postres que en otras ocasiones solo veíamos desfilar delante de nuestras narices.

Me sentí la persona más egoísta del mundo al recordar las veces que me había quejado a mi madre por comer otra vez pescado, ternera u otro plato que no era de mi agrado, me levantaba incluso de la mesa, cuando las personas que trabajaban en mi casa hubieran dado cualquier cosa por poder probarlas.

Carmelita reanudó su relato tras permanecer en silencio unos segundos, como si supiera lo que yo estaba pensando.

—Recuerdo que guardé unos trozos de tarta de melocotón para que mi familia pudiera probarla. —Las lágrimas resbalaban por sus pálidas mejillas—. Después, atraída por la alegre música que provenía del salón de baile, me escapé con Conchita, una amiga mía que contrataron como refuerzo, a un rincón de la estancia, y allí, tras una elegante cortina de terciopelo, observamos embelesadas los distinguidos bailes de sus invitados y soñamos con ser alguna de aquellas damiselas que reían sin parar. Usted llevaba aquel elegante vestido turquesa y bailaba con su novio, Carlos. —Carmelita detuvo su relato para beber agua.

¿Los criados se comieron las sobras?, ¿no disfrutaron de una comida especial para ellos para compensar su esfuerzo?

Nunca me había parado a pensar en qué comían. Cada año había sido así y yo no fui consciente de ese detalle hasta que ella me lo contó.

—Conchita y yo empezamos a bailar como si nuestros modestos uniformes estuvieran hechos de encaje y tul, nos reímos mucho imitando a los grandes señores y, sin darnos cuenta, tropezamos con un grupo de jóvenes que accedían al salón por aquella discreta entrada. —Su cara se había vuelto más sombría y dura—. «¿Quiénes son estas chicas tan guapas?». Nos saludaron riéndose de nosotras e incluso uno de ellos, el más alto y pecoso, le tocó el culo a Conchita. Se marcharon divertidos por su hazaña; usted estaba en ese momento con la señorita Eugenia, rellenaban sus copas de ponche, parecían pasarlo muy bien. —A pesar de que las lágrimas no habían dejado de salir de sus ojos enrojecidos, Carmelita no perdió el control en ningún momento.

—¿Fueron ellos? —pregunté con tacto y miedo a la vez. Yo conocía a dos chicos con bastantes pecas y que no eran precisamente bajitos: Fernando, hijo de Hipólito Arismendi, y Justino, el fiel amigo de Carlos. ¿Habría sido alguno de ellos?

—En ese momento no pasó nada más, ellos se fueron y nosotras continuamos en nuestro escondite, un poco más discretas, sin perder ningún detalle. A la una y media de la madrugada, su señora madre nos dio permiso para retirarnos, podíamos irnos a casa esa noche o hacerlo la mañana siguiente. Como era tarde, pensé que lo mejor era pasar la noche allí, al fin y al cabo, teníamos dos días libres para estar con la familia. Debí marcharme con Conchita. No me di cuenta. ¡No lo vi! —La voz le temblaba y se daba pequeños golpes en la cabeza con el puño apretado, como si tratara de castigarse o de borrar aquella escena de su vida. Asustada por su reacción, tuve que cogerla de la mano para que dejara de lastimarse.

—Me siguió a mi cuarto, dejé la puerta entreabierta. Yo no sabía que estaba ahí, no lo sabía, yo... Creo que él vio cómo me desnudaba y, cuando iba a meterme en la cama, entró como un huracán agarrándome por detrás. Me quedé paralizada, todavía noto su respiración en mi cuello, su olor a alcohol. —Cerró los ojos con fuerza como si quisiera borrar la imagen de su cabeza—. «He visto que llevas toda la noche lanzándome miraditas, eres muy guapa», me decía mientras me sobaba todo el cuerpo. Me levantaba el camisón y metía sus asquerosas manos por debajo mientras me pasaba la lengua por el cuello. Yo le dije que parara, que se estaba equivocando, que yo tenía novio y... no sé qué más; cuanto más me resistía, más se encendía él. «Te gusta jugar, ¿eh?». Me tiró sobre la cama y entre golpes e insultos, el de las pecas, el pelirrojo, él me... —Se tapó la cara con las manos y en ese momento terminó de romper su frágil coraza.

Yo seguía allí, sentada, petrificada, digiriendo todo lo que había pasado en mi casa, delante de mí y sin que nadie se diera cuenta de nada. Esperé a que se tranquilizara un poco y entonces se lo pregunté.

—¿Quién era? Dime el nombre de ese monstruo.

Asco, ira e impotencia me acompañaban en ese instante; pero también sentía terror, pues solo un nombre rondaba en mi cabeza, pelirrojo, alto y pecoso. Me mordí el labio inferior y esperé su sentencia.

—¡Justino! ¡Fue Justino! —gritó con todas sus fuerzas con los ojos inyectados en sangre del odio que debía sentir hacia su torturador.

—¿Justino?, ¿el de mi Carlos? —Me puse de pie y deseé que la tierra me tragara, en mi cabeza no cabía la idea de que el dulce de Justino hubiese cometido un acto tan horrible—. ¿Estás segura?

—Ya le he dicho que nunca podré olvidar aquella noche, claro que estoy segura, conozco de sobra a esa rata de las veces que ha venido de visita a su casa.

Justino, un chico encantador, educado y galante que nunca se atrevía a decir ninguna cosa inapropiada. Pendiente de complacer y ayudar a todo el mundo. ¡No me lo podía creer!

—¿Qué hiciste después?, ¿se lo contaste a alguien?, ¿por qué no me buscaste?, ¿te ha vuelto a molestar? —La acribillé a preguntas, necesitaba respuestas para entenderlo.

—Cuando acabó se fue, me besó y me dio las gracias. También me dijo que podíamos repetir cuando a mí me apeteciera, que ya sabía dónde encontrarlo. Yo no podía moverme, me dolía todo el cuerpo y me quedé allí acurrucada hasta que amaneció. Vomité sobre las sábanas, quería arrancarme su saliva de mi boca, pero no lo conseguí. A la mañana siguiente, solo quedaba el personal de servicio, usted se marchó con sus padres una semana a Galicia. Los dos días libres, para disfrutar en mi casa, estuve metida en cama. A mi familia les dije que había comido algo en la fiesta que no me había sentado bien. Se lo conté a Conchita una semana después y me aconsejó que me olvidara de todo, pues era mi palabra contra la suya.

—Debiste contármelo a mi regreso, yo te hubiera ayudado —le dije al sentirme culpable por no haber visto ninguna señal.

—¿Me hubiera creído?

Las mejillas me ardían. ¿Qué hubiera hecho si hubiese venido en mi busca?, ¿la hubiera creído? No supe qué contestarle y me dio miedo no poder hacerlo.

—Usted siempre me ha tratado bien, pero siempre he sido una criada invisible. No me malinterprete, yo le agradezco todo lo que está haciendo por mí, pero su mundo y el mío son muy distintos y, a pesar de estar cerca la una de la otra, en realidad hemos estado siempre separadas por miles de kilómetros. —Hablaba con serenidad y con una madurez que nunca hubiera imaginado en ella.

Un pegamento imaginario había sellado mis labios; tenía razón en todo y eso me descolocaba.

No pude controlar por más tiempo el asco que recorría mis venas, vomité allí mismo, salpicando la silla en la que minutos antes había estado sentada.

Me fui sin despedirme de Eugenia, dejé a Carmelita sumida en un sueño sereno. Era evidente que soltar aquella carga le había aliviado momentáneamente el dolor que la acompañaría cada día.

Me habían enseñado toda la vida que solo Dios debe decidir quién vive o quién muere y que un aborto era un acto monstruoso, pero lo sucedido con Carmelita me hizo plantearme principios que yo creía muy arraigados. ¿Cómo habría actuado yo si me hubiese encontrado en su lugar? Ser madre soltera hubiese sido muy duro para ella, pero si aquella criatura por lo menos hubiese sido fruto del amor, estoy segura de que habría luchado por sacarla adelante como fuera; sin embargo, lo cierto es que solo era el recuerdo de la peor noche de su vida.

—Señorita, ¿dónde diremos a sus padres que hemos estado? —me preguntó Pepe unos minutos antes de llegar a Chamberí.

—La verdad, en casa de Eugenia, ayudando a una amiga —respondí y me di cuenta de que aquel abrazo en el que me había fundido con la criada me había hecho conectar con ella más de lo que pensaba.

Pepe me dejó en la puerta principal y me ayudó a bajar como hacía siempre: abrió la puerta y me ofreció su mano. Me quedé parada unos minutos, apoyada en él y preguntándome qué me esperaría al cruzar el umbral. No tenía fuerzas para más batallas, habían sido muchas las que había librado en las últimas semanas. Pepe, al darse cuenta de mi indecisión, apretó con suavidad mi mano y me sonrió con sinceridad intentando darme fuerza y seguridad.

—Estoy orgulloso de usted, hoy ha vuelto a ser aquella chiquilla que, subida en mis rodillas, soñaba con ser piloto de carreras. —Sus ojos estaban impregnados de emoción.

Sus palabras me erizaron la piel. ¿En qué momento dejé de ser esa niña?, ¿cuándo me convertí en una joven frívola? Mi cabeza parecía un cóctel que amenazaba con estallar en cualquier momento.

Entré en casa con miedo y, al abrir la puerta, el mayordomo aguardaba para recoger mi bolso.

—Sus padres la están esperando en el salón —anunció.

Se oían voces, no estaban solos y me alegré.

—¿Tenemos visita? —pregunté a la vez que trataba de reconocer al hombre que hablaba en ese instante.

—Sí, el señor Ernesto y doña Asunción.

No sabía si eran buenas o malas noticias. Tener compañía haría que se relajara la situación con mis padres, pero no estaba segura de ser capaz de soportar las críticas continuas de mi futura suegra por cualquier tema.

Entré resignada al salón sin saber la gran sorpresa que me esperaba, mi Paul Newman me aguardaba sonriente.

—¡Carlos! —grité de emoción y me abalancé hacia sus brazos sin importarme la presencia de los demás—. Me habías dicho que volverías mañana.

—Quería darte una sorpresa y veo que lo he conseguido —dijo devolviéndome el abrazo y me dio un par de besos en la mejilla que me supieron a poco.

Me asombré de no sentirme a salvo entre sus brazos, como otras veces. ¿Sabría algo Carlos de lo que había hecho su amigo? Me sentí incómoda y me aparté con cuidado.

—Esto es amor y lo demás es tontería. —A mi futura suegra le agradó el recibimiento que le había hecho a su hijo.

—Mercedes, estás guapísima, como siempre —me saludó Ernesto con dos besos.

—Bueno, yo estoy que me muero de hambre, ¿cenamos? —preguntó papá más alegre de lo que yo me esperaba.

Durante la cena intenté guardar en un cajón imaginario los acontecimientos vividos los últimos días. Necesitaba volver a ser, aunque fuera por lo que quedaba de noche, aquella muchacha alegre de los días previos a la muerte de la abuela.

—¿Cómo está Eugenia? —me preguntó mi madre mientras degustábamos la sopa de mariscos—. Debía de estar bastante indispuesta, has pasado todo el día con ella.

—Tenía fiebre y muchos vómitos, me ha dado cosa dejarla sola —mentí y agaché la cabeza para no cruzar la mirada con mi padre, que tenía sus ojos clavados en mí.

—¿Dónde estaba su maridito?, ¿trabajando? —rio con malicia Asunción—. Desde luego que tienes unas amistades un poco raras. Ella, la hija rebelde de una gran familia, y a él lo único que le queda es el apellido, pues lo perdieron todo en la guerra, y es abogado, pero solo representa a gente humilde, que hasta tengo entendido que muchas veces ni le pagan. Se dice que su abuelo tuvo trato con los comunistas y así les fue.

Lo intenté, de verdad que intenté morderme la lengua, pero me quemaba ante aquellos comentarios tan injustos; unas pequeñas brasas incendiaron mi estómago y por primera vez le dije a mi suegra lo que pensaba.

—Sí, estaba trabajando. ¿Sabes lo que pasa, Asunción? —Parecía que me había contagiado del veneno que mi suegra emanaba por sus poros y escupí todo el que pude—. Hay gente que no es tan afortunada como nosotros y tienen que trabajar para ganarse el sustento, pero eso no los hace menos dignos, al contrario, ellos sí saben valorar lo que tienen y no necesitan mofarse de los demás para sentir que disfrutan una vida plena. En cuanto a los supuestos tratos de su abuelo con los comunistas, fue algo que pasó hace veinte años, no veo por qué Javier debe seguir pagando por los errores del pasado.

—¡Mercedes! —Papá golpeó la mesa y tiró la servilleta que llevaba en la mano—. ¿Se puede saber qué te pasa?, ¿crees que esa es manera de hablarle a Asunción?

Mamá y Carlos me miraban como si no me conociesen. Él se había quedado con la cuchara cargada a medio camino, la boca entreabierta y los ojos como platos. En mamá percibí decepción. Sin embargo, Asunción había dejado su cubierto sobre la mesa y me observaba desafiante, con la cabeza bien erguida y una sonrisa maliciosa, cargada de veneno.

—Déjala, Rafael, déjala. Es una chiquillada. —Ernesto no podía contener la risa—. Está muy bien defender a los amigos, eso denota lealtad.

—Sí, Rafael, déjala. —Asunción hablaba entre dientes, aparentando una indiferencia que no sentía—. Como dice Ernesto, es una contestación propia de una niña mimada.

¡Niña mimada! Iba a cumplir veintiún años, ya no era una cría. Además, había madurado mucho las últimas semanas. ¿Qué demonios se había creído? Noté cómo se reavivaban las brasas de mi estómago e iba a contestar otra vez envalentonada por el momento, pero el rictus serio y amenazante de mi padre, que tenía el puño blanco de lo fuerte que lo apretaba, me advirtió, sin pronunciar palabra, de que no era buena idea. Carlos me agarró con cariño de la mano y tiró de ella para obligarme a girar la cabeza hacia él. En sus dulces ojos encontré un mar en calma que me tranquilizó y evitó que los caballos de mi interior siguieran galopando.

—Sí, continuemos con la cena. Han sido unos días muy duros y estamos todavía un poco nerviosos, ¿verdad, hija? —terció mamá para suavizar el ambiente.

Asentí con la cabeza e intenté comer algo, pero mi estómago se había cerrado totalmente. No pronuncié ninguna palabra más, solo movía la cabeza afirmando o negando con una sonrisa estúpida a las preguntas superficiales sobre moda o eventos sociales.

Al acabar aquel teatro de cena, pude hablar un rato a solas con Carlos en un rincón del saloncito.

—Mercedes, ¿estás bien? Te noto cambiada —me preguntó acariciándome la cara.

—Carlos, te he necesitado tanto estos días. No, no estoy bien. —Me abracé a su cuello y dejé reposar mi cabeza en él.

—Tal vez deberíamos ir al médico. Hay muchas mujeres que enferman de los nervios y con una buena medicación se tranquilizan. La histeria es algo propio del sexo femenino.

—¿Qué dices? —Me aparté con brusquedad, estaba harta de que me trataran como a una niña—. ¿Me estás llamando histérica? Ni siquiera conoces los motivos de mi estado y me llamas histérica.

—¿Ves? Estás siempre a la defensiva y tú no eres así. Está visto que la muerte de tu abuela te ha afectado demasiado. —Me abrazó con más fuerza y ternura que antes. Parecía convencido de su diagnóstico, me pregunté en qué momento se había sacado la carrera de medicina.

—Carlos, no quiero discutir. Solo necesito tu apoyo y confianza. Tengo muchas cosas que contarte, pero no va a ser esta noche, estoy demasiado cansada. —Me sentía derrotada ante la incomprensión de los demás.

Aquella noche dudé en confiarle a Carlos mi secreto. ¿Cómo reaccionaría mi suegra al saber que era una hija ilegítima?, ¿dejaría de ser digna para su hijo?, ¿o tal vez había dejado de serlo tras la conversación de la cena? Ernesto era como un hermano para mi padre, ¿estaría al tanto de nuestra historia familiar?

Las preguntas sin respuesta me atormentaban y me hacían flaquear, estaba demasiado acostumbrada a no tener que lidiar con ningún problema, siempre había alguien que los resolvía por mí.

—Señorita Mercedes, tiene una llamada de teléfono —interrumpió la nueva chica de servicio.

—Sí, debe de ser Eugenia. —La seguí intrigada y dejé a Carlos en el salón. ¿Qué habría pasado?

Al distanciarnos un poco, me habló en un susurro.

—No hay ninguna llamada. Pepe me ha pedido que venga a buscarla, es urgente que hable con usted. La espera en la puerta de la cocina que da hacia el jardín; yo me quedaré vigilando y la avisaré por si vienen a buscarla. —Hablaba sin dejar de mirar al frente.

—¿Cómo te llamas? —pregunté extrañada de su complicidad con el chófer.

—Soy Conchita, amiga de Carmelita. —Giró la cabeza y me sonrió justo cuando llegábamos a la cocina.

Salí al jardín y pude ver a Pepe acompañado de un hombre que me resultaba familiar. Parecían estar discutiendo por la manera en que gesticulaban, pero no podía escucharlos, pues, a pesar de todo, no hablaban muy alto.

—¿Qué sucede? —pregunté al llegar a su altura.

—¿Dónde está Carmela?, ¿qué ha pasado con ella? —Se dirigió a mí de una forma bastante hostil.

—¿Quién es usted?, ¿qué quiere? —pregunté fijándome en la cicatriz de su barbilla.

—Soy el hermano de Carmela y quiero saber ahora mismo dónde están ella y Evelina.

¡El hermano de Carmelita era aquel muchacho que me había rescatado de morir aplastada en la manifestación!

11

Tranquilizar a Felipe, el hermano de Carmelita, sin que nadie se percatara de su presencia, fue bastante complicado.

—Quiero que me llevéis con mis hermanas ahora mismo —exigió con brusquedad. Intentó entrar a la casa por la fuerza para buscarlas él mismo, poniéndome más nerviosa de lo que ya estaba. Pepe se interpuso entre él y la entrada y lo retuvo con mucha dificultad; era un muchacho fuerte y decidido.

—Baja la voz, por favor. —Miré hacia atrás, mis padres estaban en el salón y una ventana daba hacia la parte del jardín en la que nos encontrábamos—. Tus hermanas están bien, pero ahora no podemos llevarte junto a ellas. Mira la hora que es, las pondríamos en peligro a ellas y también a la familia que las está ayudando. ¿Qué crees que va a hacer el sereno si llegas montando un escándalo? Llamará a la policía, ¿y cómo le vamos a explicar el estado de Carmela?

El miedo a que mis padres descubrieran lo sucedido con la criada hizo que mi corazón bombeara más rápido de lo normal, debía ser rápida y convencer a aquel irresponsable o las consecuencias serían catastróficas.

—Tú no lo entiendes, ¿verdad? Me importa una mierda si

es demasiado tarde, son mis hermanas y soy yo quien tiene que cuidar de ellas. —Arrugó el entrecejo y preguntó—: ¿Líos con la policía?, ¿por qué?, ¿qué ha pasado? —Pude notar cómo se le tensaban los músculos del cuello.

—Mira, muchacho —intervino Pepe con un tono conciliador; le dio una palmada en la espalda como si fueran amigos—. Carmelita ha estado muy delicada y ahora se encuentra descansando, ¿qué crees que pasará si te ve irrumpir en mitad de la noche dando gritos? Se va a alterar, y eso no va a ayudar en su recuperación.

Felipe se quedó en silencio, reflexionando, y yo aproveché para terminar de convencerlo.

—Mañana a primera hora yo misma te acompañaré para que puedas visitarlas. —Me mordí el labio para contener los nervios; me estaba demorando mucho en volver y no tardarían en venir a buscarme.

—No hace falta que madrugues para acompañarme —me contestó con desprecio—, con que me des la dirección yo mismo iré a buscarlas y las llevaré de vuelta conmigo.

—¿Qué clase de insensato eres? —Me exasperaba su aire de superioridad—. ¿Quieres que tu hermana no se restablezca? Está en un sitio seguro donde recibe los cuidados necesarios y es allí donde va a permanecer. Puedes ir todas las veces que quieras a verla, pero no se va a marchar hasta que no esté completamente recuperada —sentencié muy segura de mí misma.

—¿Y quién eres tú para decidir sobre la vida de mi hermana?, ¿acaso te crees que eres su dueña? —Levantó la cabeza y endureció el rostro esperando mi respuesta.

—Aprecio a tu hermana, llevamos juntas desde los ocho años y no voy a permitir que le suceda nada malo, y mucho menos por una imprudencia tuya.

Como si se tratara de un duelo al amanecer, estuvimos unos segundos midiéndonos el uno al otro. Me di cuenta de que no era soberbia lo que movía a aquel joven a comportarse así, sino preocupación, y me pregunté si estaba al tanto de la verdadera dolencia de su hermana. No sé lo que él vio en mí, pero le bastó para bajar un poco la guardia y ceder a nuestras peticiones.

—Está bien, a las ocho de la mañana volveré, ni un minuto más ni un minuto menos.

Suspiré aliviada y pensé que me había librado de los problemas que me podía acarrear su presencia; pero justo cuando se giró para marcharse, escuché mi nombre a mis espaldas.

—¿Mercedes?, ¿qué hacéis aquí? —Mamá se acercaba con paso firme al ver a un desconocido en su jardín—. ¿Tú quién eres? —preguntó mirándolo de arriba abajo.

—Es el hermano de Carmelita —contesté yo—. Ha venido a traernos razón de su estado.

—¡A buenas horas! Lleva varios días sin aparecer por aquí sin explicación alguna, ¿y hoy se acuerda de mandar recado? —Mamá nos miraba con desconfianza—. ¿Qué se supone que le pasa?

—Una pulmonía. —De nuevo contesté yo para evitar que Felipe lo hiciera—. Está muy enferma y va a tardar unos días en poder reincorporarse.

Felipe miraba a mi madre con asco, como si la conociera de antes, y me pregunté el motivo de su actitud.

—Eso si yo la dejo volver. —Mamá examinó al hermano de Carmelita de arriba abajo con desaprobación al ver sus zapatos llenos de tierra y agujereados—. No estoy nada contenta con su actitud. Es una desagradecida que no ha valorado nada de lo que hemos hecho por ella durante todos estos años.

—¡Mamá! —No podía creer lo que estaba escuchando.

Pepe miraba al suelo, seguramente avergonzado ante aquella escenita de mi madre y temiendo que su enfado le pudiese repercutir de forma negativa, pero Felipe no pudo contenerse más.

—¿Qué está diciendo? —Se acercó tanto a mi madre que esta tuvo que dar un paso atrás algo atemorizada—. Carmela no tiene nada que agradecerles, ha trabajado como una burra desde los ocho años, ganándose con honradez las pocas pesetas que se han dignado a pagarle, callándose cuando le hacían echar horas de más porque usted daba alguna fiesta, renunciando a algunos de sus días libres porque no podía dejar la casa desatendida. Y ahora, la primera vez en estos años que falta a su trabajo porque está enferma, ¿usted la llama desagradecida?

Me sentí tremendamente avergonzada al darme cuenta de que Felipe tenía razón en todo lo que estaba diciendo. ¿Por qué nunca me había dado cuenta antes del poco tiempo libre del que disponían los empleados? Ninguno de ellos había dejado su puesto de trabajo desatendido nunca y seguro que había enfermado más de una vez.

—Pero ¿cómo te atreves a hablarme así, insolente? —chilló mamá, herida en su orgullo.

—Joven, yo le acompaño a la puerta, será mejor que se marche —intervino Pepe, que lo cogió por el brazo y tiró de él hacia la salida, por la que se marchó sin apartar la vista de mi madre.

—¿Tú has visto cómo me ha tratado ese individuo? —me preguntó mamá con las mejillas encendidas cuando lo vio desaparecer.

Por supuesto que me había dado cuenta y no podía estar más de acuerdo con él. Sabía que a mamá le había dolido el trato que le había propinado Felipe y me daba un poco de pena; no estaba acostumbrada a que nadie le faltara el respeto y estaba claro que él no hacía distinciones y seguro que decía siempre lo que pensaba.

—No se lo tengas en cuenta, está muy preocupado por su hermana y le ha ofendido tu comentario.

—¿Yo le he ofendido a él? —Se asombró de mi respuesta.

No sabía cómo salir de aquel atolladero y dije lo primero que se me ocurrió.

—Vamos dentro, mamá. No querrás que Asunción se entere de esto, ¿verdad? —improvisé, sabiendo que mi madre no soportaría una crítica de su futura consuegra.

—Sí, vamos dentro, vamos dentro. —Se agarró a mi brazo y volvimos a la casa.

Al entrar no vi a Conchita. ¿Dónde estaría? Se suponía que debía alertarme si alguien nos sorprendía. Iba a preguntarle a mamá, pero Carlos me salió al paso.

—Mercedes, ¿dónde estabas? —me preguntó sonriente, parecía haber olvidado nuestra pequeña discusión anterior—. ¿Eugenia está bien?

—¿Eugenia? —me extrañó su pregunta.

—¿No era ella la que te había llamado?

—Oh, sí, sí, está bien, una tontería. Mañana iré a visitarla. —Sentí el ardor en mis mejillas, sonreí para disimular mi turbación y acepté la mano que me ofrecía con cariño para que me sentara a su lado. Decidí que intentaría disfrutar de la velada, que terminó sobre la una de la madrugada sin más sobresaltos, por fortuna para mí.

El encuentro de los tres hermanos a la mañana siguiente en casa de Eugenia fue conmovedor, se abrazaron con fuerza y permanecieron así varios minutos. Carmelita, algo más repuesta, lloraba en el hombro de su hermano, que no paraba de besar su cabeza.

Envidié aquella complicidad y el amor que los unía y que

casi se podía tocar de lo grande que era. Yo hubiese dado todo por tener una hermana. Me sentí sola ante aquella fotografía que contemplé desde la puerta del dormitorio junto a Eugenia, que lloraba emocionada como una magdalena.

—¿Qué tal estás, Carmela? —preguntó Felipe más calmado que la noche anterior.

—Estoy mucho mejor, si no llega a ser por la señorita Mercedes, tal vez hoy no estaría aquí. —Me miró con agradecimiento.

—Pero ¿qué es lo que ha pasado? Me dijiste que no te encontrabas bien, pero nunca imaginé que fuera tan grave. No me hubiera marchado, lo sabes, ¿verdad? —La besó en la frente con cariño y la estrujó contra su pecho.

—Nada es culpa tuya. —Carmelita le revolvió el pelo como si se tratara de un chiquillo travieso.

—El doctor se ha portado muy bien con ella, le ha puesto *medecinas* y la señora Eugenia y la señorita Mercedes han sido muy buenas. ¡He comido pastel! —le contó Evelina a su hermano con una sonrisa traviesa, que estaba de rodillas junto a ellos.

Felipe se levantó de la cama, dio unos pasos como si estuviera decidiendo qué hacer, miró a su hermana de nuevo y se giró hacia nosotras.

—Gracias por todo. Pagaré la factura del médico lo antes posible y nos marcharemos de aquí en cuanto mi hermana se restablezca —dijo con serenidad—. No queremos ser una carga. —Una vez más, sacó su orgullo a pasear.

Levanté la vista hacia el techo para controlarme ante aquel arrebato suyo de soberbia. Me di cuenta de que no le gustaba que nadie le regalase nada, pero veía muy difícil que pudiese hacerse cargo de la factura.

—Felipe, no diga tonterías, su hermana no es ningún estorbo

y Evelina me hace mucha compañía. —Eugenia le guiñó un ojo a la niña, que parecía encandilada por la energía de mi amiga.

—Me gustaría hablar a solas con Carmela —pidió ayudando a su hermana pequeña a levantarse del suelo.

—Por supuesto, Evelina, ¿desayunamos? —invité a la chiquilla para que nos acompañara a la planta de arriba, segura de que iba a aceptar.

Los dos hermanos estuvieron hablando más de una hora hasta que la llegada del doctor los interrumpió. Al entrar en la habitación con Pedro, me di cuenta de que Carmelita había llorado y de que Felipe estaba más nervioso de lo normal; imaginé que su hermana le había contado todo lo sucedido.

—Doctor, ¿mi hermana se va a recuperar? —abordó al médico nada más llegar.

—Primero tengo que reconocerla, pero ya le puedo adelantar que está mucho mejor que ayer. —Sonrió con satisfacción—. Por favor, salga fuera mientras la examino, después responderé a todas sus preguntas.

—Oh, sí, sí, claro.

Salió un poco turbado del dormitorio, yo iba a acompañarlo fuera, pero el doctor me requirió.

—Señorita, ¿me ayudará como ayer? —Me tendió unos guantes y el delantal.

—Por supuesto —contesté dándome la vuelta.

—Me alegro de que se encuentre mejor, ayer temí por su vida —le dijo a Carmelita mientras sacaba el instrumental de su viejo maletín de cuero—. Sé que le va a incomodar, pero debo reconocerla íntimamente para ver si sus heridas han cicatrizado bien.

Ella se incorporó un poco, se le notaba tensa e imaginé que no le sería fácil que un hombre la viera desnuda, sobre todo después de lo que le había pasado.

—Tranquila. —Me acerqué a la cama y le di la mano—. Yo estoy aquí contigo, confía en el doctor.

Carmela asintió, dando su permiso a Pedro para que procediera y, como la tarde anterior, realizó la cura con mucho cuidado, tanto que la criada fue rebajando la presión con la que agarraba mi mano. Confiaba en Pedro, a quien se le veía muy profesional y cuidadoso, y anunciaba en todo momento el siguiente paso que iba a dar.

—Todo está mejor de lo que me esperaba; no obstante, debe seguir manteniendo reposo y tomando la medicación. Pasaré a verla mañana —dijo mientras se quitaba los guantes.

—Gracias, doctor —contestó ella tímidamente.

—¿Me acompaña? —me preguntó—. Su ayuda ha sido muy importante —me dijo fuera de la habitación.

—Pero si no he hecho nada. —Me ruboricé, había permanecido junto a Carmelita todo el rato.

—Ha hecho justo lo que debía hacer. Le ha dado seguridad y logrado que se relaje con su presencia. ¿Imagina lo violento que hubiera sido para ella quedarse a solas conmigo después de lo que intuyo que le ha pasado? —me dijo deteniéndose en mitad de las escaleras.

—¿Lo sabe?, ¿cómo? —pregunté extrañada de su intuición.

—Soy médico y he aprendido a leer en la cara y el cuerpo de mis pacientes. Cuídela, ahora viene lo más difícil.

—¿A qué se refiere? —No entendía qué podía ser más grave que su enfermedad.

—Enfrentarse a la realidad, a lo que ha hecho y lo que le han hecho es muy duro y va a necesitar de toda la comprensión del mundo.

—¿No le parece mal como médico que haya abortado? —Todavía me costaba decir aquella palabra.

—Lo que no apruebo es que no acudiera a un auténtico profesional —contestó minutos después—. Aunque comprendo por qué lo hizo, en España las mujeres no pueden decidir, y ese es el verdadero delito.

Me asombró aquella respuesta que no esperaba. Sin duda, era un médico entregado a sus pacientes, irradiaba una bondad que me hacía sentir cómoda a su lado.

Al salir a la calle, encontramos a Felipe sentado en el portal de la puerta principal. Se puso de pie nada más vernos y se dirigió al encuentro de Pedro rápidamente.

—Su hermana está mucho mejor, se va a recuperar, pero va a necesitar tiempo —le dijo el doctor sin dar ocasión a que él le preguntara.

—¿Podrá tener hijos? —Parecía preocupado.

—Es muy pronto para que le dé una respuesta. Estaba muy mal, pero no hay que perder la esperanza.

Me asombró la pregunta de Felipe, a mí ni se me había pasado por la cabeza algo tan horrible. ¿Cómo se tomaría Carmelita aquella noticia?

—Todo es culpa mía, debí cuidar mejor de mi hermana —se lamentó Felipe cuando Pedro se marchó.

—No podías saber lo que ese desgraciado iba a hacerle —intenté consolarle—. Es un monstruo que debe pagar por lo que ha hecho y encontraremos la manera de que lo haga. Debe ir a la cárcel.

—No creo que sea para tanto —me dijo extrañado.

—¿Que violen a tu hermana no te parece suficiente para dar con sus huesos en una cárcel? —le pregunté con mi ingenuidad de aquellos años, sin darme cuenta de mi desliz.

—¿Violado? —Estaba blanco como la leche—. ¿Han abusado de Carmela? —repitió.

—Yo... Este... No estoy segura. —Me acababa de dar

cuenta de mi metedura de pata y me sentí perdida, no sabía cómo salir de aquel atolladero.

—¿Quién ha sido?, ¿quién? —Me zarandeó con fuerza con sus grandes y ásperas manos, acercando mi cuerpo al suyo, como si así fuese a sacarme la respuesta—. Lo mato, yo lo mato. ¿Por qué me ha mentido? —Tenía sus enormes ojos negros clavados en mí y podía ver cómo su cara pasaba de la furia al dolor—. Me ha dicho que el hombre del que se había enamorado era un hombre casado y que, al quedarse embarazada, se había asustado y luego...

Me soltó y, al notar la lejanía de su cuerpo, me noté desprotegida. Empezó a dar vueltas, yo me quedé allí petrificada, maldiciéndome por mi error y sin saber qué hacer. Sus ojos inyectados en sangre no presagiaban nada bueno, Felipe era impulsivo para lo bueno, como rescatarme de la persecución policial, pero también para lo malo. Era una bomba de relojería que podía estallar en cualquier momento.

—Si ella no te lo ha dicho, seguramente es porque temía tu reacción, debes pensar con la cabeza fría. Si cometes una locura, entonces tus hermanas te perderán para siempre, el que acabará en la cárcel serás tú; ¿es eso lo que quieres? —le pregunté y recé para que entrara en razón.

Se sentó en el escalón de la puerta principal de la casa, encendió otro cigarrillo y me miró. El negro de sus ojos era más hermoso con el brillo de las lágrimas que amenazaban con derramarse. Me senté junto a él y esperé a que dijera algo.

—Le prometí a mi madre que cuidaría de ellas y en tan solo unos meses que falta... Mira lo que ha pasado. —Sacó una fotografía gastada de su cartera—. Lo siento, te he fallado.

Felipe pasó sus dedos por el rostro de su madre y una gota cayó sobre el papel estropeado. Aquella familia del retrato estaba formada por siete personas: Evelina, Carmelita, Felipe, sus padres y dos hermanos más pequeños. ¿Dónde estaban esos niños? Parecían gemelos. ¿La madre de Carmelita había muerto y ni siquiera me había enterado?

Ella tenía razón cuando me había dicho que siempre había sido invisible para mí. ¿Coincidiría la muerte de su madre con la violación? Cuánto había sufrido en silencio.

—Tengo que irme. —Felipe se levantó de repente, me agarró la mano y me la besó, provocando que se me erizara la piel; me daba miedo que se marchara—. Volveré esta tarde. Gracias por su ayuda, me equivoqué con usted. —Había dejado de tutearme.

Me quedé viendo cómo se alejaba y, sin saber por qué, hubiese dado cualquier cosa para que se quedara un rato más. Me ruboricé ante aquel pensamiento, no estaba bien aquella especie de atracción que estaba naciendo entre nosotros. Una atracción extraña. Una atracción que no comprendía, éramos muy diferentes.

Volví dando un paseo a casa, necesitaba pensar y aproveché para hacer la tarea pendiente que iba postergando día tras día: confesarme.

Encontré a don Eufrasio en la sacristía revisando unos papeles con su pequeña radio encendida; según él, la música alimentaba el alma y serenaba el espíritu.

Según papá, era un cura demasiado moderno, con aquellos pantalones negros y la camisa blanca, que se olvidaba de la sotana excepto para actos oficiales. Tenía la cabeza completamente plateada y, según había oído, no llegaba ni a los cuarenta y cinco años. Era alegre y contagiaba a todos con su energía, ayudaba a todo aquel que lo necesitaba sin importar su condición social, su puerta estaba siempre abierta para todos. Sin duda, se había ganado el cariño de casi todos sus feligreses, excepto de los que pensaban como mi padre, que lo miraban con recelo; no les gustaban los cambios.

—¡Mercedes, hija! —Se acercó y dejó los papeles que estaba revisando sobre la mesa—. Me alegro mucho de verte. Siento mucho la pérdida de tu abuela, pero te aseguro que está en un lugar mucho mejor.

—Yo también tenía ganas de hablar con usted y, bueno, de confesarme —dije avergonzada, al recordar todas las mentiras que había dicho los últimos días.

—¿Confesarte?, ¿qué pecados has podido cometer tú? Si eres una chiquilla encantadora. —Me indicó que me sentara en una silla que había frente a él.

—He mentido, padre, y eso es un pecado —contesté sin levantar la cabeza.

—¡Ay, hija! —rio—. Ojalá todos los pecados fuesen como los tuyos, estoy seguro de que no es tan grave.

—Bueno, no crea; han pasado muchas cosas. —Me mordí el labio inferior mientras pensaba por dónde empezar.

—Está bien. —Se puso la estola morada—. Comienza, pues.

Le relaté todo lo acontecido: mi adopción, el altercado con la policía e incluso lo de Carmelita; necesitaba paz para mi alma y su sabio consejo. Me sentí mucho más ligera tras hablar con él, que, como siempre, meditaba muy bien sus palabras antes de decirlas.

—Has vivido cosas muy fuertes estas últimas semanas, comprendo muy bien tu frustración y miedo, pero debes serenarte. Las mentiras que has dicho, aunque no dejan de ser pecado, han sido siempre con buena intención, intentabas evitar un mal mayor, así que estoy seguro de que nuestro Señor ya te ha perdonado. —Me cogió de las manos con afecto y continuó con sus calmadas palabras—. Analiza tus sentimientos y pon en orden las ideas y verás cómo todo vuelve a su cauce. Sé comprensiva con tus padres y no juzgues a nadie, para eso ya tenemos al de arriba. —Señaló con el dedo al techo decorado con una imagen de Jesucristo.

—Gracias, padre, hablar con usted siempre me hace bien. —Sonreí agradecida y noté cómo la calma volvía a mi pecho.

—Parece que fue ayer el día que te bauticé. Eras una niña así de pequeñita. —Separó un poco las manos para mostrarme el tamaño—. Yo era nuevo, recién ordenado, llegué con mucha ilusión a esta parroquia pensando que sería un destino eventual, pero aquí sigo. Veinticinco años tenía. —Se levantó y me invitó a acompañarlo a recorrer la iglesia—. Mi primer oficio, el bautizo de la hija del general Quiroga. Vino mucha gente, y eso que aquel día llovía a cántaros, cosa normal en enero. Tus padres eligieron un día muy especial para hacerlo, pues eras su pequeño regalo de Reyes. Sí, nunca olvidaré aquel día: seis de enero de 1941, tres meses tenías. —Sonrió ante aquel recuerdo.

—Seis de enero de 1941 —repetí muy despacio.

—Bonito día, ¿verdad?

—¿1941? —En ese momento, me di cuenta de que yo no era la única persona de mi familia que mentía.

—Sí. —Don Eufrasio me miró extrañado—. ¿Pasa algo, hija?

—No lo sé, pero hay una cosa que... ¿Dónde se guardan las partidas de bautismo? —pregunté de repente.

—Aquí. ¿Por qué? —Detuvo el paseo y esperó mi respuesta.

—No me haga caso, padre, debo irme, se me ha hecho muy tarde. Gracias por todo. Impóngame la penitencia y deme su bendición —dije deseando salir de allí.

—Reza tres avemarías y tres credos, y lo más importante es

que acudas a mí si me necesitas —me contestó otorgándome la bendición.

—Gracias, lo tendré en cuenta. —Me marché con paso ligero.

Necesitaba estar segura antes de hacer algo, pero tenía claro que mis padres me habían mentido. ¿Por qué? Según mi padre, yo era hija de su hermana y había nacido durante la guerra, pero yo nací en octubre del 40 y mi tía había muerto en el 38 como consecuencia de un asalto al convento en el que vivía. ¿Cómo no me había dado cuenta antes de que las fechas no cuadraban? ¡Mi tía no podía ser mi madre!

12

Don Eufrasio me había abierto los ojos que yo inconscientemente llevaba cerrados durante mucho tiempo. Había creído las palabras de mi padre sin pensar que fuese a mentirme a la cara. El defensor de la verdad y la lealtad no sería capaz de traicionar a su adorada niña. ¡Estúpida! ¿Qué era lo que más me dolía?, ¿sus mentiras o la posibilidad de no ser una Quiroga? Había portado ese apellido con el orgullo propio de la hija de un general condecorado por el mismísimo Franco. «La sangre es lo que vale, lo que une a las familias», ¿cuántas veces lo había escuchado de mi padre?

Levanté la cabeza y dejé el tambor de bordado sobre mis rodillas. Observaba en silencio a mi progenitor, que leía el periódico sentado en una mecedora que había hecho traer de casa de la abuela junto al armario tallado por su padre; los rayos de sol que entraban por la ventana le dibujaban un aura casi angelical.

De repente, como una ráfaga de aire fresco, me vinieron a la cabeza las palabras de mi abuela en su lecho de muerte: «Tienes que perdonarme, tienes que perdonarlo». ¿Se referiría a mi padre? «Búscala, busca a tu madre»; tal vez no la entendí y se refería a... ¡mi madre biológica!

—¡Ay! —Un fuerte dolor en el dedo índice provocó que mi padre girara la cabeza.

—¿Estás bien? —me preguntó él y dejó el periódico en la mesita circular que tenía a su derecha.

—Me he pinchado con la aguja, no es nada —contesté luchando con el manojo de nervios de mi estómago.

Él volvió a su lectura del *Pueblo* para después seguir con *Arriba*, le gustaba revisar las noticias de distintos periódicos, y yo seguí con mis elucubraciones.

¡La abuela debía de saberlo todo! ¿Cómo no me había dado cuenta hasta entonces? Intentó decírmelo antes de su muerte para liberar su alma del pecado, pero mi padre no se lo permitió. ¿Quién más estaría al tanto de la verdad? ¡Don Ángel! Sí, él era su confesor, pero por ese motivo tampoco me diría nada, aunque tal vez podría, de alguna manera, sonsacarle algún dato.

Estaba claro que mis padres no me dirían la verdad, yo era quien debía buscarla; necesitaba volver al pueblo.

Todas esas inquietudes no me abandonaban desde mi charla con don Eufrasio. Los días pasaban lentamente y aumentaban el dolor del puñal que se me había clavado en el pecho desde que me había dado cuenta de las mentiras de mis padres. Para mitigar la desesperación, intentaba distraerme con mis visitas a Carmelita, que seguía en casa de Eugenia.

La joven se recuperaba a pasos agigantados e incluso ganó algo de peso gracias a las comidas abundantes que le preparaba mi amiga y a los meticulosos cuidados del humilde Pedro.

El doctor no faltaba ni un día a su cita con su paciente y siempre me pedía que me quedara durante el reconocimiento. Me sentía orgullosa de poder colaborar y me hacían gracia aquellas simpáticas arruguillas que se le formaban en los ojos mientras procedía con la cura. Me sentía bien a su lado. Su juicio clínico era innegable, como me demostró en una de sus visitas mientras lo acompañaba a la puerta.

—Llevo unos días observándola y la encuentro alicaída. ¿Está usted bien?

Agaché la cabeza pensando en qué contestarle; no quería mentirle, pero tampoco contarle aquello que me atormentaba.

—Sabe que puede confiar en mí, ¿verdad? —Agarró mi mano con delicadeza y, sin saber el motivo, sentí un gran afecto hacia él.

—Lo sé, ha sido usted muy bueno con Carmelita y se nota que es un buen hombre, pero no creo que tenga alguna cura para los problemas del corazón. —Le regalé una sonrisa cargada de emociones.

—Entiendo, los problemas de pareja son cosa de dos. —Bajó la cabeza como si pensara que se había inmiscuido.

—Oh, no, no se trata de Carlos. En el corazón hay sitio para más de un amor, ¿no cree? —pregunté con timidez.

—¿Está enamorada de otra persona? —me preguntó abriendo los ojos.

—¡No, no! —contesté con rapidez para evitar que se formara una mala imagen de mí—. Me refiero a-a mis padres, eso también es amor.

De repente fui consciente de que me importaba su opinión sobre mí.

—Oh, por supuesto, espero no haberla ofendido con mi comentario. —Se sonrojó.

—No se preocupe, ha sido un malentendido. La relación con ellos no está muy bien —le confesé sumamente avergonzada—. He descubierto algo que me ha hecho mucho daño y no sé cómo debo actuar.

—Solemos pensar que nuestros progenitores son perfectos, y lo cierto es que son humanos, cometen errores como lo hacemos nosotros, pero eso no quiere decir que sean malas personas, solo hay que comprender sus motivaciones.

Me hablaba como un sabio de la antigua Grecia. Su voz pausada y profunda tenía efecto anestésico en todo aquel que lo escuchaba, era un experto en sanar a los demás.

—Las desavenencias con los padres son más comunes de lo que usted cree, estoy seguro de que pronto se solucionará todo. —Pedro abrió la puerta en la que llevábamos detenidos unos instantes—. ¿Nos vemos mañana? —me preguntó como despedida.

Si las conversaciones con el doctor me llenaban de calma y paz, las que mantenía con Felipe me transmitían una extraña energía. Él me enseñó poco a poco una cara de la vida desconocida hasta entonces por mí e hizo que me planteara cuestiones que nunca habían pasado por mi cabeza. Felipe me mostraba el mundo tal y como era.

—Creo que Carmela podrá volver a casa en unos días, la veo mucho mejor —me comentó una tarde después de visitar a su hermana.

—¿Tan pronto? Bueno, yo creo que todavía puede quedarse una semana más.

Me inquietaba el no tener excusa para ir día tras día a casa de mi amiga; era el único sitio donde me sentía liberada de mis demonios.

—No me gustaría abusar de su amabilidad. —Parecía incómodo.

—¿Puedo preguntarte algo? —Esperé a que asintiera—. ¿Por qué has dejado de tutearme?

Si antes me molestaba que me hablara con tanta confianza, ahora no soportaba que hubiera dejado de hacerlo, pues me hacía sentir que nos encontrábamos en dos mundos separados por miles de kilómetros.

—Creía que no le gustaba que lo hiciera. —Sonrió con picardía—. Verá, para mí el respeto no debe imponerse, el respeto hay que ganárselo, y usted se lo ganó el día que le salvó la vida a mi hermana. ¿Por qué hay que hablar de usted a la gente con mayor fortuna?, ¿son mejores que los de las clases menos favorecidas?, ¿usted es mejor que yo por ser la hija del general Quiroga? El dinero y la posición social no hacen a una persona más o menos respetable. —Calló unos segundos y después añadió—: ¿Usted qué piensa sobre ello?

—Yo no he dicho nunca que tú seas menos que yo —respondí a la defensiva.

—Es cierto, pero desde el primer día me tutea, ¿debo tomármelo entonces como una falta de respeto?

—¡Claro que no! —Sentí como si una pequeña avispa me hubiese picado.

—¿Qué piensa de las clases sociales? —Siguió con su bombardeo de preguntas.

—¿Qué voy a pensar?, ¿acaso es culpa mía que existan?

—Ya sé que no es culpa suya. —Se rio divertido—. Solo quiero que me diga si cree que es justo que haya gente que pasa hambre mientras otros disfrutan de cenas suculentas, quiero que me diga lo que opina de que las cárceles estén llenas de gente que lo único que ha hecho es pensar distinto a nuestro Generalísimo. —Se refirió a Franco arrastrando las sílabas, como si le costara pronunciar su nombre—. Quiero que me diga si le parece justo que muchos niños no puedan ir a la escuela porque deben trabajar para contribuir en la economía familiar.

—Por supuesto que no me parece bien que haya gente pasando necesidades, y en cuanto a las cárceles, si están llenas, es porque han incumplido la ley —le dije muy segura.

—¿Por incumplir la ley? —repitió mis palabras y clavó

su pupila negra en la mía, desatando un huracán en mi interior—. ¿Por pedir libertad, comida o mejores condiciones laborales?, ¿por eso hay que ir a la cárcel? A la mujer del maestro de mi pueblo la encelaron porque, según ellos, era comunista y repartía propaganda. Llevaba tres años sin moverse de la cama, estaba enferma. José, el carpintero, estuvo cinco años en prisión por robar unas patatas para dar de comer a sus dos hijos pequeños, que fueron a parar a la inclusa después de su arresto. Enriqueta tenía quince años, su delito fue coquetear en una verbena con un chico que, al parecer, era hijo de un fugitivo; los fusilaron a ambos. Le puedo contar miles de casos, pero no sé si quiere oírlos —dijo esperando mi reacción.

Me sentí sucia, como si yo tuviera parte de culpa por las injusticias que se habían cometido con los conocidos de Felipe.

Guardé silencio, no sabía qué debía decir. Toda la vida había escuchado que los rojos eran unas ratas que lo único que hacían era destruir todo lo que tocaban. Desvié la mirada hacia el suelo. Me ponía nerviosa, tenía ganas de llorar por aquellas personas a las que no conocía y también me preguntaba cómo Felipe, sabiendo que mi padre era un general franquista, se atrevía a hablar de esos temas conmigo.

—¿No dice nada? —Se acercó más a mí, me cogió la barbilla y me obligó a levantar la cabeza, provocando que una descarga eléctrica recorriera mi cuerpo. Sonrió—. Puede contestarme otro día, esto no es un examen. —Quitó su áspera mano de mi barbilla y se dirigió a la puerta.

—¡Felipe! Llámame Mercedes. —En ese momento solo sabía que quería encontrarme en su mundo.

—Hasta mañana, Mercedes —se despidió guiñándome un ojo.

A partir de aquella tarde, la electricidad que había entrado en mi cuerpo me conectó a aquel hombre que cambiaría por completo mi vida.

Había pasado una semana desde mi charla con don Eufrasio y no había hecho ningún avance en mi investigación. Decidí hacerle una nueva visita para ver si podía obtener más información.

—Don Eufrasio, he venido a ayudarlo, sé que los jueves está muy ocupado organizando los donativos para los necesitados —le dije al entrar a la casa parroquial.

—Siempre son bien recibidas unas manos como las tuyas, hija. —Sonrió agradecido—. María te dirá en lo que puedes colaborar. —Me señaló a una mujer morena que tomaba notas y clasificaba los víveres.

Sobre las mesas había unas pocas cajas llenas de alimentos. Separábamos los víveres en bolsas de tela unifamiliares, siempre procurando que en todas hubiese azúcar, harina, un poco de aceite, leche y legumbres.

Después continuamos con la ropa; la separamos por tallas y zurcimos todo aquello que se pudiese arreglar.

Me sentí bien ayudando; había tres mujeres aparte de María que compartieron conmigo, además de risas y recetas de cocina, mi primera taza de achicoria.

Sobre las seis de la tarde ya habíamos terminado, ellas se marcharon y yo aproveché un descuido de don Eufrasio, que había salido a realizar una confesión, para meterme en su despacho. ¿Dónde estarían las partidas de bautismo? Estaba segura de que en ellas podía encontrar alguna pista.

Por fortuna, don Eufrasio era demasiado confiado y nunca cerraba nada con llave. ¿Cómo las tendría clasificadas? Intenté no desordenar mucho los papeles y abrí uno a uno los archivadores de madera que contenían la documentación. Las más recientes estaban separadas por iniciales, pero las más antiguas estaban por años todas juntas y sin ningún orden. Encontrar las de 1941 iba a ser bastante difícil.

Con los nervios, los papeles se me escapaban de las manos y caían en más de una ocasión al suelo. Me sentía mal por traicionar la confianza del párroco, no se lo merecía, pero en ese momento me pareció que lo mejor era no decirle nada y continuar con la investigación yo sola.

De repente, el teléfono empezó a sonar y unos pasos amenazaban con descubrirme hurgando en aquellos cajones. Los nervios se amontonaron en mi estómago. ¿Qué le iba a decir a don Eufrasio si me sorprendía? Guardé las carpetas que había sacado y, justo cuando iba a abandonar mi búsqueda, encontré una que ponía «defunciones». Aunque mi intención inicial era obviarla, algo en mi interior me animó a mirar dentro de ella. Los pasos acompañados por unas voces se oían cada vez más cerca.

Abrí la carpeta y encontré fichas de defunción de religiosas fallecidas durante la guerra y un calambre frío sacudió mi cuerpo cuando encontré el acta de defunción de mi tía: Elena Quiroga, dieciséis años, muerta el 4 de septiembre de 1938.

Guardé el documento en el bolso y la carpeta en el archivador un minuto antes de que don Eufrasio entrara acompañado de un hombre.

—¿Todavía estás aquí, hija? —preguntó extrañado.

—Sí, me iba cuando he escuchado que alguien llamaba con insistencia, así que he tenido el atrevimiento de venir a coger el recado, pero no he llegado a tiempo, perdóneme, padre. —Noté el rubor de mis mejillas, que intentaba delatarme por mis mentiras.

—Mercedes, no hay nada por lo que disculparse, al contrario, debo agradecerte la ayuda que tan generosamente has prestado hoy.

Me despedí del cura, a la vez que controlaba el castañeo de mis dientes, y volví a mi casa con una certeza: mi tía no era mi madre. Yo había nacido el 9 de octubre de 1940 y ella había muerto en el 38.

Seguía en un callejón sin salida hasta esa misma noche, en la que en mi casa dimos una pequeña recepción en honor a un antiguo compañero de mi padre: Fernando Castejón.

Era el doctor del pelotón en el que sirvieron Ernesto, el padre de Carlos, y papá. Era el mayor de los tres, tendría unos cincuenta años y, a pesar de ser también médico, no se parecía para nada a Pedro. Iba con un traje planchado a la perfección y unos zapatos en los que se podía ver reflejada la lámpara del salón.

—Mercedes, Carlos, venid, os quiero presentar a este viejo amigo. —Ernesto estaba junto a mi padre, que sonreía y esperaba a que nos acercáramos.

—Buenas noches. —Carlos le tendió la mano al invitado de honor—. Mi padre me ha contado cómo le salvó la vida en la batalla del Ebro.

—Seguro que ha exagerado, yo solo hice mi trabajo. Pero ¿quién es esta bella dama que te acompaña? —Centró su atención en mí, me cogió la mano con galantería y me la besó.

—Es mi hija y la prometida de Carlos —contestó papá, orgulloso.

—No me digas que es la pequeña Mercedes. —Me miró de arriba abajo y añadió—: Tenías unos dos años la última vez que te vi.

—Es un placer conocerle. —Hice una pequeña inclinación con la cabeza—. Me ha dicho mi madre que va a pasar unos días aquí con nosotros, espero que se sienta como en su casa.

¿Su esposa? No he tenido el gusto de verla todavía. —La busqué con la mirada entre el corro de mujeres que hablaban en un rincón de la estancia.

—Ninguna mujer se ha atrevido a soportarme, no estoy casado. —Hizo un pequeño puchero con los labios para acabar soltando una sonora carcajada.

—Dejemos a los muchachos que hablen de sus cosas. —Papá le tendió una copa de coñac y Carlos y yo nos retiramos al jardín.

Era una noche cálida, las estrellas brillaban como si alguien las hubiese encerado y podía olerse la primavera cada vez más cerca. Nos sentamos en uno de aquellos bancos de piedra. Carlos pasó su brazo por mi cintura y apoyó mi cabeza en su hombro, me daba pequeños besos en la frente mientras me contaba alegre lo bien que le iba en el trabajo.

—Don Augusto está muy contento de cómo he defendido el último caso y me ha dicho que, como siga así, dejaré de ser ayudante y muy pronto seré uno de los fiscales de Madrid. ¿Sabes lo que eso supone para nuestro futuro?

—Me alegro mucho por ti, te lo mereces, has estudiado mucho para conseguir ese puesto —le dije con sinceridad.

—Alégrate también por ti. No es lo mismo ser la esposa de un abogaducho, como tu amiga Eugenia, a serlo del señor fiscal.

—¿Qué quieres decir? —le pregunté mientras levantaba la cabeza de su hombro—. Javier es un buen hombre y hace muy feliz a su esposa, no entiendo por qué tienes que menospreciarlo. —La calidez de la noche estaba empezando a romperse.

—Eugenia es muy buena chica, un poco alocada, pero al fin y al cabo de buena familia; sin embargo, tengo entendido que el padre de él perdió su fortuna por culpa de negocios un poco dudosos, prestó dinero a algunos comunistas durante la guerra.

—Lo único que hizo fue dar comida fiada a gente que no tenía para pagarla, no veo el delito en eso. —Me levanté, notaba un cosquilleo en la planta de los pies.

—Eres muy inocente, Mercedes, a esos a los que suministró víveres se los condenó tras acabar la guerra por traición. —Me hablaba como si yo fuese una niña pequeña—. Y si la familia de Javier no fue a parar a la cárcel, fue gracias al padre de tu amiga.

¿Por qué Carlos no valoraba mis opiniones?, ¿pensaba que yo no era capaz de tener criterio propio?

—De todas formas, ese no es motivo para que no valores el trabajo de Javier, me consta que es un buen abogado.

No podía permitir que ofendieran a mis amigos. Empecé a caminar alrededor del banco para calmar la sangre que bullía por mis piernas.

—Sus clientes son del tres al cuarto, gente humilde que a saber si le paga. —Sonreía de una forma que a mí me producía más ira que gracia.

—¿Acaso esa gente no merece que alguien la represente legalmente? —El cosquilleo se extendía poco a poco por el resto de mi cuerpo.

—Javier debería aprender de Justino, él solo se codea con gente de nuestro círculo y, cuando acabe la carrera, estoy seguro de que llegará muy lejos. —Parecía un pavo real, desplegando sus alas con orgullo.

—¡Justino! —El hormigueo había calentado por completo mi sangre al escuchar aquel nombre—. ¡Es un malnacido!

—Pero ¿qué dices? Tú siempre has adorado a Justino. —Se puso de pie y se acercó a mí—. Si hasta me he puesto celoso más de una vez cuando le dejabas que te sacara a bailar en todas las fiestas; «es el mejor bailarín del mundo», me decías.

—Es un lobo con piel de cordero, lo que pasa es que tú-tú-tú no sabes lo que hizo en Nochevieja —le contesté bastante excitada, deseando escupir lo que sabía y mordiéndome la lengua para no faltar a mi juramento a Carmelita. Inconscientemente, empecé a caminar más deprisa.

—¿Ya te han ido con el cuento? —Intentó abrazarme mientras reía de una forma que me hería—. Sé lo que sucedió aquella noche, él mismo me lo contó y, aunque no es de caballeros hablar de estos temas, te lo voy a aclarar, pues no quiero que te formes una mala imagen de mi gran amigo. Resulta que tu querida Carmelita, esa que parece una mosca muerta, al parecer se pasó con el champán y se abalanzó sobre el pobre Justino. Él intentó quitársela de encima, pero al fin y al cabo es hombre y no pudo resistirse a la tentación y le dio a la chiquilla lo que había ido buscando. —Levantó las palmas de las manos hacia el cielo y remató—: Después lo buscó arrepentida diciendo que él había abusado de ella, pero, según Justino, en ningún momento dijo que no.

Me aparté de su lado lo más rápido que pude, sentía asco por aquel príncipe que se había convertido en un sapo. Si me hubieran pinchado aquella noche, no hubiese echado ni una gota de la sangre que hacía unos segundos me hervía y que, al parecer, se había congelado. Ni se había planteado que el mentiroso fuese Justino.

Carlos no entendía mi reacción, me miraba sonriente como si lo que hubiese dicho fuese gracioso.

—No tenía que haberte contado nada, tú eres muy sensible y estos temas no son para tratar con damas como tú —me dijo al ver que no articulaba palabra.

Me estaba tratando como una estúpida. ¿Qué era yo para él?, ¿un florero sin cabeza? Tal vez fui injusta con Carlos esa noche. Lo único que había hecho era creer al cien por cien en las palabras de su amigo, pero sentí que no podía permanecer ni un minuto más a su lado. Al mirar su cara, solo veía la de la pobre Carmelita llorando de dolor.

—Voy un momento al tocador.

Las flores del jardín bailaban a mi alrededor, me ocasionaron un ligero mareo que aumentaba el calor y las ganas de vomitar que tenía.

Carlos intentó tocarme el hombro, pero yo di un respingo hacia atrás y me marché dejándolo solo, sin saber qué había hecho mal.

—¡Mercedes! —me llamó varias veces al ver cómo me alejaba.

Necesitaba lavarme un poco la cara para recobrar la serenidad antes de volver al salón. Subí las escaleras sin que nadie me viera, lo que menos necesitaba en ese momento era dar explicaciones.

Para llegar a mi dormitorio debía pasar por la puerta del despacho de papá. ¿Tendría algún documento que pudiera ayudarme a averiguar la verdad?, me pregunté al ver aquella madera maciza color caoba que me separaba del mundo secreto de mi padre. Esa noche estaba excitada de más. Mi parte racional parecía estar anulada e hice algo que, si hubiese pensado, nunca habría hecho: entré hecha un manojo de nervios en busca de respuestas.

Era una habitación fría, aunque decorada con finos muebles; en un lateral, una vitrina conservaba las condecoraciones otorgadas a mi padre en su servicio a la patria. Además, tenía un bonito sofá de color rojo, un reloj de pie en una esquina, dos sillas macizas de madera traída especialmente de África y una gran mesa que tenía en cada una de sus patas un hermoso lobo tallado a mano. Una librería enorme con libros de política, el armario tallado por el abuelo, muebles y archivadores componían el mundo secreto del general Rafael Quiroga.

No tuve tanta suerte como con don Eufrasio, mi padre tenía muy bien cerrados todos y cada uno de los cajones. Las llaves debían de estar guardadas en algún sitio, pero ¿dónde? Rebusqué en lapiceros, detrás de los cuadros y hasta en la caja de sus puros habanos, pero no encontré nada.

Estaba tan sumida en mi búsqueda que todavía hoy me pregunto cómo no me sorprendieron cuando mi padre entró junto a sus dos amigos.

—Pasad, aquí hablaremos con más tranquilidad —dijo papá al abrir la puerta.

—Sí, por favor, doña Catalina me tiene la cabeza loca, ¡esa mujer es una cotorra! —dijo Ernesto soltando una fuerte carcajada.

No había muchos sitios en los que esconderse, pero por suerte me dio tiempo a meterme entre el fino hueco que había entre el rincón y el reloj de pared.

No fue mi intención escuchar lo que estaban hablando, pero ya no era posible salir sin ser descubierta. No los veía desde mi escondite, pero sí los oía a la perfección.

Estuvieron unos minutos recordando los viejos tiempos y discutiendo temas de trabajo hasta que cambiaron radicalmente la conversación. Apenas había prestado atención a lo que decían hasta que escuché mi nombre.

—Menudo estirón ha dado Mercedes. —Era la voz de Fernando Castejón.

—Los hijos crecen muy rápido y nos hacen viejos —contestó Ernesto.

—Sí, pero me tiene un poco preocupado. —Ese era papá.

—¿Qué pasa? Si está enferma, puedo reconocerla antes de irme —se ofreció Fernando.

—Por desgracia, no se trata de eso.

—¿Por desgracia?, ¿qué hay peor que una enfermedad? —Ernesto parecía preocupado.

—No me explico cómo, pero ha descubierto que es adoptada.

—¿Adoptada? —repitió Fernando.

—Por llamarlo de alguna manera —respondió papá.

Fue como si una placa de hielo se instalara en mi espalda y congelara por completo mi cuerpo.

—¿Qué le has contado? —preguntó Ernesto, bastante serio.

—¿Qué le voy a decir, Ernesto? —Escuché el ruido de una silla que se arrastraba y supuse que se había levantado—. Me inventé una historia, le dije que era hija de mi pobre hermana.

Me tapé la boca con la mano para reprimir el reproche que intentaba salir de mi interior. Cada vez tenía más frío.

—¿Se lo creyó? —volvió a hablar Ernesto.

—Pues eso espero. No ha vuelto a preguntar más y parece que está como siempre. —Papá debía de estar fumando, el olor a habano llegaba hasta mí.

Allí, escondida, tenía miedo de que pudieran oír los latidos de mi corazón, que amenazaba con escapar de mi pecho, o las gotas de sudor que formaban un charco imaginario a mis pies.

—Espero que no haya salido a su madre, era una potra salvaje —comentó Fernando.

Escuché las risas de los tres. Papá dijo algo que no pude entender.

—Por cierto, ¿dónde está ella? —preguntó Ernesto.

—No os preocupéis, no nos dará problemas. Le dije que Mercedes había muerto, así que nunca la ha buscado. Me costó mucho domarla, pero la tengo controladita.

—Volvamos al salón antes de que nos echen de menos —dijo Ernesto.

Las risas al marcharse de aquellos tres hombres que se habían vuelto unos desconocidos retumbaban en mi cabeza. No pude resistirlo más, una piedra de mil toneladas me oprimía el pecho impidiéndome respirar. Llegar a mi habitación fue una odisea y solo me sentí a salvo al cerrar la puerta tras de mí. Allí, apoyada, empecé a llorar con desesperación, me arañé la cara y el cuello. Quería morirme, las entrañas me quemaban y ya ni siquiera sentía el latido del corazón. Rota de dolor, me resbalé poco a poco hasta quedarme sentada en el suelo.

De repente, el hielo que había congelado mi cuerpo empezó a derretirse y una reconfortante calidez empezó a abrazarme al darme cuenta de algo muy importante: ¡mi madre estaba viva! ¡Mi padre le había dicho que yo estaba muerta! ¿Por qué?, ¿qué escondían?, ¿quién era mi madre?

13

Sola, en mi cuarto, intenté tranquilizarme para pensar con claridad, pero la falta de oxígeno producida por la opresión en el pecho no me dejaba. Un extraño picor se apoderó de mi cuerpo y me arranqué el vestido azul que llevaba puesto. Desesperada, rebusqué algo cómodo hasta que en el fondo del armario vi aquellos pantalones que tanto odiaban mi madre y mi futura suegra.

Me di cuenta de que lo que necesitaba era salir de aquella casa. No quería volver junto a Carlos ni enfrentarme a mi padre, me encontraba muy débil y no sabía cómo iba a reaccionar.

Eran las nueve y media, un poco tarde, pero decidí buscar refugio en casa de mi amiga Eugenia. Salí por la puerta de servicio sin decir nada a ninguno de los criados, que se asombraron al verme ataviada así.

Comencé a caminar con paso decidido, pero con miedo a que alguien se percatara de mi huida. Me dirigí a una parada de taxi que había una manzana más abajo, con la mala suerte de que no encontré ninguno.

—Me vendrá bien ir andando —me convencí a mí misma.

Nunca había salido por la noche sola, y lo cierto es que me sentía incómoda y desprotegida. Centré mi atención en aquellas personas que se cruzaban en mi camino. Al ser viernes, las calles estaban más concurridas de lo normal.

Las parejas de enamorados paseaban aprovechando el buen tiempo. Sentí envidia al ver el amor que flotaba en el aire, cómo se miraban y reían ante cualquier ocurrencia del otro. Existía complicidad y cariño, algo que yo echaba en falta en mi relación con Carlos.

Desde niña, había sabido que mi vida acabaría unida a la de Carlos y me había ido enamorando poco a poco de él. Se había convertido en mi dios, en un hombre perfecto exento de defectos y lleno de virtudes. Éramos del mismo círculo social y compartíamos amistades. Nuestros padres eran felices al pensar en la unión de nuestras familias y yo también lo había sido hasta hacía muy poco; pero en ese momento no podía dejar de preguntarme qué era lo que de verdad teníamos en común. Su reacción al justificar a su amigo me había dolido mucho. Sentía que, aunque me respetaba, en el fondo él creía que yo era una niña sin criterio que debía obedecer sin rechistar al hombre de la casa.

Aunque hacía unos meses hubiera dado cualquier cosa por tener un matrimonio como el de mis padres, entonces fui consciente de que no quería ser una mujer florero. Quería disponer de autonomía y libertad de pensamiento; yo no era menos que Carlos por el simple hecho de ser mujer.

Solo faltaban un par de calles para llegar a mi destino cuando pasé por delante de tres hombres que se quedaron mirándome. Estaba muy oscuro, ya que la luz de la farola estaba fundida y no podía distinguir sus caras. Un escalofrío recorrió mi cuerpo, me asusté. Apreté el paso y uno de ellos empezó a caminar detrás de mí. Crucé la calle para asegurarme de que no era casualidad y él hizo lo mismo. Mi corazón empezó a acelerarse temiendo lo peor.

—Oiga, señorita, espere un segundo —me llamaba él sin cesar.

Yo quería gritar, pero parecía que tenía las cuerdas vocales pegadas y comencé a llorar mientras apretaba mis manos, como si con eso fuese a encontrar una solución para salir airosa de aquel mal trago.

Me había cruzado con un montón de gente y justo en ese momento no había nadie en la calle para pedir auxilio. Seguro que era un ladrón o peor: ¡un violador! Me acordé de Carmelita y un fuerte temblor invadió mi cuerpo, aquel tipo no paraba de hablar.

—Espere un segundo, señorita, no le voy a hacer nada —decía cada vez más cerca de mí.

Su voz me resultaba familiar, pero no, seguro que eran imaginaciones mías, pensé. ¿Qué conocido mío iba a ir por la calle a esas horas?

Estaba cansada, había sido un día demasiado agotador y las piernas empezaban a fallarme, cada vez andaba más despacio o él corría más, pero su sombra estaba prácticamente encima de mí.

Cuando puso su mano en mi hombro, un gutural grito salió de mi garganta. Intenté golpearlo, pero él me agarró con fuerza. Me caí al suelo de espaldas y pensé que aquel era el fin de mi vida.

—Tranquila, tranquila. Mírame, estate quieta y mírame —decía mientras esquivaba mis intentos de zafarme de sus garras—. ¡Mercedes! ¡Mírame! ¡Soy yo! —gritó.

Había cerrado los ojos para no ver el final que en mi imaginación me esperaba y me encontré unos hermosos ojos negros que me contemplaban preocupados.

Me abalancé a su cuello y empecé a llorar. Felipe no dijo nada, me rodeó con sus brazos y dejó que me embriagara con su olor a sudor, alcohol y colonia. Acariciaba mi pelo con sus manos ásperas, que producían en mí un efecto calmante.

Unos minutos más tarde, cuando ya no quedaban lágrimas en mi interior, me separé con vergüenza de él.

—Felipe, menos mal que eras tú, he pasado mucho miedo —dije haciendo un puchero.

—¿Es que no me has oído? Te he dicho varias veces que era yo —dijo y me secó las mejillas con su pulgar—. ¡Estás temblando! ¿Todo esto te lo he provocado yo?

Agaché la cabeza al notar cómo las lágrimas se agolpaban en mi garganta amenazando con volver a salir.

—¿Qué hacías por aquí? —pregunté para desviar su atención.

—Después de visitar a mi hermana, al salir de la casa de la señora Eugenia, me he cruzado con unos viejos amigos que hacía tiempo que no veía y nos hemos parado a tomar unas cervezas. Ya nos íbamos cuando te he visto pasar. No estaba seguro de que fueras tú, pero cuando me he fijado en tu caminar, no lo he dudado ni un segundo. Solo tú tienes esos andares. —Sonrió con picardía y provocó que me sonrojara.

—¿Cómo has encontrado a Carmelita? —pregunté mirando hacia otro lado para que no se diera cuenta de mi turbación.

—Mucho mejor, está más animada. ¿Y a ti qué te ha pasado, Mercedes? —Su sonrisa desapareció por un momento como si se hubiese dado cuenta de lo mal que estaba.

No encontraba las fuerzas para contarle todo lo que había sucedido; por un momento deseé ser otra persona y actué impulsivamente.

—Sácame de aquí. —Necesitaba eliminar toda la energía

negativa que fluía por mi cuerpo—. Quiero olvidar el dolor, respirar y poder vivir. —Le agarré de la mano sintiendo cómo su electricidad entraba en mi cuerpo y tiré de él—. Mañana vendrán las explicaciones, ahora solo quiero reír.

—Sus deseos son órdenes para mí —dijo quitándose la boina, que escondía su desordenado pelo negro, e hizo una graciosa reverencia.

Agarró con fuerza mi mano y me obligó a correr tras él. Comenzó a reír sin control, contagiándome de su locura. No recuerdo el rato que estuvimos así, pero nunca olvidaré la sensación de libertad que aquello me produjo.

Exhaustos, nos detuvimos a la entrada de un parque donde alcanzaba a escuchar la música de un organillo lejano. Me miró y me soltó el moño que siempre acostumbraba a llevar.

—Así estás mejor. —Me guiñó un ojo—. Apuesto a que la señorita nunca ha estado en una verbena.

Negué con la cabeza, todavía embriagada por la adrenalina de la carrera.

—Pues, señorita, este es el barrio de San Patricio y esta es su primera verbena. —Me ofreció su brazo y comenzó a caminar imitando a un distinguido señor.

Me introduje en un mundo de luces, olores y sabores que nunca olvidaría, decorado con farolillos y banderillas. Las chufas y los altramuces sumergidos en agua, los cocos, las manzanas caramelizadas y el algodón de azúcar; bocadillos y encurtidos que abrían el apetito de los más hambrientos, todo ello pertenecía a un mundo mágico que se movía al son de las sirenas que anunciaba el inicio o el final de las atracciones.

En la plaza, una sencilla orquesta compuesta por dos hombres y una mujer tocaba los temas del momento; lo mismo cantaban por el Dúo Dinámico, tocaban un chotis o se animaban por una canción de Lola Flores.

Los jóvenes bailaban sin parar, disfrutaban de la noche. Gente humilde que había sacado sus mejores galas del armario; ellas llevaban faldas con volantes y ajustadas a la cintura; ellos, trajes claros y corbatas estampadas. Algunos compraban buñuelos y otros disfrutaban de un vaso de limonada. Las risas se oían por doquier. Los más valientes se besaban con descaro, envalentonados por el amor que sentían.

Aquellas fiestas eran muy distintas a las que yo iba, en las que no faltaban el glamour ni la comida, pero que no tenían lo primordial: diversión, magia, romanticismo.

Montamos en el tiovivo, compartimos algodón de azúcar y Felipe me consiguió un osito de peluche en la caseta de los tiros. Para mí fue el mejor regalo que había recibido en mi vida.

—Vamos a bailar —dijo de repente, y me arrastró a la pista sin darme tiempo a reaccionar.

—Yo no sé —contesté muerta de vergüenza.

—Déjate llevar por la música. —Pasó la mano por mi cintura y me atrajo hacia él para que siguiera sus pasos de baile.

Ni se compra ni se vende, un pasodoble de Manolo Escobar, el primero que bailé y el que por muchos años que pasen nunca olvidaré. La letra de aquella canción parecía escrita para una parte de la historia de mi vida que yo todavía desconocía.

Nos quedamos pegados como dos imanes toda la noche. Consiguió que guardara en un cajón aquellas palabras de mi padre que tanto me atormentaban y que viviera el momento.

Bailábamos sin parar, al principio con torpeza y después dejando que las notas de la guitarra guiaran nuestros pasos. Cuando no pudimos más, nos sentamos en un banco y me quité los zapatos para que mis pies respiraran, sentía cómo volvía a circularme la sangre.

—Voy a por algo para beber, tienes cara de cansada —me dijo a la vez que rebuscaba unas monedas en los bolsillos.

A los pocos minutos, apareció con una bolsa de pipas y un chato de vino.

—Esto es todo lo que he podido conseguir, así que tendremos que compartirlo. —Me ofreció la bebida—. Espero que no te dé asco beber del mismo vaso.

Me hubiera gustado decirle que yo llevaba dinero para comprar otra bebida, pero sabía que él se ofendería.

—Bueno, yo no suelo beber alcohol —dije dando un pequeño sorbito.

—No te preocupes, que esto es todo lo que vas a tomar esta noche. —Me sonrió con dulzura y me quitó el vaso.

Felipe abrió la bolsa de pipas y me echó unas pocas en la mano para que me las comiera. Me volvió a ofrecer el vino, pero no me permitía dar tragos muy largos.

—Despacio o se te va a subir a la cabeza. —Me quitaba el vaso prácticamente de los labios para beber por el mismo sitio en el que yo lo había hecho.

Hubiera dado cualquier cosa por que sus labios se hubieran posado en los míos, aunque acto seguido me reprendía por aquellos pensamientos y provocaba que mis mejillas se encendieran de rojo debido a la vergüenza que sentía de mí misma al acordarme de Carlos. Tuve que apartar la mirada de él para frenar aquellas sensaciones que invadían mi cuerpo.

—¿Qué te ha pasado? —me preguntó al acabar las pipas—. ¿Quieres contármelo?

Sentí que podía desnudar mi alma ante él y dejar que curase unas heridas que empezaban a infectarse. Abrí las puertas de mi corazón y dejé que saliera todo lo que tenía encerrado: el descubrimiento de que era adoptada, las discusiones con mis padres, la mentira de que era su sobrina, la incertidumbre de no saber de quién era hija, saber que mi madre biológica seguía viva, pero que pensaba que yo estaba muerta, y el dolor de que no me dijeran la verdad.

Me escuchó en silencio, y me agarraba de la mano cuando me veía flaquear. Con Felipe todo era más fácil que con Carlos. Con él podía hablar sin miedo a que me juzgaran; me sentía escuchada y comprendida; y lo más importante es que podía ser yo misma.

—Yo te voy a ayudar a descubrir la verdad —me dijo al terminar mi relato—. No puedes quedarte con los brazos cruzados, debes actuar.

—No sé dónde buscar —le dije con voz temblorosa.

—Iremos al pueblo, creo que tienes razón y que allí podemos encontrar algo interesante. —Se le notaba excitado—. Tendremos que ir un fin de semana, no puedo faltar a trabajar en la fábrica. Ahora más que nunca necesitan soldadores, ha llegado un nuevo modelo de frigorífico.

—Necesitaré una excusa para no levantar sospechas. —Sabía que, en cuanto pusiera un pie en Los Antones, mi padre se iba a enterar.

—Debes tener algo muy claro: tus padres no pueden sospechar que estás investigando. —Se puso de pie y empezó a caminar nervioso.

—Tal vez si hablo con ellos... No sé, quizá ahora me digan la verdad. —No quería cerrar esa puerta del todo, al fin y al cabo, eran mis padres y ellos me querían.

—Escúchame, Mercedes, tu padre sabe mucho más de lo que dice. Es el único que conoce el paradero de tu madre, pero también debes preguntarte una cosa. Si ella te dio en adopción voluntariamente, ¿para qué decirle que habías muerto? Hay algo que no huele bien.

Aquellas palabras de Felipe provocaron que mi cuerpo empezara a temblar. No había pensado en esa posibilidad, siempre había querido creer que se trataba de una adopción como otra cualquiera y que mis padres habían errado al no confesarme la verdad.

Al darse cuenta de mi estado de nervios, Felipe se volvió a sentar y me abrazó susurrándome al oído:

—No te preocupes por nada, juntos vamos a poder con todo.

Me sentí feliz al escucharlo; yo era importante para él y eso me encantaba. Me gustaba que hubiese hecho suyo mi problema y que no tuviera ningún reparo en ayudarme. Estaba segura de que con él todo sería mucho más fácil, poseía la decisión que a mí me faltaba.

—Mañana mismo hablaremos con Pedro —me dijo soltándome con delicadeza.

—¿Para qué? —pregunté intrigada.

—Para que nos diga cómo podemos conseguir tu acta de nacimiento.

¿Cómo no se me había ocurrido antes? Había pensado en el acta de bautismo y no en la de nacimiento, en la que seguramente aparecerían los datos de mis padres biológicos o, por lo menos, los de mi madre.

Suspiré aliviada y creí que todo se iba a solucionar pronto.

—Deberíamos marcharnos, son algo más de las doce. ¿Te acompaño a tu casa?

—No, allí no quiero volver. —Sentía náuseas nada más de pensarlo—. Iré a casa de Eugenia.

—Es un poco tarde, ¿no crees?, ¿dónde piensan tus padres que estás?

—No me vieron salir y, si no se han dado cuenta de mi ausencia, no tardarán en hacerlo.

Mi padre era capaz de buscarme hasta debajo de las piedras, debía pensar en algo.

—¿No hay manera de entrar a tu casa sin que te vean? —me preguntó con gesto serio.

—Es que no quiero volver —empecé a gimotear.

—Tranquila, es solo esta noche, después ya inventaremos algo para que puedas ausentarte unos días. —Volvió a secarme las lágrimas de una manera un tanto rústica, pero que a mí me gustaba.

Asentí con la cabeza y me levanté del banco para seguirlo hasta mi casa. Fuimos todo el trayecto agarrados de la mano, solo eso hacía que no me diera la vuelta para salir corriendo.

Unos treinta minutos después me encontraba frente a la misma puerta por la que había salido unas horas antes. Todavía quedaban invitados en casa, así que, con un poco de suerte, podía disimular mi llegada.

—Debemos decidir qué es lo que vamos a hacer. Intentaré verte mañana al salir de trabajar; al ser sábado, acabaré antes y podré venir sobre las cinco —dijo sin soltarme de la mano—. Buenas noches.

—Hasta mañana. —Quise entrar, pero él no me dejó.

Tiró de mí con fuerza, provocando que nuestros cuerpos quedaran pegados. Podía notar cómo mi piel quería fundirse con la suya y entonces un escalofrío hizo que se me erizara el vello.

De repente, la descarga eléctrica más dulce de todas sacudió mi cuerpo cuando sus labios se posaron en los míos. ¡Nos estábamos besando! Su beso fue tan maravillosamente salado que me provocó una incesante sed de él. Sus brazos rodearon mi cuerpo, permitiendo que me olvidara de todo lo malo que me había pasado aquel día.

Nunca había sentido nada parecido. Mis contactos con Carlos habían sido puros y cálidos, sin sabor a nada en especial; su lengua nunca había rozado la mía. Con Carlos todo era tal y como siempre me habían dicho que debía ser la relación entre un hombre y una mujer.

Se separó de mí con dulzura y se despidió con una sonrisa. Me quedé en la puerta hasta que dobló la esquina y entré a mi casa consciente de que con aquel beso estaba empezando a conocer un nuevo mundo.

14

Nuestro viaje a Los Antones no se pudo hacer tan pronto como yo hubiese deseado, lo que provocó que entrara en un círculo ansioso que me cortaba la respiración. Me había obsesionado con averiguar el secreto que escondía mi padre y eso me quitó el sueño.

Examinaba su cara, los movimientos y las palabras en busca de respuestas, convirtiéndome en su sombra el tiempo que pasaba en casa.

—Mercedes, ¿te pasa algo? —me preguntó mi madre dos semanas después de la fiesta—. Te noto un poco distraída.

Cada domingo después de comer nos retirábamos los tres al cuarto de estar para compartir juntos un par de horas tan difíciles de conseguir cualquier otro día. Solíamos conversar, pero esa tarde todos estábamos más callados de lo normal. Mamá bordaba su enésimo juego de toallas para mi ajuar, papá repasaba unos informes de trabajo y yo me escondía detrás de un libro para observarlos.

—No, estoy concentrada en mi libro —contesté.

—¿Con el libro bocabajo? —Se le escapó la risa al ver mi turbación.

—Oh...

No sabía qué decir.

El comentario de mi madre hizo que mi padre levantara la cabeza de sus papeles y fijara su atención en mí. Yo seguía buscando alguna excusa que darle a mamá, que me miraba divertida ante mi mutismo.

—Estará pensando en Carlos. —Clavó sus ojos en mí y añadió—: Creo que el otro día tuvisteis una pequeña discusión, ¿no?

—¿Qué te ha dicho? —Me asombró tanto que Carlos le contara a mi padre nuestras conversaciones que el libro se me cayó al suelo.

—Ayer desayuné con su padre y me comentó que Carlos estaba un poco preocupado por ti. —Dejó los papeles y cruzó las manos sobre la mesa—. ¿Hay algo que deberíamos saber?

Un escalofrío recorrió mi espina dorsal como si intuyera el chaparrón que se avecinaba. Siempre he pensado que mi padre era medio brujo, sabía qué sucedía sin necesidad de que yo le dijera ni una sola palabra.

—¿Qué pasa, Rafael? —Mi madre dejó el bordado ante el cariz que estaba tomando nuestra charla.

—No lo sé, Pilar. Pero al parecer tu hija se puso hecha una energúmena, le chilló a Carlos, olvidando que es su prometido, y lo dejó solo la noche de la recepción. No creo que esa sea la educación que le hemos dado en esta casa. —No dejaba de mirarme mientras yo sentía que mi silla se deshacía poco a poco.

—No creo que vosotros tengáis que inmiscuiros en mis desavenencias con Carlos —contesté ofendida.

—Mira, niña. —Se levantó y se acercó hacia donde yo estaba—. Te he aguantado muchos desaires e insolencias últimamente, pero no voy a permitir que me contestes de esa manera ni que rompas la unión de nuestras dos familias. ¿Crees que no me he enterado de que Carlos te ha llamado todos los días, incluso varias veces, y no has querido atenderlo? ¡Hasta vino a verte y pediste que el servicio le dijera que no estabas!

Tres veces había venido Carlos y tres veces había hecho que negaran mi presencia en la casa. No quería verlo, Carlos se estaba convirtiendo en un desconocido para mí.

—Entonces se trata de eso, no te preocupa por qué hemos discutido ni mis sentimientos. —Me levanté de mi silla y me puse por detrás, agarrándome al respaldo para disimular el temblor de mis manos—. ¿Qué soy para ti, papá?, ¿otro negocio más de tu vida?

Me sujetó del brazo con brusquedad y tiró la silla que nos separaba. Mi estómago se encogió ante su violenta reacción, intenté dar un paso atrás, pero él era más fuerte que yo y no pude liberarme. Si mi madre no hubiese intervenido, seguro que me hubiese golpeado.

—¡Rafael! Tranquilízate. —Lo apartó de mi lado y logró que se sentara—. Últimamente estamos todos muy nerviosos, vamos a hablar.

Estaba preocupada y agarró el crucifijo de su cuello para que le diera fuerzas.

—¡Hablar! Sí, vamos a hablar de por qué esta niña hace lo que le da la gana. Entra y sale sin pedir permiso, llega a deshoras, no come con nosotros, es contestona y maleducada y, para rematar, me entero de que la han visto más de una vez con un individuo de dudosa procedencia. —Se le hinchaba la nariz y resoplaba como un carnero.

Sentí una mezcla de pánico, estupor e indignación. ¿Qué era lo que sabía de mí?, ¿cómo lo había averiguado?, ¿desde cuándo estaba enterado de mis encuentros con Felipe?

—Mercedes, no te quedes callada. —Mamá me miraba suplicante—. Explícate.

—¿Qué queréis que diga? Me siento enjaulada y necesito salir. Nunca ha habido ningún problema —intenté justificarme.

—Nunca has salido sola, te acompañaba Pepe y siempre nos has comunicado tus planes con antelación, pero ahora nos tenemos que enterar de que no estás en casa cuando te buscamos para algo y no te encontramos, como cuando ayer tuvimos la visita de Catalina Segovia. —Tenía la tentación de volver a levantarse, pero mi madre se lo impedía tocándole en el hombro.

Le hubiera escupido a mi padre todo lo que había descubierto, pero recordé las palabras de Felipe: «Debes aparentar normalidad, que no desconfíen de ti». Tenía que mantener la compostura o todo sería mucho más difícil. Tomé aire, agaché la cabeza y volví a sentarme en la silla.

—No puedo evitar estar nerviosa, no sé qué me pasa —mentí de nuevo, sabía muy bien lo que me sucedía—. Necesito tiempo para pensar y poner en orden mis ideas, últimamente han pasado muchas cosas que me han hecho daño. —Fingí una sumisión que no era real.

—Rafael, la niña tiene razón. —Mi madre se acercó a mí y me agarró de las manos. Las acarició con amor, intentando no perder la poca conexión que quedaba entre nosotras.

Él no respondió, pero su rostro se suavizó un poco. De repente, tuve una idea para revertir aquella situación a mi favor.

—Me gustaría pasar unos días con Eugenia en el pueblo. Creo que me vendrá bien el aire libre para calmar esta ansiedad que me oprime el pecho.

—Está bien —respondió mi padre más calmado—. Puedes irte una semana y cuando vuelvas quiero que hayas olvidado todas esas tonterías que te llenan la cabeza. Te acompañará uno de mis hombres de confianza. Por cierto, ¿quién es el tipo ese con el que te han visto?

—Gracias, papá. —Sonreí satisfecha por lo que había logrado, aunque me preocupaba la presencia del guardaespaldas.

—Por cierto, ¿quién es el tipo ese con el que te han visto? —me repitió justo cuando yo había creído que me escaparía de esa pregunta.

—No sé a quién te refieres —contesté con el corazón a mil por hora—. He estado ayudando a don Eufrasio en la parroquia estos días, tal vez me han visto con alguno de los voluntarios. —Mentí a mi padre con el estómago hecho un nudo.

—Está bien —respondió arrugando el entrecejo—. Pero ahora vas a llamar a tu prometido y le vas a pedir perdón por tu actitud y, cuando vuelvas, seguiremos con los preparativos de la boda tal y como estaba estipulado. —Me miró desafiante.

Asentí confundida y nerviosa. No me apetecía ver a Carlos, y mucho menos después de los acontecimientos de los últimos días.

Esos catorce días en los que había evitado estar en mi casa a toda costa, y por los que mi padre me reclamaba, los había pasado en compañía de mis amigos. Cada mañana me levantaba la primera y, tras desayunar algo rápido en la cocina, me dirigía hasta las doce del mediodía a la parroquia de don Eufrasio.

—Mercedes, ¿otra vez por aquí? —me preguntó la mañana siguiente a la fiesta.

—Padre, siento que estoy perdiendo el rumbo de mi vida. No sé qué hacer, pero me doy cuenta de que he vivido todos estos años en una gran mentira —le dije entre lágrimas.

—¿Cómo puedo ayudarte? —me preguntó afligido y me invitó a sentarme en uno de los bancos de la iglesia.

—Necesito saber quiénes son mis padres biológicos, ¿puedo ver mi partida de bautismo? —pregunté esperanzada.

Don Eufrasio se quedó callado, meditó su respuesta hasta que resopló negando con la cabeza y me contestó:

—Está bien, no veo por qué no, al fin y al cabo, es algo tuyo. Espero no equivocarme con esta decisión.

Lo acompañé hasta su despacho y me senté en una silla mientras él buscaba en aquellos archivadores que yo había registrado sin éxito. La encontró en un momento y me la mostró.

No había nada extraño en ella; además de los datos personales de mi familia y padrinos, aparecía el lugar de bautismo y el de nacimiento: Los Antones, 9 de octubre de 1940.

Se la devolví a don Eufrasio decepcionada. Me había ilusionado con encontrar alguna pista que arrojara luz a mi investigación.

—Mercedes, ¿te gustaría venir unos días a ayudarme a poner en orden todos estos papeles? —me preguntó—. Creo que nos haría muy bien a los dos.

—Me parece una idea estupenda. Gracias, padre. —Me gustaba la compañía del cura y la sola idea de no estar metida en casa ya me reconfortaba.

Me despedí de él tras acordar que iría todas las mañanas de nueve a doce. Unas veces le ayudaba con el papeleo e incluso a redactar sus discursos y otras a repartir los donativos recibidos entre los más necesitados.

Al salir de la iglesia cada mediodía, me dirigía a casa de Eugenia, a la que había puesto al corriente de mis nuevos avances.

—Todo lo que me cuentas es increíble, no me extraña que

estés tan confundida —me dijo mi amiga—. Coincido contigo en que quizá en Los Antones encuentres alguna respuesta.

—¿Qué debo hacer con Carlos?, ¿y con Felipe? —le pregunté inmersa en un torbellino de emociones.

—Carlos es un buen partido y siempre has estado enamorada de él, pero también entiendo la atracción que sientes por Felipe. No sé qué decirte, pero piensa muy bien la decisión que tomas, sin precipitarte y con el corazón —me intentó aconsejar.

—Quiero a Carlos, pero ahora sé que no es amor; quizá solo fue una ilusión infantil.

Me dolió aceptar la realidad.

Pasaba el resto del día junto a ella, Carmelita, Evelina y también algunos momentos con Javier, aunque cuando él estaba presente, intentaba dejarlos solos para que disfrutaran un poco de intimidad. A veces me sentía un parásito y, aunque sabía que a mi amiga le gustaba mi compañía, no dejaba de incomodarme estar siempre molestándola con mis problemas, pues ella también tenía los suyos.

—¿Qué te pasa, Eugenia?, ¿todo bien con Javier? —le pregunté una mañana en el salón de su casa—. Te veo triste.

—Javier es un cielo, no me lo merezco —me contestó con lágrimas en los ojos.

—No entiendo.

—Ya sabes que llevamos tiempo buscando un bebé y sin resultados. —Se sirvió una copita de licor y se la bebió casi de un trago—. Pensé que este mes lo habíamos logrado, tuve un retraso, pero ayer, cuando me di cuenta de que no era así, me vine abajo, exploté y lo pagué con él, que soportó mi berrinche sin hacerme ni un reclamo. —Se sonó la nariz con un pañuelo que sacó del bolsillo del pantalón.

—Tu marido te quiere mucho. —Me sentí la peor amiga

por no saber cómo ayudarla—. Estoy segura de que muy pronto Dios te bendecirá con más de un hijo. —La abracé con fuerza y dejé que esa vez fuese ella la que encontrara la paz en mi hombro.

Carmelita hacía tiempo que se había recuperado físicamente, pero seguía rota por dentro; había perdido la sonrisa y sus ojos estaban vacíos y tristes. Sin embargo, había llegado el momento de que intentara retomar su vida.

—Hablaré con mi madre para que puedas incorporarte lo antes posible a tu puesto de trabajo —le dije una tarde.

—Me va a faltar vida para devolverte todo lo que has hecho por nosotras —me agradeció besándome las manos.

—No hagas eso, tonta —la regañé—. Las amigas se ayudan las unas a las otras. —Entre nosotras había nacido un vínculo especial.

Convencer a mi madre para su readmisión fue algo difícil, pero no imposible. El jueves siguiente a la cena retrasé mi salida matutina y hablé con ella durante el desayuno.

—No creo que sea buena idea que vuelva a esta casa. —Fue su primera respuesta.

—Vamos, mamá, lleva toda su vida trabajando para nosotros y es la primera vez que, según tú, te ha fallado, pero en realidad es que ha estado enferma —argumenté con cara de niña buena.

—Ni me pidió permiso ni nada parecido para ausentarse. No ha respetado mi autoridad, y eso no puedo permitírselo. —Levantó la cabeza con arrogancia, cogiendo su taza de leche.

—Mamá, fue una enfermedad repentina y muy grave. Carmelita no tuvo oportunidad de avisarte, además, ¿cómo iba a hacerlo? En su casa no hay teléfono. Ella necesita el trabajo y a mí me gusta cómo se encarga de mis cosas y confío en ella —le dije mientras Conchita me servía una taza de leche—. Nadie ha podido sustituirla, y eso que esta chica es bastante buena —le dije cuando la amiga de Carmelita salió del comedor.

—¡Siempre te tienes que salir con la tuya! —Tiró la servilleta que tenía sobre sus rodillas a la mesa—. Está bien, mañana la quiero aquí a primera hora, y que conste que lo hago por ti.

—¡Eres la mejor! —le agradecí, me levanté y le di un fuerte abrazo que le hizo alegrar su humor.

Pero lo que más disfruté aquellos días fue el tiempo que pasé junto a Felipe. Aprovechábamos al máximo los pocos ratos que tenía después de su extensa jornada laboral. Solíamos salir por la tarde-noche y convertíamos a Carmelita en nuestra cómplice.

—Felipe te espera por la puerta de atrás —me informaba cada día de su llegada.

Yo me retiraba con algún pretexto si me encontraba en presencia de mis padres y, cuando no había peligro, salía a su encuentro.

—Me voy a la cama, mañana tengo que madrugar, don Eufrasio me necesita temprano para que le ayude con unos papeles. —Esa era mi excusa preferida, pues sabía que mi madre veía con buenos ojos todo lo referente a la Iglesia.

Él me esperaba impaciente y me recibía con una enorme sonrisa, me cogía de la mano y yo me dejaba llevar por él.

Aun así, intenté guardar las distancias, pues, a pesar de todo, existía el compromiso con Carlos y no me parecía bien ser deshonesta con él. Aunque era muy difícil evitar el magnetismo que me unía al hermano de Carmelita.

Felipe me enseñó la otra cara de la ciudad, la que yo desconocía que existía, la de los barrios obreros.

—¿No te das cuenta de cómo vivimos las personas que no tenemos la suerte que tú tienes? —me preguntó una tarde mientras paseábamos por Vallecas.

Ya era consciente de la miseria que allí se vivía desde que fui a casa de Carmelita, pero me impactó ver cómo, ante la llegada de una nueva familia, aunque no la conocieran, los vecinos se unían para construir en una sola noche la chabola que sería su nuevo hogar.

—¿Por qué edifican sus viviendas por la noche?

—Para no tener problemas legales. Si lo hacen a plena luz del día, se exponen a que les paralicen la construcción y tengan que marcharse de aquí —me explicaba él con paciencia—. Por la noche las autoridades no se dan cuenta, para ellos solo somos un montón de escoria. —Sus ojos y su rostro se encendían de dolor al contarme la realidad de miles de españoles.

Sentí náuseas al imaginar mi vida en un lugar así. Me faltaban palabras para expresar lo que pasaba por mi cabeza. Una vez más me di cuenta de lo ilusa que había sido al haber creído que todo el mundo, gracias al Caudillo, era feliz en España.

—La gente tiene hambre, no pueden mandar a sus hijos a estudiar, necesitan que trabajen y sin estudios no pueden aspirar a avanzar en la vida, es un círculo de pobreza e injusticia —me seguía diciendo Felipe.

—Nunca creí que hubiera tantos españoles sumidos en la miseria —reconocí con frustración y pensé en que tal vez habría alguna manera en la que yo podría utilizar mis recursos para ayudarlos, aunque sería difícil, pues mi padre controlaba minuciosamente mis gastos.

—Tú has visto mi casa, no tenemos ni luz ni agua corriente, algo tan básico y tan necesario. Por eso este Gobierno debe cambiar, necesitamos alguien que se preocupe por todos los ciudadanos, sin importar su origen, sexo e ideas políticas. Hace falta una sociedad más justa e igualitaria, ¿no crees? —me decía excitado, con la pasión que lo caracterizaba, a la vez que me agarraba con fuerza de la mano.

Me asusté al escuchar sus palabras, miré a ambos lados temiendo que alguien le hubiese oído y le advertí del peligro que corría, aunque llevara razón en lo que decía.

—Felipe, si alguien te escucha, te vas a meter en problemas. Te pueden denunciar.

—Hay más gente que piensa como yo, Mercedes, y muy pronto vamos a hacer que esta dictadura acabe —me dijo ilusionado.

Me fui adentrando en su mundo poco a poco y casi sin darme cuenta yo también quería las mismas cosas que él: libertad e igualdad.

Me presentó a algunos de sus amigos con los que se reunía de forma clandestina cada viernes en un sitio distinto, que solía ser algún local abandonado. Lugares que olían a humedad, pies y colillas, pero que desprendían un ardor especial. Acudían obreros desde todos los rincones de Madrid e incluso algunos venían de fuera. Hombres y mujeres que intentaban cambiar el rumbo de la historia.

Verlos allí sentados en asamblea, fortalecidos por la esperanza del cambio, donde todas las opiniones eran válidas, lograba aflorar en mí una vena luchadora que yo misma desconocía que poseía.

—Hay que organizar una manifestación, paralizar el tráfico y hacer que el resto del mundo sea consciente de las condiciones de opresión en las que vivimos —proponían algunos a los que el resto vitoreaba.

—Hagamos panfletos y movilicemos al pueblo —sugirió una chica rubia.

—La gente tiene miedo a las represalias —interpeló otro desde el fondo del local.

Uno tras otro hacían sus propuestas y discutían cómo llevarlas a cabo, pero el que más me impactó de los allí presentes fue el padre Llanos.

Algo canoso y con gafas, parecía un hombre más; sin embargo, cuando él hablaba, el resto parecía sucumbir ante sus palabras de poeta, que lograban calmar al más exaltado. Parecía un hombre frágil, aunque era sin duda un líder valiente. Un sacerdote que había pertenecido a la Falange Española y muy cercano al Caudillo. Se había trasladado al Pozo del Tío Raimundo con el fin de acercar la religión y la fe a sus habitantes y, al ver las condiciones en las que vivían en su nuevo barrio, se fue convirtiendo en un cura obrero. Siempre tenía la puerta abierta para sus vecinos, que, en un principio, lo habían recibido con desconfianza, hasta que se dieron cuenta de que el párroco no era un infiltrado del Régimen.

—Felipe, hacía tiempo que no asistías a nuestras reuniones —nos saludó el padre Llanos el primer viernes que lo acompañé al terminar la reunión—. ¿Esta jovencita quién es?

—Mercedes es una amiga —me presentó Felipe.

—Me alegro de conocerlo, he oído hablar muy bien de usted —le saludé.

—¿De dónde es usted? Está claro que no pertenece a este barrio —me preguntó observándome minuciosamente.

Dudé en contestarle. La hija de un general no sería bien

vista en un lugar donde habitaban gentes de izquierdas y de clase social baja.

—Mi padre es Rafael Quiroga —dije y obvié su cargo militar con la esperanza de que eso le bastara.

—¿Rafael Quiroga? —repitió asombrado—. He coincidido con él en varias ocasiones. ¿Su padre aprueba que venga a visitarnos?

Nerviosa, me mordí el labio al pensar que tal vez aquel hombre iba a avisar a mi padre sobre mis escapadas con Felipe.

—Entiendo. —Sonrió, debió de imaginarse la respuesta que yo no le había dado.

—Padre, Mercedes se ha ofrecido a ayudar enseñando a leer y escribir a algunos de los niños del barrio. ¿Qué le parece? —intervino Felipe acabando con el silencio incómodo.

—Me parece una excelente iniciativa —dijo entusiasmado—. Todas las manos que vengan son bien recibidas. ¿Cuándo empezamos? —me preguntó.

—Mañana mismo si quiere —contesté feliz de sentirme útil.

—Pues no se diga más, aunque lo vamos a dejar para dentro de dos días, el lunes. Veré si mientras puedo hacerme con algunos libros y cuadernos.

—No se preocupe por el material —le interrumpí—. Yo me encargo de traer lo necesario. El lunes sobre las cuatro de la tarde pasaré por el barrio.

—La espero en casa de Felipe y desde allí yo mismo la acompañaré al lugar habilitado para la escuelita.

Aquellas clases me hicieron ver con más claridad la precariedad y la ignorancia en la que vivían aquellos niños, que me miraban ilusionados al tener sus primeros lápices de colores con los que aprendieron a escribir su nombre.

El padre Llanos me condujo a una chabola que parecía recién construida. Había una pequeña pizarra colgada en la pared. Una docena de niños de entre cuatro y diez años me esperaban sentados en silencio en unos bancos de madera.

—Buenas tardes, maestra —me saludaron al unísono y se pusieron de pie al verme entrar.

—Buenas tardes —devolví el saludo nerviosa—. Podéis sentaros.

—Os dejo con vuestra profesora, sed buenos chicos —se despidió el padre Llanos después de rezar con nosotros el padrenuestro.

La primera clase fue la más difícil, pues si ellos estaban nerviosos, yo lo estaba aún más. Se fueron presentando uno a uno: Clara, Roberto, Juan, Constanza, Andrés, Paquito, Merche, Manolito, Eustaquio, Catalina, María y Pablito. Ellos fueron mis alumnos.

Esa tarde solo cantamos el abecedario y entre risas y cánticos todos fuimos perdiendo los nervios y cogiendo confianza.

Nunca podré olvidar el tercer día, el miércoles. Sobre las cinco y media hacíamos un descanso en el que los niños aprovechaban para merendar, mientras yo organizaba la siguiente tarea. Estaba absorta escribiendo en sus cuadernos las vocales, con el fin de que se las llevaran a casa para estudiar, cuando sentí que alguien tiraba de mi manga.

—Maestra, ¿usted no come? —me preguntó Pablito, que me mostraba la graciosa mella de su boca al hablar.

—No tengo hambre —respondí.

El chiquillo partió la mitad del trozo de pan duro que había traído y lo puso sobre mi mesa.

—¡Eh! La maestra no tiene comida —chilló a sus compañeros que jugaban al fondo de la clase.

Los demás vinieron corriendo y cada uno me ofreció una porción de su merienda.

—Aquí no debe tener vergüenza, maestra —me dijo Clara—. El hambre es muy mala y los que tienen deben compartir con los que no son tan afortunados.

No pude articular ni una palabra, abrí mis brazos y apreté a aquellos angelitos con fuerza contra mi pecho, dejando que el nudo de mi garganta desapareciera. Eran niños que pagaban las clases con lo más valioso que tiene el ser humano: el cariño.

Posiblemente no entendieron mi reacción, pero fueron felices al verme disfrutar de su comida. Desde ese día fui yo la que empecé a llevar la merienda para compartirla con ellos, y el día que se sabían la lección los recompensaba con una onza de chocolate.

Era un barrio complicado, allí también había peleas y diferencias de opinión. No todos sus habitantes conseguían sus ingresos con el trabajo honrado; algunos, cansados de la explotación y de la miseria, robaban e incluso vendían droga; pero si algo tenían en común eran su lealtad, solidaridad y su empeño en una vida mejor para sus hijos.

Sus madres se sentían orgullosas al verlos salir con un libro en la mano y llenos de ilusión por aprender.

—Señorita Mercedes, no sabe lo feliz que está mi Manolito de venir a la escuela —me dijo una madre tras una semana de clases—. Es usted muy buena con ellos. Le hemos traído un regalo para agradecerle lo que hace.

Otras madres se acercaron a nosotras con un paquete envuelto en papel de seda.

—Pero no es necesario, yo estoy muy feliz de venir aquí —les dije emocionada.

—Ábralo, seguro que le va a gustar —me dijo la madre de

Manolito—. Lo hemos hecho entre todas y hemos pensado que el color verde le favorecería.

—Es precioso —dije mientras dos finas lágrimas resbalaban por mis mejillas al ver un sencillo chal de hilo.

Aquella gente del barrio de chabolas me enseñó mucho más a mí que yo a sus hijos; eran solidarios, humildes y luchadores.

Fueron catorce días intensos, llenos de aventura, en los que aprendí más que en mis veinte años de vida.

El enfrentamiento con mi padre aquel domingo de marzo me hizo volver a mi auténtico mundo, del que no había logrado escapar. Era la hora, tenía que hablar con Carlos y disculparme como me había pedido mi padre como condición para viajar al pueblo; aunque lo que realmente quería era ser sincera con él, tuve que tragarme una vez más los sentimientos y claudicar.

—Hola, Carlos —lo saludé avergonzada e incómoda por la presencia de papá en un rincón de la habitación, para cerciorarse de que de verdad realizaba la llamada.

—¿Mercedes? ¡Qué alegría! —me contestó con la voz un poco empañada por la emoción—. Tenemos que hablar, cariño.

—Carlos, yo...

—Lamento haberme portado tan mal contigo. —Al escucharlo, me sentí la peor mujer del mundo. Carlos me quería y yo le había hecho daño con mi actitud.

Incapaz de contestar y llena de culpa, me mordí el labio inferior.

—Lo importante es que me hayas llamado —continuó hablándome—, lo demás ya se arreglará. Buscaremos algún médico para tratar tus nervios. —Parecía preocupado de verdad, pero yo no soportaba que él creyese que ese era mi problema.

—Voy a ir una semana al pueblo y después hablaremos —le dije cada vez más nerviosa y un poco cortante—. Me vendrá bien la tranquilidad para pensar y poner en orden mis ideas.

—Oh, ¡creía que nos veríamos esta noche! —me dijo desilusionado.

—Mis padres están de acuerdo. Es mejor así, Carlos. —Un nudo cada vez más grande me oprimía las cuerdas vocales, sentía como si fuese una despedida.

—Está bien, nos vemos a la vuelta. Te quiero.

—Yo también.

Terminé la llamada con alivio. Me alegré de que aquella conversación no hubiese sido cara a cara.

Unos segundos después, volví a descolgar el teléfono.

—¿Eugenia? Mañana mismo saldremos para Los Antones, no te olvides de avisar a-a Javier por si se quiere reunir contigo —le dije casi en un susurro, rogando que me entendiera y temí que mi padre pudiera darse cuenta del mensaje que intentaba transmitirle.

—¿A Los Antones?, ¿has convencido a tus padres para que te dejen ir? —me preguntó mi amiga, que no entendía nada—. ¿Para qué tengo que avisar a mi marido?

—Sí, iremos una semana, tal y como te había comentado, y no hay problema si Javier quiere pasar el fin de semana allí. Mis padres están conformes —seguí la conversación lo más natural que pude, aunque en mi interior estaba hecha un manojo de nervios.

—Entiendo, no estás sola, ¿verdad? —Pareció darse cuenta de lo que pasaba.

—Exacto. —Sonreí aliviada—. Entonces hasta mañana —me despedí.

Eugenia llegó a las nueve en punto acompañada por su chófer. Llevaba una gran maleta marrón y su particular sonrisa, que contrastaba con los nervios que me habían impedido dormir esa noche.

La esperaba desde las ocho y media en la puerta principal de la casa mientras mi padre le daba instrucciones al encargado de acompañarnos y que por más que intenté escuchar fue imposible; hablaba muy pegado a él, casi en un susurro y de espaldas a mí.

—Pilar, Rafael, buenos días —los saludó alegremente Eugenia con un par de besos.

—Buenos días, querida —contestó mamá—. Muchas gracias por acompañar a Mercedes, esperemos que el aire puro le despeje las ideas.

—Seguro que estaremos bien —contestó mi amiga, que se subió al coche y me dejó a solas con mis padres.

—He avisado a Teresa para que lo tenga todo preparado para vuestra llegada. Come bien y, lo más importante, descansa y piensa en tu futuro —me recomendó mi madre a punto de llorar y cargada de buenas intenciones.

Me abracé a ella con fuerza, me acurruqué en su cuello e inundé mis sentidos del suave olor a Chanel Nº 4. Tardé unos minutos en separarme, quería disfrutar de aquella sensación de cariño un poco más.

—No seáis melodramáticas, solo vais a estar una semana sin veros —intervino mi padre, que parecía estar de buen humor.

Él se acercó a mí, pasó su gran mano por mi cara con dulzura, como cuando era una niña pequeña, y besó mi frente.

Ya en el coche, casi sin poder respirar, les dije adiós con la mano. Volví a notar cómo se instalaba en mi estómago un inmenso agujero que me estrujaba por dentro, y es que en el fondo me daba miedo irme. Estaba segura de que a mi vuelta ya nada sería igual entre nosotros.

A las nueve y media de la mañana, en un coche pilotado por uno de los hombres de confianza de mi padre, Eugenia y yo pusimos rumbo al pueblo en busca de respuestas y sin saber que con nuestro viaje se destaparía definitivamente la caja de Pandora.

15

La casa de la abuela estaba tal y como la habíamos dejado apenas un par de meses antes. El olor a jazmín parecía estar incrustado en aquellas viejas paredes que tantos secretos debían de guardar.

Al día siguiente de mi llegada, realicé un pequeño recorrido por la casa, acompañada en todo momento por la cocinera. Al entrar al dormitorio de la abuela, un escalofrío recorrió mi cuerpo; me pareció verla recostada en su cama.

—No he sido capaz de cambiar nada de sitio, está todo como le gustaba a la señora. Todavía parece que la veo por los pasillos dando órdenes y organizando la jornada laboral.

Teresa parecía emocionada al rememorar a la que por tantos años había sido su patrona.

—Está todo impecable —le dije y recordé la capa de polvo que había en nuestra última visita.

—Bueno, ahora tengo un poco más de tiempo para dedicarme a las labores domésticas.

—Teresa, no quiero entretenerte. Si necesito algo, te llamaré, no te preocupes por mí —le dije con una amplia sonrisa intentando no ofenderla, pero deseaba que me dejara a solas para poder comenzar mi investigación.

—Oh, claro —contestó ella, algo avergonzada.

—Cuando Eugenia se levante, dile que la espero aquí, por favor.

La cocinera se marchó y me dejó sola. Me quedé observando la habitación exenta de decoración y compuesta por unos pocos muebles: una imagen de Jesucristo crucificado sobre el cabecero de forja había guardado por muchos años el sueño de mi abuela; un amplio armario en el que, tras la limpieza que habíamos hecho mi madre y yo después de su muerte, apenas quedaban unas prendas de las que nos había costado desprendernos; una vieja cómoda, el orinal bajo la cama y la jofaina para asearse; una fotografía de mi padre junto a su hermana el día de su primera comunión en la mesilla de noche, el rosario y la Biblia que debía usar para sus oraciones. Era todo lo que había.

Me senté en el cómodo colchón de su cama y acaricié la almohada de lana como si pudiera tocar el rostro de la mujer que había creído mi abuela y que siempre había sido un gran misterio para mí.

—Buenos días —me saludó Eugenia, que entró sin que me diera cuenta.

—Hola, ¿qué tal has dormido? —pregunté levantándome de la cama.

—Es una bendición no escuchar ni un ruido. ¡Adoro el campo! —Sonrió—. ¿Qué hacías?, ¿has encontrado algo?

—No he empezado a buscar, ni siquiera sé por dónde hacerlo, y la verdad es que también me da miedo —le confesé.

—Tenemos toda una semana, quizá algún día más; no te pongas nerviosa y vamos a revisar habitación por habitación. Estoy segura de que, igual que tu abuela guardaba las cartas y las fotografías, es muy posible que haya algo más —me dijo mientras empezaba a abrir los cajones de la cómoda.

Eugenia tenía razón, debía tomarme las cosas con calma y ser práctica. Empecé a revisar el armario y saqué las pocas prendas que no habíamos tirado, palpando centímetro a centímetro la madera por si encontraba algún escondite.

Movimos muebles, levantamos el colchón y quitamos cuadros; desmonté portafotos, busqué alguna caja fuerte y hasta quité la imagen de Jesucristo.

Tan solo en un cajón de la cómoda encontramos la caja de música que la abuela solía tener en la mesilla de noche. Al abrirla, una bailarina danzaba al compás de Mozart. Me enterneció imaginar a la «mujer de hierro» oyéndola cada noche.

—¡Es tan extraño pensar que mi abuela también sufría! Se mostraba siempre tan fuerte —dije escuchando una y otra vez la melodía—. Cuando pasaba los veranos en Los Antones, ella solía esconderme algún regalo en este cajoncito de aquí.

Intenté abrir el pequeño compartimento de la caja de música, pero parecía como si lo hubiesen pegado con cola.

—Está muy duro, parece atrancado —dije y desistí tras varios intentos—. Debió de guardarla como recuerdo de su hija, mi tía Elena. —Le mostré una inscripción casi ilegible a mi amiga.

—¿Qué pone? No se entiende. —Intentó leer apretando los ojos.

—«Para Elena, con cariño, de Rafael», el nombre de mi padre se ve perfectamente y está claro que esto es una «e» y termina por «a». —Le señalé con el dedo el nombre borroso de mi tía—. Por eso la conservaría la abuela.

—Es muy bonita y una pena que se quede aquí llenándose de polvo. ¿Por qué no te la quedas?

—Mejor no, mi padre puede enfadarse —dije guardándola dentro de la cómoda.

—Bueno, pues tú le dices que te la has quedado como recuerdo de la que él dice que es tu madre, y a ver si tiene el valor de confesarte que todo es mentira. —La sacó del cajón y me la puso en la mano con decisión.

Decepcionadas, dimos por finalizada la búsqueda. Me acerqué a la ventana, aparté la cortina y apoyé la cabeza en el cristal, buscando el consuelo de los finos rayos del sol.

—Eh, alegra esa cara —dijo y me tiró un cojín a la cabeza—. Es la primera habitación que registramos, ¿acaso creías que iba a ser tan fácil?

—Pues la verdad es que sí. —Sonreí con amargura—. Si encontré las fotos es posible que hubiera algún documento más.

—Anda, vamos a ver si podemos comer algo, estoy hambrienta. —Me agarró del brazo y me arrastró hacia el comedor.

Los siguientes cuatro días repetimos el mismo ritual: por las mañanas desmontábamos una a una las habitaciones de la casa y por las tardes salíamos al pueblo para intentar hablar con alguien que pudiera darnos alguna pista.

—¿Van a algún sitio, señorita? —me preguntó Cristóbal, el hombre de confianza de mi padre, cuando nos disponíamos a salir de la casa la primera tarde.

—Queremos dar un paseo por los alrededores —le contesté con una sonrisa forzada.

—Voy a preparar el coche.

—No hace falta, iremos solas, gracias —dije deseando que no insistiera.

—Lo siento, señorita, pero me temo que es imposible que vayan a ningún sitio si yo no las acompaño; órdenes de don Rafael. —Levantó las manos a modo de disculpa.

Sentí cómo la rabia crecía dentro de mí. ¿Por qué mi padre debía controlarlo todo?

—Estupendo, así vamos bien protegidas —intervino Eugenia, que le quitó importancia y me guiñó un ojo.

Cristóbal nos dejaba en el centro del pueblo y desde allí nos seguía a una distancia prudencial mientras recorríamos las calles asimétricas del pueblo.

—Así no vamos a poder hablar con nadie —me quejé a mi amiga con cuidado de que no nos escuchara.

—Ya se nos ocurrirá algo para despistarlo, lo primordial es que vea que no tenemos nada que esconder. —Tan práctica como siempre, ella pensaba en todo—. Vamos a los bancos de la plaza, allí hay gente sentada. —Me señaló a dos ancianos que hablaban entre ellos.

—Buenas tardes —saludé al llegar—. ¿Les importa si nos sentamos a descansar un poco?

—Por supuesto que no —contestó el que parecía más joven, calculé que tendría unos setenta años. Llevaba una camisa de cuadros y un pantalón de pana amarrado a la cintura con una cuerda negra.

—¿Son del pueblo o están de visita? —pregunté intentando entablar conversación.

—Aquí nacimos y aquí esperamos morir —dijo el otro anciano, que estaba completamente calvo y al que tampoco se le distinguían las cejas. Su gesto era afable y sonriente.

—Entonces deben de conocer a todo el mundo, seguro que tienen miles de historias que contar —añadió Eugenia.

—Gregorio, este de aquí —dijo el más joven señalando a su amigo—, tiene una cabeza privilegiada, con tan solo un nombre es capaz de sacar cada una de las ramas de su árbol genealógico, ¡hasta tres generaciones!

—Claro, conozco a todas las familias del pueblo, los Rodríguez, los Sánchez, los Flores.

—¿En serio? —pregunté, e imaginé que tal vez aquel abuelo podría ayudarme—. ¿Probamos conmigo?, ¿a quién le recuerdo yo?

—Ahora que lo dice, su cara me es muy familiar, pero no sé ahora mismo con quién relacionarla. —El anciano escrutó mis rasgos faciales buscando una respuesta—. ¿Cómo se llaman sus padres?

—Soy hija de Rafael Quiroga —respondí cada vez más inquieta.

Los dos hombres endurecieron el gesto de su rostro, miraron a su alrededor y se percataron de la presencia de nuestro guardaespaldas.

—¿Ese hombre viene con ustedes? —preguntó el más joven, que observaba a Cristóbal. Estaba unos metros más allá, bajo la sombra de un algarrobo.

—Sí, es nuestro chófer —contesté—. No se preocupen por él.

—¿Qué puede contarnos de la familia de mi amiga? —reanudó la conversación Eugenia.

—Nada que ella no sepa, todo el mundo conoce a la familia Quiroga y todo lo bueno que ha hecho por este pueblo, dando trabajo a sus habitantes —contestó Gregorio al ponerse de pie—. Si me disculpan, se ha hecho muy tarde, ha sido un placer conocerlas. ¿Vamos, Perico? —preguntó a su compañero, que se levantó y se despidió de la misma forma.

No sé si es que no sabían nada o que tal vez la presencia de Cristóbal los había asustado, pero lo cierto es que cada vez que nos cruzábamos con algún lugareño, estos hacían lo posible por esquivarnos. Intentamos hablar con el de los ultramarinos y con el boticario, pero en cuanto se daban cuenta de quiénes éramos familia, se cerraban en banda.

—Siento que ha sido una tontería venir hasta aquí —le dije el viernes por la noche a Eugenia, ya en nuestro dormitorio.

A pesar de que la casa disponía de múltiples habitaciones, habíamos decidido compartir una como cuando éramos pequeñas. Dormíamos en una cama de matrimonio con un dosel de madera del que colgaba una cortina blanca. Un pequeño balconcito nos permitía divisar el jardín de la parte delantera de la casa. A Eugenia le gustaba asomarse a contemplar las estrellas cada noche antes de acostarnos.

—¡Claro que no! Puede que no encontremos nada, pero por algún sitio debíamos empezar. —Cerró el balcón y se sentó sobre la cama—. Además, nos ha servido para pasar tiempo juntas.

—Tú eres la hermana que nunca he tenido y doy gracias de que siempre estés a mi lado. —Se me erizó el vello al darme cuenta de lo afortunada que era de contar con su amistad.

—Sí, la hermana mayor y, por lo tanto, la que manda. —Levantó el dedo índice y puso cara de importante.

—¡Solo eres tres meses mayor que yo! —Le arrojé con fuerza un cojín que tenía a mi lado y ella se abalanzó sobre mí con uno más grande.

Comenzamos una guerra y corrimos por el dormitorio, golpeándonos con las almohadas y riendo como hacíamos a los diez años, hasta que Eugenia me derribó y me tiró al suelo, se puso sobre mí y empezó a hacerme cosquillas.

—¡Para, para! —le pedí entre risas.

—No hasta que no tengas claro que yo soy la mayor. —Me

sujetó las manos y esperó a que declarara mi derrota con los ojos bien abiertos.

—Tú ganas —me rendí entre risas y con el humor renovado.

Nos quedamos acostadas sobre la alfombra roja con bordados dorados, sin dejar de reír e intentando recuperar la respiración.

—Antes de cenar he hablado con Javier, mañana a primera hora estará aquí con Felipe.

—¿En serio? —Me incorporé de golpe—. Pero Felipe trabaja los sábados. ¿Cómo habrá conseguido permiso?

—Eso es lo de menos, lo importante es que vienen. —Le brillaban los ojos de felicidad.

La certeza de que al día siguiente tendríamos refuerzos y el haber descargado las tensiones al jugar con mi amiga lograron que esa noche no tuviera ningún problema para conciliar el sueño.

—Señorita Mercedes, señorita Mercedes. —Teresa tocaba la puerta con insistencia.

—¿Qué pasa?, ¿qué hora es? —Me levanté desorientada en busca de algo de ropa y miré hacia el balcón para ver si ya había amanecido; una luz débil se colaba por debajo de la cortina.

—La buscan dos caballeros —me informó la cocinera desde el otro lado de la puerta.

—Enseguida bajo, pásalos al salón —contesté llena de alegría—. Eugenia, despierta, ya han llegado. —Zarandeé a mi amiga con tanta fuerza que casi la tiro de la cama.

—¿Qué hora es? —preguntó adormilada y buscando el reloj—. ¡Son las siete y media de la mañana! ¿Cómo han llegado tan temprano?

—Vamos, date prisa —le insistí ya vestida con un pantalón negro y un jersey azul marino.

Bajamos las escaleras llenas de emoción, un millar de mariposas revoloteaban alegres en mi estómago.

—¡Javier! —Eugenia se abalanzó a los brazos de su marido, que la recibió con un beso en la boca—. ¡Qué alegría verte!

El Felipe que acompañaba a Javier no era el que yo conocía. Vestía un traje gris con una corbata negra y camisa blanca, no llevaba gorra y su pelo estaba perfectamente peinado con la raya hacia el lado derecho.

Me hubiera gustado recibir a Felipe de la misma forma que mi amiga, pero Teresa estaba en un rincón del salón radiografiando a aquellos dos hombres, desconocidos para ella. Así que nos limitamos a regalarnos una sonrisa que lo decía todo.

—Teresa, le presento a mi esposo, Javier. —Eugenia actuó consciente del recelo de la cocinera—. Y este es...

—Mi primo Felipe, que había venido a pasar unos días a Madrid y no lo iba a dejar solo —intervino Javier y la saludó con una inclinación de cabeza—. Encantado de conocerla, Mercedes nos ha hablado mucho de lo buena cocinera que es y estoy deseando corroborar la información.

Felipe también saludó e hizo una reverencia y, a pesar de que los nervios se le podían casi tocar, acertó a hablar apenas una frase.

—Espero que mi presencia no sea ninguna molestia.

—No sabía que tendríamos visita —contestó Teresa más relajada y un poco ruborizada.

—Es culpa mía, debí informarte cuando Javier me llamó para decírmelo —se disculpó Eugenia.

—No pasa nada, voy a preparar algo para desayunar y las habitaciones de invitados.

Hasta después del desayuno no pudimos hablar con total libertad. Javier propuso que diéramos un paseo para enseñarle el pueblo y así librarnos de la presencia de la cocinera, que parecía no querer dejarnos a solas con ellos.

Me subí al coche de Javier en la parte trasera, junto a Eugenia, y fingí que acababa de conocer a Felipe. El hombre de confianza de mi padre no nos quitaba la vista de encima, pero al ir con ellos no dijo de acompañarnos. ¡Por fin nos habíamos librado de él!

—¿Habéis averiguado algo? —preguntó Felipe en cuanto salimos de la hacienda.

—Lo hemos revuelto todo, pero no hay nada y en el pueblo tampoco hemos logrado ninguna pista —contesté desesperada—. ¿Ahora qué hacemos?

—¿Hay alguna persona que pueda estar al tanto de todo? —preguntó Javier—. Tu abuela debió de contárselo a alguien. Me extraña que nunca haya descargado su conciencia en todos estos años.

—Don Ángel, el párroco, seguro que lo sabe, pero no va a romper su secreto de confesión. —Me sentía en un callejón sin salida.

—¿Le habéis hecho una visita? —preguntó Felipe.

—Prefiero que sea nuestro último recurso, no me fío de él. —Un escalofrío me sacudió al pensar en el párroco—. Avisaría a mi padre de inmediato.

—Podríamos probar con Teresa —dijo Eugenia—. Me dijiste que tu abuela la respetaba y que lleva toda la vida trabajando para la familia.

—Mi abuela no confiaría un secreto así a alguien del servicio. —Dudé de mi propia respuesta—. ¡La maestra! —dije de pronto, dando un bote en el asiento al acordarme del encuentro con la antigua profesora de mi padre—. No sé por qué, pero siento como un pálpito, tal vez ella pueda saber algo. Conoce a todo el mundo y es lo suficientemente mayor.

—No perdemos nada por intentarlo —dijo Eugenia.

—¿Sabes dónde vive? —me preguntó Javier.

—No, pero es muy probable que mañana la podamos encontrar en misa —dije convencida—. Al ser domingo, suele ir todo el pueblo.

El sábado sobre las seis de la tarde aproveché para disfrutar de la compañía de Felipe y, mientras nosotros paseábamos por las tierras de mi familia, Eugenia y Javier se quedaron en la hacienda.

—¿Cuántas hectáreas de terreno hay? —preguntó Felipe durante nuestro recorrido por el olivar.

—Nunca me ha preocupado saberlo, pero creo que sobre unas cuarenta hectáreas —dije sin saber si era mucho o poco.

—Los dueños del pueblo —contestó y me hizo sentir incómoda.

Aunque no me lo dijera, sé que pensó en lo injusta que era la vida; unos con tanto dinero y poder y otros sumidos en la miseria.

—Estás demasiado callada. —Me cogió de la mano y tiró atrayéndome suavemente hacia él—. Me gusta más cuando sonríes.

—Tengo miedo de no encontrar nada —dije con angustia bajo la sombra de un viejo olivo—. Los días pasan y creo que nunca voy a averiguar la verdad sobre mis orígenes.

—Moveremos cielo y tierra si es necesario para que te reencuentres con tu verdadera familia. —Se sentó en el suelo, apoyado al tronco del árbol, y me invitó a sentarme a su lado—. Ven, deja las preocupaciones por un momento y disfruta del hermoso paisaje.

Al sentarme sobre la tierra, pensé en mi madre y en cómo se echaría las manos a la cabeza si me viera allí. Pero para mí aquellas horas que pasé dejando que mi cabeza reposara sobre el hombro de Felipe, rodeada por sus fuertes brazos, mientras me proporcionaba el calor y la seguridad que yo había perdido, fueron mágicas.

A la mañana siguiente, a las doce en punto, estábamos los cuatro en la iglesia. A nuestra llegada estaba prácticamente llena, así que nos sentamos en los últimos bancos para poder ver bien a todo el que entraba o salía.

Cada vez que nos poníamos de pie, durante el eterno sermón, intentaba divisar a la maestra mirando hacia todos lados, pero procuraba no llamar mucho la atención.

—Tal vez no ha venido, no la veo por ningún sitio —le dije a Felipe mientras sentía cómo me latían las sienes.

—La misa ya ha acabado. —Me agarró de la mano e hizo que me pusiera en pie—. Vamos hacia la puerta.

Javier y Eugenia nos siguieron. Vimos salir uno a uno a todos los asistentes; sin embargo, doña Herminia no aparecía por ningún lado.

—No es posible que tengamos tan mala suerte. —Estaba a punto de llorar, habían pasado diez minutos, ya no quedaba nadie dentro y pensé que habíamos perdido la oportunidad de encontrarla.

—Será mejor que nos vayamos —propuso Eugenia—. Le preguntaremos a Teresa dónde vive.

Seguí a mis amigos hasta el coche, arrastrando los pies y desmoralizada por completo, cuando de pronto escuché a alguien que me llamaba.

—¿Mercedes? No sabía que estabas en la hacienda. —El

padre Ángel salía de la iglesia y me miraba con su arrogancia característica.

—Sí, llegué hace un par de días. —Me acerqué y besé el anillo que me ofrecía—. Quería entrar a saludarlo, pero al acabar el sermón no he visto hacia dónde se había ido y he pensado que algo más urgente había requerido su presencia —mentí.

—En efecto, así ha sido. —Giró la cabeza hacia atrás—. Doña Herminia se ha mareado y Eulalia, la encargada de la limpieza, y yo hemos tenido que asistirla.

Eulalia salía con la maestra agarrada a su brazo con intención de acompañarla a su casa. ¡No podía creerlo! La suerte nos sonreía al fin.

—Nosotros podemos llevarla en el coche —propuso Javier—. Creo que será mejor que ir andando.

—Me parece buena idea, así Eulalia no tendrá que descuidar sus tareas más rato —contestó don Ángel, al que no parecía importarle la salud de doña Herminia—. Mercedes, espero tu visita antes de que regreses a Madrid. —Se marchó sin más despedidas e invitó a Eulalia, que nos sonrió agradecida, a que lo acompañara hacia la iglesia.

—Doña Herminia, ¿se acuerda de mí? —pregunté, y me acerqué a ella para ayudarla a subir al coche.

—Oh, creo que sí —respondió la anciana con los ojos entornados y agarrándose a mi brazo.

—Soy la hija de…

—La costurera —me interrumpió, provocando que mi corazón se detuviera.

—¿De quién? —pregunté muerta de miedo.

—De la costurera del pueblo, de la que hay ahora no, esa no cose tan bien como tu madre, ella sí que tenía buenas manos ¡y era tan guapa! —Me acarició la cara—. ¡Tan guapa como tú! Eres el vivo retrato de Engracia.

El tiempo se paró cuando pronunció su nombre. ¿Engracia? Por primera vez mi madre ya no era algo abstracto que no podía tocar; por primera vez tenía un nombre y experimenté una sensación cálida al repetirlo para mis adentros. En-gra-cia; por primera vez sentí que llegar a la verdad era posible.

16

Las palabras de doña Herminia me habían apartado de la realidad. Una mezcla de miedo y alegría recorría mis venas. Me impedía ser capaz de emitir ni un balbuceo, la saliva me había abandonado y fue necesario que mi amiga me pellizcara para traerme de vuelta al presente.

—¿Está segura? —preguntó Eugenia, que me agarró por la cintura y evitó que me cayera.

—¡Claro que estoy segura! —contestó enfadada—. Nunca olvido una cara, y mucho menos la de su madre, fue mi alumna por muchos años, yo la quería mucho. Es igualita —dijo señalándome.

—¿Sabe dón-dón-dónde está? —acerté a decir con un gran nudo en la garganta.

—¿No lo sabes tú? —Me miró extrañada.

—Deberíamos llevar a doña Herminia a su casa y continuar allí la conversación —dijo Felipe e hizo un extraño guiño de ojos—. Mirad al final de la calle —dijo en voz baja.

Oculto tras un camión de paja se podía ver al perro guardián de mi padre, que había decidido seguirnos. Desde donde estaba no escuchaba lo que decíamos, pero no podíamos correr riesgos.

—¿Nos indica dónde está su casa, doña Herminia? —preguntó Javier con la mejor de sus sonrisas.

La anciana asintió con la cabeza y se subió al coche. Su casa se encontraba un poco alejada del pueblo, tan solo había tres viviendas vecinas. La fachada estaba algo descuidada, se notaba que hacía tiempo que nadie la encalaba.

—Muchas gracias —dijo la maestra cuando Javier la ayudó a bajar del coche—. Pasad y tomaremos un poco de bizcocho que hice ayer.

Al entrar tuvimos acceso directamente a una habitación que hacía la función de salón, comedor y cocina. Un gran armario frente a la puerta repleto de libros, además de múltiples fotografías y dibujos, decoraba las paredes de la acogedora vivienda.

Sacó un plato con el dulce y partió cinco trozos con un cuchillo.

—Nada como el azúcar para reponer fuerzas —bromeó sentándose en una mecedora que tenía junto a la ventana.

Nos invitó a ocupar unas sillas que apenas tenían cuerdas y alrededor de una mesa camilla esperamos impacientes su relato.

—¿Le importaría contarme algo de mi madre? —le pedí con voz temblorosa.

—Tu madre era una de las chicas más listas de la clase, muy trabajadora y limpia. Siempre ayudaba a los más pequeños con la tarea y después del colegio a su madre con la costura. ¿Tú también coses? —me preguntó y me miró las manos.

—No. Yo-yo necesito saber dónde está —le supliqué con lágrimas en los ojos.

—Tendrías unos seis años la última vez que os vi. —Su voz

ya no era alegre—. Llorabas mucho, no entendías qué estaba pasando y...

—No entiendo —la interrumpí—. ¿Usted me conoció de pequeña?

Había visto fotos mías recién nacida con los que se suponían que eran mis padres. ¿Cómo iba a estar con mi verdadera madre a los seis años?, ¿se estaría confundiendo?, ¿me había ilusionado sin ningún motivo? Por un momento creí que todo había acabado y que la pobre mujer hablaba de otra persona.

—¿Que si te conocí? —preguntó con una sonrisa de oreja a oreja—. Yo estuve presente el día que naciste. Tu padre estaba muy nervioso y emocionado. Nunca olvidaré su cara cuando la partera te puso en sus brazos.

Quise interrumpirla, pero Eugenia me lo impidió, me indicó con un gesto que me callara y la dejara continuar.

—Se querían mucho, hacían una bonita pareja. La gente envidiaba su suerte cuando os veían pasar a los tres juntos. Pero luego vino la guerra. Lo destrozó todo y cambió por completo la vida de todos los españoles. —La maestra miró por la ventana como si estuviera reviviéndolo todo—. A ella la detuvieron justo al terminar la contienda. Tres hombres que no eran del pueblo la metieron a rastras en un coche, a ti también te llevaron. No os volví a ver más.

—¿Qué pasó con mi padre?, ¿dónde estaba él cuando se la llevaron? —Estaba sedienta de información.

—Nada más comenzar la guerra, fue reclutado por el bando republicano. —Volvió a callar y giró la cabeza hacia nosotros, tenía las mejillas mojadas por las lágrimas—. Él tampoco volvió por aquí y con el tiempo nos enteramos de que había muerto en Las Ventas, en Madrid.

Al escuchar aquellas palabras, Felipe se levantó con tal

brusquedad que volcó la silla en la que estaba sentado; interrumpió la conversación y provocó que todos centráramos nuestra atención en él. Creí que iba a decir algo, pero debió cambiar de idea, solo me miró con una mezcla de ira contenida y ternura. Recogió la silla, volvió a sentarse a mi lado y me besó la mano, intentando con ello demostrarme su apoyo.

—¿Cómo se llamaba? —pregunté a la maestra, casi sin fuerzas, retomando la conversación.

—Manuel García Martínez. —Miró las fotografías de la pared y sonrió como si hubiese recordado algo—. Joven, acérqueme ese álbum marrón que hay encima del armario —le pidió a Felipe, que se levantó para cogerlo.

Doña Herminia abrió el libro de fotos y empezó a pasar páginas hasta que encontró lo que buscaba.

—Mira, esta eres tú junto a tu padre y tu madre. —Me tendió una foto que cogí con miedo a quemarme.

Una pareja joven posaba junto a una niña de unos cinco años que se parecía mucho a mí, pero que no era yo; ella tenía el pelo lacio y yo siempre lo he tenido rizado. Eso solo podía significar dos cosas: doña Herminia estaba confundida ¡o yo tenía una hermana!

Miré la fotografía más de cerca y supe que no estaba equivocada, mi corazón me decía que aquella mujer, que al igual que yo tenía el cabello ondulado, era ¡mi madre! Me di cuenta de que yo la había visto antes en una de las fotos de la caja de mi abuela, junto a mi padre Rafael.

Javier sacó una pequeña libretita del bolsillo de su camisa y anotó los datos que nos estaba proporcionando la anciana.

—¿Cuándo nací?, ¿se acuerda? —pregunté reprimiendo las ganas de llorar, intentaba averiguar algo más que me ayudara a desliar aquella madeja enorme.

—En marzo del treinta y cuatro, aunque no recuerdo el día

—respondió sin dudar—. Anita, tu madre te puso ese nombre en honor a tu abuela.

¡Tenía una hermana seis años mayor que yo! Mi corazón dio un pequeño salto de alegría.

—¿Anita? —repetí con la cabeza a punto de estallar—. ¿Por qué se llevaron a mi madre?

—¿Por qué iba a ser? —Nos miró incrédula de que no lo supiéramos—. Por republicana.

—¿Republicana? —repetí sin dar crédito a lo que estaba oyendo.

¡Eran republicanos! ¡No podía ser verdad! Mis padres, Rafael y Pilar, me habían inculcado que eran el mal de la sociedad y los culpables de todo cuanto había pasado en España, y ahora resultaba que por mis venas corría sangre comunista. Pero también me di cuenta de otra gran verdad: el bando de mis padres adoptivos era el responsable de su muerte o desaparición.

No entendía nada. La conversación con la maestra me estaba volviendo loca, me veía pequeñita en un mundo que no conocía. Escuché como si miles de cristales se rompieran y me cortaran la piel con sus afiladas puntas. Estaba mareada y me ahogaba, pero aun así no quería que dejara de contarme la verdad.

Miré a mis amigos, que estaban tan atónitos como yo. Eugenia, sentada a mi derecha, me cogió de la mano y procuró darme la fuerza que me faltaba. Javier me tendió un pañuelo para que secara las lágrimas que me quemaban la cara y Felipe me miraba sin atreverse a decir nada.

—¿No lo sabías? —continuó la maestra—. Eras muy pequeña cuando te separaron de ella, pero creía que tus tíos, los que me dijeron que se habían encargado de ti, te lo habrían dicho. Lo siento mucho. —Agachó la cabeza como si se arrepintiese de todo lo que nos había desvelado.

—No estuve con mis tíos, ¿no tendrá su dirección? Tal vez ellos puedan darme información de mi madre. —Crucé los dedos esperando que doña Herminia tuviera los datos de mi familia.

—Lamento no poder ayudarte con eso —contestó y convirtió en humo mis esperanzas.

—Será mejor que la dejemos descansar —dijo Javier poniéndose en pie—. Nos ha servido de mucha ayuda.

—Gracias por todo, no se imagina lo importante que es para mí lo que nos ha contado —le dije dándole un beso en la mejilla.

—Yo no tuve hijas y Engracia ocupó ese hueco en mi vida. —Me volvió a acariciar la cara con sus temblorosas manos. Cerré los ojos y sentí a aquella mujer como si fuera mi abuela.

Me acordé de Agustina de Quiroga, a la que había tenido por abuela durante toda mi vida, y me di cuenta de que nunca había existido una conexión tan tierna como la que había experimentado con la maestra en solo quince minutos.

Dejamos a doña Herminia sentada en su mecedora, en aquella casa que era igual de grande que el salón de mi residencia en Madrid; en aquella casa que, sin ningún tipo de lujos, era mucho más acogedora que la mía, donde mis padres habrían estado más de una vez en otros tiempos más felices para ellos.

Visiblemente emocionada por los recuerdos, doña Herminia nos despidió con una sonrisa a través del cristal de su ventana.

Al subir al coche no pude controlar más mis nervios y me abracé con fuerza a Felipe, que aquella vez se había sentado a mi lado. En la calidez de su cuello, el imaginario palacio de cristal en el que había vivido todos esos años acabó por derrumbarse por completo. Se me desgarraron las entrañas con cada lágrima y un grito de dolor escapó de mi cuerpo.

—Buenos días —saludé a mis amigos a la mañana siguiente al entrar al salón, donde ellos conversaban más bajo de lo normal.

—¿Cómo estás? —Eugenia se levantó del sofá y me dio un abrazo—. Hemos estado muy preocupados por ti.

—Lo siento, pero necesitaba estar sola con mis demonios —contesté con serenidad.

Después de nuestra entrevista con la maestra, al llegar a la hacienda, me había encerrado en mi dormitorio. Me metí en la cama y me hice un ovillo, intentando que las voces de mi cabeza se callaran: «Ella cree que Mercedes está muerta», «Tu madre era republicana», «Anita es mi hermana», «Debes casarte con Carlos», «Iremos a un médico».

Me agarré la cabeza con ambas manos y cerré con fuerza los ojos hasta que dejé de oírlas. No recuerdo cuándo paré de llorar, pero al hacerlo la opresión del pecho se redujo y me quedé dormida.

—Deberías desayunar para reponer fuerzas —dijo Felipe mientras me rozaba el brazo con dos de sus dedos.

—Estoy bien, no os preocupéis. Ahora debemos centrarnos en cómo encontrar a mi madre —les dije al cerrar la puerta y sentarme en el sillón azul que solía ocupar mi padre.

—Pero ¿cómo? No sabemos a dónde se la llevaron. ¡Ni su apellido! Es buscar una aguja en un pajar —dijo Eugenia.

—Tal vez esté muerta —murmuró Javier mirando al suelo.

—¡No! —Me horrorizaba esa idea—. Escuché muy bien a mi padre cuando dijo que ella no me buscaba porque creía que yo había muerto. ¿Qué clase de persona es mi padre? ¿Cómo pudo ser tan cruel?

—Tal vez yo conozca a alguien que pueda ayudarnos —dijo Felipe, dubitativo, y rechazó con la cabeza una copa de coñac que Javier le ofrecía—. Si tu padre, el de verdad, luchó con el ejército republicano, estaría en algún batallón, en alguna lista debe aparecer su nombre; no sé si podré encontrar algo.

—Yo hablaré con mi contacto de prisiones, puede que a ella la encerraran en alguna cárcel de mujeres —se le ocurrió a Javier.

—Muy bien, pues creo que ya tenemos por dónde empezar —dijo Eugenia llena de optimismo.

—Nosotros debemos volver a Madrid hoy mismo, no puedo ausentarme más días del trabajo.

Felipe parecía preocupado.

—Nos vamos en media hora —añadió Javier—. ¿Me ayudas a preparar mis cosas, querida? —Le ofreció el brazo a su mujer y los dos subieron a su dormitorio.

Aprovechando que estábamos solos, Felipe se acercó a mí, se sentó a mi lado y atrajo mi cabeza hacia su pecho.

—Tengo miedo, Felipe. —Me abracé a su cintura y dejé que el calor de su cuerpo calmara las ansias del mío.

—Piensa en lo feliz que va a ser Engracia cuando te tenga delante —me dijo besándome la frente con delicadeza.

Cuarenta y cinco minutos más tarde volvían los dos a Madrid. Nosotras decidimos postergar el regreso un par de días más.

—Teresa, el miércoles volveremos a casa. ¿Puedes avisar a Cristóbal? Me gustaría salir a primera hora —le dije en la cocina.

—¿Se encuentra bien, señorita? Sus ojos están tristes.

Parecía preocupada por mí.

No sé cómo, pero en ese momento me di cuenta de que había descartado muy pronto la idea de que Teresa pudiese saber algo sobre mi verdadera madre. Ella había sido la sombra de mi abuela durante toda su vida y seguro que, a pesar de su discreción, alguna vez vio o escuchó algo.

—Teresa, ¿por qué me diste la caja con los poemas de la abuela? —pregunté al recordar la carta que abrió la caja de Pandora.

—Porque a usted le gusta mucho leer —contestó tras dudar unos segundos.

—¿Te pidió mi abuela que lo hicieras? —Tenía la corazonada de que Agustina de Quiroga había querido irse en paz.

—Sí —contestó sin mirarme a la cara—. La señora insistió mucho en que se la diera solo a usted.

—¿Por qué no me lo dijiste antes?

—Usted no me preguntó —dijo a media voz—. Doña Agustina solo me dijo que le entregara la caja y que usted sabría qué hacer con lo que contenía.

¡No me lo podía creer! ¡La abuela quiso que yo descubriese la verdad y por ese motivo se encargó de que aquella carta llegara a mis manos! No quería morir con la conciencia sucia y seguramente sabía que mis padres nunca me contarían nada.

—¿Te acuerdas de cómo era yo de recién nacida? —continué con mi interrogatorio, a la vez que imaginaba a mi verdadera madre meciendo mi cuna.

—El día que llegó a esta casa se acabó el silencio —me dijo mientras enjuagaba los garbanzos para el potaje—. No paraba de llorar y doña Pilar no sabía qué hacer para calmarla —me contó con una sonrisa—. Era muy pequeñita, pero ya tenía esos hermosos rizos rubios. Mi abuela, que en paz descanse, siempre decía que, si un bebé lloraba mucho, era porque lo habían separado de su madre al nacer, que por eso no había que dar a luz en los hospitales.

—¿En el hospital? —Una luz de alerta se encendió en mi cabeza. En mi partida de bautismo ponía que había nacido en el pueblo.

—Don Rafael se empeñó en que naciera en el mejor hospital de Madrid y a su abuela no le agradó la idea, recuerdo que estuvieron tiempo enfadados. Una tontería disgustarse por eso, pero doña Agustina estaba muy arraigada a las tradiciones y todos los Quiroga habían nacido en Los Antones.

—¿Y qué pasó?

—Sus padres vinieron cuando usted tenía más de dos meses. Doña Agustina seguía enfadada y, nada más llegar, se encerró con don Rafael en el despacho. Las voces se oían desde toda la casa. —Teresa lo contaba como si no tuviera importancia, a la misma vez que pelaba una cebolla que hizo que se le saltaran las lágrimas.

—¿Qué era lo que reclamaba la abuela?

Intuía que la cocinera podía, sin darse cuenta, desvelarme algo.

—Pues no me haga mucho caso, pero al parecer su padre había ido a Málaga el día que usted nació y ella estaba muy enojada por ello.

—¿Por qué? —La ayudé a pelar los ajos para la comida.

—Algo de que iba a manchar el legado de la familia. Supongo que a su abuela le dio rabia que doña Pilar estuviera en un momento tan importante sola.

—¿De verdad crees que ese fue el motivo? —Tenía la sensación de que habían discutido por otra cosa.

—No debería haberle contado nada, va a pensar que soy

una chismosa. —Dejó el cuchillo sobre la mesa y puso la olla en el fuego.

—Teresa, ¿conociste a Engracia, la costurera? —me atreví a preguntar.

—¿Engracia?, ¿por qué lo pregunta? —Me miró y cambió el gesto afable por otro más sombrío, cogiendo de nuevo el cuchillo para partir las verduras.

—Tengo entendido que era amiga de mi padre —dije despreocupadamente—. Vi una foto en la que estaba con ella entre las cosas de la abuela.

—Pues eso, que fueron amigos en la escuela, nada más —me contestó un poco nerviosa.

—¿Estás segura? Si pasó algo más, puedes confiar en mí. —Toqué su mano buscando contacto visual.

—Pero ¿qué es lo que insinúa? —preguntó alarmada. Dejó de trocear hortalizas y las añadió a la olla—. Don Rafael solo ha tenido una novia, y esa fue doña Pilar. Engracia se casó con Manuel, el panadero, y eso fue lo que la llevó a la ruina.

—¿Fue novia de mi padre? —pregunté contrariada por lo que parecía haber insinuado Teresa.

—Ya le he dicho que no. —Estaba empezando a enfadarse, se quitó el delantal y lo arrojó con decisión sobre una silla que había detrás de ella—. Voy a dar de comer a las gallinas, que se me ha hecho tarde. —Salió sin darme la oportunidad de seguir preguntando y cogió un cubo azul lleno de pieles de patatas.

Me quedé en la cocina meditando sobre las palabras de Teresa. ¿Por qué se había puesto tan nerviosa al nombrar a Engracia?, ¿qué relación había existido entre Rafael y mi madre biológica?, ¿qué había pasado en Málaga que había hecho enfadar tanto a mi abuela?

Me senté en una silla para descansar un poco, tanta información me tenía agotada, cuando Simón entró en mi busca.

—Tiene una llamada de Madrid, parece urgente —me avisó sofocado; seguramente había venido corriendo.

Me levanté con rapidez para dirigirme al salón, donde estaba el teléfono. ¿Qué habría pasado? Pensé en Carlos, tal vez había tenido un accidente, ¿o quizá alguno de mis padres había enfermado? Y es que, a pesar de todo lo que estaba descubriendo, no podía dejar de preocuparme por ellos, por los que siempre habían cuidado de mí y habían sido mi familia. En mi interior albergaba la esperanza de que hubiera una explicación lógica de lo sucedido con mis verdaderos padres.

—Dígame —contesté al teléfono casi sin aliento.

—Mercedes, soy yo, Carmelita. —Hablaba muy bajo.

—¿Carmelita?, ¿ha pasado algo con Felipe? No les ha dado tiempo a llegar. —Mis manos empezaron a sudar, me esperaba lo peor.

—No, ellos están bien. Escúchame, no tengo mucho tiempo, tu madre puede sorprenderme hablando por teléfono en cualquier momento.

—¿Qué ha pasado? —Las piernas me temblaban, pues sabía que debía de ser muy importante para que Carmelita me llamara.

—Tienes que volver lo antes posible. Se trata de Pepe.

Sentí un alivio momentáneo al descubrir que no se trataba de ningún miembro de mi familia para volver a angustiarme en escasos segundos. ¿En qué problema se habría metido mi fiel chófer?

—Lo han detenido y solo tú puedes ayudarlo. —Carmelita comenzó a gimotear—. Está muy mal, por lo que he podido escuchar, le han dado una paliza y…

—Pero ¿por qué?

—Dicen que es un degenerado, pero nosotras lo conocemos y sabemos que es un buen hombre. Ven pronto, por favor.

Carmelita colgó sin darme más explicaciones. ¿Qué habría pasado? No podía dejar a Pepe en la estacada, seguro que había sido un malentendido y se habían equivocado. ¿Por qué papá no había intentado ayudarlo? Él debía de estar al tanto de su situación.

Todo era muy extraño.

17

El viaje de vuelta a Madrid se me hizo eterno. Eugenia y yo hicimos la mayor parte del trayecto en silencio, hablar delante de Cristóbal era peligroso. Me hubiera gustado compartir con mi amiga el miedo que sentía con tan solo pensar en el reencuentro con mis padres. No sabía cómo iba a reaccionar y, aunque tenía claro que debía controlar mis emociones hasta descubrir toda la verdad, me cansaba tener que mentir a cada momento.

Me apoyé sobre el hombro de Eugenia y cerré los ojos. El latido de mi párpado derecho y las náuseas que siempre me avisaban de la llegada de la maldita jaqueca, que me impedía razonar con claridad, estaban empezando a instalarse en mi cabeza.

Debí de dormirme, pues no me percaté de que Cristóbal había parado frente a la puerta de la casa de mi amiga.

—Llámame mañana —dijo ella apartándose con delicadeza—. Tranquila, todo va a ir bien —me susurró al oído mientras me daba un beso de despedida.

Asentí y sonreí con tristeza, presa de los nervios; en unos minutos tendría que enfrentar a mis padres.

El mayordomo me abrió la puerta y recogió el equipaje que Cristóbal había bajado del coche.

Raimundo llevaba muchos años a nuestro servicio, era un ser solitario y de exquisita educación al que nunca le había visto entablar ninguna relación con los miembros de nuestra casa. Su casi metro noventa, la nariz puntiaguda, las cejas pobladas y la frialdad al tratar a los que le rodeaban le daban un aspecto siniestro.

—¿Dónde están mis padres? —pregunté entregándole mi chaqueta y mi bolso.

—Los señores se encuentran en el salón —me indicó con sequedad.

Necesité unos segundos para armarme de valor y dirigirme a la estancia en la que se encontraban. La puerta estaba entreabierta y por un momento pude observarlos sin que se dieran cuenta de mi presencia. Papá estaba sentado en su sillón de piel favorito con un puro en la mano derecha, sujetaba con la izquierda un grueso libro de tapa azul, y en la mesa circular que tenía a su lado había una copa con el brandi que tanto le gustaba. Mamá, con sus gafas para costura, bordaba una toalla que seguramente pertenecía a mi ajuar.

Quise congelar el tiempo y quedarme con aquella imagen que había vivido muchas noches en mis años anteriores. Quise entrar y olvidar todo lo que había descubierto. Quise sentarme junto a mi padre y dejar que me abrazara como cuando era niña y me leía un cuento, pero el nombre de Engracia rebotaba en mi cabeza como un eco, rogándome que la encontrara. ¡Me resultaba tan extraño verlos como mis padres!

—¡Mercedes! —Mi madre se levantó tirando al suelo los hilos que tenía sobre las piernas cuando, al levantar la cabeza, me vio parada en la puerta—. ¡Qué alegría! ¿Cómo no has avisado de que venías? —me preguntó mientras me abrazaba emocionada.

Me costó reaccionar a su saludo. Sentí que no se merecía mi cariño por haberme mentido, pero cuando nuestras miradas se cruzaron, no fui capaz de rechazarla. Le devolví el beso mientras una silenciosa lágrima resbalaba por mi cara.

—Mira, Rafael, la niña se ha emocionado al vernos —dijo entusiasmada a mi padre, que se levantó de su asiento y se acercó a nosotras.

—Me alegro de que hayas vuelto, hija. —Me besó en la mejilla y me produjo una sensación de asco que nunca había sentido hacia él.

Me tuve que morder el labio y tragar saliva para retener mis verdaderas emociones y contesté como siempre me habían enseñado que hacía una buena hija.

—Gracias, yo también me alegro de volver a veros.

—Pero vaya ojeras traes. —Mi madre me agarró la cara con ambas manos y me miró el blanco de los ojos—. Mañana le diré al doctor Gutiérrez que te venga a ver, estás muy pálida. ¿Has descansado?

—Sí. —Sonreí fingiendo normalidad—. El aire puro me ha venido muy bien. No te preocupes, solo estoy cansada, el viaje de vuelta ha sido agotador.

—¿Qué tal la hacienda? —preguntó mi padre al volver a su asiento.

—Teresa y Simón se encargan de que todo funcione con normalidad —contesté y me dejé arrastrar por mi madre, que me sentó junto a ella.

—Voy a ordenar que te preparen algo para cenar —dijo mamá haciendo sonar la campanilla.

—Mañana he quedado con Carlos y su padre para desayunar, supongo que nos acompañarás, ¿verdad? —Aunque era una pregunta, el tono de voz de mi padre, autoritario como siempre, no dejaba lugar a una respuesta negativa.

—¿Mañana? —pregunté angustiada—. Verás, yo había pensado hablar con Carlos a solas.

—¿Tienes claro que dijimos que a tu regreso todo volvería a la normalidad? —preguntó mientras rellenaba su copa.

—Rafael, la niña tiene razón. Lo mejor es que primero ellos aclaren sus cosas y después ya habrá tiempo para desayunos y comidas familiares —intercedió mi madre.

Él asintió con la cabeza, cediendo a la propuesta, pero sin apartar su mirada desafiante de mí.

—Será mejor que me retire, estoy muy cansada —dije levantándome—. ¿Dónde está Carmelita? Me gustaría que me preparara un baño. —Estaba deseosa de hablar con ella para que me contara lo sucedido con Pepe.

—Pues, si no se ha ido ya, no le faltará mucho a la holgazana —contestó mamá, que le había cogido manía a la pobre muchacha.

Tuve que morderme la lengua para no contestarle. No estaba siendo justa con Carmelita, que era una víctima más de aquellas personas que se aprovechan de su poder para dañar a los más débiles.

—¿Necesitan algo? —preguntó una joven asistenta que había respondido a la llamada de mi madre.

—Por favor, avisa a Carmelita para que venga a mi dormitorio —le contesté—. Buenas noches.

Me despedí de mis padres y subí a mi habitación lo más rápido que me fue posible.

—¿Qué ha pasado? —Interrogué a Carmelita en el momento en que puso un pie en mi dormitorio.

—Yo tampoco lo tengo muy claro. —Se aseguró de cerrar la puerta para que no pudieran escucharnos y me indicó que nos separáramos de ella—. El domingo, don Ernesto vino a cenar y, mientras servía la mesa, escuché una conversación entre él y tus padres que me aclaró la ausencia de Pepe.

—¿Desde cuándo estaba desaparecido? —pregunté sentándome en la silla que había junto a mi escritorio.

—Llevaba varias semanas sin librar, lo hizo con la intención de juntar dos días. Le pidió permiso a tu madre y ella no puso objeción ninguna. Debía incorporarse el jueves, pero no se presentó. A todo el personal de servicio le extrañó, pero no nos atrevimos a preguntar por él.

—¿Y? —la interrumpí—. Ve al grano, no estoy para rodeos.

—Al parecer, lo detuvieron el miércoles por la noche —dijo a la vez que se pasaba el pelo por detrás de la oreja.

—Pero ¿por qué? —pregunté.

—Voy a repetir lo que dijo don Ernesto: «Es un degenerado, y un tipo así donde debe estar es en la cárcel, allí lo devolverán al camino correcto. Cada vez que lo pienso, me dan ganas de vomitar». —Había cerrado los ojos como si así pudiese recordar con más facilidad.

—Mira, Carmelita, no me estoy enterando de nada. —El dolor de cabeza era cada vez más fuerte.

—Lo vieron salir de un bar de mala muerte, eso dijo don Rafael —aclaró mientras rebuscaba algo en sus bolsillos.

Al parecer, mi estado físico era más que evidente, pues Carmelita me sirvió un vaso de agua y me ofreció una aspirina que llevaba en el delantal.

—No encarcelan a las personas por ir a un bar —acerté a decir cuando me tomaba la aspirina.

—Don Rafael también dijo que los guardias le explicarían cómo debe ser un verdadero hombre y que, si quitaban de este mundo a un monstruo como él, tampoco pasaría nada. Después don Ernesto y tu padre se rieron.

¿Se rieron de Pepe y del daño que pudiera sufrir?, ¿a mi padre no le importaba si lo mataban? Una vez más, los grandes señores hacían alarde de su «solidaridad» hacia los menos afortunados. Había sido nuestro chófer desde que tenía uso de razón y para ellos eso no valía nada.

—Todo esto es una locura, mañana intentaré preguntar a mi madre. Ahora será mejor que me acueste o la cabeza me va a estallar. —Comencé a quitarme la ropa para meterme en la cama—. Quiero pedirte un favor. Necesito que seas mis ojos y mis oídos más que nunca.

—No tienes que pedírmelo, estoy aquí para ayudarte en todo lo que necesites. —Sacó del armario mi camisón y me ayudó a ponérmelo.

—Mañana hablaremos con tranquilidad. Buenas noches, Carmelita. —Me metí en la cama y dejé que el analgésico hiciera su trabajo.

Al día siguiente, me levanté como si llevara una gran losa sobre la espalda; había dormido toda la noche y la cabeza ya no me molestaba, pero me dolían las piernas y tenía la garganta seca.

Abrí el armario en busca de algo para ponerme, pero no encontré más que vestidos y faldas largas, los dos pantalones que tenía estaban para lavar. Estaba claro que tenía que ir de compras para renovar mi vestuario a mi gusto. En contra de lo que hubiera deseado, me puse un vestido verde botella por debajo de las rodillas con un fajín blanco. Tuve la tentación de hacerme un recogido, pero decidí dejar mi melena suelta y ponerme un lazo ancho a juego con el cinturón.

Bajé en busca de mi madre para ver si podía sonsacarle alguna información y la encontré a punto de irse hacia el club social.

—Mamá, ¿dónde está Pepe? —pregunté justo cuando se disponía a salir por la puerta—. Necesito que me lleve a la iglesia, quiero visitar a don Eufrasio.

—Buenos días, hija. —Enfatizó el saludo para mostrarme su enfado por mi brusquedad.

—Lo siento, buenos días. —Me acerqué a ella y le di un beso.

—Busca a Cristóbal y que te lleve él, José ya no trabaja en esta casa —contestó mientras rebuscaba algo en su bolso.

—¿Cómo?, ¿por qué? —Fingí desconocimiento.

—Es más, no quiero volver a hablar de ese impresentable, no sé cómo lo hemos podido tener tantos años en esta casa.

—¿Qué ha pasado? —le insistí.

—Ha manchado nuestra reputación, ¡no quiero ni pensar lo que dirán nuestras amistades cuando se enteren! —Negó varias veces con la cabeza.

—Mamá, cuéntamelo sin dar tantos rodeos. —Me exasperaba su actitud.

—No es un tema que me agrade hablar contigo, menudo bochorno. —Abrió la puerta y se dispuso a salir, pero me interpuse en medio para evitar que lo hiciera y le inquirí con la mirada que me lo contara—. ¡Es un desviado!

—¿Un desviado? —repetí sin entenderlo.

—Le gustan los hombres —me contestó y me apartó de su camino.

—¿Cómo dices? —No daba crédito a lo que estaba oyendo.

—Es un pervertido, no sé de qué manera explicártelo, pero lo que hace no es normal. —Se santiguó con cara de asco.

—¿Dónde lo han encarcelado? —alcancé a preguntarle antes de que se subiera al coche.

—Pregúntale a Carlos, es el fiscal que lleva su caso —me respondió con hartazgo.

¿Podían encerrar a una persona por ese motivo? Tenía entendido que había estado casado antes de la guerra. ¿Estaría mi madre confundida? Nunca había conocido a nadie en la situación de Pepe y, aunque no sabía qué pensar sobre su proceder, tenía claro que era un buen hombre y que necesitaba ayuda. Tendría que hacerle una visita a Carlos.

Hablar con Carlos... Ni me había planteado qué le iba a decir cuando nos volviéramos a ver. Le había prometido a mi padre que retomaríamos nuestra relación, pero eso no era lo que yo quería, aunque tampoco deseaba hacerle daño. Sentí que todo me daba vueltas y tuve que apoyarme en la pared para no caerme, el peso de mi espalda había aumentado.

Un suave aroma a las camelias y rosas que rodeaban una simétrica fuente central me dio la bienvenida al entrar al jardín del Palacio de Justicia donde trabajaba Carlos como fiscal.

Me asombró lo bonito que era todo; las puertas eran de espejo, los artesonados de zinc y los suelos tapizados. Sin duda, su anterior propietario, el marqués de Fontalba, tenía un gusto exquisito. La recepcionista, una chica de unos treinta años, hablaba por teléfono, lo que hizo que tuviera que esperar unos minutos. Me senté en una silla blanca, junto a una palmera de decoración, un gran reloj circular frente a la puerta de entrada marcaba las doce de la mañana; numerosas personas subían y bajaban por la espectacular escalinata en dirección a los distintos despachos del edificio.

—Buenos días, ¿en qué puedo ayudarla? —me preguntó la recepcionista al colgar el teléfono.

—Vengo a ver a Carlos Vargas —contesté y noté cómo se me aceleraban las pulsaciones.

—¿Tiene cita? —Me examinó de arriba abajo.

—No, y tampoco la necesito, soy su prometida —contesté molesta por la mirada impertinente de la chica.

—Disculpe, la había confundido con otra persona. —Se levantó con rapidez y me pidió que la siguiera.

Recorrimos un largo pasillo, bastante luminoso, hasta llegar al último despacho, en cuya puerta podía leerse el nombre de Carlos.

—Aquí es —me indicó mi acompañante dejándome sola.

Toqué la puerta y entré sin esperar a que contestara.

—Deje los informes sobre la mesa y cierre al salir —dijo, sin levantar la vista, al confundirme con su secretaria.

Carlos repasaba unos documentos a la vez que tomaba notas en un pequeño cuaderno. Llevaba una camisa blanca con el botón superior sin abrochar, una corbata azul y negra que no tenía bien anudada y las mangas de la camisa dobladas hasta los codos. ¡Estaba tan guapo! ¡Pero tan distinto a Felipe!

—Hola, Carlos —lo saludé con timidez.

—¡Mercedes! —Se levantó con una amplia sonrisa—. Perdona mi atuendo; de haber sabido que venías... —dijo cerrando el botón de la camisa y anudándose la corbata.

—No te preocupes —contesté, y cerré la puerta.

Carlos se acercó y me estrechó con fuerza, me besó en los labios con la dulzura que le caracterizaba y me acarició la cara sin dejar de mirarme ni un segundo.

Era tan tierno que me sentí mal por no poder corresponderle como se merecía; pero, aunque no me desagradaban sus caricias, lo cierto es que Carlos no me producía la descarga que Felipe me transmitía con tan solo rozarme.

—Te he echado tanto de menos —susurró en mi cuello.

Me dejé querer, a pesar de que sus besos no me sabían a nada; no fui capaz de decirle que yo ya no sentía lo mismo, pero él debió notar mi frialdad, pues se apartó de mí y pareció un poco confundido.

—Tu padre me ha dicho esta mañana que habías vuelto, no esperaba que vinieras a verme tan pronto. ¿Estás mejor? —Se sentó sobre la mesa, me atrajo hacia él y empezó a relatarme emocionado lo que había hecho esos días—. No sabes las ganas que tengo de que retomemos los preparativos de nuestra boda. En tu ausencia he estado mirando pisos y he encontrado una casa en el paseo de la Castellana que me ha gustado mucho; seis dormitorios, tres cuartos de baño y lo que creo que más te va a encantar: ¡un jardín enorme con muchos rosales! Creo que es el lugar perfecto para formar nuestra familia, es muy amplia y soleada. He visitado otra en Chamberí, pero nada que ver, y he pensado...

—Carlos, sé que tenemos que hablar de todo eso y lo haremos muy pronto. Pero ahora necesito que me ayudes con algo —le interrumpí y le causé una gran decepción que se reflejó en su rostro.

—¿De qué se trata? —preguntó poniéndose en pie y me apartó de su lado para encender un cigarrillo.

—¿Qué ha pasado con Pepe? —No estaba dispuesta a andarme con rodeos—. Sé que está detenido, pero no tengo muy claro por qué.

—Así que has venido a verme por el chófer. —Sus ojos estaban vidriosos y daba caladas largas al cigarro—. Es maricón, por eso está en la cárcel.

—¿Cómo puedes hablar así? —Me asombró su manera de expresarse—. Es un buen hombre.

—Es un desviado, un enfermo, un malnacido, un maricón con todas sus letras —escupía las palabras como si quisiera herirme con ellas—. ¿Cómo quieres que lo llame?

Ese hombre me parecía un desconocido, me hablaba con

crueldad sabiendo lo mucho que yo apreciaba a Pepe. Su actitud me provocó un ligero mareo y tuve que apoyarme en la mesa para no caerme.

—No creo que meterlo en la cárcel sea la solución, tienes que ayudarle. Debemos sacarlo de allí.

—¡Estás loca! No pienso hacer eso, yo soy el encargado de que se aplique la ley, y hay un artículo muy clarito para este tipo de casos en la Ley de vagos y maleantes. —Sacó un libro y me lo tendió—. Puedes buscarlos ahí si no te fías de mí. No te quepa ninguna duda de que voy a hacer que se cumpla a rajatabla. Creo que en la cárcel les dan un tratamiento «especial» a todos estos presos.

—¿Qué te pasa, Carlos? —Me dolía su manera de comportarse—. Tú no eres así.

—¿Qué me pasa a mí?, ¿qué te pasa a ti, Mercedes? —Estaba rojo y elevó el tono de voz—. Hace unos meses no parabas de hablar de nuestra boda y del día en el que empezaríamos a compartir nuestra vida juntos y de la noche a la mañana no quieres verme, rehúsas mis besos y después de no sé cuántos días sin tener noticias tuyas vienes solo porque te preocupa el chófer.

—Tienes que tranquilizarte. —A pesar de sus reproches, me sentía culpable de lo que estaba pasando y en cierto modo comprendía su dolor.

—¿Hay otro? —me preguntó, abrió el cajón de su mesa y tiró sobre ella un sobre que cogí intrigada.

—¿Cómo?, ¿qué es esto? —Saqué unas fotografías y, al ver las imágenes, empecé a temblar presa de los nervios.

—¿Te has enamorado de otro? —me preguntó con los ojos cristalinos.

—Carlos, yo... —Noté el rubor ascendiendo por mis mejillas—. Es solo un amigo que me está ayudando. —No sabía qué decirle.

—Esta mañana, cuando tu padre me ha mostrado esas fotos... —Me las quitó y las extendió sobre la mesa para que pudiera verlas bien—. He pensado que seguro que había una explicación para que mi prometida estuviera abrazada a un tipo dentro de un coche. Le he dicho que yo confiaba en ti y que lo íbamos a arreglar todo, pero después de este reencuentro tan frío por tu parte me he dado cuenta de que he sido un estúpido.

Las fotografías eran de los días que había estado en Los Antones. En más de una salía junto a Felipe y podía palparse la complicidad que existía entre nosotros, pero también había otras de las dos semanas en las que habíamos compartido muchos momentos juntos.

¿Desde cuándo llevaba mi padre haciendo que me siguieran? Noté una opresión en el pecho que me impedía respirar. ¿Habrían descubierto algo respecto a mi investigación?, ¿en qué momento mi padre había dejado de confiar en mí? Me sentí traicionada una vez más y también culpable por el sufrimiento de Carlos, que no entendía nada de lo que sucedía.

—Seguro que pasar tanto tiempo con ese degenerado de Pepe te ha desviado del camino y... ¿Te has acostado con el tipo de las fotos? —preguntó de repente, acercándose a mí con la mirada turbia.

Aquella pregunta me dolió y le respondí con un sonoro bofetón que le provocó una extraña risa.

Pero de pronto hizo algo más terrible que insultarme: me agarró por la cintura con fuerza y comenzó a besarme. Quise deshacerme de sus manos, pero era más fuerte que yo.

—¡Basta, Carlos! ¡Me haces daño! —le grité rogando para que recuperara la cordura—. ¡Ayuda! ¡Socorro!

Intentó soltarme los botones del vestido. Me sentí acorralada, no sabía cómo reaccionar e hice lo primero que se me pasó por la cabeza: le mordí la mano y él me respondió con un bofetón tan fuerte que noté el sabor amargo de la sangre que salía de mis labios.

No sé si fue la sangre que goteaba de mi nariz o se dio cuenta del asco que me producía, o tal vez fue otra cosa, pero en ese momento fue consciente de lo que había intentado hacer. Se echó las manos a la cabeza, se arrodilló y se abrazó a mis temblorosas piernas llorando como un niño pequeño.

—Perdóname, no sé qué es lo que me ha pasado, yo..., yo te quiero demasiado para perderte. Tu padre me ha dicho que tenía que hacer algo para retenerte y yo ¡soy un monstruo!

No sabía qué hacer. Miré al suelo, aquel despojo no era mi Paul Newman. Sentí asco, ira y también mucha compasión por él; mi padre había aprovechado sus sentimientos hacia mí para manipularlo. Quise abrazarlo y perdonarlo por los viejos tiempos, pero las náuseas que empecé a sentir me lo impidieron.

Si en alguna ocasión había dudado de mis sentimientos hacia Carlos, ese día tuve claro que no podía compartir mi vida con alguien como él. Despreciaba a Pepe por su homosexualidad, disculpaba a Justino por su ataque a Carmelita y me acababa de golpear después de intentar forzarme.

Le empujé con fuerza para zafarme de sus manos, me recompuse la ropa y salí corriendo de aquel lugar presa de un ataque de nervios y con el corazón roto en mil pedazos.

18

Con el poco aliento que me quedaba, escapé de aquel edificio en el que se suponía que se impartía justicia. El corazón me retumbaba en los oídos como un tambor de guerra, anunciándome la catástrofe que aún estaba por llegar.

Los nervios me anudaron las tripas y me provocaron un intenso dolor de estómago; la cabeza, saturada por los ruidos de mi alrededor, estaba a punto de estallarme y yo estaba más perdida que nunca. Me acordé de Pedro, el buen doctor, con su paciencia y dedicación seguro que tendría algún remedio para mí.

Caminé sin saber a dónde ir. Me dejé arrastrar por las personas que pasaban a toda prisa por mi lado y, cuando no pude más, me apoyé en el ventanal de una cafetería. Aquellas calles me resultaban familiares; yo había estado antes allí, pero no supe dónde estaba hasta que no vi el letrero de Modas Montoya. Me encontraba justo al lado del hotelito en el que se hospedaba Pedro.

Me miré en el reflejo del cristal y me costó reconocerme. Mi estado era lamentable: tenía la cara sucia, el labio hinchado y parecía que no me había peinado en varios días. Abrí el bolso para sacar un pañuelo cuando sentí que alguien me tocaba en el hombro. Di un salto y me puse a la defensiva, imaginé que Carlos me había seguido y que me iba a lastimar nuevamente.

—Señorita Mercedes, ¿se encuentra bien? —Era Pedro, el joven médico, que me miraba con preocupación—. ¿Qué le ha pasado en el labio?

No sé si fue el destino o que mi subconsciente me había guiado hacia él, pero al ver su rostro una pequeña luz se encendió en aquella mañana tan oscura. Me abracé a su cuello y comencé a llorar con tanta fuerza que apenas podía respirar. Me sentí a salvo a su lado.

No dijo nada, dejó que me desahogara en su pecho y, cuando notó que mi llanto era más pausado, me apartó con suavidad, secando con un pañuelo las últimas lágrimas que resbalaban por mi cara.

—Será mejor que pasemos dentro y se tome una infusión. —Me ofreció su brazo y me acompañó hacia una mesa en la que se encontraba su viejo maletín médico—. Estaba comiendo cuando la he visto pasar —me explicó, mientras recogía las migas de un bocadillo de calamares al que le faltaban unos bocados.

Llamó a la camarera y le pidió una tisana bien calentita que no tardaron en servir.

—¿Quiere contarme qué le ha pasado? —me preguntó con seriedad—. ¿Ha tenido un accidente?, ¿la ha agredido alguien?

—No sabría por dónde empezar —le contesté dando un pequeño sorbito a mi bebida—. No sé qué he hecho mal para que me pase todo esto, yo me siento engañada por... —Volvieron las traicioneras lágrimas a mi cara.

—¿Le dan a menudo esos ataques de nervios? —Me miraba de una forma extraña que me producía ternura—. Está más delgada y estropeada. Me preocupa su salud.

—No se alarme, doctor, mi enfermedad es del alma. —Intenté en vano controlar el temblor de mi barbilla.

—El alma cuando enferma es muy difícil de sanar. A veces uno se sumerge en un pozo y no encuentra la luz para salir de allí. —Me cogió mi helada mano y sonrió—. Ya sabe que estoy para ayudarla en lo que necesite.

No hablamos durante un largo rato. Me tomé la mezcla de hierbas, que parecieron aplacar los nervios de mi estómago, mientras el buen doctor se terminaba el bocadillo.

Pedro evitaba mirarme y se sumergía en el ir y venir de los transeúntes que distinguía a través del cristal de la cafetería; supongo que quería darme tiempo para que me tranquilizara, pero yo no dejé de observar sus movimientos pausados al masticar, su pelo revuelto y sus ojos de niño perdido.

También pude fijarme en la cafetería en la que nos encontrábamos: dos hileras de mesas de madera con cuatro sillas blancas y negras, un gran ventanal con largos visillos de encaje que dejaban entrar la luz de la calle, al fondo un espejo grande y unos taburetes altos en la barra para las consumiciones rápidas. Los clientes no eran de elegantes trajes, allí había hombres con ropa de trabajo y agujeros en los zapatos que saludaban con respeto a Pedro al pasar por su lado y el buen doctor les devolvía una amplia y humilde sonrisa.

Ese era el mundo de Pedro, seguramente comía cada día en esa misma mesa en la que no le dejaban pagar nada de lo que tomara, pues ya lo habría hecho ayudando a más de uno de los allí presentes.

—Creí que habría vuelto al pueblo —dije más serena, al reanudar la conversación.

—Ya me gustaría, la ciudad no es para mí, pero lo cierto es

que aquí hay más gente que me necesita. Intento ir los fines de semana para visitar a mis pacientes y poder disfrutar de los placeres de la naturaleza.

—Me alegro de que esté en Madrid —dije con sinceridad—. ¿Dónde ha establecido su consulta?

—No tengo ninguna fija, voy donde me necesiten. Estoy colaborando con Felipe en un proyecto —añadió mirando a nuestro alrededor.

—¿Se ha-ha apuntado al partido? —pregunté sin imaginarme a Pedro en algo así.

—No —rio—. Hay muchas formas de luchar por la libertad. Yo pienso que es más importante la formación de las personas que la violencia. Voy una vez a la semana al poblado de Felipe, paso consulta y doy charlas; no quiero que ninguna mujer tenga que pasar por lo mismo que Carmelita.

—Me sorprende gratamente, doctor. —Me gustaba su manera de hacer las cosas.

—¿Qué le ha pasado? —preguntó cambiando de tema a la vez que levantaba la mano para pedir un café a la camarera.

Lo miré unos segundos, dudaba sobre si contarle mis problemas. Ya no sabía en quién podía confiar, pero en cuanto recordé todo lo que se había jugado al ayudar a Carmelita y lo que hacía por sus vecinos sin esperar nada a cambio, decidí pedirle consejo.

—¿Qué haría si se enterase de que su familia le ha mentido toda la vida?, ¿qué haría si descubriese que su madre biológica piensa que está muerto?, ¿qué haría si sus padres adoptivos pudieran ser los causantes de la desgracia de sus padres biológicos?

—Vaya. —Suspiró y esperó un poco antes de contestar—. Es una situación muy... Ni siquiera sé cómo calificarla.

—¿Y si descubriera que su prometido no es como había pensado que era? —Sentí escozor al morderme el labio inferior, que sangró nuevamente—. Que no es el hombre con el que quiere estar el resto de la vida. ¿Qué haría?

—Ahora entiendo su estado de ánimo. En lo que se refiere a su novio, no puedo darle ningún consejo, pues solo usted puede tomar la decisión adecuada. —Echó un sobrecito de azúcar al café y continuó hablando—: Con respecto a su madre, solo puedo decirle que, si fuese la mía, yo no pararía hasta dar con ella. —Me agarró la mano que tenía sobre la mesa y que no dejaba de temblarme—. ¿Qué es lo que ha averiguado sobre su madre?

—Engracia, se llama Engracia y es de Los Antones —dije bajando la voz para evitar que los de las mesas colindantes nos escucharan—. Es republicana y creo que está en la cárcel.

—¿Republicana? —repitió asombrado—. Ahora entiendo por qué ella cree que usted falleció.

—¿Qué quiere decir? —pregunté y noté cómo mi corazón paraba en seco.

—Cuando acabó la guerra, muchas presas fueron separadas de sus hijos. La mayoría de los niños iban a parar a los hospicios y muy pocos eran devueltos a algún familiar.

—Pero mis padres adoptivos no eran familia de Engracia. —Recordé la foto en la que mi padre, Rafael, aparecía junto a ella—. Aunque, si eran amigos, tal vez mi padre lo único que hizo fue... ¡rescatarme! ¡Claro! Lo hizo por la vieja amistad que en algún momento los unió.

Entonces sentí cómo desaparecía el peso de mi espalda y que los tambores de mi cabeza se acallaban. Imaginé a mi padre acudiendo a la llamada de mi verdadera madre para evitar que yo diera con mis huesos en algún hospicio y que él generosamente me acogía en el seno de su familia y me daba no solo un hogar, sino también un nombre y todo su cariño. ¿Habría juzgado mal al único padre que había conocido?

—Puede ser —contestó Pedro, negando con la cabeza con escepticismo, como si hubiera visto la escena que acababa de desarrollarse en mi cabeza—. Aunque yo no descartaría ninguna teoría y seguiría investigando.

—¡Ahora lo entiendo todo! —En ese momento me sentía dichosa—. Por eso se pusieron tan nerviosos cuando empecé a investigar, solo trataban de protegerme y de protegerla a ella, sí, estoy segura de que es eso, tiene que ser así. —Intentaba convencer a Pedro, que me miraba como si no estuviera de acuerdo con mi teoría—. Le dijeron que yo había muerto, pensaron que era lo mejor. Se equivocaron en su proceder, pero sin duda sus intenciones eran buenas.

—Me alegro de que se encuentre mejor, pero sea cauta y termine su investigación. —Me apretó la mano—. Quizá yo pueda averiguar algo sobre su madre, cuénteme lo que sabe sobre ella.

Sin lágrimas y completamente convencida de que todo había sido un tremendo error por mi parte, puse al corriente al doctor de lo que sabía sobre mis padres biológicos.

—Espero verla pronto y ser portador de buenas noticias —me dijo mientras salíamos de la cafetería—. Permítame que le dé estas pastillas, son muy suaves, pero le irán bien si vuelve a tener alguna crisis de nervios. —Las sacó del maletín y me las entregó.

—¡Muchas gracias! Pero creo que no van a ser necesarias, tengo la sensación de que a partir de ahora todo va a ir mejor. —Me despedí de él con un beso en la mejilla como muestra de mi gratitud.

Me hizo gracia ver cómo se sonrojaba ante mi impulso, parecía un niño pequeño.

Volví a casa mucho más animada; todavía me dolía lo que había sucedido con Carlos y no comprendía por qué mi padre había pedido que me siguieran y compartido la información con mi prometido, pero me autoconvencí de que lo había hecho en su afán por protegerme. Se había equivocado, pero estaba segura de que podíamos arreglar nuestras diferencias y que incluso llegaría a aceptar mi relación con Felipe y solucionaría la situación de Pepe.

Llena de optimismo, entré a mi casa sobre las tres de la tarde. Encontré a mi padre en su despacho, atendiendo una llamada telefónica, así que esperé ansiosa a que colgara para poder hablar con él.

—Ya has vuelto. —Su gesto era serio—. Creo que tenemos una conversación pendiente.

—Tengo muchas cosas que contarte y tengo algo que pedirte, papá —contesté al sentarme frente a él, orgullosa de ser su hija.

—¿En serio? —Su voz era fría y distante—. ¿De qué se trata?

Aunque estaba demasiado seco conmigo, yo estaba dispuesta a perdonárselo todo. Era un hombre criado en unos principios muy estrictos y por eso no comprendía que la gente joven tenía otra forma de pensar y ver la vida.

—Tienes que sacar a Pepe de la cárcel, estoy convencida de que ha habido un error y solo tú puedes remediar esta situación. —Sonreí pensando que su respuesta sería afirmativa—. Es parte de esta familia, lleva en esta casa desde que era una niña. Él me enseñó a montar en bicicleta y a cuidar las flores del jardín.

—¿De verdad piensas que me importa lo que le pueda ocurrir al chófer en este momento? —me preguntó y apoyó la barbilla en su mano izquierda.

Me desconcertó su contestación, pero quise creer que me respondía así porque estaba enfadado conmigo.

—Hay otro tema más importante del que debemos hablar: tu boda con Carlos —continuó mi padre.

—No voy a casarme con él ni creo que tú quieras que lo haga cuando te cuente lo que ha sucedido esta mañana —contesté muy segura de mí misma.

—¡Por supuesto que te vas a casar! —exclamó dando un golpe sobre la mesa—. Y lo haréis en dos meses.

Su reacción violenta provocó que diera un respingo sobre la silla y que me pusiera en alerta. Conocía bien la determinación de mi padre y supe que me costaría hacerle entender mi decisión.

—¿Cómo? —pregunté. Sentí que empezaban a temblarme las piernas—. Carlos me ha golpeado esta mañana. No voy a casarme con él, no te imaginas lo que ha pasado... —quise explicarle, pero me interrumpió.

—Estoy al corriente de todo lo que ha sucedido, absolutamente de todo. —Su mirada era tan oscura que me produjo un escalofrío—. Carlos me ha llamado y me ha contado vuestra discusión.

—¿Te da igual que me haya pegado? —No daba crédito a lo que mi padre me decía.

—Los hombres tenemos que meter en cintura a las mujeres cuando se descarrilan. —Señaló el labio y añadió—: No es para tanto, lo que tú has hecho es peor.

Sentí como si un jarro de agua fría se llevara todas las ilusiones con las que había vuelto a casa después de mi conversación con Pedro.

—Pero ¿qué he hecho yo? —Me puse en pie sin saber qué pensar.

—Revolcarte como una barragana con ese obrerucho, ensuciar nuestro buen nombre y nuestra intachable reputación —gritó levantándose de su silla—. Deberías dar las gracias a Carlos por olvidarlo todo y querer casarse contigo.

Me dio miedo ver cómo se le tensaba la mandíbula y se le enrojecía la cara de cólera, pero no podía permitir más humillaciones.

—¡No he hecho nada indecente! —repliqué—. Felipe es un buen hombre del que me he enamorado, pero que nunca me ha faltado al respeto. —Estaba dispuesta a defender mi amor contra viento y marea.

—¿Tienes la desvergüenza de reconocerlo en mi cara? —Se apoyó con los puños apretados en la mesa de madera maciza—. No vas a salir de esta casa hasta que no aceptes que tu destino está unido al de Carlos, ¿lo has entendido?

—Entonces no saldré nunca más —contesté levantando la cabeza con aplomo.

Se acercó a mí y me agarró con fuerza, alzó su mano, ¡iba a abofetearme! Me encogí asustada y esperé el golpe, pero algo le hizo cambiar de opinión. Me miró intensamente para, al fin, acabar acariciándome el rostro y, ante mi desconcierto, soltarme y volver a su silla.

—Muy bien —dijo y encendió un puro sin dejar de escrutarme—. Vamos a hacerlo a tu manera. No te cases con Carlos.

¡Lo había conseguido! Mi padre había entrado en razón y yo por fin me había librado de aquel compromiso. Sonreí feliz pensando en la reacción de Felipe cuando le dijera que podríamos vivir nuestro amor sin escondernos.

—¡Gracias, papá! —Corrí hacia él y le di un fuerte abrazo que no me devolvió.

Pensé que necesitaría tiempo para asimilar la nueva situación y decidí dejarlo solo, más tarde volvería a abordar el tema de Pepe. Ya tenía el pomo de la puerta en la mano cuando volvió a hablar.

—Si no te casas con Carlos, Pepe se pudrirá en la cárcel —dijo con frialdad.

Me volví sobre mis talones, creía que no había escuchado bien y me lo encontré sonriendo, haciendo una gran «O» con el humo del tabaco.

No lo había convencido de nada y no necesitó un golpe físico para someterme, con su cambio de jugada, como buen estratega que era, ya lo lograba de una forma más feroz.

—¿Qué has dicho? —Las piernas me temblaban al ver cómo se esfumaba la felicidad que había tenido al alcance de la mano.

—Hay muchas maneras de sobrevivir en la cárcel y, si me lo propongo, tu amigo, el chófer, puede estar como un rey y salir justo después de tu boda o puede que algún guardia le coja manía. —Levantó las palmas de las manos hacia arriba, elevó las cejas y no dejó de sonreír—. Los guardias tienen muy poca paciencia con los desviados y les hacen cosas atroces, y en una de esas ni sale para contarlo.

¿Quién era ese hombre que parecía disfrutar con el sufrimiento ajeno?, ¿en qué momento se había vuelto tan despiadado? Las piernas me temblaron de nuevo y los tambores de guerra volvieron a mi cabeza. ¿Qué era lo que debía hacer? No podía abandonar a Pepe, pero tampoco quería casarme con Carlos.

—No contestes ahora, piénsalo y mañana, en el desayuno, al que espero que acudas puntual, me das tu respuesta. —Aplastó el puro en el cenicero, se levantó y se dirigió hacia mí, que seguía clavada en la puerta del despacho, me besó en la frente y se marchó.

Tardé unos minutos en reaccionar. ¡Tenía que salir de allí! Javier, el marido de Eugenia, me ayudaría con Pepe y yo me escaparía con Felipe. No iba a permitir que decidieran mi futuro.

Corrí hacia la salida de servicio, por allí siempre era más

fácil huir, pero al entrar en la cocina me encontré a Cristóbal franqueando la puerta.

—¿Necesita algo, señorita? —preguntó el guardián de mi padre.

—Voy a salir —contesté con superioridad.

—Me temo que eso no es posible. Don Rafael ha dejado bien claro que no puede abandonar la casa hasta nueva orden. —Se apoyó en la puerta para que me quedara bien claro que por allí no podría escapar—. Le aconsejo que tampoco lo intente por la puerta principal.

Mi padre había cubierto todas las salidas, estaba dispuesto a cumplir su amenaza de no dejarme escapar de aquella jaula de oro. ¿Qué iba a hacer ahora? La frustración se apoderó de mí.

Sola, en el centro de aquella esplendorosa casa, pude ver cómo se abría ante mí un gran precipicio que me separaba de la vida que yo quería llevar. Fui consciente de que no podría vencer a mi padre y que él conseguiría doblegarme. Arrastré mis pies, derrotada y con gran dificultad, hacia el cuarto de baño y abrí el grifo, dejando que la bañera se llenara.

Me sumergí entre la espuma y pude notar el escozor de mis heridas; dejé que aquella cálida agua, mezclada con la sal de mis lágrimas, me llevara poco a poco hacia el fondo. Estaba cansada y no me quedaban fuerzas para seguir luchando; pero entonces, cuando el agua ya entraba por mis fosas nasales, vi la cara de Felipe al recriminarme mi flaqueza, la de Pepe que me pedía ayuda y la de Engracia rogándome que la encontrara y diera paz a su alma.

En ese momento, comprendí algo muy importante: yo no era una Quiroga. Era la hija de dos personas que, equivocadas o no, habían luchado toda la vida por sus principios, por su familia y por una vida mejor; dos personas valientes que merecían que yo no me rindiera y que les hiciera justicia; dos personas que, de haber sabido de mi existencia, estaba segura de que no hubieran dejado de buscarme. ¿Cómo se me había pasado por la cabeza siquiera abandonar?

Casi sin aliento, salí de la bañera, que había limpiado por completo no solo mi cuerpo, sino también mis ideas. ¡No me iba a rendir tan fácilmente!

19

A las nueve en punto de la mañana siguiente, entré en el comedor, donde ya se encontraban mis padres desayunando.

Mamá tenía mala cara, parecía haber dormido menos que yo. Estaba seria, ojerosa y cabizbaja, aunque su rostro se iluminó al ver que me sentaba a la mesa.

—Me alegro de que hayas bajado, hija mía —me saludó con afecto, indicando a la muchacha, que se encontraba en un rincón de la estancia, que me sirviera una taza de leche.

Le contesté con una sonrisa forzada y una inclinación de cabeza. Mi padre no me quitaba la vista de encima, esperaba que le dijera lo que había decidido.

—Me casaré con Carlos —anuncié sin preámbulos—. Pero quiero que liberes a Pepe lo más pronto posible —exigí a mi padre, más serena de lo que yo misma me esperaba.

—Soy un hombre de palabra y, si tú cumples la tuya, yo haré lo mismo —me contestó con una fría sonrisa en sus labios.

—Bien, pues retomaremos los preparativos. Esta mañana iré a ver a don Eufrasio y haré unas compras. —Me levanté de la silla sin probar bocado y deseosa de perder de vista a mis padres.

—No es tan fácil, Mercedes —dijo mi padre indicándome con el dedo que volviera a tomar asiento—. ¿Has creído que con decirme que aceptabas mi propuesta ya te iba a valer para salir de esta casa y seguir haciendo lo que te da la gana?, ¿de verdad piensas que somos tan idiotas? —me preguntó y miró a mi madre, que había agarrado el crucifijo que siempre llevaba al cuello.

Empecé a notar cómo mi serenidad flaqueaba con el temblor de mi pierna derecha y el pálpito de mi corazón acelerado. Mi padre me había descubierto en mi primer intento de fuga; debía ser más astuta. Me mordí el labio, tragué saliva y me dije a mí misma: «Sé fuerte, tú puedes».

Sabía que se avecinaba un discurso de mi padre, pero me había propuesto que no le daría el gusto de verme derrotada. ¿Mis padres? Cada vez me resultaba más incómodo dirigirme así a ellos, pero es que no encontraba otra forma de hacerlo.

—En ningún momento se me ha pasado por la cabeza algo parecido —contesté con fingida inocencia—. He tenido toda la noche para sopesar tus argumentos y los de mamá y me he dado cuenta de que he sido una chiquilla tonta, que es hora de madurar y de hacer lo correcto.

Miré a mi madre, de la que parecía haber desaparecido el cansancio y que había aflojado la fuerza con la que sujetaba la cruz.

—¡Qué alegría me das! —Agarró la mano de mi padre y añadió—. ¿Ves, Rafael? Te dije que la niña entraría en razón.

—Sí, estabas en lo cierto, querida. —Papá sonrió a mamá y después se dirigió nuevamente a mí—. Demuéstrame que lo que dices es cierto y te dejaré salir de casa. Vuelve a ser la niña obediente y educada que te hemos enseñado a ser, muéstrate cariñosa y servil con tu prometido y olvídate del tema de tu nacimiento. Mientras tanto, tu madre puede encargarse de todo y tú seguirás aquí ¿descansando?

¿Olvidarme de mi madre biológica?, ¿volver a ser una mujer sin decisión? ¡Nunca más! Aunque tenía claro que tendría que fingir que aceptaba sus condiciones para volver a ganarme su confianza; así que, con un nudo en las tripas, asentí con una fría sonrisa.

—Esta noche Carlos y su familia vendrán a cenar y espero que estés más encantadora que nunca. No quiero verte ni con esos horribles pantalones que llevas a todas horas ni con esas greñas en la cara —me advirtió poniéndose en pie—. Que tengáis un buen día —se despidió con su habitual beso en la frente, que provocó en mí unas intensas ganas de vomitar.

—Yo también me retiro, tengo una cita con Catalina Espinosa. —Mamá se acercó y me dijo con convicción—: Verás como muy pronto te darás cuenta de que has tomado la mejor decisión.

Me quedé en aquel enorme comedor rememorando las horas posteriores a mi conversación con mi padre el día anterior.

Después del baño de burbujas, había bajado al salón y desahogado mi furia tocando las teclas de mi olvidado piano. Me sumergí en las notas de la quinta sinfonía de Beethoven, aquella cuyo significado era «el destino toca a tu puerta». Con los ojos cerrados, repetí la pieza una y otra vez mientras en mi mente se reproducían miles de posibles soluciones a mi situación: Carlos rechazaba casarse conmigo, mis padres entraban en razón, Pepe salía de la cárcel sin un rasguño, Engracia aparecía en mi vida y me liberaba de las cadenas que me oprimían.

La mágica melodía me produjo una sensación de paz y calma que hacía tiempo que no sentía. Me protegí en la música hasta que Carmelita me sacó de mi estado hipnótico.

—Mercedes, ¿estás bien? —me preguntó y me zarandeó por el brazo, preocupada por mi actitud.

Siguió llamándome unas cuantas veces más, pero yo no podía dejar de reproducir las notas de la sinfonía, era lo único que me consolaba. Impotente, Carmelita apartó mis manos del teclado e hizo que me pusiera en pie.

Me abracé a ella con fuerza hasta que los cristales que parecían haberse instalado en mi garganta me dejaron hablar.

—No sé qué hacer, Carmelita. Mi padre me obliga a casarme con Carlos y solo así liberará a Pepe —dije en un susurro al cerrar la puerta del salón—. ¿Sabes lo que eso significa? No podré ver a tu hermano nunca más.

—Márchate ahora mismo de aquí, ya encontraremos otra forma de ayudar a Pepe.

—No hay otra manera. Hay gente de confianza de mi padre que vigila cada una de las entradas y salidas de esta casa y, en el caso de que lo consiguiera, él se encargaría de que Pepe lo pasara muy mal. —Caminé hacia la ventana y apoyé mi cabeza en el cristal—. ¿Acaso crees que podría ser feliz con algo así en mi conciencia?

—Hay que ganar tiempo, hazle creer que aceptas su propuesta y mientras buscaremos una salida. —Sonrió e intentó darme ánimos—. La señorita Eugenia nos ayudará, ella siempre tiene buenas ideas.

Sí, Carmelita tenía razón. Entre todos encontraríamos la solución. Tal vez mi madre, cuando supiera lo sucedido con Carlos, se pondría de mi parte y haría cambiar de idea a mi padre.

—Ve a casa de Eugenia y cuéntale lo sucedido, que intente venir a verme. Necesito su consejo —le pedí un poco más optimista—. Gracias por tu apoyo, te has convertido en una buena amiga.

Después me encerré en mi habitación y me negué a bajar a cenar. Necesitaba estar sola para tomar fuerzas y pensar con claridad.

Sobre las diez de la noche recibí la visita de mi madre. Mi padre le había puesto al corriente de nuestra conversación. Me encontró metida en la cama reproduciendo una y otra vez la canción de la cajita de música que había traído del pueblo.

—Espero que tengas claro lo que debes decirle mañana a tu padre. —Fue lo primero que me dijo tras quitarme el joyero y colocarlo en la mesilla de noche—. Cuando me ha contado lo sucedido, no podía creer lo que escuchaba. Has roto el compromiso con Carlos, te comportas como una niña y estás más preocupada por la vida de un simple empleado que por tu boda. ¿Qué es lo que ha pasado contigo?

Parecía decepcionada, aunque no lo estaba más que yo. Levanté la cabeza y la miré con los ojos llenos de lágrimas; la indiferencia con la que se había referido a Pepe se me clavó en el estómago como un puñal.

—¿Qué ha pasado conmigo, mamá? —Repetí su pregunta, retiré las sábanas y me puse en pie—. ¿Qué ha pasado con vosotros?, ¿te ha contado tu marido que Carlos es el culpable de este golpe que tengo en el labio?

Mamá esquivó mi mirada; parecía no querer ver mis heridas, de las que mi padre ya la habría puesto al corriente, pues no pareció sorprenderse.

—¿Te ha dicho que es él quien ha propiciado que Carlos me tratara así? —continué con un hondo dolor en el pecho al ver su actitud—. ¿Qué clase de madre obliga a su hija a casarse con alguien que la golpea?

—¡No te consiento que me hables así! —Parecía que estaba realmente ofendida—. Nosotros solo buscamos lo mejor para ti. Carlos te dará la estabilidad que necesitas y dentro de unos años, e incluso antes, vendrás a darnos las gracias por lograr que entraras en razón.

—Pensé que tú me ayudarías —le recriminé asqueada de su actitud—, que me comprenderías como mujer que eres e intercederías a mi favor, pero me doy cuenta de que he sido una estúpida al creer algo así; nunca llevarás la contraria a tu esposo y señor.

—Las buenas esposas deben apoyar a su marido en sus decisiones, ellos son los que saben lo que debe hacerse —me dijo con la cabeza bien alta, completamente segura de llevar la razón—. Carlos te ha dado una bofetada y ha estado mal, pero tu comportamiento tampoco ha sido el adecuado y esas cosas pasan hasta en los mejores matrimonios.

—Me das pena, mamá —le dije llena de rabia.

Creo que aquellas palabras le dolieron, aunque no me lo dijo; pero agarró su crucifijo como hacía cada vez que se sentía atacada.

—Espero que pienses bien lo que decides, pues a tu padre no le va a temblar el pulso a la hora de imponerte un castigo —me advirtió.

Se acercó a mí e intentó darme un beso de buenas noches; por primera vez en mi vida le giré la cara. Se marchó sin decir ni una palabra más, desconcertada y con unas finas lágrimas resbalando por sus mejillas.

Sé que fui dura con mi madre, le hice daño con mi actitud de desprecio; sin embargo, era lo que sentía hacia ella en ese momento. Con el tiempo me daría cuenta de que ella era una víctima más de una sociedad que educaba a las mujeres en el sometimiento. Mamá, en verdad, creía que hacía lo correcto.

Eugenia, alertada por Carmelita, vino a verme tras el desayuno con mis padres.

—Si tu padre quiere jugar al chantaje, nosotras también podemos hacerlo —me sugirió mi amiga mientras dábamos un paseo por el jardín.

—No creo que sea lo más inteligente —dije segura de que no tenía nada sucio en su vida.

—¿Por qué no? Todo el mundo tiene secretos. ¿Acaso no hay algo turbio con respecto a tu adopción? —Hizo especial hincapié en la última palabra.

—Esa es otra cosa que me atormenta. —Giré la cabeza para asegurarme de que Cristóbal, que estaba pendiente de nosotras, se encontraba lo suficientemente lejos—. No puedo seguir con la investigación mientras permanezca aquí encerrada.

—Javier y Felipe se están ocupando de eso. Ahora lo más importante es sacar a Pepe de prisión para que tu padre no pueda seguir manipulándote.

—Cada vez que lo veo me dan ganas de vomitar todo lo que llevo por dentro. Siento asco y una gran furia. —La voz me temblaba—. ¿Y mi madre? Siempre he sabido que era una orgullosa y un tanto especial, pero me ha decepcionado que anteponga el qué dirán al bienestar de su hija. ¿Y Carlos?, ¿qué se supone que debo decirle esta noche?

—Escúchame bien, Mercedes. —Eugenia se paró y me agarró de los brazos—. Has de ser fuerte, te vas a tragar tus sentimientos y vas a ser tan superficial como tu suegra y tu madre. Sonríe, aunque por dentro te estés muriendo, ya llegará el momento de desquitarte; pero ahora solo debes centrarte en representar el papel de mujer sumisa e hija obediente. —Me abrazó con fuerza y me susurró al oído—: Yo creo en ti.

La charla con Eugenia me recargó de energía. Antes de irse,

me trenzó el cabello y me ayudó a escoger un vestido rosa palo para la cena; la apariencia era fundamental.

A las ocho y media de la tarde comenzaron a llegar los invitados. Yo esperaba en mi habitación hecha un manojo de nervios. Repasaba mi aspecto varias veces ante el espejo, mientras intentaba tapar con maquillaje el moratón que me había salido en el pómulo como consecuencia del golpe de Carlos.

—Ya puedes bajar. —Carmelita vino a buscarme por orden de mi madre—. Tranquila, todo va a salir bien.

Al entrar al salón, todas las miradas se volvieron hacia mí. Mamá sonrió complacida al verme con aquel vestido que ella misma me había comprado hacía tiempo. Papá hablaba con Ernesto, que fue el primero en saludarme.

—Mercedes, pero qué guapa estás. —Me agarró de las manos y me miró de arriba abajo para después saludarme con un beso en la mejilla.

—Ya nos tenías preocupados, niña —comentó Asunción, la madre de Carlos—. Cada vez que le preguntaba a mi hijo por qué no os veíais me decía que estabas indispuesta. La verdad, estaba empezando a dudar, pero, siendo sincera, se nota que no has estado muy bien, has perdido varios kilos.

—Gracias por vuestro interés, ya estoy mucho mejor —contesté mientras me tragaba los nervios y giraba la cabeza hacia Carlos, que se encontraba apoyado en el piano, con una copa de whisky.

—Carlos, saluda a tu novia. No seáis tímidos —le animó mi padre sin apartar la vista de mí.

—Hola, Mercedes. —Al acercarse a darme un beso en la mejilla, se encontró con la herida de mi labio.

Conocía demasiado bien a mi prometido y en sus ojos vi

vergüenza y arrepentimiento; no era capaz de mantenerme la mirada, aunque disimulaba ante los demás su nerviosismo.

—Será mejor que pasemos al comedor —intervino mi madre al darse cuenta de la tensión que había entre nosotros.

Los minutos pasaban lentamente. Mi silla parecía estar llena de pequeños alfileres que se me clavaban y me hacían más tortuosa la velada, en la que me dediqué a sonreír y asentir con la cabeza a todo lo que me decían. No quise ni pude hablar de nada, pues me daba miedo explotar en algún momento.

Como siempre, después de cenar, volvimos al salón. En la puerta, esperando a que llegara, estaba Carlos, que no había dejado de observarme ni un momento durante la noche.

—Mercedes, me gustaría hablar contigo a solas —me pidió justo cuando me tuvo frente a él.

Mi primer instinto fue contestarle que no quería saber nada más de él y que se olvidara de mí; pero al levantar la cabeza, me encontré con la mirada amenazante de mi padre.

—Está bien —cedí—. Pero Carmelita estará presente.

—No voy a comentar nuestros problemas delante del personal de servicio. —Arrugó el entrecejo y endureció el gesto de su rostro.

—Ni yo te voy a dar la oportunidad de que vuelvas a lastimarme —le contesté señalando mi herida del labio.

—Está bien —accedió agachando la cabeza.

Volvimos hacia el comedor, donde las chicas de la limpieza se afanaban por recoger los restos de la cena.

—Por favor, salid todos un momento, excepto Carmelita —les pedí.

Con un gesto, le indiqué a ella que se quedara en un rincón de la estancia mientras nosotros hablábamos.

—Quiero que sepas que estoy muy arrepentido de... —La voz le temblaba y tenía los ojos vidriosos—. Bueno, que no sé qué es lo que ha pasado entre nosotros, pero estoy dispuesto a olvidarlo todo y comenzar de nuevo —dijo de carrerilla, como si hubiese ensayado lo que tenía que decir.

—Hay cosas que no se pueden olvidar —contesté acariciándome la cara y rocé la herida de mis labios.

—Yo te quiero y sé que tú a mí también —me dijo e intentó agarrarme de las manos, aunque yo di un respingo hacia atrás para impedírselo.

Aquel rechazo por mi parte le desconcertó, no se esperaba esa reacción. En el rostro de Carlos encontré dolor, arrepentimiento y miedo. Me compadecí de él y, a pesar del incidente del día anterior, no podía olvidar que era un buen hombre que había intentado comprenderme, pero que se había topado con que la Mercedes que él conocía hacía meses ya no existía.

En una cosa llevaba razón: yo le quería, porque el amor no desaparece de la noche a la mañana, pero no como él me amaba a mí. Ambos queríamos cosas muy distintas de la vida.

—No quiero hacerte daño, Carlos —le dije con sinceridad—. Estoy confundida y necesito tiempo.

—Te daré todo el que necesites. —Se le iluminaron sus bonitos ojos azules.

—Carlos, ayúdame a que mi padre interceda por Pepe para que lo liberen —le pedí aprovechando su vulnerabilidad.

—No me pidas eso. —Volvió a agachar la cabeza.

—¿Por qué?, ¿tú sabes el cariño tan especial que siento por él? —Debía insistir.

—Porque no quiero perderte. —Esta vez sí me agarró de las manos—. Sé que el motivo de que estemos aquí hablando es el trato que has hecho con tu padre.

Aquellas palabras cayeron sobre mí como un jarro de agua fría; Carlos estaba al tanto del pacto con mi padre. Intenté decirle que me parecía ruin que hubiese entrado en el juego de papá, pero no me dejó hablar.

—No hace falta que me digas lo que estás pensando, puedo leerlo en tus ojos. No es el camino correcto y yo mismo me siento sucio por seguirlo, pero no me pidas que no intente reconquistar tu amor. —Parecía derrotado—. Si te sirve de consuelo, yo mismo me voy a encargar de que no le toquen ni un pelo. Como fiscal conozco a alguno de los guardias que allí trabajan y con dinero todo se compra.

No podía odiarlo, solo sentir pena por él. Carlos se había dejado influir por mi padre y yo tenía la culpa de todo. Debí hablar con él antes. Me quería morir, pero también quería abrazarlo y pedirle perdón por el daño que le había hecho.

Tras unos minutos en silencio, en el que dos personas que se habían idolatrado mutuamente durante años sabían que, por mucho que lo intentaran, todo estaba ya dicho, nos dejamos llevar por los sentimientos y nos fundimos en un cálido abrazo.

Al acabar la velada, subí a mi habitación como un alma en pena. Ni había logrado escapar, ni había conseguido sentirme mejor y tampoco había sacado a Pepe de la cárcel.

Encendí la luz, me quité los zapatos y, cuando iba a soltar el lazo de mi vestido, unas frías manos me taparon los ojos.

Mi corazón dio un brinco de emoción cuando reconocí el olor de la persona que estaba detrás de mí.

—¿Creías que no vendría a verte? —me susurró Felipe al oído a la vez que deshacía la trenza de mi pelo—. Así me gusta más, libre de ataduras.

Me hizo girar con brusquedad y me agarró con fuerza de la cintura.

—Pero ¿cómo has entrado? —susurré loca de alegría y me agarré a su cuello.

—Tengo mis contactos, señorita. —Me guiñó el ojo con picardía mientras me arrastraba hacia la puerta para, sin soltarme, cerrar con llave.

Estábamos tan cerca que nuestros corazones empezaron a latir al mismo compás, me acarició la cara electrificando mi cuerpo y subiéndome la temperatura.

Su pasión al besarme hizo que el mundo dejara de girar y que los problemas desaparecieran.

—La quiero demasiado, señorita —me dijo casi sin aliento mientras me llenaba el cuello de diminutos besos.

—Esto no está bien —le contesté, recordaba las palabras de mi madre, amenazándome con ir al infierno si sucumbía a la tentación de tener relaciones antes del matrimonio.

Felipe sonrió, pero no dejó de besarme.

—Te he echado tanto de menos —añadió jadeante, a la vez que sus manos resbalaban por mi fina piel.

Me dejé envolver en la calidez de sus besos y, aunque la razón me decía que debía parar, mi corazón bombeaba con más pasión ante sus caricias.

—Felipe, no debemos seguir —le dije cuando noté cómo bajaba la cremallera de mi vestido.

—Como tú quieras, Mercedes, pero amar no es pecado. —Sus ojos negros reflejaban el fuego que corría a toda velocidad por nuestras venas.

Me miró con tal intensidad que mis barreras se derribaron por completo; tenía razón y le respondí con un beso ardiente.

Muerta de miedo, pero llena de emoción, dejé que los reproches que retumbaban en mi cabeza se callaran. ¿Por qué debía seguir el dictado de una sociedad que permite que violen a una criada, que metan en la cárcel al chófer y a la que le parece normal que un marido golpee a su esposa? No le debía lealtad a nadie más que a mí; mis padres me habían mentido toda la vida y ahora estaban empeñados en casarme en contra de mi voluntad.

Frente a mí tenía a un hombre que estaba dispuesto a todo por mí y que me enloquecía con tan solo rozarme.

Así que, sin pensarlo más, permití que me despojara no solo de la ropa, sino también de mis miedos y que, aunque fuera por una noche, no existiera nadie más que nosotros dos.

20

Los días pasaban lentamente sin poder salir, las horas del reloj no avanzaban y la desesperación me consumía. Por muchas vueltas que le daba a la cabeza, no encontraba ninguna solución para evitar el matrimonio con Carlos, liberar a Pepe y encontrar a mi familia biológica.

Fingir normalidad me agotaba demasiado. Estaba harta de asentir con la cabeza, de esquivar la mirada de mi padre y de aceptar los besos de Carlos. Solo había una cosa que me devolvía la energía y que lograba que mi condena fuese más llevadera: mis encuentros nocturnos con Felipe.

Se colaba en mi dormitorio cada vez que podía burlar la seguridad de la casa. Era arriesgado, pero precisamente esa sensación de vivir al límite conseguía que fueran más maravillosas las pocas horas que pasábamos juntos.

Por fortuna, no me encontraba sola en mi palacio de cristal, Carmelita se convirtió en mi paño de lágrimas y en mi cómplice. Sin su ayuda, Felipe y yo lo habríamos tenido muy difícil para vernos, ella se encargaba de dejarle la puerta de servicio abierta mientras distraía al guardia. Siempre estaba a mi lado, pendiente de que no me rindiera y de que en algún arrebato sacara de mis entrañas aquello que me destrozaba por dentro y lo echaba todo a perder.

Tuvieron que pasar treinta días para que el rumbo de los acontecimientos cambiara y el mes de mayo me trajera la peor etapa de mi vida. Nunca olvidaría aquel viernes, 5 de mayo de 1961.

Carlos venía a visitarme todos los días, comíamos juntos y después salíamos a pasear por el jardín para poder disponer de algún tiempo a solas. Aunque intentábamos aparentar normalidad, lo cierto era que entre nosotros se había creado una columna de hielo difícil de romper; nuestras conversaciones eran forzadas, sobre temas superficiales, y guardábamos siempre los formalismos; ninguno era capaz de mostrar los verdaderos sentimientos.

—Me gustaría que me acompañaras a ver un par de casas que me han gustado, creo que no debemos postergar más el asunto de nuestro nuevo hogar —me informó en nuestro paseo aquella tarde.

—La que tú elijas estará bien —contesté con una sonrisa forzada.

—¿No quieres verla? —me preguntó asombrado de mi indiferencia.

—Sabes mejor que nadie que tengo prohibido salir de casa —contesté molesta—. Por lo tanto, no me queda más que confiar en tu buen criterio.

—No imaginas lo que me gustaría revertir esta situación. —Carlos se detuvo y me miró con los ojos vidriosos.

—Pues hazlo, ayúdame —le supliqué nuevamente—. Llevo un mes aquí encerrada sin poder supervisar nada de nuestra boda. ¿Cómo quieres que esté ilusionada? —Una diminuta llama de esperanza se encendió en mi interior.

—Hablaré con tu padre e intentaré que te deje visitar las

casas que te he dicho. —Agachó la cabeza como si estuviera avergonzado y reanudó el paseo.

Carlos sufría por mi culpa y yo me sentía mal por jugar con sus sentimientos, pero era la única opción que tenía. Todavía me dolía nuestro encuentro en su despacho, y aun así no podía dejar de sentir cariño por él.

No había vuelto a tener noticias de Pepe y cada día que pasaba allí encerrado era un peligro para su vida y para la mía, que acabaría atada a un matrimonio no deseado.

Cuando Carlos se marchaba, me encerraba con mi madre en el cuarto de costura y en silencio bordábamos sin parar mantelerías y sábanas para mi ajuar.

Mi madre, que vivía en su mundo, había recobrado la alegría al pensar que todo iba bien y que muy pronto su querida hija sería una mujer casada.

Aunque era cariñosa y atenta conmigo, yo no podía dejar de sentir pena y rechazo hacia ella.

—Ayer me dijo tu padre que es muy posible que Serrano Suñer venga a la boda —me informó esa tarde en el cuarto de costura—. ¡Vamos a ser la envidia de nuestras amistades!

—Qué bien —contesté sin ningún entusiasmo.

—Mira que eres mustia, Mercedes —me regañó mi madre—. Otra chica estaría saltando de alegría.

Y quizá yo, en otro tiempo, también me hubiese emocionado con la noticia de ser tan importante como para que el cuñado del Generalísimo acudiera a mi boda, pero en esas circunstancias me importaba más bien poco.

—La señorita Eugenia ha venido a ver a la señorita Mercedes —nos interrumpió Carmelita.

Apenas veía a Eugenia, mi padre sabía que ella era mi aliada y en más de una ocasión en la que vino a visitarme la despachó con alguna excusa. «Se encuentra indispuesta», «acaba de acostarse» o «no es un buen momento». Mi madre era más permisiva y, cuando él no estaba, dejaba que pasara a verme; eso sí, ella estaba presente.

Carmelita se las ingeniaba inventando cualquier incidente para conseguir que mi madre nos dejara a solas, aunque fuera unos minutos. Sus intentos solían fracasar, excepto aquella tarde.

—Doña Pilar, don Eufrasio ha llamado para ver si podíamos donar algo de comida —comunicó Carmelita a mamá media hora después de la llegada de mi amiga.

—Dile que mañana le haremos un envío —contestó ella, molesta por la interrupción.

—Pero-pero es que ha dicho que lo necesita para hoy —intentó convencerla.

—A mi casa también ha llamado y le he preparado una caja bastante cargada —improvisó Eugenia, que se había dado cuenta de las intenciones de la criada—. Al parecer es para un grupo muy grande de niños que ha llegado al hospicio.

—Vaya, qué contrariedad.

Mi madre no sabía qué hacer, a mi padre no le haría mucha gracia llegar a casa y encontrarme a solas con Eugenia y habría sido descortés pedirle que se marchara, pero mi amiga le dio la estocada final.

—Por lo que sé, Catalina Espinosa ha donado varios baúles de alimentos y algo de ropa —dijo Eugenia, consciente de que mi madre no soportaría ser menos que la esposa del gobernador civil de Madrid—. Me he sentido ridícula con mi pequeña aportación.

—Bueno, pues será mejor que vaya a preparar algo. —Mamá se levantó nerviosa—. Os pido por favor que no demoréis mucho vuestra charla.

Mi madre abandonó la habitación acompañada de una

sonriente Carmelita que me había conseguido unos minutos a solas con mi amiga.

—No sabes las ganas que tenía de hablar contigo sin nadie que nos vigilara —le dije a Eugenia llena de alegría—. Tengo que contarte algo. —Noté cómo mis mejillas se sonrojaban.

—Yo también —me contestó más seria de lo que me esperaba—. Pero tú primero, que parece que es una buena noticia por tu cara radiante.

—No sé cómo decírtelo. Felipe se ha colado un par de veces en mi dormitorio, aprovechamos que es Germán el que vigila la entrada. —Estaba emocionada y nerviosa por si alguien me escuchaba—. Carmelita lo entretiene, al parecer, él está enamorado de ella y, mientras le da conversación, su hermano aprovecha para entrar.

—No esperaba menos de ese muchacho. —Sonrió Eugenia—. Es todo un personaje.

—Hemos-hemos intimado —le confesé y bajé la cabeza muerta de vergüenza—. Ya sé que no es así como nos han educado, pero...

—¡Mercedes! ¡Vaya, no me lo puedo creer! —Se tapó la boca con ambas manos—. La verdad es que no me esperaba algo así, y menos de ti. No quiero parecerme a tu madre con lo que te voy a decir, pero estáis tomando medidas, ¿no? —preguntó.

—¡Por supuesto! —contesté un poco molesta—. Felipe es muy cuidadoso y ya no somos unos niños. Él se retira antes, ya me entiendes. —Las mejillas me ardían al hablar de aquel tema con mi amiga.

—No te enfades, no seas tonta. Me alegro por ti. —Me cogió de las manos y cambió de tema—. Tengo que contarte algo importante y no hay mucho tiempo.

Me desconcertó la urgencia de mi amiga y que no estuviera

más interesada en los detalles de lo que le contaba. En otras circunstancias me hubiera pedido que se lo relatara una y mil veces.

—Javier ha estado investigando y ha encontrado información sobre tu padre biológico —me dijo bajando el tono de voz.

Un fuerte nudo me oprimió la garganta, ¿qué habría descubierto?

—A Manuel lo detuvieron en Los Antones. Doña Herminia, la maestra, dijo que tu padre no había vuelto al pueblo, y no era cierto. No tengo muy claro cómo lo consiguió, pero volvió a reunirse con Engracia y Anita y, de alguna manera, se enteraron de que estaba en el pueblo y lo apresaron.

—¿Cómo lo ha descubierto? —pregunté con la voz temblorosa por la emoción y el miedo.

—Fernando Suárez, un compañero de celda, se lo contó a Javier. —Eugenia tomó aire y prosiguió—: Pero lo importante no es eso. Tu padre estuvo encerrado unos tres meses y una noche se lo llevaron y ya no volvió más.

—Lo fusilaron, eso ya lo sabíamos —le dije sin saber qué me intentaba decir.

—Cuando mandaban a alguien a la cárcel, no lo fusilaban inmediatamente; aunque fuese un mero trámite, había que esperar al juicio. ¡A él no le hicieron juicio! Se lo llevaron por orden de un general y ya no lo volvieron a ver.

La cabeza me daba vueltas y tenía ganas de vomitar. ¿Qué intentaba decirme Eugenia?, ¿mi padre estaba vivo?

—No-no entiendo qué quieres decirme —le contesté y noté cómo el cuello se me ponía rígido por la tensión—. ¿Está vivo?

—No, no está vivo, no le hicieron juicio. —Eugenia me miraba como si yo supiera de qué me estaba hablando, y lo único que sentía era cómo empezaba a faltarme el aire.

—¿Lo-lo mató el guardia? —pregunté cada vez más confundida.

—El guardia no fue, aunque no paraba de alardear de que Manuel había recibido su merecido y que había muerto como el perro comunista que era. —Guardó silencio unos segundos como si buscara las palabras adecuadas—. Y también dijo que el señor Rafael le había hecho morder el polvo.

Rafael Quiroga, mi padre, era general de la Legión. ¡No podía ser! Me quedé sin palabras, helada. El tictac del reloj de pared retumbaba en mi cabeza junto a las palabras de mi amiga: un general de la Legión que se llamaba Rafael.

—Javier encontró una copia de la orden de detención y estaba firmada con las iniciales R. Q. —Me soltó las manos y me agarró la cara para que la mirara—. ¿Entiendes lo que te estoy diciendo?

Pero ¿por qué? Un sudor frío se apoderó de mi cuerpo, no pude soportar más la tensión y vomité a los pies de Eugenia.

—Tranquila, tranquila —me intentaba consolar mi amiga mientras me ayudaba a limpiarme.

—¿Qué se supone que tengo que hacer ahora? —le pregunté temblorosa cuando la saliva volvió a mi garganta.

—¡Por el amor de Dios! ¿Qué ha pasado aquí? —Mi madre entraba en ese momento en el salón—. Mercedes, ¿estás bien?

La presencia de mi madre me incomodó. ¿Qué sabría ella de lo que había contado mi amiga?, ¿era cómplice de mi padre?

—Se ha mareado un poco y ha comenzado a vomitar —contestó rápidamente mi amiga.

—Estás sudando. —Preocupada, mamá puso la mano en mi frente—. ¡Está helada! Hay que llamar al médico.

—Estoy bien —dije con dificultad—, creo que la comida del mediodía me ha caído mal, solo necesito recostarme un poco.

—Será mejor que me vaya —dijo Eugenia poniéndose en pie—. ¿Te acompaño a tu habitación?

—No hace falta, querida, ya lo hago yo —contestó mamá.

—Cuídate mucho. —Eugenia se acercó para darme un abrazo y me susurró al oído—: Mantén la calma, no hagas ninguna tontería, encontraremos una solución.

Mamá me acompañó a mi dormitorio y me ayudó a meterme en la cama.

—¿Seguro que estás mejor? —preguntó y volvió a tocarme la frente.

—Sí, aunque no creo que baje a cenar —le contesté todavía un poco aturdida.

—No te preocupes. Tu padre ha avisado de que se le ha presentado una reunión de última hora y que no estará para la cena, así que yo tampoco bajaré al comedor. Estoy muy cansada; aunque le pediré a Carmelita que te suba un poco de caldo. —Me dio un pequeño beso y se marchó.

Esa tarde se me hizo más larga de lo normal. ¿Sería cierto que mi padre adoptivo era un asesino? Una cosa era matar enemigos durante la guerra, pues en ese momento es tu vida o la de tu adversario; pero otra cosa era asesinar a alguien a sangre fría una vez terminada la contienda, sin juicio ni órdenes, solo por venganza. No, ese no podía ser mi padre.

Esperé, ansiosa, pegada a la ventana la llegada de Felipe, necesitaba contarle el descubrimiento de Eugenia.

Era una noche cálida y estrellada, ideal para dar un paseo bajo la luz de la luna, agarrados de la mano y sin escondernos de nadie; pero teníamos que conformarnos con nuestros fugaces encuentros.

Tres suaves golpes en la puerta me devolvieron la sonrisa;

ya estaba aquí. Me aparté de la ventana, corrí las cortinas para evitar que alguien pudiera vernos y esperé a que entrara.

Allí estaba con aquella sonrisa que todavía hoy, si cierro los ojos, casi puedo tocar; con sus manos callosas, del trabajo duro, que acariciaban mi cuerpo; y con su intensa mirada de color negro que volvía blancos todos mis problemas.

Lo recibí con un fuerte abrazo, busqué el calor de su cuello y deseé que su aliento avivara el mío.

—¿Qué pasa? —me preguntó soltándome el lazo morado, que sujetaba la cola alta de mi pelo, y pegó su nariz a la mía con la intención de que nuestras miradas conectaran.

—No quiero que te vayas nunca de mi lado —le dije ahogando un sollozo.

Nos sentamos en la silla que había junto a mi escritorio, yo estaba sobre sus piernas y él rodeaba mi cintura con las manos.

—Creo que Rafael mató a mi verdadero padre —dije evitando los rodeos—. No es que tenga pruebas materiales, pero desde que Eugenia me ha contado esta tarde lo que Javier ha averiguado, una vocecita interior me dice que es verdad.

Tuve que ahogar un grito de dolor, pues era en ese instante, al decirlo en voz alta, cuando me di cuenta de lo terrible que era todo.

Felipe se puso en pie de un salto, me obligó con su acción a hacerlo a mí también, y comenzó a caminar nervioso por la habitación, apretando los puños como si quisiera controlar la ira.

—¡Malnacido! —dijo lleno de rencor—. Pero ¿qué se puede esperar de un opresor? Hay que parar a los tipos como él. Llevamos tiempo organizando algo y creo que este es el momento.

—¿Qué estáis organizando? —pregunté—. ¿Quiénes?

—Los que estamos hartos de que intenten coartar nuestras libertades, los que queremos igualdad, los que no estamos dispuestos a que nos callen. —Sus ojos brillaban de excitación—. ¿No lo ves, Mercedes? Nadie puede ser tu dueño ni puedes permitir que te hagan callar. No lo olvides nunca, tú eres libre, aunque quieran convencerte de lo contrario.

—¿Qué habéis pensado hacer? —volví a preguntar temiendo su respuesta, intentaba comprender qué tenía que ver con mi padre.

—¡Acabar con ellos! —exclamó con orgullo—. Es hora de bombardear al Régimen donde más le duele, derribando sus fuerzas económicas y políticas. Todo está planificado y muy pronto los españoles tendremos un futuro mejor. —Sonrió.

—Felipe, ten cuidado con lo que haces, es muy peligroso y no creo que las cosas sean tan fáciles como tú crees. —Me preocupaba su obsesión—. Además, no entiendo qué tiene que ver lo que me estás contando con lo que te he dicho sobre Rafael.

—Él también tiene que pagar por todo lo que te ha hecho a ti y a todas las personas que se ha llevado por delante. ¿No te das cuenta de que es mucha casualidad que hayan detenido a Pepe justo ahora?, ¿no has pensado que lo ha orquestado todo para poder manipularte?, ¿crees que solo mató a tu padre? Yo estoy seguro de que se ha llevado a muchos por delante.

Felipe se acercó a mí, que seguía de pie, parada junto al escritorio, apoyada en él para no caerme.

—Mercedes, todavía ves a Rafael como a tu padre, a pesar de todo. —Me acarició la cara y pasó por detrás de mi oreja un mechón de pelo que me tapaba los ojos—. No quieres darte cuenta de que Rafael Quiroga es tu enemigo y solo podrás enfrentarte a él y descubrir la verdad cuando dejes de verlo como a alguien de tu familia; ahora eres víctima de tus sentimientos hacia él, y eso no te deja ver la realidad tal y como es.

No supe qué contestarle, intenté decirle que estaba equivocado y que, aunque Rafael había hecho muchas cosas mal, había sido porque pensaba que era lo mejor para mí, que quería a su familia por encima de todas las cosas y que no era como los demás.

Lo intenté, pero no pude articular ni una palabra; lo intenté, pero la imagen de Engracia, Manuel y Anita me lo impedía.

Sentí un intenso frío en todo mi cuerpo, como si fuera un presagio de lo que estaba por venir.

Felipe me besó, volviendo a electrificar mis cinco sentidos, me arrastró hacia la cama y consiguió que olvidara momentáneamente el dolor y apagara con su fuego el helor de mi cuerpo.

Aquella noche no se quedó a dormir como tantas otras y ojalá lo hubiera hecho. Yo lo necesitaba a mi lado, pero tenía prisa, era viernes y a medianoche tenía una reunión del partido.

—Nos vemos mañana —me dijo en la puerta de mi habitación, no sin antes darme un largo y fogoso beso.

No pasaron más de cinco minutos, iba a meterme otra vez en la cama cuando escuché los gritos que provenían del jardín.

—¿Quién anda ahí? ¡Alto! ¡No te muevas!

El terror se apoderó de mí. ¡No podía ser! ¿Lo habían descubierto? Recé para que fuera una pesadilla, sentí cómo el tiempo se detenía y provocaba que la distancia al jardín fuese infinita. Descalza y en camisón, intenté ir en su ayuda, corrí a tal velocidad que casi me caigo por las escaleras y, justo cuando ya estaba saliendo de la casa, se me paró el corazón al oír el estruendo: un disparo, gritos, dos disparos.

Tres guardias rodeaban a Felipe, que permanecía de rodillas, sangraba por el costado, pero con la cabeza bien alta. «Mi padre» se acercó a él y lo cogió del pelo.

—¡Maldito comunista! —Rafael le propinó un golpe con la culata de su pistola, obligándolo a agachar la cabeza, y levantó la mano—. Es hora de que pagues por tu osadía, ¡perro asqueroso!

—¡Nooo! ¡Basta! Por favor —grité con desesperación y esperé que «mi padre» se apiadara de nosotros.

Felipe volvió a levantar la cabeza como si no tuviera miedo, «mi padre» me miró desafiante.

—Papá, te lo suplico —le dije envuelta en lágrimas, arrodillada junto a Felipe—. Haré todo lo que tú quieras, me casaré mañana mismo con Carlos, pero-pero deja que se vaya.

—No te creo, Mercedes —contestó sin bajar el arma—. Es mejor cortar el problema de raíz.

Cristóbal, uno de los guardias, me agarró con fuerza impidiendo que me pusiera en medio y entonces lo hizo: Rafael Quiroga disparó en el pecho a Felipe con una extraña expresión de satisfacción.

Un fuerte ahogo oprimió mi pecho, me cortó la respiración y me llevó al precipicio más hondo del planeta, donde caí con los pocos cristales que quedaban de mi palacio y de mi vida perfecta.

—¡Aaaah! ¡Nooo, por favor! —Noté cómo unas fuertes garras destrozaban mi corazón.

Le mordí la mano a Cristóbal, me zafé de sus brazos y corrí hacia Felipe, que estaba tirado en el suelo entre un gran charco de sangre. Todavía respiraba, había una posibilidad, pensé inocentemente.

—Mercedes, no llores —me dijo en un susurro mientras la sangre le resbalaba por la boca.

—Te vas a poner bien —le contesté rota de dolor.

—Escúchame, nunca dejes de luchar, sé libre. —Empezó a toser, ya no había luz en sus ojos negros—. Lucha —me dijo en su último aliento.

—¡No te vayas! ¡No me dejes sola! —le grité zarandeando un cuerpo cada vez más frío—. ¡No te vayas! ¡No te puedes morir! ¿Me oyes?

Seguí repitiendo aquellas palabras abrazada a él hasta que «mi padre» hizo que nos separaran.

Felipe se marchó a los veinticinco años, dejando un profundo agujero en mi estómago. Ya no volvería a ver su sonrisa pícara ni sus manos callosas acariciarían mi piel; ya no volvería a sentir sus labios y su corazón ya no volvería a latir al compás del mío.

21

Felipe tenía razón. No podía darme cuenta de que Rafael era mi enemigo porque todavía sentía que era mi padre; pero aquel 5 de mayo dejó de serlo. Se había quitado la máscara y empecé a ver su verdadera cara.

Nunca podré olvidar el frío rostro de Felipe sobre la hierba, ni los gritos de Carmelita cuando vio el cuerpo sin vida de su hermano, ni el fuego que quemaba mi interior y me provocaba el dolor más intenso que jamás hubiera podido imaginar.

¡Todo pasó tan rápido! Demasiado rápido.

Rafael ordenó que me confinaran en mi cuarto antes de que nuestro jardín se llenara de policías. Dejó a Cristóbal vigilando la puerta por si encontraba alguna manera de escapar.

Apenas notaba el suelo bajo mis pies, tenía mucho frío y me dolía la cabeza de tanto buscar una explicación a lo sucedido. No sabía qué hacer, quería llorar, pero no podía; la rabia y el rencor me lo impedían.

Me acerqué despacio a la ventana, en la que horas antes había esperado impaciente la llegada de Felipe; aparté con miedo la cortina, no sin antes desear que todo hubiese sido una pesadilla y que en el jardín no hubiese nadie; y acaricié con los ojos cerrados la ventana como si se tratara del rostro de mi amado.

Imaginé que caminaba por el pueblo, hacía sol y las risas de unos niños jugando en el riachuelo alegraban mi paseo entre los almendros en flor; a lo lejos, una humilde casa con la chimenea encendida y una mujer de mediana edad amasaba pasteles en la cocina; un aroma dulce a canela y chocolate inundó mis fosas nasales e hizo que sintiera que aquel era mi hogar; el *Himno a la alegría* de Beethoven sonaba como telón de fondo y Felipe asomaba a lo lejos con su pícara sonrisa.

Aquella ilusión tan solo duró los segundos en los que el frío del cristal me devolvió a la realidad.

Miré a través de la ventana y vi a Pilar, mi madre, discutiendo con su marido. No podía escuchar lo que decían, había demasiado ruido en mi cabeza, pero sí pude ver el horror en su cara y cómo se amparaba, una vez más, en su crucifijo.

Taparon a Felipe con una sábana para poco después llevárselo en un coche. Carmelita no dejaba de llorar hasta que un tipo con muy malas pulgas la subió a la parte trasera del coche policial. ¿Qué estaba pasando?, ¿por qué se la llevaban a ella?

No sé cuántas horas o minutos pasaron, pero hubo un momento en el que ya no quedaba nadie en el jardín.

Me senté en la cama y esperé, sabía que recibiría su visita y no me equivoqué. Los escuché a los dos; ella suplicaba por mí y él la mandaba callar.

—Rafael, te lo ruego, no le hagas daño. —Las voces provenían del pasillo, muy cerca de mi dormitorio.

—¡Cállate! ¡Vete! ¡No te metas o correrás su misma suerte! —le gritó mientras giraba el pomo de la puerta.

Había venido para darme mi castigo, seguramente le había parecido que con arrebatarle la vida a Felipe no había sido suficiente.

Entró con los ojos inyectados en sangre, con los puños apretados y las venas del cuello bien marcadas.

No sentí miedo, solo tenía frío. Las palabras de Felipe diciéndome que no me rindiera y que luchara me dieron fuerzas para aguantar. No agaché la cabeza, solo esperé que hiciera lo que había venido a hacer.

—Eres una mala hija. —Me agarró del brazo y me obligó a levantarme—. ¡Una ramera que ha estado revolcándose con un cerdo comunista en mi propia casa!

Me zarandeaba con fuerza, sin dejar de insultarme, hasta que me propinó el primer golpe que me hizo caer al suelo. Desde allí lo vi quitarse el cinturón que descargó con furia una y otra vez sobre mi espalda.

No me moví ni me defendí y tampoco lloré, pues aquellos golpes no me hicieron daño. El dolor que yo sentía provenía del fondo de mi ser y noté cómo algo nuevo crecía en mi interior: odio. Levanté la cabeza y, llena de rabia, escupí a sus pies.

—¡Eres igual que ella! —gritó con su último golpe—. Lo llevas en la sangre.

Se marchó y me dejó tirada en el suelo, cubierta de sangre. Cerré los ojos y me repetía a mí misma sus palabras: «Eres igual que ella». Estaba segura de que se refería a Engracia, mi madre, y pensar en ella e imaginar todo lo que habría sufrido hizo que la semilla del odio que Rafael había plantado creciera todavía más.

Me abracé a mis piernas y me quedé en posición fetal, llorando en silencio. No quería darle el gusto de que me oyera. Me aferré a mis buenos momentos junto a Felipe; recordé a los niños del Pozo del Tío Raimundo, mi primera verbena, nuestro primer beso.

Caminé entre tinieblas, sombras y recuerdos durante tres

días en los que se desarrolló dentro de mí una gran lucha interna. Me adentré en una especie de túnel en el que solo había gritos, llantos, sangre; miedo, ira, odio y mucho dolor; y aunque quise dejar de sufrir y arrojar la toalla, sentí como si alguien tirase de mí para que volviera a la realidad.

En ese tiempo, en el que ni yo misma sabía dónde me encontraba, me sentí arropada por un calor desconocido que cuidaba de mí con cariño.

—¡Doctor! ¡Doctor! Ha abierto los ojos —dijo Pilar, la que hasta entonces había considerado mi madre. Fue el primer rostro que vi.

—¿Cómo se encuentra, señorita?

¡Era Pedro!, el médico de Los Antones, que me sonreía mientras examinaba mis pupilas.

Desperté bastante aturdida y por un segundo no recordé qué había pasado. Me encontraba en mi cama con un camisón limpio, sin rastros de sangre. La alegría del sol intenso que entraba a través de las cortinas abiertas de mi dormitorio no estaba en consonancia con lo que yo sentía en ese momento. Tenía la garganta seca y los párpados pegados. Intenté moverme, pero no lo conseguí, mis extremidades estaban agarrotadas y un fuerte dolor provenía de mi espalda.

¿Qué hora sería?, ¿quién me habría metido en la cama?, ¿por qué me atendía Pedro y no el doctor Gutiérrez?

—Mercedes, hija, di algo. ¿Cómo estás?

Realmente parecía preocupada por mí, aunque preferí no hablar.

Debía pensar cuál iba a ser mi estrategia a partir de entonces, debía ser más lista que Rafael Quiroga y jugar muy bien aquella partida de ajedrez que estaba empezando.

—¿Qué le pasa, doctor?, ¿por qué no habla? —insistía ella.

—Tranquilícese, es normal, ha estado tres días inconsciente —intentó calmarla Pedro—. Debemos esperar, pero es muy buena señal que haya recobrado la consciencia.

¿Tres días inconsciente? Pensaba que tan solo habían pasado unas horas.

Pilar caminaba nerviosa por la habitación mientras Pedro me ponía de lado para curarme las heridas de la espalda. Las limpió con mucho tacto y colocó nuevos vendajes.

—Doña Pilar, ¿por qué no aprovecha y mientras hago la cura le prepara algún caldo para que pueda comer? —sugirió el joven con amabilidad.

—Pero ¿se va a quedar a solas con ella?

—Es muy importante que tome algo caliente —insistió el médico—. Lleva varios días sin comer.

—Tiene razón —dijo ella saliendo con rapidez por la puerta.

—Mercedes, Mercedes, ¿me oye? —Pedro dejó las curas y se arrodilló frente a mí.

—Ayúdame —le pedí notando cómo las palabras arañaban mi garganta—. Tengo que salir de aquí. Felipe... Él...

—Lo sé, lo sé —me interrumpió sin dejar de mirar hacia la puerta—. La señorita Eugenia me lo ha contado todo.

¿Eugenia?, ¿cómo se habría enterado?, ¿se lo habría dicho Carmelita?, ¿qué había pasado con Carmelita?

No tenía fuerzas para nada, pero saber que mis amigos seguían preocupándose por mí provocó que las lágrimas resbalaran por mis mejillas.

—Tranquila, todo va a salir bien. —Pedro me cogió de la mano y la apretó con afecto—. Por el momento, es mejor que guarde silencio, yo vendré a verla todos los días. No está sola, Mercedes.

—Pero ¿qué ha pasado con...?

—Ssssshhh, no hable, debe coger fuerzas primero —me pidió sin soltar mi mano—. Cierre los ojos. Confíe en mí.

Pedro era una de esas personas que transmitían calma y confianza, sabía que estaba en buenas manos y decidí hacer lo que él me pedía.

Pilar no tardó en volver y, en cuanto escuché que entraba en la habitación, me hice la dormida.

—He traído caldo de pollo y un trozo de tarta de manzana, que a ella le gusta tanto —la escuché decir.

Por un minuto me conmovió su dedicación, pero acto seguido recordé que ella era cómplice de Rafael.

—Se ha dormido, pero en cuanto vuelva a despertar, insista en que se tome el caldo.

—¿Cómo está, doctor? —preguntó angustiada, bajando la voz.

—En su ausencia he hablado con ella, está algo aturdida y apenas recuerda lo sucedido —dijo Pedro en un tono muy profesional.

—¿No recuerda absolutamente nada? —Supuse que en ese momento apretaba con fuerza su crucifijo.

—No se alarme. A veces, cuando una persona sufre un fuerte trauma, como el ataque de ese individuo que se coló en su casa, nuestro cerebro borra esos momentos para hacernos la vida más fácil.

—Entonces ¿no recuerda el intento de robo?

—Según me ha dicho, lo último que recuerda es haberse ido a dormir. Acaba de despertar, es normal que esté confundida.

¿Un robo?, ¿esa era la versión que habían dado?, ¿quién iba a cuestionar que Rafael Quiroga hubiese matado a Felipe? Podía imaginarme la escena: un vil ladrón había entrado en casa y atacado a su adorada e indefensa hija, y él solo se había defendido. Pero ¿le habría contado lo mismo a Pilar?

Pedro había sido muy astuto, gracias a la conversación con

«mi madre» había logrado que yo estuviera al tanto de la situación.

—Volveré esta tarde a cambiarle los vendajes, recuerde controlarle la fiebre.

—Gracias, doctor, le acompaño a la puerta.

Al escuchar cerrarse la puerta, abrí los ojos y observé a mi alrededor. Había un bonito ramo de flores frescas sobre la mesa, me pregunté quién lo habría traído y no tardé mucho en salir de dudas. Minutos después, Pilar apareció con Carlos, que traía otro ramo de violetas.

—¡Ha abierto los ojos otra vez! —exclamó ella acercándose con el cuenco de sopa que reposaba en la mesa, y se sentó en la silla que había junto a mi cama.

Carlos sonrió ante aquella noticia y su triste cara pareció iluminarse. Dejó las flores a los pies de mi cama y se quitó la chaqueta.

—¿Le importa si le doy yo la comida? —preguntó Carlos, que se aproximó y colgó la chaqueta en el respaldo de la silla.

—Es una idea excelente, hijo. —Se levantó y le dio el cuenco—. Mientras iré a darme un baño.

Él me acarició con dulzura las mejillas y pude ver cómo las lágrimas amenazaban con salir de sus ojos.

—Me has tenido muy preocupado, lo sabes, ¿no? —Removió la sopa y cargó la cuchara—. Cuando me enteré de lo sucedido, quise morirme. No concibo mi vida sin ti, Mercedes.

Era sincero, siempre he sabido que él me quería y me hubiese gustado decirle que no se preocupara, que estaba bien y que yo también le quería. Pero no lo hice, aunque sí abrí la boca y acepté la comida que me daba.

La sopa me escoció al caer en mi garganta y me produjo un ataque de tos. Carlos se asustó y me dio un poco de agua que logró que me calmara. Pude ver miedo en su cara, así que le sonreí para tranquilizarlo.

Necesité dos semanas para que la fiebre desapareciera por completo; según Pedro, no había motivo para que hubiese durado tanto, pues mis heridas físicas habían sanado en seis días.

Todas las noches tenía pesadillas en las que veía una y mil veces morir a Felipe. Me despertaba gritando y llorando, completamente mojada por mi propio sudor. Me costó mucho controlar la rabia que había dentro de mí, hubiera dado cualquier cosa por levantarme y escupir delante de todo el mundo la verdad.

Rafael no vino a verme ninguno de los días en los que permanecí postrada en la cama.

—Tu padre está muy preocupado por ti —me informó Pilar una mañana mientras me ayudaba a asearme.

—¿Por qué no ha venido a verme? —le pregunté con las tripas retorcidas tan solo de imaginar su cara.

—Lo hizo los primeros días, pero se le partía el alma de verte postrada en la cama. —Parecía creer que era así—. En el fondo, se siente culpable. Él te quiere mucho.

¿Esa era su manera de querer? ¡Culpable! ¡Era el único culpable de todo! ¿Cómo se podía ser tan hipócrita?, ¿qué versión le había dado a Pilar?, ¿o acaso estaba jugando el mismo juego de su marido?

Sentí mucho asco y rencor ante aquellas palabras, que me quemaban como un hierro ardiendo. Evitaba hablar con Pilar, pues temía no poder controlarme y decir algo de lo que me arrepintiera.

Carlos me visitaba todas las tardes y siempre traía flores y, cuando me vio un poco más repuesta, también me regaló los bombones que tanto me gustaban de la confitería Galván.

Se preocupaba de que todo estuviera perfecto: colocaba

bien mis cojines, se aseguraba de que la comida estuviera a mi gusto y de que no pasara frío en ningún momento.

Los primeros días me daba de comer y se pasaba el resto de la tarde contemplando cómo dormía. Cuando recobré las fuerzas, empezó a leerme un libro de poesía al que yo no prestaba mucha atención, pero me sentía bien en su compañía.

—Cuando estés mejor, he pensado que podríamos ir unos días a algún balneario —me comentó una semana después.

—Claro, estaría bien —le contesté mordiéndome el labio inferior.

—No sé si lo recuerdas, pero íbamos a casarnos en junio —me dijo y me ayudó a incorporarme un poco—. Pero he hablado con mis padres y los tuyos y hemos pensado que lo mejor será posponer la boda hasta que estés completamente recuperada.

—Me parece buena idea —contesté con sinceridad.

—Eso sí, seguiremos buscando casa y así todo estará listo para cuando decidamos dar el paso. —Sonrió y me besó en la frente.

Sentí lástima por él, se estaba volviendo a ilusionar. Y aunque yo debía ser atenta con él para no levantar sospechas, si algo tenía claro es que no iba a vivir una vida que no deseaba, prefería morir luchando que estar muerta en vida.

Ya no me interesaban los bailes y reuniones sociales, ni pasear colgada del brazo de mi marido sin dejar de sonreír. Quería sentirme válida como mujer y no ser un complemento de mi marido, y eso con Carlos, por muy bueno que fuese, nunca cambiaría.

Aunque me gustaba la compañía de Carlos, las visitas que esperaba con más ansias eran las de Pedro. Me gustaba hablar con él, me conectaba con el mundo exterior.

Venía dos veces al día. En ocasiones, Pilar nos acompañaba, pero muchas otras estábamos a solas; el humilde doctor se había ganado su confianza.

Gracias a él me enteré de todo lo acontecido tras el asesinato de Felipe.

—A Carmelita se la llevaron detenida como cómplice de su hermano, pero, por suerte, su amiga Conchita, la muchacha del servicio, tuvo la genial idea de ponerse en contacto con doña Eugenia —me contaba Pedro en voz baja—. Don Javier movió todos los hilos que pudo y consiguió que la dejaran libre al día siguiente, y ahora está trabajando en su casa.

—¿Rafael lo permitió? —pregunté extrañada.

—Carmelita nos contó que su padre fue a la cárcel a hablar con ella y la amenazó con hacer daño a Evelina si hablaba con alguien o volvía a ponerse en contacto con usted.

—¡No es mi padre! —le interrumpí llena de odio.

—Tranquilícese, no debe hablar tan alto o podrían oírnos —intentó calmarme y continuó hablando—: Sus amigas estaban muy preocupadas por usted, pero su padre impidió a doña Eugenia que la visitara y fue cuando ellas pensaron en mí.

—No entiendo cómo dejaron que vinieras tú en vez del doctor Gutiérrez.

—Tuvimos la suerte de que el doctor estaba de viaje en Pontevedra y yo aparecí en esta casa como caído del cielo. Ya sabe que su amiga es una persona de ideas rápidas, así que cuando la versión oficial que dieron sus padres... —Se quedó callado un momento y rectificó—: Quiero decir, doña Pilar y don Rafael, de que un comunista había entrado a robar documentos importantes a don Rafael y se había equivocado de habitación, entrando en la suya y propinándole a usted una paliza... —Paró de hablar al ver cómo yo comenzaba a llorar—. Lo siento, he sido muy brusco —se disculpó y me ofreció su pañuelo.

—Continúa, por favor —le pedí minutos después, con el corazón roto en mil pedazos.

—Carmelita pensó en mí y Evelina, su hermana, recordaba mi dirección, así que vinieron a buscarme. Tras meditar un poco, doña Eugenia llegó a la conclusión de que, para no levantar sospechas, lo mejor sería hablar con don Eufrasio para que hiciera el favor de venir a esta casa a interesarse por su salud y que yo le acompañara en su visita —resumió—. Una vez aquí, doña Pilar me pidió si podía hacerle un reconocimiento al ver que los cuidados que ella le había aplicado no habían surtido efecto.

—Desde que te conozco, lo único que has hecho ha sido ayudarnos —le dije limpiándome la cara con su pañuelo—. No sé cómo te lo voy a agradecer.

—No tiene que agradecerme nada. —Se sonrojó y bajó la cabeza con modestia.

También supe que Javier continuaba con la investigación sobre mi padre biológico y que intentaba dar con el paradero de mi madre, aunque seguía sin encontrar alguna pista sólida.

Una noche, cogí la cajita de música que había traído del pueblo; la música clásica aportaba paz a mi espíritu. Escuché *Para Elisa* cinco o seis veces y esa melodía me recordó a mi abuela. Ella había querido que yo supiera la verdad al pedir que Teresa me entregase la caja con las cartas, pero seguramente no midió las consecuencias que ese descubrimiento traería a mi vida.

—Ella quería que supiese la verdad —dije en voz alta mientras mi cerebro comenzaba a funcionar después de tanto tiempo—. Ella quería que supiese la verdad.

Cerré los ojos e imaginé a la gran Agustina de Quiroga intentando revelarme el gran secreto de la familia, y entonces me di cuenta de algo que había estado al alcance de mi mano todo este tiempo. ¿Dónde solía esconderme la abuela las cosas para que yo las encontrara? ¡En la caja de música!

«Me dijo que usted sabría qué hacer», esas fueron las palabras que Teresa me había dicho en el pueblo.

El corazón me latía a mil por hora. ¿Por qué no había pensado antes en la manera en la que la abuela se comunicaba conmigo?, ¿por eso estaba el cajoncito del joyero tan duro?, ¿había escondido algo para mí y se habría atascado?, ¿o lo habría pegado a propósito?

Sin pensarlo más, lancé la caja con fuerza contra el suelo y allí, junto a la bailarina rota, encontré una llave envuelta en un pequeño papel.

> Sabía que la encontrarías. Espero que algún día puedas perdonarme por no decirte yo misma la verdad sobre tu origen.
>
> Te quiere, tu abuela

Sin duda, aquella era la letra de Agustina de Quiroga, mi abuela, que, a pesar de su frialdad, era la única que había intentado ser honesta conmigo.

Aquel «te quiero» escrito por ella me llenó de ternura. Mi abuela me quería, a su manera, pero me quería sin importar que no fuera de su sangre.

Emocionada, guardé el papel en mi mesilla de noche y examiné con atención la llave. Era antigua, con dos tréboles grabados y que se parecían mucho al dibujo de uno de los muebles del despacho de Rafael. Un mueble que, según él, su abuelo había fabricado con sus propias manos y al que tenía mucho cariño y por eso lo había hecho traer del pueblo.

Si la abuela había guardado aquella llave junto a la nota era por un motivo importante. Noté cómo la esperanza crecía en mi interior. Debía intentar abrir aquel armario.

Decidí que había llegado el día en el que debía dejar la cama y enfrentarme a la dura realidad. Tenía mucho miedo y sabía que iba a tener que fingir muy bien delante de Rafael. Me daba asco pensar en volver a llamarle «papá», pero si quería jugar bien mis cartas, tenía que hacer de tripas corazón y seguir con el plan que me había propuesto.

Era 19 de mayo. Ese día comenzó una batalla que derrumbaría por completo los pocos pilares que sostenían a «mi perfecta familia».

22

Las cosas no salen nunca como las planeamos. Creí que podría enfrentarme a mi padre en cuanto mis heridas físicas cicatrizaran, pero no conté con que las de mi corazón eran tan profundas que resultaba imposible que sanaran tan pronto.

A la mañana siguiente de haber encontrado la misteriosa llave, quise ir al despacho de Rafael. Después del desayuno, esperé a que Pilar se marchara para que nadie me viera. Me sentía feliz al pensar que, tal vez, muy pronto sería libre. Abrí con decisión la puerta de mi habitación cuando de pronto todo se oscureció y el terror inundó los pasillos. ¿Qué estaba pasando?

—¿Dónde estoy? —pregunté intentando agarrarme a unas paredes que se escapaban de mis manos—. ¡¿Por qué no veo nada?! ¡Ayuda! ¡Socorro!

El suelo parecía abrirse bajo mis pies e impedía que avanzara, noté cómo una fría mano me agarraba e intentaba arrastrarme y golpeé con fuerza al que parecía mi enemigo.

—¡Basta, no podréis conmigo! —grité sin dejar de dar manotazos.

A mi alrededor, un centenar de sombras gritaban y reían

junto al rostro de Felipe ensangrentado; la cabeza iba a estallarme, no podía más y me tapé los oídos muerta de miedo, tirándome rendida al suelo. Era el juicio final, pensé.

Poco después volvió la calma.

—¡Conchita! ¡Llama al doctor! ¡Corre! —logré escuchar a Pilar dando órdenes.

Abrí los ojos y vi cómo Cristóbal me dejaba con cuidado sobre mi cama. Ya no había ruido, estaba a salvo.

Intenté salir de mi habitación en varias ocasiones, pero cada vez que ponía un pie fuera de ella, el pánico se apoderaba de mí. Los temblores y el sudor frío asaltaban mi cuerpo, destrozaban a su paso las pocas ganas de vivir que me quedaban. Los gritos y los golpes del 5 de mayo volvían a repetirse en mi cabeza, haciéndome dudar de lo que era o no real. Hoy soy consciente de que estuve en el umbral de la puerta de la locura en más de una ocasión y no sé qué fue lo que evitó que lo cruzara.

Pedro vino a visitarme, alertado por Pilar. Yo seguía en la cama sin moverme y sin decir ni una palabra.

—¿Qué ha pasado? —preguntó preocupado al entrar a mi habitación.

—Ni yo misma lo sé —intentó explicarle Pilar entre llantos y sin soltar su cruz bendita—. Le he subido el desayuno y, cuando se lo ha tomado, me he marchado para que descansara, pero minutos después la he escuchado gritar y llorar; estaba fuera de sí, parecía-parecía...

«Loca» es la palabra que no se atrevió a decir, seguramente pensó que su hija había perdido la cordura.

—Tranquilícese. —Pedro abrió su maletín y empezó su reconocimiento—. ¿Cómo se encuentra, señorita?

—No dice nada, está ausente. —Pilar sacó un pañuelo para limpiarse la cara—. ¿Qué le pasa a mi niña?

—Ha sufrido un ataque de pánico. —Se le escapó un profundo suspiro—. Ya le comenté que, a veces, al sufrir un fuerte trauma, quedan secuelas, hay que ser pacientes.

Después de aquello, empecé a creer que todo lo sucedido era culpa mía, permití que ese sentimiento se volviera el compañero de mis días y que el miedo fuera ganando terreno, que me paralizara por completo.

Me encerré entre aquellas cuatro paredes en las que había podido disfrutar de un poco de felicidad junto a Felipe y, sin darme cuenta, dejé que la tristeza me consumiera.

Dos días después del incidente, Pilar, acompañada de Conchita, entró sonriente con un bonito vestido rosa.

—Mira lo que te traigo. —Me lo acercó a la cama donde yo seguía acostada y me lo enseñó—. Recién llegado de París, en cuanto lo he visto he pensado en ti.

Abrió las cortinas y retiró las mantas que me cubrían.

—Venga, ve a bañarte y arréglate. Hoy vas a salir con Carlos.

Parecía tan segura de que su optimismo me iba a ayudar.

Volví a echar las sábanas sobre mi cuerpo y cerré los ojos como toda contestación.

—¿Qué haces? —preguntó y volvió a retirar la ropa de cama—. Levántate, ven. —Me cogió de la mano e indicó a Conchita que la ayudara.

Me dejé arrastrar hacia el espejo de cuerpo entero que había junto a mi tocador.

—Mírate, tienes que arreglarte. —Intentaba mostrar autoridad, pero la voz se le quebraba de emoción—. No puedes seguir con esta actitud.

¿Quién era la chica del espejo?, ¿realmente era mi reflejo? Una joven pálida, sin apenas carnes, me miraba; parecía un espectro. Mis alegres rizos ya no existían, había envejecido unos diez años. Intenté tocar la imagen, alargué la mano, pero la retiré con rapidez, aquella Mercedes me daba mucho miedo.

Lloré en silencio y me dirigí a la mecedora de la ventana, allí me senté y a Pilar no le quedó más remedio que desistir de sus propósitos.

—Conchita, prepara la bañera con muchas sales de baño —le ordenó a la doncella—. Hoy voy a ayudarte a bañarte, pero a partir de mañana lo harás tú sola.

No le contesté, dejé que me guiara hacia el baño, me quitara el camisón y que frotara mi piel.

Me sentía muy sola. Rafael seguía sin permitir que Eugenia me visitara y Pedro, el único contacto que tenía con el exterior, también dejó de venir. Ya no había heridas a las que poner vendajes, por lo que «mis padres» prescindieron de sus servicios.

Solo contaba con Carlos, que, aunque cuidaba de mí, sabía que nunca podría comprenderme. Él vivía en un mundo en el que la apariencia era lo fundamental y yo deseaba seguir viviendo en el mundo real.

El general Quiroga debía de estar satisfecho con el resultado de sus actos, volvía a tener una hija sumisa. Nuestro reencuentro no fue como a mí me hubiera gustado, consiguiendo que lo encerraran en la cárcel más fría del mundo.

—Tu madre me ha dicho que no comes. —Fue lo primero que me dijo al sentarse a mi lado, mientras yo miraba, perdida, a través de la ventana—. Está muy preocupada por ti, deberías hacer un esfuerzo aunque fuese por ella.

Escuchar su voz tan cerca encendió la sangre de mis venas y ojalá hubiera tenido la fuerza necesaria para plantarle cara, pero se presentó ante mí cuando ya estaba vencida.

—Ahora no comprendes nada, pero un día te darás cuenta

de que hice lo mejor para ti —me dijo poniéndose en pie y besándome la frente.

Un escalofrío recorrió mi cuerpo, giré la cabeza hacia él y clavé mi pupila en la suya. Ellas lo hablaron todo, no hicieron falta más palabras.

Habían pasado veinte días y, por un momento, o tal vez lo imaginé, me pareció ver en sus ojos dolor y compasión; había perdido a su hija para siempre.

Después del primer encuentro, me visitaba cada noche, acompañado de Pilar. Se quedaba en la puerta y me observaba, sin acercarse y en silencio.

—Mercedes, tu padre ha venido a despedirse, va a pasar unos días en Málaga —me informó Pilar una noche.

Ella era la única que hablaba en aquellos encuentros. Yo me limitaba a asentir o negar con la cabeza. Había encontrado en el silencio mi refugio y pasaba los días en camisón, sentada en una mecedora, junto a la ventana, reviviendo la muerte de Felipe una y otra vez, no quería ni podía olvidarla.

—Rafael, tenemos que hacer algo. La niña está cada vez más delgada —escuché decir a Pilar al salir de mi habitación—. No come, no duerme bien, no habla.

—Tranquilízate —le dijo él con autoridad y sin mostrar ningún sentimiento en su voz—. Esperaremos un par de semanas y, si no reacciona, buscaremos un especialista.

—He pensado que sería bueno permitir que Eugenia la visite —dijo ella—. Son como hermanas y Mercedes la quiere mucho.

—¡No! —Su respuesta fue tajante—. No quiero que le llene la cabeza de pájaros. Eugenia la va a confundir más y ahora es el momento de recuperar a nuestra hija, a la de antes.

—Pero debemos intentar cualquier cosa para que reaccione, por favor —le imploró.

—¡He dicho que no, Pilar! —El general había dado una orden.

Carlos seguía visitándome cada día e intentaba hacerme reaccionar de alguna manera. ¿Qué le habrían contado sobre lo sucedido el 5 de mayo?, ¿sería otro cómplice de Rafael? Aunque era atento y tierno conmigo, no podía fiarme de él. Me hablaba de su trabajo y me describía las viviendas que había visto para cuando nos casáramos.

—Hoy he visitado una preciosa casa de dos plantas —me dijo sentado a mi lado una de esas noches, cogiéndome de la mano—. Tiene un jardín precioso, como a ti te gusta, está en la Castellana.

Fingía que lo escuchaba y le dedicaba una sonrisa forzada para, de alguna manera, mitigar el dolor que reflejaban sus ojos, algo de lo que yo también era culpable. ¿Cuándo había dejado de ser mi Paul Newman?

—Ojalá pudiera hacer algo por ayudarte, no soporto verte así. —Besó mis frías manos y noté cómo las lágrimas caían por sus mejillas.

Sentí pena por él, parecía un animalito indefenso, ¿en qué lo había convertido?

—Ayuda a Pepe a salir de la cárcel —le pedí con dificultad, intentando incorporarme en la cama, pero no tenía fuerzas ni para hablar—. Sé que no entiendes su manera de ser, pero ambos sabemos que es un buen hombre. Ayúdalo, por favor.

Carlos me miró conmovido, me besó en la frente y me abrazó con fuerza.

—No te prometo nada, pero si eso te hace feliz, lo intentaré.

Pensé que lo decía para contentarme y que no haría nada para no contrariar a Rafael, pero, aun así, su respuesta sirvió para que esa noche durmiera un poco mejor. Si por lo menos lograba que Pepe recobrara la libertad, todo habría valido la pena.

Pilar se volcaba en mi recuperación lo mejor que podía: preparaba mis comidas preferidas y me aseaba personalmente. ¿Quién iba a pensar que la gran señora sería capaz de algo así? La desesperación y la impaciencia podían con ella, así que aprovechó la ausencia de su marido y, para intentar animarme, lo desobedeció por primera vez en su vida con tal de conseguir su propósito.

—Te traigo una visita, Mercedes —me anunció sonriente Pilar el 19 de junio, y depositó una bandeja con dos tazas de té sobre la mesa.

—¡Mercedes! —exclamó llorando Eugenia al entrar a mi dormitorio.

Creí que era un sueño, me levanté de mi mecedora temblando de emoción y me abalancé a sus brazos. Pilar, apoyada en la puerta, con el crucifijo en su mano, también lloraba ante la escena.

—Me has hecho tanta falta, amiga —le dije cuando recobré el habla.

Estuvimos un rato abrazadas llorando la una sobre el hombro de la otra hasta que Pilar nos interrumpió.

—Mercedes, tranquilízate. No es conveniente que te alteres —dijo acercándose y me tendió la mano para conducirme hacia la cama.

—Tu madre tiene razón —añadió Eugenia con la voz temblorosa.

Se produjo un silencio incómodo, delante de Pilar era imposible hablar y supongo que ella fue consciente de eso.

—Os dejo un rato a solas. —Sonrió, visiblemente emocionada, al verme feliz tras semanas de mutismo—. Haz que se tome el té y meriende un poco.

Se marchó y dejó la puerta entornada.

—¿Qué ha pasado contigo?, ¿qué te han hecho? —me preguntó mi amiga segundos después.

Parecía que Eugenia estuviera ante un fantasma, no paraba de acariciarme la cara y el pelo como si quisiera cerciorarse de que de verdad era yo.

Después de un rato en el que apenas pudimos hablar, pues ninguna sabía por dónde empezar, Eugenia pasó de la emoción al enfado e hizo lo que siempre ha hecho mejor que nadie: cantarme las cuarenta y devolverme al mundo de los vivos.

—¡Tienes que reaccionar! —Me zarandeaba para después volver a abrazarme—. Te estás dejando morir y no lo voy a permitir. Se acabó el lamerse las heridas sin hacer nada. ¿Me has oído?, ¿te has visto en un espejo? ¡Estás esquelética!

Se puso en pie y comenzó a caminar de un lado a otro sin dejar de regañarme.

—Escúchame bien, estoy embarazada. —Puso mi mano sobre su vientre—. Me ha costado mucho conseguirlo y tú tienes que ayudarme ahora. Estoy muerta de miedo, ahora soy yo la que te necesito fuerte y a mi lado, tu sobrino quiere conocerte.

—¿Embarazada? ¡Qué alegría! —Le besé la barriga, emocionada.

—Pepe va a salir de la cárcel. Javier ha hecho un acuerdo con el fiscal, con la ayuda de Carlos, y en unos días estará libre. No tienes motivos para seguir aquí.

¡Pepe estaba libre! Me emocioné al darme cuenta de que Carlos había cumplido su palabra y que volvía a ser aquel buen chico que yo conocía. Un poco de paz se coló en mi interior y consiguió que el dolor fuera menor. Estaba feliz después de mucho tiempo.

—¿Cómo lo han logrado? —pregunté llena de alegría; por fin una buena noticia.

—No lo sé, lo importante es que ya está hecho. —Se volvió a sentar a mi lado y cogió mi cara entre sus manos—. Es hora de escapar.

Un temblor sacudió mi cuerpo. ¿Escapar? Hacía demasiado tiempo que había abandonado aquella idea. El miedo me abrazó por detrás, me agarró las alas que antes me habían servido para volar.

—¿Para qué? Ya no tengo nada —le dije al darme cuenta de que sería imposible tapar el vacío que había en mi pecho.

—¡Serás egoísta! —Otra vez se alejó de mi lado—. ¿Para qué? Tu madre necesita saber que vives. ¿Crees que es justo que siga sufriendo por ti?, ¿y Felipe?

—Felipe ya no está —susurré mientras unos clavos ardiendo atravesaban mi corazón.

—Felipe no te reconocería, no te perdonaría nunca si te rindieses. ¡Reacciona! Él era un luchador y se debe de estar revolviendo en su tumba, al igual que tu verdadero padre, al verte así. Hazles justicia, se lo merecen.

Aquellas palabras de Eugenia me taladraron y me hicieron mucho daño, pero, como siempre, tenía razón. Una vez más, las lágrimas me traicionaron y escaparon de mis ojos como una fina lluvia de verano. Acaricié mi pelo mustio y recordé las veces en las que Felipe me lo había soltado. Mis piernas temblaron de emoción y una fuerte bola oprimió mi garganta, pero me la tragué en el mismo instante en el que el eco de la memoria me trajo sus últimas palabras: «Lucha, sé libre».

Una consigna que se repitió en mi cabeza durante toda esa noche, logrando que las fuerzas y las ansias de justicia y libertad volvieran a mí.

¡Había llegado la hora! A la mañana siguiente, me levanté y me aseé yo sola, saqué la llave de la cajita de música, la guardé en el bolsillo de mi camisón y esperé sentada en mi mecedora. No había prisa, esperaría paciente el momento oportuno para abrir el misterioso armario.

Cuatro días después de la visita de mi amiga, tuve la ocasión de poner a prueba mi fortaleza.

—Mercedes, espero que no te importe que tu padre y yo vayamos a cenar —me informó Pilar esa noche—. Si prefieres que me quede...

—Está bien, mamá, no te preocupes —le dije y me di cuenta de que era mi oportunidad para utilizar la llave que había encontrado en el joyero.

—Nos vamos. —Rafael entró en busca de su esposa, provocando que dentro de mí se desatara un terremoto que me resultó difícil controlar—. Un importante norteamericano está en la ciudad y debemos agasajarlo como corresponde —dijo a la vez que le ofrecía el brazo a su mujer para luego dirigirse a mí—. Cristóbal se queda a tu disposición.

Aunque el perro guardián de Rafael, al que tanto detestaba, se quedaría junto a la puerta de mi dormitorio, sentí un gran alivio cuando se marcharon.

Estaba decidida a intentar abrir el armario que se encontraba en el despacho de Rafael, y para eso debía salir de mi dormitorio.

En los últimos días había observado a Cristóbal, siempre bajaba a cenar sobre las diez de la noche, cuando creía que yo dormía. No tardaba mucho en volver, por lo que debía darme prisa si no quería que me sorprendiera.

Me recosté en la cama y esperé a que se hiciera la hora y, puntual como el reloj de cuco que anunció las diez, escuché a Cristóbal bajar las escaleras.

—Tú puedes, Mercedes —me dije a mí misma para darme ánimo.

Nuevamente el frío y el miedo se adueñaron de mi cuerpo y cada vez que abría la puerta e intentaba poner un pie fuera de mi fortaleza sentía cómo el suelo se rompía y me impedía cumplir mi propósito. Necesité muchos intentos para salir y lo conseguí gracias a las palabras de Felipe, que me revistieron de una armadura imaginaria. «Lucha, sé libre», me repetía a mí misma a cada paso que daba, consiguiendo disipar mis temores.

Agarrada a las paredes del pasillo, que parecían empeñadas en balancearse para interponerse en mi camino, y con mucho sigilo, me encaminé hacia el despacho. Una vez dentro, encendí tan solo la luz de la lámpara de pie que había junto a la gran mesa de madera. El misterioso armario se encontraba justo al lado del reloj de cuco.

¿Qué encontraría allí? Me dio miedo pensar que tal vez todo había sido una ilusión y que quizá aquella llave no pertenecía a ninguna puerta importante, pero, por otra parte, una vocecita interior me decía que estaba en el camino correcto.

Con las manos temblorosas, la introduje en la única puerta que estaba cerrada, giré hacia la derecha y el suave clic hizo que mi corazón se desbocara de alegría. Abrí con mucho cuidado y saqué todo lo que había en su interior: una veintena de carpetas marrones un poco descoloridas y unos billetes de tren.

El reloj del despacho me avisó con su canto de que eran las diez y media. ¿Habría vuelto Cristóbal a su puesto de guardia?, ¿qué iba a decirle si me descubría? Los nervios me paralizaron y aplacaron la alegría que había sentido ante mi descubrimiento.

Tras unos minutos de indecisión, decidí llevarme aquellos

papeles a mi dormitorio para examinarlos con atención. Los escondí entre mis ropas y salí del despacho.

Regresé a mi cuarto y recé para no encontrarme a ningún miembro del servicio. Faltaban tan solo unos diez pasos cuando el olor a tabaco llegó, por mi espalda, hasta mí. ¿Me había descubierto el hombre de confianza de Rafael?

Mi cabeza buscaba a toda velocidad una excusa para darle, comencé a sudar y el suelo se resquebrajaba bajo mis pies mientras yo seguía sin saber qué hacer. Me di la vuelta lentamente, contuve las lágrimas y busqué la cara más inocente que tenía.

Tragué saliva y me dispuse a hablar cuando, al ver a la persona que había detrás de mí, me quedé muda.

—¿Qué hace aquí, señorita?

—Yo... Este... Yo... —No me salía nada y entonces me acordé de Pilar y de cómo solía actuar ante el servicio—. ¿Estabas fumando? —pregunté a una asustada Conchita.

—No le vaya a decir nada a su madre —me suplicó olvidándose de mí.

—Está bien —dije feliz de haber conseguido desviar su atención—. Las dos olvidaremos lo que acaba de pasar, pero que no vuelva a ocurrir.

Me marché y la dejé sola, en el pasillo, no podía entretenerme más o la próxima vez me encontraría con Cristóbal y no tendría tanta suerte.

Al regresar a mi habitación, la paz volvió a mi cuerpo; allí me sentía a salvo. Una mezcla de emoción y miedo me invadió. ¿Y si aquellos papeles no servían para nada?

Cerré la puerta y extendí las carpetas sobre mi cama para inspeccionarlos. Encontré una a nombre de Engracia, mi madre, que provocó que el tiempo se detuviera. Me abracé a ella y comencé a llorar. ¡Por fin tenía una pista de lo que había ocurrido con ella!

Con las manos temblorosas, saqué unos papeles amarillentos y leí con mucha atención aquel informe: Engracia Martínez González, veintiséis años, casada. Detenida por colaboración con el bando republicano. Condenada a doce años y un día en la prisión de La Goleta, Málaga, estaba clasificada como presa rebelde. Y entonces encontré un dato que disipaba las pocas dudas que me quedaban sobre mi origen. Engracia había dado a luz en la cárcel el 9 de octubre de 1940. ¡No podía ser! ¡Esa niña era yo!

Noté cómo la habitación me daba vueltas, las fuerzas me abandonaban, pero las palabras de Felipe me ayudaron a continuar. «Lucha, sé libre».

Aparecía un dato escalofriante, y es que, según aquel informe, el bebé había nacido muerto. Así fue como Rafael me había arrebatado de su lado y le había hecho creer a todo el mundo que yo era su hija. Ese fue el día en el que me robó el nombre.

Me pregunté si Pilar habría formado parte de aquella acción tan ruin y no supe qué pensar.

Necesité tomar un vaso de agua de la jarra que el servicio me dejaba siempre llena en la mesilla de noche, la garganta me ardía y no lograba calmarme.

¿Qué tenía que ver Engracia con el resto de los expedientes que allí se encontraban?

Inspeccioné con cuidado el resto de las carpetas y descubrí que todos eran de presas republicanas, encerradas entre el 39 y el 41 en la misma cárcel de Málaga. ¿Por qué guardaba Rafael esos documentos en casa?, ¿o fue la abuela quien los escondió?

Volví a releer los expedientes un par de veces más, intentando encontrar similitudes. Apunté en un cuaderno lugares de nacimiento y fechas, así como el nombre completo de cada una de ellas, hasta que di con algo que provocó que la sangre se me helara por completo.

—¡Malditos!

¡Todas ellas habían dado a luz en la prisión, al igual que Engracia! Y todos los bebés aparecían como fallecidos.

Fue entonces cuando reparé en los billetes de tren, eran con destino a Málaga.

Málaga empezó a rebotar en mi cabeza y me trajo las palabras de mi charla con Teresa, la cocinera de Los Antones: «Su abuela discutió acaloradamente con su padre por un viaje a Málaga con el que ella no estaba de acuerdo».

Tuve que sentarme para no caer al suelo de la impresión. ¿Dónde estaban los bebés de las demás mujeres?, ¿habrían corrido mi misma suerte?, ¿por qué seguía Rafael viajando a Málaga?

Aquello era demasiado para mí y no pude evitar gritar de angustia y de dolor. La cabeza me palpitaba sin cesar, no dejaba de imaginar la vida de aquellas desconocidas al ver que les habían arrebatado a sus hijos.

—¿Se encuentra bien, señorita Mercedes? —preguntó Cristóbal, que golpeó con suavidad la puerta.

Me apresuré a recoger las carpetas y las metí bajo la almohada, no podía descubrirme. Me metí en la cama y esperé segura de que abriría la puerta.

—¿Qué sucede? —pregunté sin moverme, cuando lo vi asomar la cabeza.

—Me ha parecido escuchar un grito y solo quería cerciorarme de que se encontraba bien —me explicó muy profesional.

Asentí con la cabeza y esperé a que se fuera para continuar con mi investigación. Volví a abrir la carpeta de Engracia y, después de leerla varias veces, me percaté de una anotación bastante borrosa hecha a lápiz, que había en el reverso del segundo folio, en una esquina: «El Reloj 11, Casavieja, Ávila».

¿Estaría viva?, ¿sería su dirección? Mi corazón estuvo a punto de salirse del pecho de la emoción que experimenté. ¿La había encontrado?, ¿me sonreía la suerte por una vez?, ¿qué pasaría cuando nos viéramos por primera vez?

Esa noche no tuve pesadillas, soñé con la libertad y con la sensación de que muy pronto las víctimas de Rafael tendrían justicia.

23

¿Cuántos kilómetros me separaban de Ávila?, ¿cien?, ¿doscientos?, ¿sería realmente la dirección de Engracia?

Necesitaba escapar de mi jaula de oro para encontrar la respuesta definitiva. Pero ¿cómo? No podía contar con ninguna ayuda dentro de la casa. Pensé en hablar con Pilar; después de todo, su cariño hacia mí parecía sincero, aunque descarté aquella idea de inmediato, ella nunca haría nada en contra de su marido.

Lo único que me quedó claro aquella noche era que debía actuar con cautela y no precipitarme; no era fácil engañar al general Quiroga. Ya había comprobado que las prisas no eran buenas. Seguiría postrada en mi mecedora hasta que supiera cómo recobrar mi libertad, así me llevara dos meses o dos años.

A la mañana siguiente, me di cuenta de que lo mejor sería mandar un mensaje a mi amiga Eugenia, estaba segura de que a ella se le ocurriría algo para ayudarme.

—Mamá, me gustaría que el doctor viniera a visitarme —le pedí a Pilar cuando vino a traerme el desayuno.

—¿Qué te pasa? —me preguntó a la vez que me tocaba la frente para ver si tenía fiebre.

—Me duele mucho la espalda y el estómago —mentí.

—Llamaremos al doctor Gutiérrez, que ya ha vuelto de su viaje. —Me ofreció una taza de leche—. ¿Cómo no te va a doler el estómago con lo poco que comes?

—Me gustaría que viniera el doctor Márquez. —Me comí un trozo de tarta de manzana para complacerla—. Me siento más cómoda con él y así no habría que dar al doctor Gutiérrez explicaciones por mis cicatrices de la espalda. —Agaché la cabeza como si me avergonzara de los golpes que Rafael me había propinado. Sabía que ella haría lo necesario para evitar comentarios malintencionados.

—Llevas razón, nuestro médico no es muy discreto precisamente. —Tocó la campanilla para que acudiera alguien del servicio—. Lo haré llamar ahora mismo. Por suerte nos dejó su dirección y el teléfono de la pensión en la que se hospeda.

Pilar ordenó a Conchita, que acudió a su llamada, que dejara recado al doctor para que viniera. Sonreí agradecida y continué desayunando para que no se enfadara. La primera parte de mi plan había funcionado.

Para mi alegría, Pedro vino esa misma mañana a verme. Ver su cara al entrar en la habitación me provocó una pequeña sonrisa que ni yo misma esperaba. Su frente brillaba del sudor que le resbalaba por ella y estaba rojo como un tomate maduro. ¿Habría venido corriendo?

Me examinó delante de «mi madre», que no quiso marcharse, preocupada por mi malestar.

—¿Cómo está, doctor? —preguntó ella cuando Pedro guardó, en su descolorido maletín, el estetoscopio.

—Está bastante débil. Ha perdido muchos kilos y, evidentemente, tiene una deficiencia de vitamina D, está amarilla

—dijo examinándome las pupilas—. Debe alimentarse mejor y salir de esta habitación. Recluirse no es la mejor opción. Ha llegado el buen tiempo y el sol le sentará bien.

—Lo hemos intentado, pero está empeñada en vivir aquí encerrada. —Pilar me miraba mientras hablaba—. ¿Lo has oído, Mercedes? No es capricho mío, el doctor te lo ordena.

—Empiece por un pequeño paseo por el jardín y poco a poco vaya aventurándose más. ¿Por qué no quiere salir? —me preguntó.

Me hubiera gustado decirle que no se preocupara tanto por mí, que estaba mejor de lo que él se creía, pero le hubiera mentido y a Pedro no podía engañarlo. Era una persona limpia, transparente y sin dobleces que se había ganado mi admiración por su dedicación a sus pacientes.

—Tengo miedo —contesté y desvié la mirada a través de la ventana al mismo tiempo que se me erizaba la piel.

¿Bajar al jardín? Si me había costado tanto salir de mi habitación, pasear por el jardín era como descender al infierno. No sabía si iba a ser capaz de aguantar aquella tortura. ¿Cómo iba a reaccionar al estar en el mismo sitio en el que Felipe perdió la vida? Tan solo pensar en ello hacía que el corazón se me encogiese, me producía unas intensas ganas de vomitar.

—¿Le gustaría que yo la acompañara? —me preguntó, como si pudiera leer mi mente, y me ofreció el brazo.

¡No podía hacerlo! Mis pies no me respondían y la cabeza comenzó a dolerme. Tenía ganas de llorar, pero también sabía que era un miedo que debía vencer. ¿Cómo pretendía escapar de aquella maldita casa si no era capaz de salir a la calle? Miré a Pedro, que, sonriente y sin bajar el brazo, esperaba una respuesta. Él era de fiar, me sentía a salvo a su lado.

Tal vez Pilar, en otras circunstancias, se hubiera negado a que su hija paseara con otro hombre que no fuese su prometido, pero mi salud le importaba más. Un brillo especial apareció en sus ojos al ver cómo, tras dudarlo unos minutos, me levantaba y aceptaba el ofrecimiento del médico.

—No se ponga nerviosa, no tenemos prisa —me tranquilizó Pedro al ver que me costaba bajar las escaleras.

Al poner los pies en el césped, se me encogieron las tripas y el intenso sol, al que no estaba acostumbrada, me cegó momentáneamente. Sentí como si cientos de espinas se me clavaran en las entrañas, escuché mi propio llanto y las súplicas al hombre al que había considerado mi padre años atrás; uno y dos disparos y luego un gran charco de sangre. Comencé a temblar al revivir aquella noche, cerré los ojos y noté cómo se me escapaban las lágrimas. Estuve a punto de volver a entrar en la casa, pero Pedro me lo impidió, me agarraba la mano con fuerza.

—No tenga miedo —me susurró acercando la boca a mi oído, como si otra vez pudiera leer mis pensamientos—. Estoy a su lado. Deje que el sol le acaricie la cara y alimente su piel, escuche la melodía de los pájaros. ¿Oye eso? Preste atención y también oirá las risas de los niños que disfrutan del buen tiempo jugando en las calles. Déjese contagiar de esa alegría y no piense en nada más; ya no podemos cambiar el pasado, aunque sí somos dueños de nuestro futuro.

Con delicadeza y paciencia, me condujo hacia uno de los bancos del jardín y nos sentamos. No sé el tiempo que estuvimos allí, guardando silencio y dejando que el aire se filtrara por mis poros, pero fue la primera vez en mucho tiempo en que la culpa me dio un descanso. ¡Me hacía tanto bien estar con Pedro!

Cuando abrí los ojos, me di cuenta de que Pilar estaba a mi lado, sonreía al ver que lo había logrado. Su presencia impedía que pudiera hablar con Pedro y tuve que inventar una excusa para que nos dejara a solas.

—Me tomaría una de esas limonadas que tú sabes preparar —le dije a «mi madre».

—¿Ves qué bien te ha sentado el aire fresco? Te ha abierto el apetito. —Sonrió feliz ante mi cambio de actitud—. Voy ahora mismo a prepararla.

Esperé a que entrara en la casa para hablar con el doctor.

—Tienes que ayudarme —le dije a Pedro, sin levantar mucho la voz al darme cuenta de que Cristóbal nos observaba desde la distancia—. Creo que he encontrado a mi madre —le confesé a punto de llorar.

—¿Cómo? —me preguntó sin mirarme para no levantar sospechas.

No teníamos mucho tiempo, Pilar no tardaría en regresar, así que resumí rápidamente lo que había encontrado en el despacho de Rafael.

—He tenido pacientes que me han contado cómo les habían robado a sus bebés en la cárcel. —Parecía apesadumbrado—. Esas mujeres sufrieron todo tipo de torturas, pero lo peor fue perder a sus hijos.

—Engracia fue una de ellas —dije conteniendo la emoción.

—No eran solo recién nacidos, también se llevaban a algunos niños más mayores —continuó Pedro con la mirada perdida—. «Hay que arrancar el gen comunista que corre por su sangre», les decían eso cuando se los arrebataban de sus brazos. Algunos tuvieron suerte y fueron entregados a su familia, pero la mayoría eran puestos bajo la tutela del Estado.

—¿Por qué no los buscaron luego? —Pensé en si Engracia lo habría hecho y me dio miedo imaginar que tal vez no se alegrara tanto como yo de nuestro reencuentro.

—¿Cómo iban a hacerlo? —Levantó la cabeza y miró hacia el cielo—. Muchas de ellas murieron sin acabar su condena, otras todavía siguen encerradas, la mayoría salieron enfermas y sin un céntimo en los bolsillos. No tenían medios ni fuerzas para enfrentarse al enemigo o demasiado miedo de volver a la cárcel. La guerra es una lacra que destruye todo a su paso.

—El bando ganador se lo arrebató todo a los vencidos.

Recordé las palabras que tantas veces había repetido Rafael: «Los comunistas y los republicanos son la peor peste que existe en el mundo y deben ser erradicados lo antes posible para que no corrompan al resto de la sociedad». En aquellos tiempos creía que todo lo que el general Quiroga decía era cierto; en ese momento me di cuenta de que siempre hay dos versiones de la misma historia.

—En una guerra todo el mundo pierde. Los dos bandos hicieron cosas que nunca debieron pasar. —El rostro de Pedro reflejaba una tristeza que nunca había visto en él y me di cuenta de que no sabía nada de su vida—. Pero lo importante ahora es ayudarla a salir de aquí.

—Tengo que escapar de esta prisión, buscar a Engracia y huir juntas a Francia o donde Rafael Quiroga no pueda encontrarnos —le dije llena de angustia.

—¿Ha pensado que puede estar equivocada y que tal vez Engracia no viva allí? O tal vez ha muerto o sigue presa. —Agachó la mirada al suelo—. ¿Qué pasaría si después de escapar ella no estuviera en Ávila?, ¿no sería mejor cerciorarse?

—Ni está muerta ni sigue presa. La condenaron a doce años y han pasado veinte. Yo misma escuché a Rafael decirle a Ernesto que seguía viva —contesté—. El día que salga de esta maldita casa, será para no volver. —Me atormentaba imaginar que Pedro llevara razón.

—Le propongo algo —me dijo mientras miraba a nuestro alrededor para asegurarse de que nadie nos escuchaba—. Dígame la dirección y yo mismo comprobaré si la información es correcta y así se lo haré saber. Después usted decidirá qué debe hacer.

—Está bien —acepté, agradecida por su ofrecimiento—. El Reloj, 11, en Casavieja. Por favor, ponga a Eugenia al corriente de todo —le pedí justo en el momento en el que Pilar regresaba con la limonada.

Tras bebernos el refresco, el doctor me recetó unas vitaminas y se despidió con la promesa de volver en una semana para ver cómo me encontraba. Pilar, feliz por mi avance, no puso ninguna objeción a su visita.

Fue una semana bastante tortuosa para mí. La impaciencia por tener noticias de Pedro me consumía.

—¿Qué te pasa? —me preguntó Pilar tres días después de la visita del doctor—. La otra mañana, cuando saliste al jardín, estabas más animada, pero has vuelto a recaer.

—Me duele la cabeza —me disculpé.

—Hoy le diré a Carlos que te acompañe a dar un paseo.

Estuve a punto de negarme, no me apetecía escuchar cómo me hablaba de nuestra boda y de lo maravillosa que iba a ser, pero recordé que necesitaba coger confianza en mí misma y terminar de perder el miedo. Muy pronto me iría para siempre de allí y ese día debía estar fuerte.

—Quiero desayunar tostadas con tomate y jamón —pedí para sorpresa de Pilar—. Después saldremos a pasear, quiero salir todos los días.

—Así me gusta —dijo ella y ordenó a la muchacha del servicio, que estaba arreglando mi cama, que me subiera una bandeja con la comida.

Tragar los alimentos era un suplicio, se me había cerrado el estómago de tanto tiempo en el que apenas tomaba un poco de caldo, y el pan de la tostada parecía cortar mi garganta.

Cada día, yo misma me obligaba a comer un poco más y, por las noches, cuando no había peligro de que nadie me viera, daba largos paseos por mi habitación para fortalecer mis piernas.

Pedro vino a verme justo una semana después. Eran las doce de la mañana de un lunes y, para mi suerte, Pilar había salido con su amiga Constanza.

—Señorita Mercedes, el doctor ha llegado —me informó Conchita.

—Dile que suba —ordené con indiferencia cuando en realidad me hubiera gustado bajar corriendo a recibirlo.

La muchacha lo acompañó hasta mi dormitorio y se quedó en la puerta, parecía no tener intención de marcharse.

—Puedes retirarte —le dije bastante nerviosa.

—Pero...

—Vete y deja la puerta abierta —le ordené de mal humor.

Conchita, que seguramente temía ser regañada por mi madre, dudó unos segundos.

—No se preocupe, señorita —le dijo Pedro con su encantadora sonrisa—, vamos a salir a dar un paseo al jardín. —La tranquilizó a la vez que me ofrecía el brazo.

Bajamos ante la atenta mirada de Cristóbal, que nos acompañó en todo momento, desde la distancia, pero sin dejar de observarnos.

—¿Y bien? —le pregunté en cuanto me senté en el banco de piedra del jardín—. ¿Es ella?

Pedro giró la cabeza para asegurarse de que no había nadie escuchando, después se acomodó a mi lado y comenzó a hablar.

—Es igualita a ella —me dijo con una amplia sonrisa.

—¿La has visto? —intenté contener las lágrimas, pero no lo logré—. ¿Qué te ha dicho?, ¿le has hablado de mí?

—Calma. —Me apartó la mano de la boca para evitar que continuara comiéndome las uñas—. Se lo voy a contar, pero debe tranquilizarse.

Pedro volvió a mirar alrededor de nosotros antes de hablar.

—No ha sido fácil, es una mujer desconfiada. Al llegar al pueblo, me dirigí a la dirección que me había dado, pero al preguntar por ella, una chica un poco mayor que usted me dijo que no vivía allí.

—¿Y entonces? —le interrumpí con un revoltijo de sensaciones en mi estómago.

—La muchacha fue muy convincente, me dijo que hacía unos años había sido su hogar, pero que se había casado y se había marchado.

—¿Está casada? —No podía creérmelo.

—Eso fue lo que me hizo dudar de su historia. —Sonrió para intentar que yo también lo hiciera—. No insistí y me marché. Me alojé en la pensión como lo que soy: un médico. De hecho, atendí a un par de lugareños, en aquel lugar no tienen consultorio y deben esperar la visita del doctor, que viene una vez a la semana. La muchacha debió de informarse sobre mí y una tarde en la que me la crucé por la calle me preguntó para qué quería ver a Engracia.

Tenía frío y calor a la misma vez, quería que Pedro acabara su relato para salir corriendo a conocer a mi madre.

—Le dije que necesitaba arreglar un abrigo y que tenía entendido que era modista —continuó con una calma que me exasperaba—. No sé si me creyó o no vio ninguna amenaza en mí, pero me dijo que fuera a las cinco de la tarde, que era cuando abría su taller de costura, y así lo hice.

—¿Cómo es? —le pregunté sin aguantar más tiempo callada.

—Me recibió una mujer seria, con el pelo rizado y rubio, como el suyo. —Enredó el dedo índice en uno de mis caracolillos y lo retiró rápidamente—. Me dijo que se llamaba Manuela, pero supe que era Engracia; tiene su misma mirada.

No aguanté más la emoción y me abalancé a su cuello para descargar un centenar de lágrimas mientras Pedro me acariciaba la cabeza en un intento por calmar mi dolor.

—Gracias, muchas gracias. —Besé sus manos una y otra vez—. Mi padre se llamaba Manuel y ha elegido ese nombre en su honor.

Me sentía más ligera y el frío que llevaba tiempo envolviendo mi cuerpo empezó a desaparecer.

—No haga eso, por favor —me dijo turbado—. No bese mis manos, Cristóbal nos observa y vamos a levantar sus sospechas si no lo hemos hecho ya.

El hombre de confianza de mi padre había acortado la distancia que nos separaba. Pedro tenía razón, debía ser más prudente.

El médico sacó un pañuelo blanco del bolsillo del pantalón y secó mi rostro.

—¿Qué es lo que va a hacer ahora? —me preguntó a la vez que saludaba al guardia, que se dirigía hacia nosotros, con un gesto de cabeza.

—¿Todo bien, doctor? —preguntó Cristóbal, que nos miró de manera sospechosa.

—Sí, muy amable por preocuparse. —Sonrió Pedro—. La señorita me estaba contando una de sus inquietantes pesadillas.

Pude ver la desconfianza reflejada en su rostro. ¿Tenía miedo de que le contara a alguien su implicación en la muerte de Felipe? No se fiaba de mí, y eso jugaba en mi contra.

—Un montón de ratones se metían en su cama —improvisó Pedro—. Imagínese el miedo que ha pasado la señorita.

El médico comenzó a darle detalles de mi supuesta pesadilla, y mató así la curiosidad de nuestro vigilante.

Cristóbal no contestó, pero tras unos minutos escuchando

al doctor, se marchó y provocó una risita cómplice entre Pedro y yo.

—¿Le hablaste a Engracia de mí? —pregunté con el corazón en un puño cuando nuestro guardián se había alejado lo suficiente.

—No, solo me aseguré de que era ella y no tuve duda al ver su rostro. —Me miró con ternura—. Eso es algo que debe hacer usted.

Sentí cómo se me erizaba la piel al imaginarme frente a frente con mi madre.

—¿Eugenia está al corriente de todo? —le pregunté más calmada—. Voy a necesitar su ayuda para salir del país.

—Sí, me tomé la libertad de pasar antes por su casa. Por cierto, Pepe está trabajando como su chófer.

—¡Pepe! ¡Qué alegría! —Volví a coger su mano—. ¿Cómo está?

—Físicamente bien. —Sus ojos se encendieron de rabia—. Pero tardará mucho en olvidar su paso por prisión.

—¿Por qué? —pregunté alarmada por el gesto de dolor de Pedro.

—Intentaron realizarle un tratamiento de «reconversión sexual», lo torturaron. —Las lágrimas asomaban en sus ojos transmitiéndome el dolor que sentía en aquel momento el doctor.

—Pedro, ¿estás bien? —Apreté su mano con cariño.

—El hermano de mi madre no tuvo tanta suerte como Pepe. —Me cogió la otra mano—. Lo mataron por su «comportamiento escandaloso» justo al comienzo de la guerra. Tenía veinte años, era como un hermano mayor para mí.

—Lo siento mucho, Pedro. —Me hubiera gustado hacer algo para consolarlo, pero no sabía cómo.

—Por eso hay que luchar para cambiar esta sociedad. Debemos educar a los ciudadanos para que aprendan a pensar, para que sean tolerantes, solidarios y no juzguen a los demás por sus ideales, su procedencia o su forma de amar. —Su gesto ya no era de dolor, sino de esperanza por un mundo mejor.

Me gustó esa nueva imagen desconocida del doctor, era un idealista que pensaba más parecido a mí de lo que me esperaba.

—Tal vez algún día lo consigamos.

Por unos segundos, agarrados todavía de las manos, nuestras miradas conectaron de una manera especial.

—Siempre podrá contar con mi ayuda —contestó sonrojado minutos después, consciente del momento tan íntimo que habíamos compartido.

—Tengo los mejores amigos del mundo. Eugenia es como una hermana y mi doctor se ha convertido en alguien importante en mi vida.

Cristóbal nos observaba extrañado de nuestra cercanía, posiblemente dudaba de la excusa que le había dado Pedro. No podíamos hacer que sospechara, nos soltamos de las manos y dejamos de mirarnos.

—Voy a necesitar un pasaporte —dije en cuanto Cristóbal rebajó su atención en nosotros—. He pensado marcharme a Francia. Si me quedo en España, Rafael podría encontrarnos.

—Conseguir esa documentación va a ser complicado —me advirtió Pedro.

—Quizá algún amigo de Felipe pueda ayudarnos con ese trámite, seguro que conocía a alguien —le dije nerviosa, consciente de que no había reparado lo suficiente en ese detalle.

—Será mejor que me vaya. —Se levantó y me acompañó a mi dormitorio—. Espero traer, en breve, buenas noticias.

De repente, y después de tantos días de sombras y tormentas, mi cabeza se había despejado. ¡Iba a conocer a Engracia!

Dejaría atrás todo el dolor y comenzaríamos una nueva vida juntas, como siempre debió ser. Había llegado la hora de la verdad e iba a necesitar más valor que nunca.

En cuanto tuviera la documentación en regla, le diría adiós al apellido Quiroga para descubrir, finalmente, mi verdadero nombre, que como un eco no dejaba de llamarme.

24

Mis continuos paseos por el jardín y el haber aumentado mi ingesta de alimentos consiguieron que mi salud mejorara. Al mirarme al espejo, ya no veía a la chica pálida y en los huesos de hacía unas semanas, había recuperado peso y el color iba volviendo a mis mejillas. Ya no necesitaba ayuda ni para asearme ni para vestirme, aunque todavía había sido incapaz de bajar sola al jardín.

Seguía recluida en mi cuarto, excepto las veces en las que Pilar o Carlos me acompañaban en mis paseos matutinos. Sabía que debía enfrentarme a mis miedos o la huida sería más difícil, pero no me veía con fuerzas todavía para hacerlo.

—Mercedes, ya va siendo hora de que bajes a comer con nosotros —me dijo Pilar en uno de nuestros paseos—. Tu padre no deja de insistir.

—Todavía no me encuentro preparada —le contesté nerviosa.

No quería volver a compartir mi vida con Rafael; sentía asco tan solo de pensarlo y no sabía por cuánto tiempo podría controlar el odio que le profesaba.

—Está bien —contestó Pilar—, pero no podremos postergarlo mucho más, no creo que sea conveniente para ti estar siempre aislada.

Carlos me visitó una mañana cuatro días después de mi conversación con Pedro. Traía un gran ramo de rosas rojas, una caja de chocolates y una sonrisa que le llegaba hasta la luna.

—¿A qué se debe tu buen humor? —le pregunté cuando entró a mi dormitorio—. Conchita, trae un jarrón con agua para las flores, por favor —le pedí, aprovechando que se encontraba en la estancia y retiraba la bandeja de la comida.

—¡Nos casamos en tres semanas! —me anunció Carlos lleno de orgullo—. El diez de julio serás por fin la señora de Vargas del Castillo.

Aquella noticia, que en otras circunstancias me hubiera hecho saltar de alegría, fue como un gran jarro de agua fría. ¿En tres semanas?, ¿por qué?

—¿No dices nada? —me preguntó, extrañado por mi falta de reacción.

—Creí que íbamos a esperar un poco más —contesté con una mueca en los labios que quería asemejarse a una sonrisa.

—He venido acompañado de mis padres —comenzó a explicarme—. Tu padre así nos lo pidió. Nos hemos reunido en el salón y hemos decidido que, vista tu mejoría, no había motivo para postergar más nuestra dicha. —Sus ojos irradiaban un brillo especial, Carlos era feliz.

—Pero yo todavía no estoy repuesta del todo —argumenté deseando que desistiera de la boda.

—Lo sé. —Me cogió la mano y comenzó a acariciármela—. Pero a mi lado, los dos solos, estoy seguro de que te pondrás bien.

—Pero, Carlos, yo... —Estuve tentada de decirle lo que realmente sentía por él, no quería que sufriera cuando viera que me había marchado y que pensara que era por su culpa.

—¡Ya verás lo felices que vamos a ser! —me dijo como si no me hubiera escuchado—. Tendremos dos o tres hijos y seremos la envidia de nuestras amistades.

—De acuerdo. —Sonreí, cuando en realidad mi sangre se había helado—. Tienes razón.

Había decidido seguirles el juego; después de todo, me habría marchado antes de la boda. Pedro o Eugenia no tardarían en conseguir la documentación necesaria para que pudiera huir para siempre.

—Bajemos al salón. —Me ayudó a levantarme como el caballero que era.

—¿Para qué? —pregunté asustada.

—Nos esperan para brindar. Venga, ya es hora de que empieces a relacionarte con más gente y de que dejes esta reclusión.

Aunque estaba muy nerviosa, bajé al salón del brazo de mi prometido y brindé junto a «mi familia» por nuestro próximo enlace.

—Querida, ¡qué alegría verte! —Me recibió Asunción con un efusivo abrazo—. Ernesto y yo hemos estado muy preocupados por ti.

Mi futura suegra parecía contenta de verme, por una vez no criticó nada sobre mi aspecto, y eso me extrañó bastante. Todo eran abrazos y besos aquella tarde en la que la única infeliz era yo. Hasta Rafael, en su papel de buen padre, se acercó para felicitarme.

—¿No le das un abrazo a tu padre? —me preguntó con una sonrisa que a mí me producía nauseas.

Dejé que me envolviera con sus brazos y que, con las mismas manos con las que había apretado el gatillo de la pistola que le arrebató la vida a Felipe, acariciara mi pelo para después besarme en la frente.

Un huracán de sensaciones estalló en mi cuerpo al sentir su

contacto, algo muy fuerte me quemaba por dentro, me impedía respirar. No podía más, sentí cómo mis piernas no me respondían, desmayándome entre los brazos de mi verdugo.

Cuando recuperé la consciencia, me encontraba de nuevo en mi dormitorio, recostada en la cama.

—¿Te encuentras mejor, hija? —me preguntó Pilar—. Menudo susto nos has dado.

Carlos estaba detrás de ella con los brazos cruzados, esperando mi contestación.

—Me duele la cabeza —respondí con sinceridad.

Todo me daba vueltas, la piel de mis brazos me quemaba y yo lo único que deseaba era limpiar mi cuerpo con agua bien caliente para borrar las huellas que Rafael había dejado en mí.

—Estoy bien —dije mientras notaba una pequeña arcada—. Solo necesito darme un baño.

—Ya habrá tiempo para eso —contestó Pilar e impidió que me pusiera en pie.

—Deberíamos llamar al médico —dijo Carlos, al que se le había borrado la felicidad de minutos atrás.

—Conchita ya se ha encargado —contestó Pilar—. No debería tardar en llegar.

En efecto, Pedro no tardó ni veinte minutos en presentarse en mi habitación.

—No deben preocuparse —dijo después de examinarme—. La señorita Mercedes ha estado mucho tiempo convaleciente y estoy seguro de que se ha tratado de una bajada de tensión.

—Estábamos celebrando que la boda será en tres semanas y de pronto se ha caído como un pajarito.

Pedro no pudo disimular su sorpresa ante la noticia que le había dado mi madre.

—Oh, entiendo —dijo empezando a sonrojarse—. Bueno, ahora debemos dejarla descansar.

—El doctor tiene razón. —Carlos se acercó y me besó en los labios ante la atenta mirada de Pedro—. Vendré a verte mañana, que descanses.

Quería hablar con Pedro y preguntarle por mis documentos, pero la presencia de «mi madre» y de Conchita nos impedía tener una conversación. Aproveché un momento en el que Pilar se dio la vuelta para interrogar a Pedro con la mirada. El doctor pareció entenderme y me contestó negando con la cabeza.

Un mal cuerpo me acompañó el resto del día. Tuve miedo al pensar que tal vez los papeles no llegarían a tiempo, que finalmente acabaría casada con Carlos y atrapada para siempre en una vida que no era la que yo quería. ¿Qué sucedería en nuestra noche de bodas?, ¿cómo le iba a explicar que no era virgen?, ¿sería capaz de mantener relaciones con él?

Sentí náuseas al imaginarme en la intimidad con Carlos. El pánico se apoderó de mi cuerpo y comencé a temblar. ¡Tres semanas pasaban demasiado rápido!

Me di cuenta de que no había pensado en cómo iba a escapar, solo me había centrado en el pasaporte, pero salir de la casa no iba a ser sencillo; Cristóbal no se separaba de mí ni un momento. ¿Y el dinero? Tendría que pedírselo prestado a Eugenia, que bastante tenía con costear la documentación falsa, que no sería barata. ¿Sería capaz de vivir sin todos los lujos a los que estaba acostumbrada? Ya había comprobado, en mi visita al poblado de Carmelita, que no era fácil sobrevivir sin apenas ingresos. ¿Y si Engracia no quería acompañarme? En realidad, no sabía nada de ella, puede que no quisiera o no pudiera huir del país.

Una especie de ahogo acabó con el optimismo que me había acompañado los últimos días. Debía pensar con la cabeza y no precipitarme, como era mi costumbre.

Los días pasaban y veía cómo se me escapaba el tiempo sin tener noticias de ninguno de mis amigos. Tracé varios planes de huida para después tirarlos a la basura. ¿Cómo me iba a librar de la vigilancia a la que me veía sometida?

Los nervios empezaban a hacer mella en mí. Estaba despistada y ausente constantemente, no podía dejar de pensar en el modo de escapar y no prestaba atención a nada de mi alrededor.

—Mañana iremos a que te pruebes el traje de novia —me dijo Pilar mientras estábamos en el salón, al que había accedido a bajar a regañadientes—. No podemos dejarlo más, solo faltan diez días para la boda.

¡Diez días! Y yo todavía seguía en Madrid, sin noticias de mi pasaporte ni plan de huida. ¡Debía pensar algo ya!

—Las invitaciones ya están todas enviadas. —Pilar dejó el libro que estaba leyendo y añadió entusiasmada—: ¡Serrano Suñer ha confirmado su asistencia! ¿Has oído lo que te he dicho?

—¿Cómo? Oh, vaya, qué suerte —contesté y fingí una alegría que no sentía.

Aquella misma tarde recibí, en el salón y en compañía de Pilar, la visita que tanto había estado esperando: Eugenia.

Pilar no puso ningún impedimento para que mi amiga viniera a verme, ya que gracias a nuestro anterior encuentro mi salud había mejorado considerablemente.

—He venido a entregar mi regalo a la novia. —Eugenia traía consigo dos paquetes que fueron recibidos con entusiasmo por «mi madre»—. Espero que te guste.

Los abrí nerviosa y deseé que me diera mi verdadero regalo: el pasaporte. Pero se trataba de unos bonitos pendientes con circonitas de oro blanco y de una pulsera a juego con una turmalina y zafiros de colores.

—Son preciosos —le dije agradecida y emocionada, pensando en que tendría que venderlos para financiar mi nueva vida.

—Menuda maravilla, Eugenia. —Pilar los cogió para examinarlos más de cerca—. Es un regalo muy caro.

—Todo es poco para la que considero mi hermana.

Eugenia y yo nos fundimos en un tierno abrazo y comenzamos a llorar. Las dos sabíamos que muy pronto no volveríamos a vernos.

—Todo está arreglado —me susurró al oído al tiempo que deslizaba el pasaporte en el bolsillo de mi vestido.

El vello se me erizó de emoción. ¡Por fin un poco de luz entre tanta oscuridad!

—¡Por el amor de Dios! —nos interrumpió Pilar—. Me estáis haciendo llorar a mí también.

—El embarazo me tiene muy sensible —se excusó mi amiga, que acarició su barriga redonda y se sentó al lado de mi madre.

Pilar le tocó la barriga con afecto y se emocionó al hacerlo, me miró con dulzura, se levantó y me dio un fuerte e inesperado beso en la mejilla.

—Un hijo es lo más bonito que te puede regalar la vida.

Me acarició la cara con tanto cariño que me dieron ganas de abrazarla y decirle que yo también la quería; pero una ráfaga fugaz me recordó a Engracia, todo lo que habría sufrido, y no fui capaz de decirle nada.

—¡Basta ya de tonterías! —dijo Pilar con una amplia sonrisa a la vez que se secaba las lágrimas con un fino pañuelo—. Voy a ver lo que hay en la cocina para que podamos merendar, no tardo.

En el momento en que se marchó, saqué el pasaporte de mi bolsillo para ver mi nueva identidad: Catalina Márquez.

—Muchas gracias por todo —le dije volviendo a abrazarla—. Te voy a echar mucho de menos. —Noté cómo se me formaba un pequeño nudo en la garganta.

—¿Cuándo lo vas a hacer? —me preguntó Eugenia.

—No lo sé. —Me mordí el labio, nerviosa—. He pensado aprovechar el momento en el que Cristóbal baja a cenar para salir por la puerta de atrás, necesitaría que alguien me recogiera y...

—Para —me interrumpió—. Veo que no sabes que toda la casa está vigilada. Me he fijado al entrar, hay dos guardias junto a la puerta principal y otro en el jardín, todos armados. Va a ser muy difícil, esto parece una fortaleza.

Noté cómo se aceleraba el latido de mi corazón ante aquella noticia que no esperaba. ¿Cómo iba a burlar tanta vigilancia? «Mi padre» no tenía intención de ponérmelo fácil.

—Tengo que marcharme de aquí como sea. —La cabeza me retumbaba y tenía la garganta seca—. ¡No puedo casarme con Carlos! ¡No quiero pasar ni un minuto más alejada de mi verdadera madre! ¡No quiero compartir el aire que respiro con el maldito de Rafael Quiroga!

Estábamos tan preocupadas por mi huida que no nos dimos cuenta de que Pilar estaba en la puerta y escuchaba nuestra conversación hasta que no oímos cómo las tazas, que traía en una bandeja, caían estrepitosamente al suelo.

¡Nos habían descubierto! ¿Qué iba a pasar? No podía hablar, no sabía qué debía hacer. Comencé a temblar y a buscar alguna respuesta convincente para darle, pero era demasiado tarde; lo había escuchado todo.

—¿Qué estás diciendo, Mercedes? —me preguntó con lágrimas en los ojos agarrando su crucifijo—. ¿Tu verdadera madre?

—Pilar, por favor, escucha a tu hija —intervino Eugenia, que intentaba ayudarme—. Ella ha sufrido mucho y...

—¡Cállate! —contestó fuera de sí—. Será mejor que te vayas y que no vuelvas nunca más. Rafael tiene razón, no eres buena influencia para mi hija.

No podía permitir que mi amiga cargara con una culpa que no le correspondía, era el momento de que Pilar supiera toda la verdad.

—No le hables así. —«Lucha, lucha», me repetía a mí misma para no desfallecer.

—Mejor me voy para que podáis hablar a solas. —Eugenia cogió su bolso y se marchó, cerrando tras de sí la puerta del salón.

—Ella solo me ha ayudado, el único culpable de todo es Rafael y tú también, Pilar.

—¿Pilar? —repitió tapándose la boca con la mano—. ¿Así es como me llamas ahora? ¡Yo soy tu madre! ¡La única que tienes!

—Mi madre es Engracia Martínez —le dije con orgullo—. Vosotros me apartasteis de su lado. Lo sé todo, no sigas mintiendo más —escupí desde lo más hondo de mis entrañas, sentía cómo la rabia circulaba por mis venas a toda velocidad.

—Pero ¿qué disparate estás diciendo? —Tuvo que sujetarse al respaldo de una silla para no caerse—. Tu madre era una joven de buena familia —dijo dudando de su propia respuesta.

—Tengo pruebas de que Rafael me arrancó de sus brazos mientras ella cumplía condena en Málaga.

No podía creer que ella no estuviera al corriente de mi origen.

—No, no, no. —Negaba con la cabeza a la misma vez—. Tu padre me dijo que la chica se había quedado embarazada con quince años y que, para no ensuciar su nombre, buscaban una buena familia para que la criara y...

—Y, además —la interrumpí—, no contento con eso, mató a mi verdadero padre y también ¡le arrebató la vida a Felipe! —Un fuerte golpe sacudió mi corazón al recordar la terrible noche—. ¡Yo estaba enamorada de Felipe! No sabes lo que he sufrido todo este tiempo al darme cuenta de que el hombre al que yo idolatraba en realidad era un monstruo. Me golpeó como si yo fuese un animal, no tuvo piedad.

—¡Cállate, cállate, cállate! —dijo Pilar y se sentó en la silla, tapándose los oídos con ambas manos y sin dejar de llorar.

Me dolía ver cómo sufría, parecía que, en efecto, la había juzgado mal al pensar que era cómplice de Rafael. En ese instante, me di cuenta de que ella había creído todas las mentiras de su marido. Debía intentar abrirle los ojos, era mi oportunidad.

—No lo entiendes —le dije arrodillándome delante de ella—. Si me caso con Carlos y sigo cerca del hombre que mató a Felipe y les arruinó la vida a mis verdaderos padres, nunca seré feliz. La pena y el dolor me consumen cada día, me estoy quemando en mi propio infierno.

Pilar tenía la mirada perdida, como si intentara asimilar todo lo que le había dicho, volvió a agarrar su crucifijo y permaneció en silencio sin dejar de llorar.

—También ha separado a otras madres de sus hijos —continué—, todas presas de la cárcel de Málaga, ignoro dónde han ido a parar, pero no es justo. Hace un momento has dicho que lo más bonito que te puede dar la vida es un hijo; pues imagina cómo se sintieron esas madres al no poder volver a coger a sus bebés.

—¡Basta! —dijo al ponerse de pie, haciendo que yo también me levantara—. Eres una desagradecida, lo único que hemos hecho en esta casa es quererte y cuidarte como si yo misma te hubiera parido. —Me cogió por el brazo con fuerza y añadió—: ¿Qué escondes ahí?

Un pico del pasaporte sobresalía de mi bolsillo y Pilar se había dado cuenta. Instintivamente, intenté taparlo con mi mano, pero mi rapidez al actuar solo logró que sospechara más.

—¿Qué es eso? —volvió a preguntar.

Forcejeó conmigo para arrebatarme lo que escondía con tanto ahínco y, en nuestra pequeña lucha, los documentos cayeron al suelo. Pilar contuvo una exclamación al darse cuenta de que era un pasaporte. Lo recogí con rapidez y me alejé de ella.

—¡Dámelo ahora mismo! —me ordenó.

—¡No! —dije asustada—. Si te lo doy, no podré irme.

—No sé en qué momento has perdido la razón, pero no voy a dejar que te condenes a la miseria. —Se limpió la cara con el reverso de su mano derecha—. Dentro de diez días te casarás con Carlos y olvidarás para siempre toda esta locura que acabas de contarme.

—Si me obligas a casarme con Carlos, me condenarás a muerte —contesté rota de dolor al ver que no había logrado abrirle los ojos.

—Yo soy tu madre —dijo levantando la cabeza—. La única que tienes, tú eres una Quiroga y te comportarás como corresponde a tu estatus. Ahora dame el pasaporte, no me obligues a llamar a Cristóbal.

Derrotada, se lo entregué no sin antes hacer un último intento.

—Ayúdame, te lo suplico —le pedí viendo caer como un castillo de naipes mis planes de futuro.

No dijo nada, abrió la puerta e hizo sonar la campanilla para llamar al servicio.

—Conchita, acompaña a la señorita Mercedes a su cuarto —le ordenó sin apartar la vista de mí—. No se encuentra bien. Después recoge todo este estropicio.

La muchacha hizo una inclinación de cabeza y esperó en la puerta a que yo la acompañara.

—Descansa esta noche y piensa bien lo que quieres —me dijo Pilar al pasar por su lado.

Subí a mi dormitorio arrastrando los pies. ¿Por qué tenía tan mala suerte?, ¿tan grave era mi pecado que no se me permitía ser feliz? No solo todo se había ido al traste, sino que ahora Pilar también me vigilaba. Ya no podría volver a ver a Eugenia, ¿y Pedro? Sentí un fuerte vacío en mi interior al pensarlo. ¡Estaba completamente sola!

Al entrar a mi habitación, me tiré sobre la cama, me abracé a la almohada y descargué mi dolor con un llanto. ¿Merecía la pena seguir luchando?

25

Si algo había aprendido del general Quiroga, era que una guerra ni se gana ni se pierde hasta que no se libra la última batalla; y yo la había perdido en el momento en el que Pilar me había descubierto. A partir de ese día, me convertí en una marioneta que se dejaba arrastrar por los deseos de los demás.

A la mañana siguiente de haberle confesado la verdad a Pilar, se presentó en mi dormitorio como si nada hubiese pasado. Ese había sido su mecanismo de defensa durante toda la vida: obviar los problemas y no enfrentarse a ellos.

—Buenos días —dijo al correr las cortinas con energía—. Levántate, te espero en el comedor para desayunar y después iremos a ver a don Eufrasio.

Me desconcertó su actitud, esperaba que estuviera enfadada y que me reclamara por todo lo que le había dicho, pero solo se limitó a esquivar mi mirada.

—¿No me has oído? —me preguntó y abrió el armario para buscarme algo de ropa—. Nueve días pasan volando y hay mucho por hacer.

Quise negarme, pelear, pero ya no tenía fuerzas para luchar, incluso había dejado de escuchar la consigna de Felipe: «Lucha, sé libre».

Me puse la ropa que ella me dio, un vestido rojo con topitos blancos que yo odiaba. Me hice el peinado que ella decidió, el pelo recogido en una pulcra trenza; y fuimos a todos los lugares que ella quiso, visitamos a las hermanas Hernández y a Catalina Espinosa; y, finalmente, pasamos por la iglesia.

La visita a don Eufrasio, al que hacía mucho que no veía, aportó un poco de calma a mi alma.

—¡Qué alegría! —nos recibió el párroco—. Pensaba que no os vería hasta el día de la boda.

—Hemos venido a confesarnos, padre —dijo Pilar—. Creo que las dos lo necesitamos y que nos vendrá bien ponernos en paz con nuestro Señor. —Me miró como si esperara que dijera algo inadecuado.

Me limité a sonreír al cura y a bajar la cabeza, pues me pesaba demasiado todo el cuerpo; era como si de repente llevara sobre mí una losa de más de cien kilos.

Fui la primera en entrar en el confesionario mientras Pilar esperaba arrodillada en el reclinatorio, haciendo examen de conciencia.

—¿Qué es lo que te aflige, hija mía? —me preguntó don Eufrasio tras el ritual de inicio.

—Mi vida está acabada, padre. —La barbilla me temblaba al hablar—. No encuentro consuelo y he llegado a pensar que no merece la pena seguir viviendo y que lo mejor sería dejar de sufrir —le confesé entre lágrimas.

—¿Qué es eso tan grave que te ha pasado? —me preguntó alarmado—. A veces, el señor nos pone pruebas muy duras, pero nunca debemos desear nuestra propia muerte.

Me gustaba hablar con don Eufrasio, siempre amable con

todo el que llegaba a su iglesia y dispuesto a tender su mano al prójimo. Necesité mucho tiempo para contarle al párroco lo que me había sucedido en los últimos meses, pero hablar con alguien que no me juzgaba y que escuchaba pacientemente mi dolor me hizo bien.

—Mercedes, has sufrido mucho y comprendo tu rabia —me dijo con dulzura—. Pero, hija mía, debes perdonar y, sobre todo, no seas tan dura con tu madre. Pilar lo único que ha hecho ha sido quererte desde el día en que llegaste a su vida.

—¿Cómo se puede querer a alguien si la obligas a condenarse a la infelicidad eterna? —No podía comprender la actitud y la manera de amar de «mi madre».

—Eres una buena muchacha y estoy seguro de que pronto encontrarás tu camino. No eres culpable de todo lo que ha pasado, no sigas martirizándote así. Deja que tus heridas sanen y muy pronto verás las cosas de otra forma.

Salí del confesionario con una carga menos pesada y esperé resignada a Pilar, cumpliendo la penitencia impuesta por el padre: tres padrenuestros y dos avemarías.

Ella estuvo más de media hora hablando con don Eufrasio y, cuando salió, su cara brillaba por las lágrimas que había derramado. En el fondo intuía que sí me quería y que ella también estaba sufriendo mucho.

—Nos vemos el domingo, padre —se despidió Pilar cuando acabó con sus rezos.

—Id con Dios, hijas mías —nos despidió con el semblante preocupado.

Al salir, giré un momento la cabeza y vi cómo don Eufrasio miraba hacia arriba y murmuraba algo como si hablara con su Creador.

Hicimos el viaje de vuelta a casa en silencio, cada una encerrada en su interior. Aunque Pilar quería aparentar que nada había sucedido, lo cierto era que se había roto la poca comunicación que quedaba entre nosotras.

El resto de la semana, me quedé encerrada en mi dormitorio. Aceptaba las decisiones que tanto Pilar como Carlos tomaban con respecto a la boda: las flores de la iglesia, rosas blancas y rojas; la música de la ceremonia, la marcha nupcial de Mendelssohn a mi entrada y, durante el sermón, también escucharíamos la de Mozart y el coro interpretaría el *Ave María*, el canto *Gloria al Señor* y el *Aleluya*, entre otras; o el detalle que se le daría a los invitados, una fina pluma para los caballeros y un delicado pañuelo para las damas.

—Carlos me ha dicho que no has querido ir con él a supervisar los arreglos de vuestro nuevo hogar —me reclamó Pilar cuando tan solo faltaban tres días para la boda.

—No me apetece salir —contesté sentada en mi mecedora, con la mirada perdida a través de la ventana.

—Hoy tampoco has comido nada. —Observó la bandeja intacta de la comida con disgusto—. El lenguado y el pastel de manzana siempre te han gustado.

—No tengo hambre —respondí, cerré los ojos y balanceé suavemente la mecedora.

Supongo que se quedó observando mi palidez y las ojeras que habían vuelto a mi cara, pues tardé unos diez minutos en escuchar cómo se cerraba la puerta de la habitación.

Me hubiera gustado que Pedro estuviera allí conmigo. Cuando hablaba con él, los problemas parecían menos graves. Sin duda, era un gran médico, además de curar las heridas del cuerpo, sanaba también las del corazón.

Me hice un ovillo en la mecedora, que estaba convirtiéndose en parte de mi cuerpo, y dejé que fueran pasando con lentitud las horas hasta que Carlos vino a verme a las ocho de la tarde.

—¿Qué haces ahí? —me preguntó al entrar y dejar un sobre que traía en la mano sobre la mesa—. Pero ¿qué te pasa? Tu madre me ha dicho que llevas varios días sin apenas comer y que hoy no has probado absolutamente nada. —Me cogió de las manos para que me soltara las rodillas y bajara los pies al suelo—. ¡Dime algo, Mercedes! ¡Estás helada!

En aquel momento, era más un muerto viviente que una alegre novia. Ya no sentía el frío, ni el hambre, pero sí vi la angustia reflejada en el rostro de Carlos.

Mi prometido me arregló el cabello y echó una suave manta que había a los pies de mi cama sobre mis piernas.

—¿Qué te pasa, Mercedes? —me preguntó con la vista nublada, se sentó frente a mí y pegó su cabeza a la mía.

Carlos no se merecía aquel sufrimiento y yo tampoco. Alcé mi mano y le limpié una lágrima que se le escapó, acaricié con un dedo su cara para después acercarme a él y dejar reposar mi cabeza sobre su hombro. Buscaba calor, protección, una chispa de energía que me diera esperanza; pero no sentí nada más que el cariño que se le puede tener a un buen hermano. Entonces comencé a llorar, primero en silencio y poco a poco cada vez con más intensidad. Carlos me abrazó con tanta fuerza que hizo que mis cicatrices de la espalda me dolieran, recordándome aún más el motivo de mi desolación.

Nos fuimos separando poco a poco cuando ya no quedaban lágrimas, aunque sí mucho dolor.

—Hoy he visto a Eugenia —dijo Carlos tras unos minutos de silencio, alejándose unos pasos de mi lado para disimular el brillo de sus ojos—. Está muy guapa con su barriguita. He estado hablando con ella un largo rato.

Carlos debió de pensar que mis lágrimas eran producto de los nervios del enlace, pues no me preguntó qué me angustiaba.

—Me hace muy feliz que por fin vaya a ser madre —contesté, y sonreí con añoranza al recordar a mi amiga.

—He ido a recoger el menú al Ritz. —Cogió el sobre que había dejado sobre la mesa y leyó—: Entremeses selectos, filetes de lenguado *à la Dugléré*, pollo de la reina en cacerola *palace*, pan, bomba praliné, café, vino, champán y la tarta nupcial. Ese es el menú de nuestra boda. Espero que te guste.

—Claro, seguro que sí —dije desviando la mirada hacia la ventana.

Dejó el sobre nuevamente en la mesa, comenzó a caminar de un lado a otro con una mano en el bolsillo de su traje azul y la otra rascándose la frente, respiró hondo y se volvió a acercar a mí.

—Mercedes, ¿tú me amas? —me preguntó con la voz empañada.

Volví la cabeza hacia él, lo miré a sus bonitos ojos, en los que se libraba una furiosa tormenta, y contesté:

—Carlos, yo... Tú sabes que te quiero desde que era una niña. —Me mordí el labio inferior y segundos después noté el sabor metalizado de mi propia sangre—. Lo siento, tú no tienes la culpa de mi estado de ánimo.

Él sonrió, se volvió a sentar frente a mí y me dio un largo beso que no me supo a nada.

En ese momento, llegó Pilar, que se quedó parada en la puerta al ver la escena.

—¡Vaya, he pillado a los tortolitos! —exclamó sonriente para cambiar el gesto de su rostro por otro más sombrío al ver nuestras caras—. ¿Pasa algo?

—Nada, Pilar —contestó Carlos y se pasó la mano por el

pelo—. Es tarde, Mercedes está cansada y será mejor que me vaya.

Volví a perderme en la ventana mientras Pilar se ofrecía a acompañarlo.

Al día siguiente, Conchita me subió el desayuno.

—Buenos días —saludó—. Doña Pilar me manda decirle que la quiere lista para las once de la mañana.

—¿Para qué? —pregunté extrañada de que no hubiera venido ella misma.

—Tienen que ir a la boutique de doña Remedios Calderón a probarse el vestido de novia —me dijo mientras iba sacando ropa de mi armario.

—¿Qué haces?

—La señora me ha pedido que escoja sus prendas más nuevas para llevarlas a su futura casa, donde las espera el joven Carlos.

Me levanté de mala gana, no quería verme vestida de novia. Di un par de sorbos al zumo de naranja que me había subido la doncella y escogí un vestido negro y largo que había llevado durante el luto de «la abuela».

¿Mi nueva casa? Imaginé mi vida de casada con un hombre bueno, pero al que yo no amaba. Un escalofrío sacudió mi cuerpo al darme cuenta de que me esperaban el vacío y la soledad por el resto de mis días.

Bajé al salón con unas tremendas ganas de gritar, pero reprimí una vez más mi voz, y esperé, tocando el piano, la llegada de mi madre.

—¿Qué haces ahí? —me preguntó Rafael, atraído por la música y extrañado por mi presencia en el salón.

—Voy a probarme el traje de novia —contesté confusa, no

era propio de él estar un viernes por la mañana en casa—. ¿Y usted?

—Estoy esperando a Ernesto —contestó encendiendo su puro—. Hoy estaré todo el día fuera, quiero zanjar unas cuestiones de trabajo para que el domingo nada estropee el gran acontecimiento —me dijo con una sonrisa helada cargada de veneno.

¡Sentía tanto asco cuando me hablaba! ¿Cómo había vivido todos esos años engañada por aquel hombre? Por fortuna, Pilar llegó en ese momento, librándome de la presencia de ese ser tan despreciable.

—¿No te has marchado todavía, querido? —preguntó al entrar y saludar a su marido con un beso en la mejilla—. ¡Hace un calor horrible! ¿Nos vamos? —me dijo sacando un abanico de su bolso para refrescarse.

En el recibidor, bajo la esplendorosa lámpara de araña con cadenas doradas, nos esperaba Raimundo, el mayordomo, para abrirnos la puerta.

Bajé los tres escalones de mármol que precedían la entrada con una tremenda angustia. Volvería a probarme el vestido de novia que había elegido con tanto amor y que había acabado convirtiéndose en unas gruesas cadenas.

Atravesé los bancos de piedra, los cipreses y el caminito de rosales blancos, que en otros tiempos me habían hecho sentir que pasear por aquel jardín era un auténtico privilegio; alcancé la hermosa fuente de delfín en la que los pajarillos calmaban su sed y continué mi trayecto al rozar con la punta de mis dedos los parterres de setos, que dibujaban pequeños laberintos, hasta llegar a la puerta metálica de color verde que me abría paso al exterior.

Cristóbal nos esperaba junto al coche, con el motor arrancado, nos abrió la puerta trasera para que Pilar y yo nos subiéramos y puso rumbo a Boutique Marie.

Durante los veinte minutos que duraba el trayecto, mamá estuvo repasando la lista de invitados.

—Es un hecho —dijo con una sonrisa de oreja a oreja—. El mismísimo Caudillo va a estar presente en la celebración.

La miré con apatía para después apoyar la cabeza en la ventanilla del coche y dejar que el olor a aceite quemado de los puestos ambulantes de churros de la plaza del Callao inundara mis fosas nasales. ¡Lo que hubiera dado por estar corriendo y jugando con los chiquillos que se pasaban alegremente la pelota! Recordé a mis alumnos del Pozo del Tío Raimundo y noté un fuerte pellizco en el corazón. Yo tenía todo el dinero que ellos deseaban, pero eran más felices que yo.

—Ya hemos llegado —anunció Pilar agarrándose el crucifijo.

Al entrar en Boutique Marie nos dio la bienvenida su característico olor a vainilla, las paredes empapeladas en amarillo claro y las cortinas en rosa pastel adornadas con un gran lazo blanco en cada una de sus hojas. Remedios Calderón se encontraba tras su pequeño mostrador apuntando algo en una libreta.

—Buenos días —saludó, dejó de escribir y se acercó a darnos un par de besos—. Las estaba esperando.

—Cristóbal, baje la ropa que hemos traído —ordenó Pilar dirigiéndose después a la modista—. Como le dije por teléfono, le traigo unos vestidos de mi hija para unos arreglos.

—Perfecto, está todo preparado, tal y como usted me pidió —contestó la sevillana sin dejar de sonreír—. Trae el vestido de novia de la señorita —pidió a su ayudante.

Cristóbal volvió enseguida con una pequeña maleta que depositó a los pies de Pilar.

—Pasemos al probador —sugirió doña Remedios.

Accedimos a la habitación en la que tiempo atrás me había

probado con tanta ilusión mi vestido de novia y, sin embargo, en ese momento arrastraba los pies como un fantasma, me dejaba llevar como una marioneta. Me fijé en que no había repuesto el jarrón que había roto en mi baile infantil.

—¿Dónde vas detrás de nosotras? —preguntó Pilar a Cristóbal, con soberbia y agarrando con tanta fuerza su crucifijo que los nudillos los tenía blancos.

Nuestro guardián parecía tener la intención de entrar con nosotras al probador. Se quedó callado ante la pregunta inesperada de su patrona, pues seguro que creía que cumplía con su deber.

—Espere en la calle —dijo de mal humor—. No voy a permitir que absolutamente nadie vea el vestido de novia antes de la ceremonia.

—Pero... —intentó discutir la orden.

—Ni peros ni nada, esto es cosa de mujeres. ¡Salga!

Cristóbal salió con la cabeza agachada, avergonzado por el modo en el que lo había tratado «mi madre».

Yo observaba divertida la escena. Era hora de que alguien le bajara los humos a aquel tipo al que Rafael le había dado alas.

—Bien —dijo Pilar cuando lo vio salir—. Hagamos lo que hemos venido a hacer.

Doña Remedios cerró la puerta de la entrada con llave, algo que me extrañó, cogió la maleta y nos condujo sin decir nada a la parte trasera de la tienda.

—¿Dónde vamos? —pregunté nerviosa al ver cómo atravesábamos el cuarto de costura y el almacén.

—Ahora lo verás —contestó Pilar en un murmullo, cogiéndome de la mano.

Doña Remedios abrió una pequeña puerta y salimos a la calle trasera del establecimiento. Un joven rubio con traje gris y gafas de sol, al que enseguida identifiqué, nos esperaba con un cigarrillo en la boca apoyado en su coche. ¿Qué estaba haciendo Carlos allí?, ¿qué estaba pasando?, ¿por qué salíamos por la puerta trasera? ¡No entendía nada!

—Mucha suerte, muchacha. —Doña Remedios dejó la maleta a los pies y me dio un abrazo rápido—. Les dejo a solas para que puedan hablar —le dijo a Pilar.

Mi ojo derecho comenzó a palpitar a la misma velocidad que mis tripas se retorcían dentro de mí.

Carlos hizo ademán de acercarse, pero mi madre se lo impidió, indicándole con la mano que esperara. Me encontraba entre los dos sin saber qué hacer ni lo que me aguardaba.

Pilar se aproximó a mí con los ojos llenos de lágrimas. Sonrió con amargura, me cogió de ambas manos y comenzó a hablar:

—Me educaron para ser madre y esposa abnegada. —Esperó unos segundos antes de continuar—: Me casé muy enamorada e intenté quedarme embarazada muchas veces hasta que el médico me dijo que era imposible. Rafael me apoyó siempre, me dijo que no me preocupara, que encontraríamos la solución. Un día vino con la noticia de que muy pronto seríamos padres, la hija de unos amigos de su familia había quedado embarazada de un desalmado y no podía quedarse con el bebé. —Pasó la mano por mi pelo y me miró con dolor—. No hice preguntas, me creí lo que él me contó, no tenía motivos para no hacerlo. Llorabas con desconsuelo el día que te trajo a casa y fue ponerte en mis brazos, pegarte a mi pecho y acunarte unos minutos para que entre nosotras naciera algo especial y dejaras de llorar.

Se me hizo un nudo en la garganta; el peso que había aguantado durante mucho tiempo sobre mi espalda comenzaba a desaparecer.

—Me dediqué a quererte y educarte de la única forma que sabía —continuó Pilar—. Pensaba que tanto tu padre como yo hacíamos lo mejor para ti, pero me he dado cuenta de que no he hecho nada bien.

No aguantó más y se derrumbó, comenzó a llorar con intensidad. Había sido sincera conmigo, sabía que aquello era muy difícil para ella; estaba sufriendo y en parte era por mi culpa.

—Rafael no es mi padre. —No soportaba pensar en él de esa manera—. Te agradezco que me cuentes todo esto, pero...

—Tal vez ahora no lo veas como tu padre —me interrumpió—, pero hubo un tiempo en el que fue el mejor del mundo. ¿No recuerdas cómo te leía cuentos cada noche?, ¿cómo te montaba a caballito o jugaba contigo al escondite?

Pude escuchar las risas de aquella niña pequeña que corría feliz por toda la casa junto a su padre y me di cuenta de que Pilar tenía razón, él me quería, aunque su amor fuese un veneno para mí.

—Rafael te quiere porque eres hija de Engracia y él la ha querido desde que era un niño. —Volvió a agarrarse el crucifijo—. Tu abuela me lo dijo al poco de casarme, pero nunca sospeché que ella era tu madre. Después de lo sucedido el otro día, empecé a comprender muchas cosas. —Abrió su bolso, sacó el pasaporte que me había arrebatado y los expedientes que yo había guardado bajo mi colchón y me los dio—. Carlos me ayudó a entender que tenías razón.

Me sentí avergonzada por no haber confiado más en él. Giré la cabeza y lo vi con los brazos cruzados, apoyado en el coche, sin quitarnos la vista de encima. Estaba tan roto de dolor como yo. Le había juzgado mal, era mejor hombre de lo que pensaba. Me mordí el labio e intenté sonreírle antes de seguir la conversación con Pilar.

—¿Qué va a pasar ahora? —pregunté cogiéndolos con manos temblorosas.

—Yo soy tu madre —dijo con orgullo—. Aunque te pese, soy la única que has conocido y una madre debe hacer siempre lo mejor para sus hijos. Don Eufrasio, Eugenia y Carlos me han ayudado a entenderlo todo.

El suelo comenzó a temblar, tuve miedo; ¿qué era lo que iba a pasar? Intenté hablar, pero ella posó su dedo índice sobre mis labios para hacerme callar.

—Vete, encuéntrala y sé feliz allá donde vayas, es lo único que te pido: que seas muy feliz y que me perdones por lo mala madre que he sido y...

No la dejé terminar, me abalancé a sus brazos tirando al suelo todo lo que me había dado y comencé a llorar en su cuello. ¡Había recuperado la libertad! ¡Había recuperado la fe en las personas! Y lo más importante: ¡había recuperado a mi madre!

—¡Gracias, mamá! —le dije llenando sus mejillas de besos—. Perdóname tú por haber sido tan cruel y dura contigo. ¡Te quiero mucho!

—Shhh, no llores más —me dijo apartándose y limpiando mis lágrimas con sus frías manos—. Ve con Carlos, te llevará a casa de Eugenia y ella se encargará de que te reúnas con Engracia.

Me soltó muy lentamente, se pasó la mano por la cabeza para arreglarse el pelo y se le escapó un fuerte suspiro, se dio la vuelta y se encaminó hacia la tienda; y justo cuando ya iba a desaparecer de mi vista, se giró hacia mí, que seguía parada en el mismo sitio.

—No olvides nunca que te quiero. —Me lanzó un beso y se marchó sin darme tiempo a contestarle.

El 8 de julio aprendí que el amor es el único motor lo suficiente fuerte como para cambiar la vida de las personas. Por amor se hacen muchas cosas; unas tremendamente horribles, como en el caso de Rafael, y otras admirables y llenas de sacrificio, como hicieron Pilar y Carlos aquel día.

26

Pilar se marchó dejando un gran vacío dentro de mí; los seres humanos somos tan necios que no somos conscientes de cuánto queremos a una persona hasta que no la perdemos.

Carlos se acercó a mí sin sacar las manos de los bolsillos y, cuando estuvimos frente a frente, me di cuenta de que, aunque intentaba disimularlo con aquellas gafas de sol, él también había llorado.

Puso la mano derecha sobre mi mejilla y la acarició con suavidad para terminar atrayéndome con fuerza hacia él y rodearme con sus brazos. Volví a sentirme protegida a su lado y supe que con él estaba a salvo.

—Venga, vámonos —dijo después de unos breves minutos—. Tu madre no podrá distraer mucho tiempo a Cristóbal.

Me cogió de la mano y nos dirigimos en silencio al coche. Mirábamos al suelo, esquivábamos nuestros ojos, embargados por la emoción y sin saber qué decirnos.

—¿Cómo te has enterado de todo? —le pregunté ya en el automóvil, dirección a la casa de Eugenia—. No entiendo nada.

—Pilar vino a verme una mañana —dijo sin apartar la vista de la carretera—. Me contó lo que le habías dicho, estaba muy mal y no sabía a quién acudir. Ninguno de los dos comprendíamos qué había pasado, pero sabíamos que había una persona que estaría al corriente de todo: Eugenia.

—Debería haber hablado contigo —dije sintiéndome culpable una vez más—. Pero tuve miedo de que no me comprendieras.

—Puede que hubiera pasado así —admitió—. Han tenido que suceder muchas cosas para que abriera los ojos. Me ha costado mucho entender que ya no sientes lo mismo por mí. Hay una parte en mi interior que me dice que te retenga a mi lado, pero otra que me susurra que en el amor no deben existir cadenas. Siento tanto lo que ocurrió aquel día en mi despacho, yo...

—Calla —le interrumpí e intenté frenar su dolor—. Ya está olvidado, te dejaste influir por Rafael, que corrompe todo lo que toca.

Su mano temblaba sobre la palanca de cambios, estaba tan o más nervioso que yo.

—Eugenia no se dejó ningún detalle —continuó—. Se me partió el alma al enterarme de que te habías enamorado de Felipe y quise creer que, tal vez, había sido un capricho pasajero, pero cuando te pregunté la otra noche si me querías, en tu rostro vi que sufrías y te había visto apagarte día tras día. Yo desconocía que el ladrón que había muerto en tu casa era él y, cuando ella me lo dijo, comprendí muchas cosas. No creas que he cambiado de opinión de la noche a la mañana. Al principio estaba empeñado en que cumplieras tu palabra de matrimonio, pensaba que con el tiempo todo cambiaría; he necesitado muchos días para asimilar toda la información y tomar esta decisión tan difícil. Hablar con Eugenia me hizo bien, ella me mostró mi egoísmo, mi ceguera y gracias a su cruda sinceridad he recuperado mis principios.

Sacó un cigarrillo del bolsillo de la camisa y lo encendió, dio un par de caladas antes de proseguir.

—La verdad duele, pero es necesaria para escoger el camino correcto. Todo esto empezó por mí. Cuando me hablaste de las sospechas de tu madre, debí hacerte caso y seguramente no habríamos... Él sí te creyó desde el primer momento, ¿verdad?

Le temblaba la voz y yo me sentía diminuta a su lado, no sabía cómo curar las heridas que imaginé estarían sangrando en su interior.

—He investigado un poco lo de los niños que fueron arrebatados a sus madres y quiero que sepas que me parece abominable. —Endureció el rostro—. Mi padre también estaba metido en esos tejemanejes y don Ángel, al parecer; calaste muy bien a ese cura.

—¿Cómo lo has hecho? —pregunté asombrada de que hubiera averiguado tantas cosas en tan poco tiempo.

—Soy fiscal, tengo influencias, y el hecho de ser el hijo de Ernesto Vargas pues me abrió muchas puertas —dijo mientras aparcaba el coche frente a la casa de mi amiga y tiraba la colilla por la ventanilla—. Rebusqué entre los papeles de mi padre, pedí información a la cárcel de Málaga con la excusa de que estaba investigando a un grupo de presas y, junto con la información que me habían dado tanto Pilar como Eugenia, sumé dos más dos. Es curioso, mi padre, al preguntarle por lo de los niños, pensó que yo quería entrar en el negocio.

¿Entrar en el negocio? Noté cómo me hervía la sangre. ¿Cómo podían jugar así con las vidas ajenas?, ¿qué clase de personas eran? ¡Las vidas humanas no están en venta!

—¿Se puede hacer algo para ayudar a esas mujeres? —pregunté esperanzada—. ¡No me puedo creer que todavía sigan robando bebés!

—No creo, estoy seguro de que hay gente muy importante

detrás de todo —dijo quitándose las gafas de sol, se las metió en el bolsillo de la camisa—. La mayoría de esas criaturas habrán ido a parar a familias afectas al Régimen. ¿Quién nos iba a creer?

Me sentí impotente por no poder hacer nada, pero aquel día no era el indicado para tratar ese tema; había llegado el momento de huir de las garras de Rafael, debía darme prisa o corría el riesgo de que volviera a atraparme.

Carlos se bajó del coche y me abrió la puerta, como siempre había hecho, y sacó la maleta que Conchita había preparado con mi ropa.

—Gracias por todo, Carlos —dije al notar cómo las piernas empezaban a temblarme—. No voy a olvidar lo que has hecho por mí.

—Espero que encuentres lo que buscas y que te sirva para recuperar la paz que has perdido. —Se pasó la mano por la cabeza apartando el pelo de sus brillantes ojos azules—. Te esperaré si quieres darme una segunda oportunidad.

—Carlos, ¿no vas a acompañarme?

Me faltaba el aire y las palabras se agolpaban en mi garganta sin poder salir. Las lágrimas comenzaron a resbalar nuevamente por mi cara; aquella despedida me dolía más de lo que yo misma esperaba.

—No digas nada —dijo y pegó su frente a la mía, agarrándome por la cintura como si se tratara de un baile—. Tómate el tiempo que sea necesario y después llámame o escríbeme. Quiero que seas feliz, eso es lo más importante para mí.

Estaba admirada por su amor y sacrificio. ¿Qué pasaría con él y con Pilar?, ¿qué historia le contarían al gran general?

—No llores —dijo haciendo lo contrario de lo que me pedía—. Solo deja que inunde mis pulmones con tu aroma.

Puse mis manos sobre su cuello, le acaricié el pelo y acabé

aquel baile posando mis labios sobre los suyos. Fue un beso bonito, tierno, pero con demasiado sabor a tristeza.

—Prometo escribirte en cuanto me instale —le dije separándome de él.

—Toma. —Me entregó una libreta de ahorros—. He abierto una cuenta en el banco donde he ingresado algo de dinero para los primeros meses.

—No puedo aceptarlo —contesté ruborizándome.

—No quiero que te falte de nada. Ahora vete, no demores más tu salida.

—¿Qué le vais a decir a Rafael?

Estaba nerviosa por la suerte que pudieran correr.

—No te preocupes por nada, está todo planeado —dijo y se subió al coche—. Hasta pronto.

Carlos y yo queríamos cosas muy distintas de la vida. Él necesitaba el mundo en el que nos habíamos criado para sobrevivir. A mí habían dejado de interesarme los grandes bailes y fiestas de la alta sociedad, había descubierto una forma de vivir más auténtica y no quería renunciar a ella por nada ni por nadie. Eso no significaba que no sintiera cariño por Carlos, pero nuestra etapa ya había acabado.

Esperé en la calle hasta que vi el automóvil perderse entre los edificios. Necesité unos largos minutos para reponerme de tantas emociones y tocar el timbre de la casa de mi amiga.

—Mercedes, estaba muerta de los nervios —me recibió Eugenia abriendo ella misma la puerta—. Vamos, no podemos perder más tiempo, te están esperando.

—¿Quién me espera? —La acompañé hasta el salón, donde descubrí al resto de los invitados—. ¡Carmelita! ¡Pepe!

Los abracé a ambos llena de alegría, no podía creer que mi chófer estuviera allí. Estaba más delgado y estropeado, pero mantenía su sonrisa amable.

—Pedro. —El doctor, que sonreía con su cara de niño tímido, también estaba en una esquina de la habitación—. Me alegro de que estés aquí.

—Dejémonos de abrazos y de sentimentalismos —intervino Eugenia, que impidió hablar a los demás—. Partes ahora mismo hacia Ávila. Pepe te va a llevar en coche y Pedro se ha ofrecido a acompañarte.

Me pareció estar flotando en una nube. ¿Estaría soñando?, me pregunté con miedo, no estaba acostumbrada a que las cosas me salieran bien.

Me alegré de que fuera Pedro el que me acompañara aquel día tan importante para mí. Iba a necesitar mucho apoyo y sabía que lo encontraría en él.

Intenté despedirme de mi amiga, pero no me dejó.

—Nos veremos pronto —argumentó—. No creas que te vas a librar de mí.

—Eso espero —dije conteniendo las lágrimas—. Quiero disfrutar de mi sobrino o sobrina, que estoy segura de que será tan guapo como su madre.

A las doce y media de la mañana del 8 de julio partí en busca de una madre de la que solo tenía una foto.

—Ya hemos llegado. —Pedro me tocó el hombro con suavidad, aunque no pudo evitar que diera un respingo.

—¿Qué hora es? —pregunté desorientada.

—Las dos y media —dijo al mirar el reloj de su muñeca.

Me había pasado todo el viaje con la cara apoyada en la ventanilla, diciéndole adiós con el corazón en un puño a los edificios, plazas y calles en las que me había criado. Atrás quedó el bullicio de la gran ciudad para adentrarme poco a poco en los paisajes verdes y frondosos de Ávila, donde los jóvenes disfrutaban del buen tiempo y se refrescaban en la piscina del Charco de las Cabras.

—Pepe, gire a la derecha y estacione donde le sea posible —indicó Pedro—. Tomaremos algo en la pensión y después visitaremos a la señora Engracia.

—No —dije impaciente—. Lo siento, pero necesito ir ya, no puedo esperar ni un minuto más.

A pesar de las altas temperaturas, propias del verano, tenía los pies congelados y la espalda parecía un cubito de hielo.

—Pero me preocupa que no haya tomado nada en todo el día —dijo en modo doctor—. Su salud es delicada y...

—Pedro, si no resuelvo esta incertidumbre que me está devorando por dentro, entonces es cuando voy a enfermar. —Agarré la mano del doctor, que se debatía entre su deber como médico y como amigo—. Por favor.

—Está bien —claudicó—. Pero prométame que después me hará caso.

—¡Por supuesto! Y tutéame, no me gusta que mis amigos me hablen de usted.

Pedro asintió con una alegre sonrisa.

—Pepe, continúe recto y en la siguiente calle gire a la izquierda y después a la derecha —le indicó Pedro.

Cinco minutos después, paramos frente a una pequeña casa de piedra. La calle estaba solitaria, unas cuantas chicharras cantaban para amenizar la hora de la siesta.

¿Y si no estaba?, ¿cuál sería su reacción al verme? Miedo no, tenía pánico a que me rechazara. ¿Y si me había hecho demasiadas ilusiones?

Bajé del coche sujetándome a Pepe, que se había adelantado a abrirme la puerta. La calzada temblaba bajo mis pies, hacía que me fuese difícil avanzar hacia la puerta descolorida que se interponía entre mi madre y yo.

—Tranquila —me dijo el fiel chófer como si pudiera escuchar mis pensamientos—. Ella va a estar muy orgullosa de tener a una hija como usted.

Nos encontrábamos frente a una casa de planta baja con numerosas macetas colgadas en la fachada y alegres geranios que decoraban las ventanas; un felpudo de esparto para poder limpiar los zapatos y una pequeña campanilla como timbre.

Una vecina curiosa asomó la cabeza por la puerta para ver con detenimiento a los forasteros que habían llegado y, al cruzarse con la mirada de Pedro, su gesto desconfiado desapareció; había reconocido al doctor.

Pedro me ofreció su brazo y avanzó lentamente conmigo hasta recorrer los apenas quince pasos de distancia, que para mí fueron como quince kilómetros.

Golpeó la puerta de madera tres veces, pero nadie contestó.

—¿No está? —pregunté con voz entrecortada.

Me agarré el pecho con la mano derecha para intentar frenar los latidos desbocados, las lágrimas amenazaban con aparecer otra vez y tenía la garganta tan seca que me escocía.

—Volveremos a tocar —dijo Pedro a la vez que golpeaba con más fuerza la puerta.

Apenas un par de minutos después se entreabrió una ventana a nuestra izquierda.

—¿Quién es? —preguntó una voz femenina.

—¿Se acuerda de mí, doña Manuela? —Pedro asomó la cabeza para que ella pudiera verlo, aunque nosotros solo podíamos divisar una sombra—. Soy Pedro Márquez, el doctor que vino hace unas semanas.

—¿Es ella? —pregunté a mi amigo, muerta de la angustia.

Él asintió con una sonrisa.

El chirrido de la puerta al abrirse me pareció música celestial. ¡Por fin iba a conocer a mi madre!

¿Qué le iba a decir? Había soñado tantas veces con ese momento que no me había planteado nunca cómo me iba a presentar ante ella. ¿Y si no me creía? Una mezcla de emoción y miedo se adueñó de mi cuerpo.

—Pasen —nos invitó a entrar una joven de pelo rizado.

¿Sería Anita?, ¿dónde estaba Engracia? Los miles de preguntas que rondaban en mi cabeza me martirizaban.

—Doña Manuela se encuentra en la cocina —nos indicó la muchacha con una alegre sonrisa.

La seguimos hasta la siguiente estancia de la casa y, al acceder a ella, un fuerte olor a canela y almendra tostada penetró mis poros como si quisiera adherirse a mi piel.

—Buenas tardes —saludó Pedro al entrar.

Una mujer de estatura media, pelo rubio y rizado se encontraba de espaldas sacando una bandeja del horno.

—Le atiendo ahora mismo, doctor —dijo sin girarse a mirarnos.

Yo seguía al lado de Pedro, sin poder articular palabra y deseando que se diera la vuelta para poder verle la cara. Mi corazón retumbaba con tanta fuerza que pensé que se me iba a salir del pecho. ¿De verdad era mi madre la mujer que tenía delante? Él, consciente de mi estado, me apretó la mano con afecto y me sonrió.

—Todo está bien —me susurró al oído para intentar calmarme—. Yo estoy aquí —dijo soltándome y me animó con un ligero empujoncito a que me acercara a Engracia.

La muchacha relevó a Engracia en sus quehaceres para que pudiera atendernos.

—¿Qué le trae de nuevo por aquí, doctor? —preguntó esta, se limpió las manos con un paño y levantó la cabeza hacia nosotros.

—Ho-hola —saludé tímidamente y me acerqué más a ella.

—¿Nos conocemos? —preguntó escrutándome de arriba abajo—. Te pareces a... No, no puede ser.

En ese instante, el tiempo se paró para nosotras. Yo parecía estar clavada al suelo y, aunque había tanto que quería decirle, mi cerebro se había olvidado de cómo se hablaba. Ella se aproximó a mí, retiró el mechón de pelo que cubría mis ojos y me rozó la cara con la punta de los dedos, que encendió en mí una chispa de calor.

—¿Manuela? —preguntó con sus intensos ojos verdes inundados de lágrimas—. ¿Eres mi Manuela?

En aquel momento no entendí por qué me llamaba así, pero asentí con la cabeza.

—Me bautizaron como Mercedes Quiroga —atiné a decir—. Pero mi madre verdadera se llama Engra...

No pude acabar, ella tiró el paño de cocina que todavía llevaba en las manos y me abrazó con tanta fuerza que casi no podía respirar. Comenzamos a llorar, al principio con angustia por todo el dolor que habíamos sufrido, para acabar haciéndolo de alegría.

—Será mejor que espere fuera —interrumpió Pedro devolviéndonos a la realidad.

—Acompaña al doctor, Julia —pidió Engracia a la muchacha que nos había abierto la puerta y que nos observaba sin comprender qué pasaba.

—¿Cómo me ha reconocido? —le pregunté cuando nos quedamos a solas.

—Ven, sentémonos, tenemos muchas cosas de las que hablar. —Me señaló dos viejas sillas que había junto a la mesa de la cocina.

Al tenerla frente a frente, calculé que tendría unos cuarenta y tantos años y, a pesar de ser más o menos de la edad de Pilar, parecía mucho mayor. Sus ojos eran como los de un gato, algunas canas poblaban ya su frente y una pequeña cicatriz atravesaba su mejilla izquierda.

—Siempre he sabido que estabas viva —me dijo y se limpió la cara con el pico del delantal—. Cuando te he visto... Eres igualica a mi Anita. —Se mordió el labio inferior y comenzó a llorar nuevamente—. Nunca imaginé que te conocería.

—¿Dónde está Anita? —pregunté feliz de tener una hermana.

—Unos parientes míos se hicieron cargo de ella mientras estuve en la cárcel. —Cerró los ojos—. Solo pude disfrutar de ella un año, murió al poco de salir de prisión.

—¿Cómo? —Una punzada atravesó mi pecho.

—La guerra trajo mucha pobreza, sobre todo para la gente como yo. El frío y el hambre nos acompañaban día tras día, nadie quería dar trabajo a una roja. Anita estaba muy débil y la tuberculosis pudo con ella, tenía solo quince años. —Abrió los ojos y metió la mano en el interior de su vestido gris, para sacar una fotografía—. Mira qué guapa, ¿ves?, eres su vivo retrato.

Anita posaba risueña con un pañuelo en la cabeza y, aunque estaba mucho más delgada que yo, Engracia tenía razón, éramos idénticas.

—Cuéntame cómo-cómo me has encontrado —me pidió volviendo a guardar la foto junto a su pecho.

Me costó mucho encontrar las palabras adecuadas y las fuerzas para relatarle todo lo que había vivido en los últimos meses. Pensar en Felipe abría no solo las heridas de mi espalda, sino también las de mi corazón, y avivaba así el odio y la ira que sentía hacia Rafael.

Ella no me interrumpió en ningún momento, tan solo apretaba con fuerza los puños. Al terminar, me sentí ligera como una pluma; había descargado todo el dolor y la culpa que reposaba en mi espalda desde hacía mucho tiempo. Mi estómago rugió, alertándome de las horas que llevaba sin comer.

—¡Qué desconsiderada soy! —dijo Engracia, que se levantó para coger una pequeña bandeja que llevaba unos dulces envueltos en papeles de colores—. No te he ofrecido nada para comer. Pruébalos, es una receta familiar.

—¿Qué es? —pregunté desliando uno.

—Alfajores —respondió con una triste sonrisa—. Manuel y yo los hacíamos casi todos los fines de semana, le gustaban mucho.

Mordí aquel dulce típico de la Navidad con la sensación de que tocaba algo que pertenecía a mis padres, y no sé si fue el dulzor de la miel o que quizá llevaba demasiado tiempo sin comer, pero noté en mi estómago una agradable sensación de paz.

—Siento mucho lo que has sufrido —dijo al pasarme la mano por la cara con timidez cuando terminé de comerme el alfajor.

—Ahora soy yo la que necesito conocer tu historia —le pedí deseosa de colocar la última pieza del puzle.

Engracia se levantó y sacó dos vasos y una botella de coñac de un armario.

—Necesitaré tomarme algo —dijo con una media sonrisa y llenó los vasos.

Tardó unos largos minutos en comenzar, no debía de ser fácil para ella contarme lo que me contó.

—Rafael se crio en el mismo pueblo que tu padre y yo, éramos amigos, o eso creía. —Sonrió con tristeza—. Crecimos juntos, compartimos juegos y travesuras, pero a medida que fuimos creciendo, nos distanciamos. Manuel, tu padre, era el hijo del panadero, yo una simple modista, y él el hijo del terrateniente más importante de la región; queríamos cosas distintas en un tiempo convulso.

Dejó de hablar un momento, como si tuviera que ordenar la historia en su cabeza para contármela. Yo no sabía cómo comportarme ni qué decir para que se sintiera mejor.

—Rafael estaba enamorado de mí, yo nunca le había dado esperanzas y no se tomó nada bien que Manuel y yo nos hiciéramos novios. Una tarde vino a verme y me pidió que me casara con él y yo le rechacé; se marchó con el orgullo herido y no volví a saber nada más de él en un tiempo, pues se fue a la capital a estudiar. Me casé con el amor de mi vida, nació Anita y, a pesar de que pasábamos estrecheces, fuimos muy felices. —Unas lágrimas resbalaron por sus mejillas ante aquel recuerdo—. Después vino la maldita guerra y a Manuel le tocó luchar en el bando que perdió.

Llenó nuevamente el vaso de coñac y se lo bebió de un trago antes de continuar. El dolor se dibujaba como un mapa por las arrugas de su rostro.

—Unos días antes de que lo apresaran, vino a verme; fue una noche mágica. Después se marchó con la promesa de volver con un salvoconducto que le iba a dar Rafael para que pudiéramos huir del país. —Se acarició la cicatriz del rostro y sonrió con dolor—. ¡Qué ilusos fuimos! No supe que el responsable de su arresto era nuestro «amigo» hasta que no me detuvieron; aunque antes de eso, Rafael vino a verme en persona haciéndose el héroe. «Haré todo lo que esté en mi mano para que liberen a Manuel», me dijo. Me visitaba todos los días, traía comida para mí y para Anita y yo confié en él hasta que me pidió el pago por sus servicios. «Dejaré a Pilar y nosotros formaremos una familia», me dijo una noche en la que intentó besarme y yo volví a rechazarlo.

—¡Maldito! —exclamé llena de asco.

—Si hubiera accedido, Manuel estaría vivo. —Se tapó la cara con ambas manos.

—No es culpa tuya —le dije comprendiéndola mejor que nadie.

—Después me detuvieron y me separaron de Anita —continuó—. Vino a verme a la cárcel y más de una vez se tomó por la fuerza lo que me había negado a darle.

Todo en mi interior ardía al imaginar el horror que mi madre había vivido por culpa de Rafael Quiroga. ¿Cómo había podido yo querer a ese hombre?

—Me violó cada noche durante tres semanas, recibí golpes y humillaciones, pero no se salió con la suya, nunca me rendí. Como veía que no podía doblegarme, una noche me sacó de prisión y-y me llevó a un descampado donde estaba mi Manuel. —Sus ojos ardían de dolor—. Lo obligó a arrodillarse delante de mí, todavía puedo oír mis gritos suplicándole que no lo hiciera. —Se tapó los oídos con las manos—. Pero de nada sirvió; disparó dos veces contra él.

¡Lo había matado como a Felipe! Me levanté y me eché las manos a la cabeza. ¡Rafael era un monstruo! ¿Cómo había podido hacerle algo así a la mujer que amaba? Sentí como si cien alfileres atravesaran mi corazón.

—Aaahhh —grité loca de dolor—. ¿Por qué?

—Después descubrí que estaba embarazada y tuve miedo de que te hiciera lo mismo —dijo levantándose de la silla—. Yo sabía que eras hija de mi Manuel, pero le hice creer que eras hija suya; yo fui la culpable de que te llevara con él. Perdóname —confesó con el miedo dibujado en su rostro.

¡Rafael pensaba que yo era su hija! ¿Perdonarla? Engracia había vivido en un infierno todos esos años, donde la culpa había sido su cruel compañera, así que hice lo que me salió del corazón en ese momento en el que una vez más se me había roto en mil pedazos. Me tiré a sus brazos y sentí cómo el frío de mi cuerpo desaparecía por completo.

—Manuela, ese es el nombre que te puse en los pocos minutos que te tuve en mis brazos —me dijo llenando mi cara de besos y repitiendo como un eco mi verdadero nombre—. Manuela, Manuela, Manuela.

Las guerras se ganan cuando se libra la última batalla, y aquella lo era. Vendrían tiempos muy duros y tanto Engracia como yo tendríamos que conocernos y aprender a convivir la una con la otra. Aquel día perdí muchas cosas, pero recuperé lo más importante que necesitaba para ser feliz: el amor de mis dos madres, Pilar y Engracia.

27

Todas las personas, en un momento u otro, buscamos la verdad de nuestra vida, sin ser conscientes de que, al encontrarla, nuestro mundo cambiará por completo. La verdad es dura y demoledora; la verdad es cruel y no repara en el dolor que pueda causar; la verdad pone tu mundo patas arriba, arrasando con todo como un huracán, pero cuando la encuentras te das cuenta de que ella solo trae libertad.

No todo fue fácil en la nueva vida que emprendí junto a mi verdadera madre, yo estaba demasiado acostumbrada a que los demás lo hiciesen todo por mí y, a partir de ese momento, solo estábamos ella y yo.

Al llegar a Francia, nos instalamos en una modesta pensión. La habitación que compartíamos era mucho más pequeña que la que tenía el personal de servicio en mi antigua casa. Ni siquiera disponíamos de un baño privado, había que compartir con el resto de los huéspedes el que había al final del pasillo.

—Deberíamos buscar una casa para las dos y empezar a trabajar cuanto antes —me dijo mi madre el segundo día de nuestra estancia en la pensión—. Mis ahorros no son muchos y la vida en Francia es más cara.

—Carlos me prestó algo de dinero para que podamos mantenernos un tiempo —contesté, y le mostré la cartilla con las quinientas mil pesetas que me había entregado.

—Tu amigo ha sido muy generoso, pero eso solo nos durará un tiempo, mañana mismo comenzaré a buscar una casa para alquilar.

Yo no sabía cómo administrar el dinero, nunca había trabajado y siempre había tenido un plato en la mesa. Afortunadamente, mi madre estaba a mi lado.

Tres días más tarde nos instalamos en una pequeña pero coqueta casita que pertenecía a una viuda de guerra; compartíamos los gastos con ella, además de brindarle nuestra ayuda y compañía.

Marie era una mujer de sesenta y ocho años que, al igual que Engracia, había sufrido mucho. En este caso su delito había sido ser judía durante la ocupación alemana. Fue arrestada junto con su familia y los enviaron a un campo de concentración donde perdió a su marido y hermanos, se quedó sola y sin apenas recursos.

Gracias a los conocidos de nuestra casera, conseguí trabajo en una librería y Engracia habilitó una de las habitaciones de la casa para desempeñar su trabajo como modista. Con el paso de los meses dejamos de ser las inquilinas de Marie para convertirnos en parte de su familia.

—He estado demasiado tiempo sola —nos dijo Marie una tarde—. No imagináis lo contenta que estoy de poder disfrutar de vuestra compañía. Me daba miedo alojar a dos desconocidas en mi casa, pero me doy cuenta de que es lo mejor que me ha pasado en mucho tiempo.

Marie ayudaba a mamá con la costura cuando sus delicados huesos se lo permitían; el hambre y las torturas que había sufrido durante la guerra habían dejado su cuerpo muy debilitado. Ella me enseñó francés y me animó a que retomara mi afición por tocar el piano, y conseguí que me aceptaran en el conservatorio.

¡El aire de Francia era tan distinto al de España! Allí no se respiraba miedo, aquel país era el de la ilusión, la esperanza y las oportunidades. Con lo que ganábamos disfrutábamos de una vida sin estrecheces e incluso podíamos darnos algún capricho de vez en cuando. Salíamos a pasear, acudíamos a museos, obras de teatro y alguna que otra vez merendábamos en una preciosa cafetería que había cerca de los Campos Elíseos.

Sin darnos cuenta, fueron pasando los meses y, aunque me sentía bien en nuestro nuevo hogar, una parte de mí estaba incompleta, y con el tiempo descubrí que a Engracia le ocurría lo mismo.

—¿Qué te pasa? —le pregunté a mi madre una mañana de invierno cuando la encontré triste, contemplando la lluvia a través de la ventana de la cocina.

Tuve que esperar unos largos minutos antes de recibir su contestación, algo que no me extrañaba, pues había aprendido que era una persona que meditaba mucho las respuestas.

—Hoy hubiese sido el cumpleaños de tu padre —me contestó sin mirarme— y la semana que viene el de Anita, los dos nacieron en enero.

Me acerqué sin saber qué debía contestar, me arrodillé frente a ella y apoyé mi cabeza en su regazo.

—Me hubiera gustado mucho conocerlos.

—Desde que tu hermana murió, he llevado flores a su tumba cada veinte de enero, pero este año voy a faltar a mi cita por primera vez —dijo acariciándome la cabeza—. Estoy segura de que os hubierais llevado muy bien.

Permanecimos en esa postura unos veinte minutos hasta

que, sin decir nada, se levantó y comenzó a sacar harina, azúcar, miel, almendra y aguardiente de los armarios de la cocina.

—A tu padre le encantaban los alfajores y, cuando llegaba un día especial, los preparaba.

—Nunca los he cocinado —dije imaginando a mis padres mientras amasaban aquellos dulces típicos de la Navidad.

—Ven, ya es hora de que conozcas la receta familiar.

—Ojalá pudiese deshacer todo el mal que causó Rafael. —De alguna manera, me sentía responsable de sus acciones.

—El pasado no se puede cambiar.

Aquel fue un día especial en el que me di cuenta de que mi madre no soportaba estar lejos de España. Yo también echaba mucho de menos a mis amigos y a mi otra madre, pues las cartas no eran suficientes para llenar el vacío que dejaba su ausencia.

Creo que ese fue el momento en que nos dimos cuenta de que debíamos regresar, aunque no lo hicimos hasta que Marie, que estaba bastante enferma de los pulmones, falleció ocho meses después de nuestra llegada.

El pasado no se puede borrar, pero en nuestras manos está el intentar crear un futuro más justo y libre, y yo no podía quedarme con las ganas de subsanar de alguna manera todo el mal ocasionado por Rafael Quiroga.

Epílogo

Hoy, 1 de abril de 1966, es un día muy especial: me caso. ¡Todavía no me lo puedo creer!

He tenido que recorrer un largo camino de dolor antes de llegar aquí. Al echar la vista atrás y verme ahora frente al espejo, con este vestido de novia tan distinto al de hace cinco años, me doy cuenta de lo mucho que he cambiado. No quiero volver a ser la chiquilla inocente de entonces, me gusta más esta mujer que tiene las riendas de su vida y que solo ella decide el rumbo que va a tomar.

Hace tres años y medio que hui con Engracia a Francia, apenas duramos unos meses en un barrio de París, del que ni recuerdo el nombre, aunque nunca olvidaré a la dulce Marie. Engracia no era capaz de vivir alejada de la tumba de mi hermana y yo no podía dormir al pensar en aquellas mujeres a las que Rafael les arrebató a sus hijos. Debía hacer algo con aquella información y Carlos era el único que podía ayudarme.

Me comuniqué con Pedro, que hacía de intermediario para que pudiera estar en contacto con Eugenia, Carlos y, por supuesto, con mamá Pilar.

El doctor nos llevó a Monte Blanco, un pueblo cercano a Los Antones, en el que se había criado, y nos instaló en una pequeña hacienda familiar abandonada, llena de escombros y suciedad.

—No sabía que eras propietario de estos terrenos —le dije asombrada mientras revisábamos que la valla que delimitaba los lindes estaba todavía en pie. Su propiedad era igual o más grande que la Hacienda Quiroga.

—Y hasta no hace mucho no me pertenecían —contestó con su particular modestia—. Nací en Los Antones, mi madre era una humilde maestra que se casó con mi padre, el hijo de un terrateniente. Mi abuelo lo desheredó por manchar su apellido, pero a ellos no les importó. No necesitaban su dinero para ser felices. Él era médico y nunca se negó a atender a ningún paciente, pudieran o no pagarle.

Comprendí de dónde había heredado el altruismo mi buen amigo y me alegré de poder contar con una persona como él a mi lado. Nuestra amistad se había fortificado, sentía que luchábamos por lo mismo y eso nos conectaba de una manera especial.

—Estábamos en Oviedo cuando el bando republicano lanzó un bombardeo y ellos no sobrevivieron —continuó Pedro, que se detuvo y se giró hacia mí—. Yo tenía ocho años y, cuando me vi rodeado de sangre y destrucción, odié a los causantes de su muerte.

Me dio miedo su confesión; Engracia y Manuel habían sido republicanos.

—Lo siento mucho, Pedro —le dije cogiéndole de las manos.

—Con el tiempo me di cuenta de que mis padres nunca hubieran querido que pensara de esa manera. —Sonrió con tristeza—. Mi abuelo me recogió conmovido por la muerte de su hijo, aunque nunca me trató como un nieto, para él yo le había separado de mi padre. Tuve que trabajar mucho para poder pagar los estudios de Medicina y, en cuanto pude, cansado de la soledad y las humillaciones, volví a Los Antones y allí nos conocimos.

—No sabes lo feliz que soy de que te cruzaras en mi vida —le dije con cariño—. Tu abuelo se perdió la ocasión de disfrutar de un maravilloso ser humano.

—Murió hace seis años —continuó—. No podía creerme que me lo hubiera dejado todo a mí. En la lectura del testamento me entregaron una carta en la que me pedía perdón. Yo nunca le odié, pero me cansé de que él no me quisiera. No tenía pensado volver, pero me alegro de que esta casa sirva para que vosotras podáis ocultaros. —Se limpió, con el revés de la mano, unas lágrimas que empezaban a salir e intentó disimular su dolor con una mueca que quería ser una sonrisa.

Me acerqué a él y le abracé. Llevaba toda la vida solo, sin que nadie le dijera lo mucho que valía ni lo importante que era.

—Ahora ya tienes una familia —le dije al oído, agarrando sus manos, que en aquel momento temblaban sin cesar.

Hemos vivido allí todo este tiempo, utilizando una nueva identidad que nos proporcionó Teresa Suárez, una vieja conocida que resultó ser amiga de Javier. Pedro se desplazaba todos los días a Los Antones, donde volvió a abrir su consultorio médico. Engracia retomó su oficio de modista y yo me dediqué a hacer aquello que me había hecho tan feliz durante un tiempo: enseñar a leer y escribir a los niños del pueblo, hasta que hace dos años me armé de valor y empecé a estudiar para ser una auténtica maestra.

Pedro gastó una parte de su herencia en construir una escuela nueva en Monte Blanco para que ningún niño se quedara sin educación y contribuir de alguna manera al cambio que ambos queríamos: una sociedad más justa e igualitaria que debe partir de una educación sólida y rica en valores.

Pilar me escribía regularmente y fue así como me enteré de lo sucedido tras mi huida.

Rafael se puso como un loco al enterarse de tu marcha, hizo que te buscaran por todos lados, hasta que Carlos vino esa misma noche a hablar con él.

«No la busques, Rafael. Les diremos a nuestros conocidos que la hemos internado en una clínica de reposo para tratar su enfermedad nerviosa. A nadie le extrañará, todo el mundo sabe que le afectó mucho el asalto que sufrió en esta casa. Aunque todos sabemos muy bien lo que sucedió. Sé lo que habéis hecho mi padre y tú, tengo pruebas. Un amigo mío, un periodista extranjero, no dudará en que se publique en todos los periódicos del mundo. Tal vez no te meterán en la cárcel, pero sí lograré tu descrédito, y no creo que eso guste en las altas esferas».

No sé si fueron las palabras de Carlos u otro motivo el que logró que cambiara de idea, pero lo cierto es que dejó de buscarte. Apenas nos hablamos y es mejor así.

Me alegré de que mamá Pilar no hubiera sufrido ninguna consecuencia por mi culpa e intenté rehacer mi vida.

Después de la muerte de Felipe, había renunciado al amor, cerré las puertas de mi corazón, no quería volver a sufrir. Pero, poco a poco, y sin que yo me diera cuenta, ese sentimiento tan abstracto fue colándose por los poros de mi piel, acarició mis sentidos y se asentó en mi corazón para siempre.

Tal vez la carta de Carlos informándome del accidente de Rafael fuese el detonante para que le diera una nueva oportunidad al amor. Saber que ya no era un peligro para mí y que no me buscaría fue un gran alivio.

No he podido evitar recordar los momentos que me han

llevado a este instante, convirtiéndome en la mujer que soy ahora. Ha habido mucho dolor, pero después de una gran tempestad siempre llega la calma.

Frente al espejo observo mi vestido de novia. No es tan glamuroso como el que me probé cinco años atrás, pero yo me siento orgullosa de lucirlo. Engracia ha cosido con sus manos cada una de las costuras y se ha dejado la vista en los bonitos bordados que decoran la falda. La cintura es entallada, tal como yo quería, el velo no está hecho de seda dupioni ni hay encajes de chantillí, pero para mí es el mejor vestido de todos.

Me embarga una mezcla de miedo y alegría; no estoy acostumbrada a ser tan dichosa.

—¡Qué guapa estás! —La cara de mamá rebosa de felicidad cuando entra a mi dormitorio—. Vámonos ya, que el novio debe estar impaciente.

—Ya voy —digo mirándome por última vez al espejo—. ¿Dónde está el padrino?

—Javier te espera junto a Eugenia y su hijo en el salón. —Me estira la cola del vestido y abre la puerta de la habitación—. Sal ya, coqueta.

Al pasar junto a la ventana de mi dormitorio, desvío la mirada a través de ella y recuerdo las horas y los días que pasé postrada en la mecedora, que permanece en el mismo sitio, como si el tiempo no hubiera pasado.

Veo la cara de Felipe en el cristal, pero esta vez me sonríe y parece que vuelvo a escucharlo: «Lucha, sé libre». Quiero pensar que, allá donde esté, se siente orgulloso de mí, de que lograra mi libertad, que me convirtiera en la mujer que quería ser y que, a pesar de todo, siguiera luchando.

Bajo las escaleras de mármol iluminadas por la lámpara de araña. Con el corazón embargado por la emoción, pero con solemnidad y seguida por mi madre, me dirijo al salón, donde espera mi gran amiga junto a su marido y el pequeño Alberto, que ya tiene tres años y medio.

—Enhorabuena, señorita Mercedes —me felicita Conchita.

¿Mercedes? ¡Me suena tan ajeno ese nombre que he llevado por tanto tiempo! Por respeto a mi madre Pilar, lo sigo usando en público, aunque en la intimidad utilizo mi verdadero nombre, Manuela.

Eugenia no dice nada, pero me abraza con fuerza y no deja de llorar de la emoción; su nuevo embarazo la pone muy sensible.

Afuera nos espera Pepe, con su uniforme impecable. Vuelve a ser el chófer de la familia. Me abre la puerta del coche, engalanado con flores blancas, y me ayuda a subir.

—Esta es para usted —me dice el chófer entregándome una rosa blanca como obsequio.

Le doy un beso en la mejilla como agradecimiento y provoco que se sonroje.

—¿Estás nerviosa? —me pregunta Javier una vez en el coche.

—Mucho —le confieso con las manos temblorosas mientras el automóvil se aleja de Chamberí—. ¿Quién me iba a decir que volvería a Madrid para casarme?

—Ha sido un bonito detalle con Pilar, si no, le hubiera sido imposible asistir, ya sabes que no habría podido dejar solo a Rafael.

—Mamá Pilar es demasiado buena —contesto, pensando que lo único que se merece Rafael es morir solo en la clínica en la que está ingresado después del accidente de coche que tuvo hace dos años—. Al final todo se paga y quedarse tetrapléjico ha sido su castigo.

—No volvió a ser el mismo después de tu marcha. —Javier

duda unos segundos y añade—: Creo que, a pesar de todo, te quería.

Yo también quise al Rafael Quiroga que me contaba cuentos por las noches, el que bailaba conmigo en las grandes fiestas haciéndome sentir la chiquilla más importante y el que curaba mis rodillas cuando me caía de la bicicleta. Aquel Rafael fue un padre; el otro monstruo no sé quién era y ojalá nunca hubiera existido. Todavía hoy no comprendo cómo se puede querer y odiar al mismo tiempo a una persona.

—Cambiemos de tema —digo intentando disimular las lágrimas que empañan mis ojos, mientras observo, a través de la ventanilla del coche, a una pareja de enamorados paseando por la calle Alcalá—. No quiero que se estropee este día.

Sin darnos cuenta, hemos llegado a la iglesia de don Eufrasio. Las campanas suenan anunciando el oficio. En la puerta esperan algunos invitados, los niños corren alegres, chillan: «Que viene la novia, que viene la novia».

—Ha llegado el momento. —Javier me ayuda a bajar—. Eugenia y Alberto también han llegado con Engracia en el otro coche, esperemos a que entren ellas y después lo hacemos nosotros —me informa orgulloso del papel que se le ha encomendado.

Minutos después, agarrada del brazo del padrino, nos dirigimos a la iglesia. Las palomas que picotean en el suelo levantan el vuelo a nuestro paso.

Al entrar todos se ponen de pie. La marcha nupcial suena y en mi recorrido hacia el altar repaso que no falte nadie: Carmelita del brazo de Germán, aquel guardia al que ella distraía para que Felipe se colara en mi dormitorio; el padre Llanos, con el que mantuve el contacto para, de alguna manera, seguir ayudándole; mis niños del Pozo del Tío Raimundo, ya unos jovencitos, todos bien peinados y arreglados; y Ricardo, un amigo de Pepe.

Eugenia se encuentra en el primer banco junto a Alberto y Engracia; ambas me mandan un beso con la mano sin dejar de llorar de felicidad.

Carlos, elegantemente vestido con su talante a lo Paul Newman, me sonríe al verme entrar. No ha cambiado nada en estos últimos años: sus ojos azules, el abundante pelo rubio. Se ha convertido en un gran abogado; gracias a él pudimos reunir a una madre con su hijo y no pierdo la esperanza de conseguir alguna victoria más.

Pilar espera junto al novio en el altar, que se aprieta, nervioso, el nudo de la corbata. Es la madrina de la boda, no se me ocurrió nadie mejor para serlo. Le ha costado acostumbrarse a oírme decirle «mamá» a Engracia; sé que al principio le dolía, pero al final, y una vez más, su amor de madre pudo con el orgullo.

No he podido tener unas madres mejores, tan distintas la una de la otra, imperfectas como todos somos, aprendiendo a convivir en esta extraña familia que nos ha tocado, pero rebosantes de amor hacia mí.

Quiero a las dos por igual, pues madre es la que te trae al mundo, pero también la que te dedica cada uno de los minutos de su vida, cuidándote lo mejor que sabe. Ambas fueron víctimas de la crueldad de Rafael y han tenido que aprender a sobrevivir con el dolor que causó.

Noto cómo me tiemblan las piernas de la emoción, me muerdo el labio inferior y las lágrimas me traicionan al verme rodeada de mis seres más queridos.

Don Eufrasio comienza la homilía mientras yo no aparto la mirada del novio. ¡Está tan guapo con su traje azul marino! Él se sonroja y sonríe, haciendo que aparezcan esas finas arruguillas en sus ojos. ¿Qué estará pensando?

La primera vez que reparé en él fue en una iglesia. Me llamó la atención su aspecto noble y su mirada franca. Llevaba un traje azul marino muy distinto al de hoy, su semblante era serio, aunque lleno de sufrimiento. ¿Cuándo me enamoré de él? Ni yo misma lo sé, pero sí recuerdo el día en el que fui consciente de mis sentimientos.

Fue en Madrid hace ya más de dos años, había venido a visitar a Pilar, que había enfermado de una pulmonía y me tenía bastante preocupada. Me quedé con ella una semana. Una tarde, cuando estaba más repuesta, él me invitó a dar un paseo por el Retiro.

Tomamos un refresco y compartimos unas pipas. Hablamos del transcurso de los últimos años y de nuestras expectativas de futuro mientras bordeábamos el Gran Estanque. ¡Me sentía tan bien a su lado!

—Voy a ausentarme un tiempo de España —me dijo provocándome un fuerte pellizco en el estómago—. Quiero ir a la Universidad de Boston para hacer un curso, es esencial para mi futuro profesional.

—¿Boston? —pregunté con la voz temblorosa y detuve nuestro paseo—. Eso está muy lejos.

—Serán unos meses —me dijo cogiéndome de la mano—. Estoy seguro de que no notarás mi ausencia, además, podemos mantener correspondencia.

¡El pecho me dolía tanto! No podía imaginar que se marchara de mi lado. ¿Y si no volvía? Noté cómo las lágrimas se agolpaban en mis ojos. ¿Qué me estaba pasando?

Él puso la suave mano en mi mejilla y sentí una sensación que creí que nunca más experimentaría. No fue una descarga eléctrica, como cuando me besó Felipe, pero el vello se me erizó de igual manera. No quería que dejara de tocar mi rostro, no quería sentir su ausencia, no quería que se fuera de mi lado.

—No me dejes, yo..., yo... —No podía expresar con palabras los sentimientos que yo misma estaba descubriendo que tenía.

Se aproximó más a mí y me besó. Me di cuenta de que llevaba mucho tiempo enamorada y dejé que mi corazón se liberara de las cadenas que yo misma le había puesto.

Fue esa sonrisa amable y cálida, su dedicación y perseverancia, su bondad y generosidad lo que hicieron que yo volviera a dejar paso al amor.

Se marchó a Boston, pero antes pidió mi mano a mis dos madres. Cuando volviera, nos casaríamos, y aquí estamos, frente al altar.

Le tiemblan las manos al pasarme las arras, siento miedo de que se caigan; trae mala suerte, dicen. Imagino mi vida junto al gran hombre que he escogido y sé que vamos a ser muy felices.

Sin darme cuenta, ha llegado el momento de los votos nupciales.

—Manuela —dice mi flamante novio con la voz temblorosa—. Me enamoré de ti el primer día que te vi, soñaba con este día cada noche. No sé qué decirte que ya no sepas. Prometo no dejar que olvides nunca lo importante que es seguir luchando, hacer que ames la vida, tener paciencia, respetar tus silencios, apoyarte en todos tus proyectos y vivir contigo en el único hogar que me interesa: tu corazón.

Se me saltan las lágrimas ante esas palabras tan hermosas y pienso que no me merezco su amor. ¡A su lado he aprendido tanto!

—Pedro —digo mordiéndome una vez más el labio—. Gracias por curar con paciencia y amor tanto mis heridas físicas como las del alma. Me has enseñado a perdonar y que el odio solo envenena el corazón y ahuyenta la felicidad. Gracias por ser tan generoso con todos y gracias por hacerme el mayor regalo del mundo: tu amor. Prometo ser tu compañera hasta el fin de mis días, no importa lo que nos pueda separar en el futuro porque yo siempre acudiré a tus brazos.

—Después de estos votos tan emotivos, vamos a intercambiar las alianzas —dice el párroco—. Pedro, repite conmigo: «Merce... Manuela, con este anillo te hago mi esposa».

Don Eufrasio está hecho un lío con los nombres, y es que oficialmente sigo siendo Mercedes Quiroga, pero todos los presentes saben que me llamo Manuela García Martínez.

Pedro repite la frase que le ha indicado el cura e introduce con delicadeza en mi dedo la alianza de oro blanco que lleva grabada la fecha del enlace: 1 de abril de 1966.

—Pedro —la voz me tiembla y el corazón me late con fuerza—, con este anillo te hago mi esposo.

El cura sigue con la ceremonia mientras yo me siento flotando en una nube. ¡Soy feliz!

—Por el poder que me confiere la santa madre Iglesia, yo os declaro marido y mujer, y lo que ha unido Dios que no lo separe el hombre. El novio puede besar a la novia.

Sí, me he casado con Pedro, un hombre que con su timidez y humildad me fue enamorando poco a poco, haciéndose imprescindible en mi día a día tanto como el aire que respiro.

La vida me arrebató a Felipe, con el que no sé si hubiera llegado tan lejos. Ahora que he conocido el amor de Pedro, veo que aquello era un amor pasional, pura adrenalina. Él me enseñó a vivir, a pelear. Era impulsivo y un tanto loco, pero un hombre de principios justos y honesto, al igual que Pedro.

Llega el turno de los besos y las felicitaciones, todos nuestros amigos nos van deseando lo mejor uno por uno.

—Mercedes. —Carlos me abraza con afecto—. Espero que seáis muy felices, Pedro es un gran tipo.

—Gracias, Carlos —le digo devolviéndole los dos besos

que me ha dado—. No sabes lo que significa escuchar esas palabras de ti.

Siempre sentiré un gran cariño por Carlos, fue mi primer amor, aunque no el verdadero. Lo pasó muy mal y durante un tiempo albergó la esperanza de que acabáramos juntos; no obstante, poco a poco se fue dando cuenta de lo mucho que yo había cambiado y aceptó que lo mejor para los dos era conservar una bonita amistad. Estoy segura de que muy pronto encontrará a una chica que lo ame como él se merece.

—Hija, dame un abrazo. —Pilar me mira con orgullo—. ¡Me alegra tanto que hayáis decidido pasar unos días en la casa conmigo! Me siento muy sola.

—Mamá, sabes que puedes venir a vivir con nosotros el día que tú lo decidas —le digo, me siento culpable de su soledad.

—Sabes que no puedo dejarlo —me dice agarrando su crucifijo—. No se lo merece, pero yo no podría vivir sabiendo que va a morir solo. Cada día que pasa se apaga más y a veces me pregunta por ti. ¿Por qué no vas a verlo?

—No me pidas eso —le digo e intento que su recuerdo no empañe este día tan maravilloso—. Te quiero mucho, mamá, pero no puedo olvidar todo el daño que Rafael ha hecho, no solo a mí, también a ti, a Felipe y, por supuesto, a Manuel y Engracia.

Mientras los demás vuelven a Chamberí, donde celebraremos la boda, Pedro y yo nos escapamos al cementerio.

—Es una suerte que Carlos descubriera dónde lo habían enterrado —me dice Pedro al parar frente a su lápida.

—No sé cómo lo hizo —le digo al notar cómo mi corazón se va acelerando—. Nunca me ha querido contar cómo lo consiguió.

—Te dejo un momento sola —me dice mi marido, consciente de lo importante que es este instante para mí.

Pedro se distancia unos pasos mientras yo leo la inscripción de la lápida:

Felipe García Muñoz
1936-1961
Siempre estarás en nuestro corazón

Al rozar las letras de la lápida, un pequeño calambrazo me sacude, provocando que las lágrimas salgan de mis ojos.

—Me costó un poco, pero al final seguí luchando y logré mi libertad —le digo al imaginar que me escucha—. Ojalá estuvieras aquí para ver lo mucho que he cambiado. Me he casado con Pedro, sí, con ese hombre que parece un niño perdido, pero que en el fondo es el ser más noble e inteligente que conozco. —Giro la cabeza y lo veo mientras espera a que termine mi conversación—. Evelina, tu hermana, ha crecido mucho y está estudiando, quiere ser una gran doctora. Carmelita se viene con nosotros a Monte Blanco para ayudar a Pedro en su consultorio, creo que muy pronto se casará con Germán, es un buen muchacho.

Trago saliva para diluir el nudo de emociones que se agolpa en mi garganta.

—Pedro es un buen hombre, soy feliz a su lado. Hemos puesto en producción la hacienda que heredó de su abuelo y las ganancias las usamos para ayudar a los que más lo necesitan. Ese dinero también me sirve para intentar enmendar un poco el daño que ha hecho Rafael, pues sigo investigando el robo de los bebés. Eugenia también aporta su granito de arena, ya sabes cómo es. Ha empezado los estudios de periodismo, dice que alguien tiene que sacar a la luz todo lo oscuro de nuestra sociedad; y junto con su marido hemos creado una «asociación clandestina» para ayudar y asesorar a mujeres sin recursos y que por lo menos las que lleguen a nosotras no tengan que pasar por el calvario de Carmelita, de Engracia y de tantas otras que viven en la oscuridad, que sufren por las injusticias de esta sociedad que no las considera personas.

Necesito parar unos segundos para que la emoción no me controle e impida que siga hablando.

—Les buscamos trabajo, les ofrecemos unos conocimientos básicos y Javier las asesora legalmente cuando es necesario. Teresa Suárez también nos ayuda con la documentación de estas mujeres. Algunas vienen por un tiempo a Monte Blanco y, cuando están recuperadas, inician una nueva vida en otro lugar.

Cada vez me cuesta más controlar las lágrimas de emoción mientras hablo, pero quiero contarle todo lo que hemos logrado.

—Encontré a mi madre, Engracia, y Rafael está pagando por todo lo malo que ha hecho. Acostumbrarnos la una a la otra fue más duro de lo que yo pensaba; éramos dos desconocidas que veníamos de mundos distintos. Me di cuenta de lo cruel que es la vida cuando no se tienen los recursos necesarios y, aunque mamá Pilar insistía en mandarme dinero, yo no quise aceptarlo, pues necesitaba ganarlo por mí misma, no quería volver a depender de nadie y tampoco quería algo que proviniese de Rafael. Cuando volví a España, decidí que lo más sensato era utilizar una parte de la fortuna de los Quiroga para ayudar a los demás, y con ese dinero y el de la herencia de Pedro auxiliamos a todos los que acuden a nosotros. No llevamos una vida de lujos como yo estaba acostumbrada, aunque no me falta de nada; tengo muchas más comodidades que la mayoría de los españoles. He aprendido que la felicidad y la libertad no residen en lo material.

Cierro los ojos y me parece sentir su presencia a mi lado.

—Tengo que irme, pero quiero que sepas que nunca voy a dejar de luchar por mi felicidad. Te llevaré siempre en mi corazón.

Beso el ramo de novia y lo deposito a los pies de su tumba. Al mirar al cielo me parece que las nubes dibujan su sonrisa traviesa; sé que es imposible, pero me gusta pensar que es la manera de darme su bendición.

Me marcho junto a mi marido, que me abraza y me besa en la frente. Me gusta que me rodee con sus brazos, con él siempre encuentro la paz y me siento amada de verdad.

—Ojalá también hubiéramos encontrado el cuerpo de mi verdadero padre —le digo mientras nos dirigimos al coche.

—Por desgracia, no creo que sea posible. —Me agarra por la cintura y apoya su cabeza sobre la mía—. Muchos cuerpos fueron arrojados a fosas comunes y otros no se sabe dónde los enterraron.

Las guerras solo traen destrucción. Aunque siempre hay un bando que se proclama vencedor, en realidad, solo hay vencidos porque todos pierden a seres queridos. Muchas mujeres perdieron a sus hijos, se los arrebataban de sus brazos con la excusa de librarlos del gen comunista y, en otras ocasiones, solo lo hacían por infligir dolor.

Yo tuve la suerte de encontrar a mi verdadera familia, pero muchos vivirán sin saber la verdad. Perdí mucho en el camino, pero también encontré a Engracia, a una nueva Pilar y a Pedro. Conocí la solidaridad en el Pozo del Tío Raimundo y la lealtad de la mano de mis amigos. Es muy difícil sacar a la luz lo que hizo Rafael junto con don Ángel y Ernesto, pero estoy segura de que un día veré con mis propios ojos cómo la sociedad descubre los horrores de la guerra.

Tengo la esperanza de que aprendamos de los errores para que nunca se vuelvan a repetir.

Si algo he aprendido, es que la libertad es el bien más preciado del ser humano y no podemos permitir que nadie nos la arrebate. Mientras ese momento llega, yo seguiré luchando por ser libre.

Agradecimientos

Este libro no hubiese sido posible sin el apoyo incondicional de mi familia, sin la que no sería nada. Me faltan palabras para darles las gracias por todo el amor y la confianza que depositan en mí.

Pido perdón de antemano por si he cometido algún error histórico, pues, aunque he intentado describir fielmente la sociedad de España en 1960, no soy una experta en la materia. También me gustaría recalcar que se trata de una historia de ficción, excepto en lo que se refiere al robo de bebés, y que, por tanto, cualquier parecido con la realidad es pura coincidencia.

Gracias a Diana P. Morales por su asesoramiento y buenos consejos, siempre objetivos e inspiradores.

Gracias a todos mis amigos y compañeros de letras por estar ahí.

Gracias a Eva Fraile por confiar tanto en mí.

Y gracias a ti, lector, por dedicar unas cuantas horas de tu preciada vida a leerme.

Gracias y mil veces gracias.